LE POISON DE LA VENGEANCE

D1453099

ROBIN HOBB

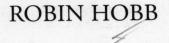

LE POISON
DE LA VENGEANCE

L'ASSASSIN ROYAL - 4

TRADUIT DE L'ANGLAIS

PAR A. MOUSNIER-LOMPRÉ

Titre original :
ASSASSIN'S QUEST
(première partie)

Pour la très réelle Kat Ogden
Qui menaça, très tôt dans sa vie,
de devenir quand elle serait grande
danseuse de claquettes,
escrimeuse, judoka, star de cinéma, archéologue,
et présidente des États-Unis.
Et qui s'approche dangereusement de la fin de sa liste.
Il ne faut jamais confondre le film et le livre.

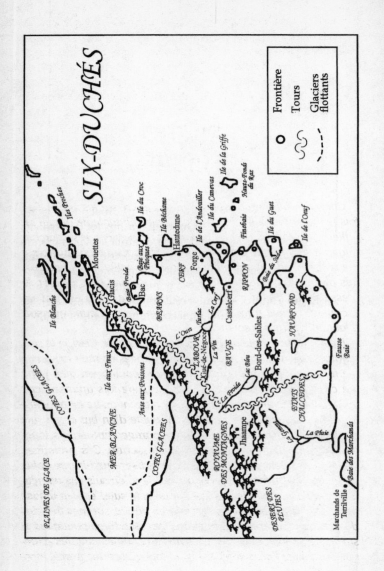

SIX-DUCHÉS

Frontière ○
Tours ∿
Glaciers flottants ---

PLAINES DE GLACE
CÔTES GLACÉES
MER BLANCHE
CÔTES GLACÉES
Île Blanche
Île aux Freux
Anse aux Poissons
Mouettes
Glacis
Baie Froide
Bac
Baie aux Phoques
Île du Croc
Îles Crochets
Île Béchasne
Hautedune
CERF
Forge
Île de l'Andouiller
Île de la Griffe
Île du Caneras
Finebaie
Hauts-Fonds du Raz
BÉARNS
Turfac
La Cerf
Castelcerf
RIPPON
Baie du Soleil
Île du Guet
Île de l'Œuf
L'Ours
LABOUR
Rivedе-Négoce
La Vin
BAUGE
Lac Bleu
Bord-des-Sables
HAURFOND
Fausse
Baie
ROYAUME
DES
MONTAGNES
Jhaampe
La Froide
La Pluie
ÉTATS
CALCEDES
DÉSERT DES PLUIES
Marchands de
Terrilville
Baie des Marchands

Prologue

LES OUBLIÉS

Chaque matin, à mon réveil, j'ai de l'encre sur les mains. Parfois je me retrouve le visage appuyé sur ma table de travail au milieu d'un fouillis de parchemins et de papiers. Mon garçon, quand il se présente avec mon plateau, se risque quelquefois à me reprocher de ne pas m'être couché la veille ; mais quelquefois aussi il regarde mon visage et n'ose pas dire un mot. Je n'essaie pas de lui expliquer mon attitude ; ce n'est pas un secret qu'on peut transmettre à un homme plus jeune que soi : il faut l'acquérir par soi-même.

Il est indispensable d'avoir un but dans la vie. Cela, je le sais aujourd'hui, mais les vingt premières années de mon existence me furent nécessaires pour m'en rendre compte, en quoi je ne me crois pas exceptionnel. Cependant, une fois apprise, cette leçon est restée gravée en moi. Aussi, n'ayant guère de quoi distraire ma douleur, je me suis mis en quête d'un but et me suis attelé à une tâche à laquelle m'encourageaient depuis longtemps dame Patience et Geairepu le scribe. Ces premières pages constituent une tentative pour rédiger une histoire cohérente des Six-Duchés, mais j'ai du mal, je m'en suis vite aperçu, à garder l'esprit longtemps fixé sur un seul sujet, et je m'amuse donc avec d'autres traités, de moindre portée, sur mes théories de la magie, sur mes observations des structures politiques et sur les réflexions que m'ont inspirées certaines cultures étrangères. Lorsque l'inconfort atteint son apogée et que je suis inca-

pable de trier convenablement mes idées pour les coucher sur le papier, je travaille sur des traductions ou je tente d'exécuter des copies lisibles de documents anciens. Je m'occupe les mains dans l'espoir de distraire mon esprit.

L'écriture joue pour moi le rôle que la cartographie jouait pour Vérité : la minutie et la concentration exigées suffisent presque à faire oublier l'aiguillon de la dépendance et les souffrances résiduelles d'une ancienne intoxication. On peut se perdre dans de tels travaux et s'y oublier, ou bien aller plus profondément encore et retrouver de nombreux souvenirs de soi-même. Trop souvent, je m'aperçois que je m'écarte de l'histoire des Six-Duchés pour narrer celle de FitzChevalerie, et ces réminiscences me laissent face à celui que j'étais et à celui que je suis devenu.

Lorsqu'on s'absorbe profondément dans ce genre de compte rendu, on se rappelle une quantité surprenante de détails, mais tous les souvenirs que je ravive ne sont pas douloureux : j'ai eu plus qu'une juste part de bons amis, plus fidèles que je n'étais en droit de l'espérer ; j'ai connu des beautés et des joies qui ont mis à l'épreuve la résistance de mon cœur autant que les tragédies et la laideur. Cependant, je possède peut-être davantage de souvenirs sombres que la plupart des hommes ; rares sont ceux qui ont péri au fond d'un cachot ou qui peuvent se souvenir de l'intérieur d'un cercueil enterré sous la neige. L'esprit renâcle à évoquer de telles scènes ; une chose est de savoir que Royal m'a tué, une autre de me concentrer sur le détail des jours et des nuits où il m'a fait affamer puis battre à mort. Quand je revis cette période, certains instants parviennent encore, malgré les années, à me glacer les entrailles ; je revois les yeux de l'homme et j'entends le bruit de mon nez qui se brise sous son poing. Il existe encore un lieu que je visite en rêve, où je lutte pour rester debout en m'efforçant de ne pas songer au suprême effort à fournir pour tuer Royal. Je me rappelle sa gifle qui a fait éclater ma joue tuméfiée et dont je garde à ce jour une cicatrice sur le visage.

Je ne me suis jamais pardonné le triomphe que je lui ai concédé en me suicidant par le poison.

Mais plus douloureux que les événements que je garde en mémoire sont ceux que je n'ai pas vécus. Quand Royal m'a tué, je suis mort, et plus jamais je ne fus publiquement connu sous le nom de FitzChevalerie ; je ne renouai jamais de liens avec les habitants de Castelcerf qui m'avaient connu depuis que j'avais six ans ; je ne vécus plus jamais à Castelcerf, je n'allai plus jamais présenter mes respects à dame Patience, je ne m'assis plus jamais sur la pierre d'âtre aux pieds d'Umbre. Disparus, les rythmes des vies qui se mêlaient à la mienne ; des amis moururent, d'autres se marièrent, des enfants naquirent, ils devinrent des hommes, et de tout cela je ne vis rien. Bien que je ne possède plus le corps d'un jeune homme en bonne santé, beaucoup vivent encore qui m'appelaient « ami » et, parfois, j'aspire à les revoir, à leur serrer la main, à enterrer et laisser gésir en paix la solitude des années.

C'est impossible.

Ces années me sont perdues, tout comme les années à venir que mes amis ont encore à vivre. Perdue aussi cette période, d'à peine un mois mais qui me parut bien plus longue, où je restai enfermé au cachot puis dans un cercueil. Mon roi était mort dans mes bras, mais je ne le vis pas inhumer ; je n'étais pas non plus présent au conseil qui suivit ma mort et où l'on me déclara coupable d'avoir pratiqué la magie du Vif et par conséquent mort en toute justice.

Patience vint réclamer mon corps ; ce fut l'épouse de mon père, autrefois si accablée d'apprendre qu'il avait engendré un bâtard avant leur union, qui me tira de ma cellule, ses mains qui lavèrent mon cadavre pour l'enterrer, qui disposèrent proprement mes membres et m'enveloppèrent dans le linceul. Pour des raisons connues d'elle seule, la maladroite, l'excentrique dame Patience nettoya mes blessures et les banda aussi soigneusement que si j'eusse été vivant ; elle ordonna qu'on creusât ma tombe et assista à l'ensevelissement de mon cercueil ; en compagnie de Brodette, sa chambrière, elle me pleura quand tous les autres, par peur ou par dégoût de mon crime, m'avaient abandonné.

*Pourtant, elle ne sut rien de l'entreprise de Burrich et Umbre,
mon mentor assassin, qui se rendirent quelques nuits plus tard
sur ma tombe pour en enlever la neige tombée entre-temps et
les mottes de terre gelée qu'on avait jetées sur mon cercueil.
Eux seuls étaient présents quand Burrich arracha le couvercle,
sortit mon corps puis, grâce à sa propre magie du Vif, appela le
loup à qui mon âme avait été confiée. Il la lui arracha et la ren-
ferma dans la chair meurtrie qu'elle avait fuie. Ils me ressuscitè-
rent et je retrouvai une forme humaine ; je me rappelai ce que
c'était d'avoir un roi et d'être lié par un serment. Aujourd'hui
encore, j'ignore si je les en remercie. Peut-être, comme l'affirme
le fou, n'avaient-ils pas le choix. Peut-être ne peut-il y avoir ni
remerciement ni reproche, seulement reconnaissance des forces
qui nous menaient et nous liaient à notre inévitable destin.*

1

RÉSURRECTION

On emploie des esclaves dans les États chalcèdes. Ils fournissent la main-d'œuvre pour les tâches pénibles : ils sont mineurs, souffleurs de forge, rameurs à bord des galères, éboueurs, ouvriers dans les champs, et putains ; curieusement, ils sont aussi bonnes d'enfants, précepteurs, cuisiniers, scribes et artisans qualifiés. Tout entière, la brillante civilisation de Chalcède, depuis les immenses bibliothèques de Jep jusqu'aux fontaines et aux thermes fabuleux de Sinjon, repose sur l'existence d'une classe d'esclaves.

Les Marchands de Terrilville constituent la principale source d'approvisionnement en esclaves. Autrefois, la plupart étaient des prisonniers de guerre, et Chalcède soutient officiellement que c'est encore le cas ; cependant, au cours des dernières décennies, il ne s'est pas produit de guerres suffisamment importantes pour répondre à la demande d'esclaves instruits. Les Marchands de Terrilville sont très habiles à découvrir d'autres sources où puiser et, lorsqu'on aborde ce sujet, on mentionne souvent la piraterie qui sévit dans les îles Marchandes. Les propriétaires d'esclaves des États chalcèdes ne font guère preuve de curiosité quant à la provenance de leur main-d'œuvre du moment qu'elle est en bonne santé.

La coutume de l'esclavage n'a jamais pris dans les Six-Duchés. Un homme condamné pour un délit peut être obligé de se mettre au service de celui à qui il a fait du tort, mais une limite de temps est toujours fixée et son statut n'est jamais moindre que celui d'un homme qui répare sa faute. Si le crime est trop odieux pour être racheté par le travail, le condamné le paye de sa vie. Nul ne devient jamais esclave dans les Six-Duchés et nos lois n'acceptent pas l'idée qu'une maisonnée puisse faire entrer des esclaves dans le royaume et les maintienne dans cet état. Pour cette raison, de nombreux esclaves chalcèdes qui acquièrent la liberté d'une façon ou d'une autre cherchent souvent dans les Six-Duchés une nouvelle patrie.

Ces esclaves apportent avec eux les coutumes et le savoir traditionnels de leur pays d'origine. Un conte m'est ainsi parvenu ; il traite d'une jeune fille qui était vecci, c'est-à-dire douée du Vif. Elle souhaitait quitter la maison de ses parents pour suivre l'homme qu'elle aimait et devenir sa femme ; ses parents le jugeaient indigne et interdirent à leur fille de se marier avec lui. Enfant trop respectueuse pour leur désobéir, elle était aussi femme trop ardente pour vivre sans son bien-aimé : elle s'allongea sur son lit et mourut de chagrin. Ses parents accablés l'enterrèrent et se reprochèrent fort de ne lui avoir point permis de suivre son cœur. Mais, à leur insu, elle s'était liée à une ourse par le Vif et, quand elle mourut, l'ourse accueillit son esprit afin qu'il ne s'échappe pas du monde. Trois nuits après l'ensevelissement, la bête creusa dans la tombe et rendit l'esprit de la jeune fille à son corps. Sa résurrection fit d'elle une femme nouvelle qui ne devait plus rien à ses parents ; aussi quitta-t-elle le cercueil fracassé pour se mettre à la recherche de son bien-aimé. Le conte s'achève tristement car, ayant été ourse, elle ne fut plus jamais complètement humaine et son bien-aimé ne voulut pas d'elle.

C'est sur cette histoire que Burrich fondait sa décision de me libérer des geôles de Royal en m'empoisonnant.

*

La pièce était trop chaude et trop petite. Haleter ne me rafraîchissait plus. Je quittai la table et m'approchai de la barrique d'eau dans le coin. J'enlevai le couvercle et bus à longs traits. Cœur de la Meute leva les yeux avec un presque-gronde-ment. « Sers-toi d'une timbale, Fitz. »

L'eau me dégoulinait du menton. Je le regardai à mon tour.

« Essuie-toi la figure. » Cœur de la Meute baissa le regard sur ses mains. Il y avait de la graisse dessus et il en frottait des lanières. Je reniflai l'odeur, puis me passai la langue sur les lèvres.

« J'ai faim, dis-je.

— Assieds-toi et termine ton travail. Ensuite, nous mange-rons. »

J'essayai de me rappeler ce qu'il attendait de moi. De la main, il indiqua la table et je me souvins : il y avait d'autres lanières de cuir de mon côté de la table. Je me rassis sur la chaise dure.

« J'ai faim maintenant », dis-je. Encore une fois, il me regarda d'une façon qui était comme un grondement. Cœur de la Meute était capable de gronder avec ses yeux. Je soupirai. La graisse qu'il utilisait sentait très bon. J'avalai ma salive, puis je baissai les yeux. Il y avait des lanières et des bouts de métal devant moi sur la table. Je restai un moment à les contempler. Cœur de la Meute finit par poser ses sangles et s'essuya les mains sur un chiffon. Il vint auprès de moi et je dus me tour-ner pour le voir. « Là, dit-il en montrant le cuir devant moi. C'est là que tu le réparais. » Il attendit que je prenne la lanière. Je me penchai pour la renifler et il me tapa sur l'épaule. « Ne fais pas ça ! »

Ma lèvre se retroussa, mais je ne grondai pas. Gronder le mettait très en colère. Je restai un moment les lanières dans les mains. Puis j'eus l'impression que mes doigts se souve-naient avant mon esprit et je les regardai travailler le cuir. Quand j'eus fini, je lui montrai la lanière et tirai dessus, fort, pour lui prouver qu'elle tiendrait même si le cheval rejetait la tête en arrière. « Mais il n'y a plus de chevaux », fis-je tout haut ; je venais de me le rappeler. « Tous les chevaux sont partis. »

Frère ?

J'arrive. Je me levai, me dirigeai vers la porte.

« Reviens t'asseoir », dit Cœur de la Meute.

Œil-de-Nuit m'attend, répondis-je. Puis il me revint qu'il ne pouvait pas m'entendre. Je l'en pensais capable s'il voulait s'en donner la peine mais il ne voulait pas. Je savais que si je m'adressais à lui ainsi, il me pousserait ; il ne me laissait guère parler à Œil-de-Nuit de cette façon. Il poussait même Œil-de-Nuit quand le loup me parlait trop. C'était très étrange. « Œil-de-Nuit m'attend, lui dis-je avec ma bouche.

— Je sais.

— C'est le bon moment pour chasser.

— Il est encore meilleur pour rester ici. J'ai à manger.

— Œil-de-Nuit et moi pourrions trouver de la viande fraîche. » J'en salivais d'avance : un lapin éventré, encore fumant dans la nuit d'hiver. Voilà ce qui me faisait envie.

« Œil-de-Nuit devra chasser seul cette nuit », répondit Cœur de la Meute. Il s'approcha de la fenêtre et entrouvrit les volets. Un courant d'air glacé entra. Je sentis l'odeur d'Œil-de-Nuit et, plus loin, celle d'un chat des neiges. Œil-de-Nuit gémit. « Va-t'en, lui dit Cœur de la Meute. Allons, va chasser, va te nourrir. Je n'ai pas assez à manger pour toi. »

Œil-de-Nuit s'écarta de la lumière qui tombait de la fenêtre. Mais il n'alla pas trop loin. Il m'attendait, mais je savais qu'il ne pourrait pas attendre longtemps. Comme moi, il avait faim.

Cœur de la Meute se rendit auprès du feu qui rendait la pièce trop chaude. Une marmite était posée à côté ; il la tira vers lui avec le tisonnier et ôta le couvercle. De la vapeur s'éleva, accompagnée d'odeurs : grains de blé, racines et un tout petit parfum de viande, presque effacé par la cuisson. J'avais si faim que je reniflai pour mieux le percevoir. Je commençai à gémir, mais Cœur de la Meute me fit à nouveau son grondement d'œil. Je retournai sur la chaise dure et j'attendis.

Il lui fallut très longtemps. Il enleva toutes les lanières de la table et les pendit à un crochet. Puis il rangea le pot de graisse. Puis il apporta la marmite bouillante sur la table. Puis il sortit deux bols et deux gobelets. Il versa de l'eau dans les gobelets. Il sortit un couteau et deux cuillers. Dans le buffet, il prit du pain et un petit pot de confiture. Il remplit de ragoût le bol posé devant moi, mais je savais que je n'avais pas le droit d'y toucher. Je ne devais pas manger tant qu'il n'avait pas coupé le pain pour m'en donner un morceau. J'avais le droit de tenir le pain, mais pas de le manger tant qu'il n'était pas assis, avec son assiette, son ragoût et son pain.

« Prends ta cuiller », me rappela-t-il, puis il s'assit lentement sur sa chaise juste à côté de moi. Le pain et la cuiller à la main, j'attendis et j'attendis encore. Je ne le quittais pas des yeux mais je ne pouvais m'empêcher de mâcher dans le vide. Cela le mit en colère. Je refermai la bouche. Enfin : « Nous allons manger », dit-il.

Mais l'attente n'était pas terminée. J'avais le droit de prendre une bouchée à la fois. Je devais la mâcher et l'avaler avant d'en prendre une autre, sans quoi il me donnait une taloche. Je ne pouvais prendre de ragoût que ce que contenait la cuiller. Je saisis le gobelet et bus. Il me sourit. « Bien, Fitz. C'est bien. »

Je lui rendis son sourire, mais je mordis alors trop largement dans le pain et il fronça les sourcils. Je m'efforçai de mâcher lentement, mais j'avais trop faim maintenant et la nourriture était là et je ne comprenais pas pourquoi il m'empêchait de manger. Il me fallut longtemps pour terminer. Il avait fait exprès de servir le ragoût trop chaud, pour que je me brûle la langue si je prenais de trop grosses bouchées. Je ruminai un moment cette idée. Puis : « Tu as fait exprès de servir la nourriture trop chaude. Pour que je me brûle si je mange trop vite. »

Un sourire apparut lentement sur son visage. Il hocha la tête.

Je finis quand même de manger avant lui. Je dus rester sur ma chaise en attendant qu'il ait terminé lui aussi.

« Alors, Fitz, dit-il enfin. La journée n'a pas été trop mauvaise, hein, mon garçon ? »

Je le regardai.

« Réponds quelque chose, fit-il.

— Quoi ? demandai-je.

— N'importe quoi.

— N'importe quoi. »

Il fronça les sourcils et j'eus envie de gronder, parce que j'avais fait ce qu'il m'avait dit de faire. Au bout d'un moment, il se leva et alla chercher une bouteille. Il versa quelque chose dans son gobelet, puis il me tendit la bouteille. « Tu en veux ? »

Je me reculai. Rien que l'odeur me piquait le nez.

« Réponds.

— Non. Non, c'est de la mauvaise eau.

— Non : c'est de la mauvaise eau-de-vie. De l'eau-de-vie de mûre qui ne vaut rien. Je détestais ça, mais toi tu aimais bien. »

Je soufflai par le nez pour me débarrasser de l'odeur. « Nous n'avons jamais aimé ça. »

Il posa la bouteille et le gobelet sur la table, se leva et alla ouvrir la fenêtre. « Va chasser, j'ai dit ! » Je sentis Œil-de-Nuit faire un bond, puis s'enfuir. Œil-de-Nuit a peur de Cœur de la Meute autant que moi. Une fois, j'ai attaqué Cœur de la Meute. J'étais resté longtemps malade, mais j'allais mieux. Je voulais sortir chasser et il refusait. Il était devant la porte et j'ai sauté sur lui. Il m'a frappé avec son poing, puis il m'a tenu couché par terre. Il n'est pas plus grand que moi, mais il est plus méchant et plus rusé. Il connaît beaucoup de façons d'empêcher de bouger et la plupart font mal. Il m'a longtemps tenu par terre, sur le dos, la gorge découverte, offerte à ses crocs. Chaque fois que je remuais, il me tapait. Œil-de-Nuit a grondé dehors, mais pas trop près de la porte, et il n'a pas essayé d'entrer. Quand j'ai gémi pour demander grâce, il m'a encore tapé. « Tais-toi ! » a-t-il dit. Quand je me suis tu, il a repris : « Tu es jeune. Je suis plus vieux et j'en sais plus que toi. Je me bats mieux que toi, je chasse mieux que toi. Je suis au-dessus de toi. Tu feras tout ce que je voudrai. Tu feras tout ce que je te dirai. Tu as compris ? »

Oui, lui ai-je répondu. *Oui, oui, c'est l'esprit de la meute, je comprends, je comprends.* Mais il m'a encore tapé et il a continué à me tenir, la gorge offerte, jusqu'à ce que je lui dise avec ma bouche : « Oui, je comprends. »

Revenu à la table, Cœur de la Meute versa de l'eau-de-vie dans mon gobelet. Il le posa devant moi, là où j'étais obligé de sentir l'odeur. Je reniflai.

« Essaye, fit-il. Rien qu'un peu. Tu aimais ça, avant ; tu en buvais en ville, quand tu étais plus jeune et que tu ne devais pas entrer sans moi dans les tavernes. Ensuite, tu mâchais de la menthe en croyant que je ne remarquerais rien. »

Je secouai la tête. « Je n'aurais pas fait ce que tu m'avais interdit. J'ai compris. »

Il fit le bruit qui ressemble à éternuer et s'étrangler. « Oh, tu faisais très souvent ce que je t'avais interdit de faire ! Très souvent. »

Je secouai encore la tête. « Je ne m'en souviens pas.

— Pas encore. Mais ça viendra. » Du doigt, il désigna mon gobelet. « Vas-y, goûte. Juste un peu. Ça te fera peut-être du bien. »

Et parce qu'il l'avait ordonné, je goûtai. L'eau me piqua la bouche et le nez, et je n'arrivai pas à me débarrasser du goût en soufflant par le nez. Je renversai ce qui restait dans le gobelet.

« Eh bien ! Patience serait contente. » Il n'ajouta rien. Il me fit prendre un chiffon pour essuyer ce que j'avais renversé ; puis il me fit faire la vaisselle dans l'eau et je dus la sécher, en plus.

*

Parfois je me mettais à trembler et je tombais sans raison. Cœur de la Meute essayait de m'empêcher de bouger. Parfois les tremblements me faisaient m'endormir. Quand je me réveillais, j'avais mal. J'avais mal à la poitrine, mal au dos. Parfois je me mordais la langue. Je n'aimais pas ces moments-là. Ils faisaient peur à Œil-de-Nuit.

Et parfois il y avait quelqu'un d'autre avec Œil-de-Nuit et moi, quelqu'un qui pensait avec nous. Il était très petit mais il était là. Je ne voulais pas qu'il soit là. Je ne voulais personne, plus jamais, personne d'autre qu'Œil-de-Nuit et moi. Il le savait et il se faisait si petit que la plupart du temps il n'était pas là.

*

Plus tard, un homme vint.

« Un homme vient », dis-je à Cœur de la Meute. Il faisait sombre et le feu baissait. Le bon moment était passé pour la chasse. La nuit était là. Bientôt elle nous ferait dormir.

Sans répondre, il se leva vivement mais sans bruit et prit le grand couteau qui était toujours sur la table. Il me fit signe de me mettre dans le coin, hors de son chemin. Il s'approcha doucement de la porte et tendit l'oreille. Dehors, j'entendais l'homme marcher dans la neige. Puis je sentis son odeur. « C'est le gris, dis-je. Umbre. »

Alors il ouvrit très vite la porte et le gris entra. Les odeurs qui l'accompagnaient me firent éternuer. Il sentait toujours la poudre de feuilles sèches et plusieurs sortes de fumées. Il était maigre et vieux, mais Cœur de la Meute se conduisait toujours comme s'il était plus haut dans la meute. Cœur de la Meute ajouta du bois sur le feu. La pièce devint plus lumineuse et plus chaude. Le gris repoussa son capuchon en arrière. Il me regarda un moment avec ses yeux clairs, comme s'il attendait quelque chose ; ensuite, il parla à Cœur de la Meute.

« Comment est-il ? Mieux ? »

Cœur de la Meute fit bouger ses épaules. « Quand il vous a senti, il a prononcé votre nom. Il n'a pas eu de crise de la semaine, et, il y a trois jours, il m'a réparé un harnais ; c'était du bon travail.

— Il ne cherche plus à mâcher le cuir ?

— Non. Du moins quand je le regarde. Et puis c'est un ouvrage qu'il connaît par cœur ; ça réveillera peut-être quelque chose en lui. » Il eut un rire bref. « Si on n'arrive à rien, on peut toujours vendre le harnais. »

Le gris s'approcha du feu et tendit les mains vers les flammes. Elles étaient tachées. Cœur de la Meute sortit sa bouteille d'eau-de-vie. Ils burent dans des gobelets. Il m'en donna un avec un fond d'eau-de-vie, mais il ne me força pas à le goûter. Ils parlèrent longtemps, longtemps, de choses qui n'avaient rien à voir avec manger, dormir ni chasser. Le gris avait appris quelque chose à propos d'une femme. Elle pouvait être très importante, devenir un point de ralliement pour les duchés. Cœur de la Meute dit : « Je ne veux pas en parler devant Fitz. J'en ai fait la promesse. » Le gris lui demanda s'il pensait que je comprenais, et Cœur de la Meute répondit que cela ne changeait rien, qu'il avait donné sa parole. J'avais envie de me coucher, mais ils m'obligèrent à rester sans bouger sur une chaise. Quand le vieux dut partir, Cœur de la Meute dit : « C'est très dangereux de venir ici pour vous ; la route est longue. Vous arriverez à rentrer ? »

Le gris sourit. « J'ai mes méthodes, Burrich. » Je souris aussi en me rappelant qu'il avait toujours été fier de ses secrets.

*

Un jour, Cœur de la Meute sortit en me laissant seul. Il ne m'attacha pas. Il dit seulement : « Tu as des flocons d'avoine ici ; si tu veux manger pendant mon absence, il faudra que tu te rappelles comment les faire cuire. Si tu sors par la porte ou la fenêtre, ou même si tu ouvres la porte ou la fenêtre, je le saurai et je te battrai à mort. Tu as compris ?

— Oui », répondis-je. Il avait l'air très en colère contre moi mais je ne me rappelais pas avoir fait quelque chose qu'il m'avait interdit. Il ouvrit une boîte et y prit des choses. Surtout des bouts de métal ronds. Des pièces. Je me souvenais d'un autre objet : il était brillant et recourbé comme une lune, et il sentait le sang quand je l'avais eu. Je m'étais battu pour l'avoir. Je ne me rappelais pas en avoir eu envie mais je m'étais battu et j'avais gagné. Je n'en voulais plus. Il le tint par la chaîne pour l'observer, puis le mit dans une poche. Cela m'était égal qu'il l'emporte.

Je commençai à avoir très faim avant son retour. Quand il arriva, il y avait une odeur sur lui. L'odeur d'une femelle. Pas forte, et mélangée à celles d'une prairie. Mais c'était une bonne odeur et elle me donna envie de quelque chose qui n'était pas à boire ni à manger ni à chasser. Je m'approchai de lui pour le renifler mais il ne s'en aperçut pas. Il prépara le gruau et nous mangeâmes ; puis il s'assit devant le feu avec l'air très triste. Je me levai et allai chercher la bouteille d'eau-de-vie. Je la lui apportai avec un gobelet. Il prit la bouteille et la timbale mais ne sourit pas. « Demain, je t'apprendrai peut-être à rapporter, me dit-il. Ça, tu arriveras peut-être à le faire convenablement. » Puis il but toute l'eau-de-vie de la bouteille et en ouvrit une autre après. Je le regardai. Quand il s'assoupit, je pris son manteau avec l'odeur. Je l'étendis par terre, me couchai dessus et m'endormis en le flairant.

Je fis un rêve mais il n'avait pas de sens. Il y avait une femelle qui sentait comme le manteau de Burrich et je ne voulais pas qu'elle s'en aille. C'était ma femelle mais, quand elle partit, je ne la suivis pas. C'est tout ce que je me rappelais. Se souvenir, ce n'était pas bon, comme avoir faim ou soif n'était pas bon.

*

Il m'obligeait à rester enfermé. Il m'obligeait depuis long-temps à rester enfermé alors que je ne demandais qu'à sortir. Mais cette fois il pleuvait, très fort, si fort que la neige était presque toute fondue. Soudain, je trouvai agréable de ne pas sortir. « Burrich », dis-je, et il se tourna brusquement vers moi. Je crus qu'il allait attaquer tant il avait été vite. J'essayai de ne pas reculer. Cela le mettait en colère, quelquefois.

« Qu'y a-t-il, Fitz ? demanda-t-il, et sa voix était douce.

— J'ai faim, dis-je. Maintenant. »

Il me donna un gros morceau de viande. Elle était cuite mais c'était un gros morceau. Je le mangeai trop vite et il me regarda, mais il ne m'empêcha pas et il ne me tapa pas. Pas cette fois.

*

Je ne cessais de me gratter le visage – la barbe ; pour finir, j'allai me planter devant Burrich et je me grattai. « Je n'aime pas ça », lui dis-je. Il eut l'air surpris, mais il me donna de l'eau très chaude, du savon et un couteau très coupant. Il me donna un morceau de verre rond avec un homme dedans. Je le regardai un long moment. Il me faisait frissonner. Ses yeux étaient comme ceux de Burrich, avec du blanc autour, mais encore plus sombres. Ce n'étaient pas des yeux de loup. Sa fourrure était aussi noire que celle de Burrich mais les poils de ses joues poussaient par plaques rêches. Je touchai ma barbe et vis des doigts sur le visage de l'homme. C'était étrange.

« Rase-toi, mais fais attention », fit Burrich.

J'arrivai presque à me rappeler comment on s'y prenait. L'odeur du savon, l'eau brûlante sur ma figure ; mais la lame aiguisée, aiguisée, ne cessait de me couper. De petites coupures qui piquaient. Après, j'observai l'homme de la vitre ronde. Fitz, pensai-je. Il ressemblait presque à Fitz. Je saignais. « Je saigne de partout », dis-je à Burrich.

Il rit. « Tu saignes toujours quand tu t'es rasé. Tu veux toujours aller trop vite. » Il prit la lame aiguisée, aiguisée. « Assieds-toi et ne bouge plus. Tu as oublié quelques poils. »

Je restai très immobile et il ne me coupa pas. C'était dur de ne pas bouger alors qu'il s'approchait tellement et me regardait de si près. Quand il eut fini, il me souleva le menton et me dévisagea. Il me dévisagea longuement. « Fitz ? » fit-il. Il tourna la tête et me sourit, mais son sourire disparut quand il vit que je ne le lui rendais pas. Il me donna une brosse.

« Il n'y a pas de chevaux à brosser », dis-je.

Il parut presque content. « Brosse-toi ça », et il m'ébouriffa les cheveux. Il m'obligea à les brosser jusqu'à ce qu'ils soient tout plats. Des endroits de ma tête me faisaient mal. Burrich fronça les sourcils en me voyant faire la grimace. Il me prit la brosse des mains, me dit de ne pas bouger et regarda ma tête. « Salaud ! » cracha-t-il durement et, me voyant broncher, il ajouta : « Non, pas toi. » Il secoua lentement la tête et me tapota l'épaule. « La douleur va passer avec le temps. » Il me montra comment tirer mes cheveux en arrière et les attacher avec une lanière. Ils étaient juste assez longs. « C'est mieux, dit-il. Tu reprends figure humaine. »

*

Je m'éveillai d'un rêve, tout agité et tout gémissant. Je me redressai et me mis à pleurer. Il quitta son lit pour s'approcher. « Qu'y a-t-il, Fitz? Qu'est-ce qui ne va pas?

— Il m'a enlevé à ma mère! dis-je. Il m'a emporté! J'étais beaucoup trop jeune pour rester sans elle!

— Je sais, je sais. Mais c'était il y a longtemps. Tu es ici, maintenant, et tu ne risques rien. » Il avait l'air presque effrayé.

« Il a enfumé la tanière, continuai-je. Il a pris la peau de ma mère et de mes frères. »

Son visage changea et sa voix n'était plus gentille. « Non, Fitz; ça, ce n'était pas ta mère. C'est un rêve de loup, le rêve d'Œil-de-Nuit. Ça lui est peut-être arrivé, mais pas à toi.

— Si, ça m'est arrivé, répondis-je et je fus soudain en colère. Si, ça m'est arrivé, et j'ai eu aussi mal. Aussi mal! » Je me levai et marchai en rond dans la pièce. Je marchai très longtemps jusqu'à ce que je ne sente plus ce que je sentais. Il resta assis à me regarder. Il but beaucoup d'eau-de-vie pendant que je marchais.

*

Un jour de printemps, je regardais par la fenêtre. Le monde sentait bon le vivant et le nouveau. Je m'étirai, puis fis rouler mes épaules. J'entendis mes os craquer. « Ce serait une belle matinée pour monter à cheval », dis-je. Je me tournai vers Burrich. Il touillait du gruau dans une bouilloire suspendue au-dessus du feu. Il vint à côté de moi.

« C'est encore l'hiver dans les Montagnes, dit-il doucement. J'aimerais savoir si Kettricken est bien arrivée chez elle.

— Sinon, ce n'est pas la faute de Suie », répondis-je. Soudain, quelque chose bascula et me fit mal au-dedans de moi, si bien que je restai un instant le souffle coupé. Je m'efforçai d'analyser la douleur, mais elle s'enfuit. Je n'avais pas envie de la rattraper, pourtant il faudrait que je la pourchasse, je le savais. Ce serait comme chasser un ours: quand je serais sur ses talons, elle m'attaquerait et tenterait de me faire du mal. Mais il y avait quelque chose en elle qui me poussait à la suivre. Je pris une profonde inspiration que je relâchai en tremblant ; j'en pris une autre, la gorge serrée.

À côté de moi, Burrich ne bougeait pas, ne disait rien. Il m'attendait.

Œil-de-Nuit me lança un avertissement pressant : *Frère, tu es un loup. Reviens, sauve-toi, ça va te faire du mal.*

Je m'écartai brusquement de lui.

Et Burrich se mit à faire des bonds dans la pièce en injuriant les objets et il laissa le gruau attacher. Il fallut quand même le manger parce qu'il n'y avait rien d'autre.

*

Pendant quelque temps, Burrich ne me laissa aucun répit. « Tu te souviens ? » répétait-il sans cesse ; il me citait des noms et me demandait de retrouver à qui ils appartenaient. Parfois, cela me revenait un peu. « Une femme, répondis-je au nom de Patience. Une femme dans une pièce pleine de plantes. » J'avais fait de mon mieux, mais cela ne l'empêcha pas d'être en colère.

Quand je dormais la nuit, je faisais des rêves où je voyais une lumière trembler, danser sur un mur de pierre – et des yeux à une petite fenêtre. Les rêves me pétrifiaient et me bloquaient le souffle. Si j'arrivais à reprendre assez de respiration pour crier, je parvenais à me réveiller. Parfois, il me fallait longtemps pour inspirer suffisamment ; Burrich se réveillait lui aussi et il se saisissait du grand couteau posé sur la table. « Qu'y a-t-il ? Qu'y a-t-il ? » me demandait-il, mais j'étais incapable de lui raconter.

Mieux valait dormir la journée, dehors, dans l'odeur de l'herbe et de la terre. Les rêves de murs ne me venaient pas, alors ; je voyais une femme qui se pressait doucement contre moi, son parfum était celui des fleurs des prairies et sa bouche avait le goût du miel. Ces rêves-là me faisaient mal au réveil, quand je me rendais compte qu'elle était partie pour toujours, emmenée par un autre. La nuit, je m'asseyais pour contempler le feu et j'essayais de ne pas penser à des murs de pierre glacés, à des yeux sombres pleins de larmes ni à une douce bouche emplie de mots amers. Je ne dormais pas. Je n'osais même pas m'allonger, et Burrich ne m'y forçait pas.

*

Umbre revint un jour. Il avait la barbe longue et il portait un chapeau à larges bords comme un colporteur, pourtant je le reconnus quand même. Burrich n'était pas là mais je le laissai entrer. Je ne savais pas pourquoi il venait. « Voulez-vous de l'eau-de-vie ? » demandai-je, en songeant que c'était peut-être pour cela qu'il était venu. Il m'observa et sourit presque.

« Fitz ? » dit-il. Il tourna la tête pour me regarder de face. « Eh bien, comment vas-tu ? »

Comme je ne connaissais pas la réponse à cette question, je lui rendis simplement son regard. Au bout d'un moment, il mit la bouilloire à chauffer. Il sortit des objets de son sac. Il avait apporté de la tisane épicée, du fromage et du poisson fumé. Il en tira aussi des paquets d'herbes et les posa en rang sur la table. Puis il prit une poche en cuir. Dedans, il y avait un gros cristal jaune qui lui remplissait toute la paume. Au fond de son sac se trouvait un grand bol peu profond, enduit de vernis bleu à l'intérieur. Il l'avait placé sur la table et rempli d'eau quand Burrich revint. Il était allé pêcher. Il avait un fil auquel étaient accrochés six poissons. C'étaient des poissons de rivière, pas de mer. Ils étaient glissants et brillants. Il avait déjà enlevé les viscères.

« Vous le laissez seul à présent ? demanda Umbre quand ils se furent salués.

— Bien obligé, pour chercher à manger.

— Vous lui faites donc confiance ? »

Burrich détourna le visage. « J'ai dressé beaucoup d'animaux : apprendre à une bête à faire ce qu'on lui ordonne, ce n'est pas la même chose que faire confiance à un homme. »

Burrich fit cuire le poisson à la poêle et nous mangeâmes ; il y eut aussi du fromage et de la tisane. Puis, tandis que je faisais la vaisselle, ils s'installèrent pour parler.

« Je voudrais essayer les herbes, dit Umbre à Burrich ; sinon, l'eau ou le cristal, quelque chose, enfin. N'importe quoi. Je commence à croire qu'il n'est pas vraiment… là.

— Si, répliqua tranquillement Burrich. Il faut lui laisser le temps. Je ne pense pas que les herbes lui fassent du bien : avant de… de changer, il aimait un peu trop ça ; vers la fin, il était toujours malade ou débordant d'énergie. S'il n'était pas plongé dans un abîme de chagrin, il était épuisé d'avoir combattu ou d'avoir donné sa force à Vérité ou à Subtil, et alors il prenait de l'écorce elfique au lieu de se reposer. Il avait oublié comment laisser son corps se remettre tout seul ; il n'avait pas la patience. La dernière nuit… vous lui avez donné de la graine de caris, n'est-ce pas ? Gantelée m'a dit n'avoir jamais rien vu de pareil ; à mon avis, davantage de gens se seraient portés à son secours s'ils n'avaient pas eu si peur de lui. Le pauvre Lame a cru qu'il était devenu complètement fou ; il ne s'est jamais pardonné de l'avoir ceinturé ; ah, si seulement il pouvait savoir que le petit n'est pas mort…

— Je n'avais pas le temps de faire le difficile : j'ai pris ce que j'avais sous la main. J'ignorais que la graine de caris le rendrait fou furieux.

— Vous auriez pu refuser de lui en donner, fit Burrich à mi-voix.

— Cela n'aurait rien changé : il aurait fait ce qu'il a fait, mais épuisé, et il se serait fait tuer aussitôt. »

J'allai m'asseoir sur la pierre d'âtre. Burrich ne me regardait pas : je me couchai sur le côté, puis roulai sur le dos et m'étirai. C'était bon. Je fermai les yeux et savourai la chaleur du feu sur mon flanc.

« Lève-toi et assieds-toi sur le tabouret, Fitz », dit Burrich.

Je soupirai mais j'obéis. Umbre ne me jeta pas un coup d'œil. Burrich se remit à parler.

« Je préfère lui éviter les chocs ; il a besoin de temps pour s'en sortir seul, c'est tout. Des souvenirs lui reviennent parfois, mais il les repousse ; je crois qu'il n'a pas envie de retrouver la mémoire, Umbre. Il n'a pas envie de redevenir FitzChevalerie ;

peut-être a-t-il trop apprécié d'être un loup et ne reviendra-t-il jamais.

— Il faut qu'il revienne, murmura Umbre. Nous avons besoin de lui. »

Burrich se redressa ; il posa par terre ses pieds jusque-là appuyés sur la réserve de bois et se pencha vers Umbre. « Vous avez reçu des nouvelles ?

— Pas moi, mais Patience, je pense. Il est très frustrant parfois de jouer les rats derrière les murs.

— Eh bien, qu'avez-vous entendu ?

— Seulement Patience et Brodette qui parlaient de laine.

— Et en quoi est-ce important ?

— Il leur fallait de la laine pour tisser un linge très doux destiné à un nourrisson ou un petit enfant. "Il va naître à la fin de nos moissons, mais ce sera le début de l'hiver dans les Montagnes ; mieux vaut le faire épais », a dit Patience. Il s'agissait peut-être de l'enfant de Kettricken. »

Burrich parut surpris. « Patience est au courant pour Kettricken ? »

Umbre éclata de rire. « Je l'ignore ! Qui sait de quoi cette femme est au courant ? Elle a beaucoup changé, ces temps derniers ; elle est en train de circonvenir la garde de Castelcerf et le seigneur Brillant n'y voit que du feu. Je songe à présent que nous aurions dû l'informer de notre plan, l'y faire participer depuis le début. Mais je me trompe peut-être.

— Ça m'aurait peut-être facilité la tâche. » Le regard de Burrich était perdu dans la contemplation des flammes.

Umbre secoua la tête. « Je regrette ; elle devait croire que vous aviez abandonné Fitz, que vous le rejetiez à cause du Vif. Si vous aviez cherché à récupérer son corps, Royal aurait pu concevoir des soupçons ; il fallait le persuader que Patience était la seule à s'intéresser assez à Fitz pour vouloir l'inhumer.

— Elle me hait, maintenant. Elle m'a dit que je n'avais ni fidélité ni courage. » Burrich observa ses mains et sa voix se durcit. « Je savais qu'elle avait cessé de m'aimer il y a des années, quand elle a donné son cœur à Chevalerie. Ça, je pouvais l'accepter : c'était un homme digne d'elle ; et c'est moi qui l'avais quittée : je pouvais supporter qu'elle ne m'aime plus parce qu'elle me respectait en tant qu'homme. Mais aujourd'hui elle me méprise. Je… » Il hocha la tête, puis ferma les yeux. Un instant, rien ne bougea, puis Burrich se redressa lentement, se tourna vers Umbre et demanda d'un ton calme : « Pour vous, donc, Patience sait que Kettricken s'est sauvée au royaume des Montagnes ?

— Je n'en serais pas étonné. Il n'y a pas eu d'annonce officielle, naturellement ; Royal a dépêché des messages au roi Eyod en demandant à savoir si Kettricken s'y était réfugiée, mais Eyod s'est contenté de répondre qu'elle était reine des Six-Duchés et que ses actes ne regardaient pas les Montagnes. Royal en a été si vexé qu'il a rompu tout commerce avec le royaume d'Eyod. Mais Patience semble très au courant de ce qui se passe en dehors du Château ; peut-être est-elle informée des événements au royaume des Montagnes. Pour ma part, j'aimerais beaucoup qu'on m'explique comment elle compte y faire parvenir la couverture : la route est longue et dure. »

Burrich resta longtemps sans mot dire. Puis : « J'aurais dû trouver un moyen pour accompagner Kettricken et le fou, mais il n'y avait que deux chevaux et des vivres pour deux : je n'avais pas réussi à m'en procurer davantage. Et ils sont partis seuls. » Il observa le feu d'un air furieux. « J'imagine qu'on n'a pas de nouvelles du roi-servant Vérité ? »

Umbre secoua lentement la tête. « Le roi Vérité, fit-il à mi-voix, reprenant Burrich. S'il était ici. » Son regard se fit lointain. « S'il avait rebroussé chemin, il serait déjà ici, murmura-t-il. Encore quelques journées clémentes comme aujourd'hui et il y aura des Pirates rouges dans toutes les baies de la côte. Je pense que Vérité ne reviendra pas.

— Alors Royal est roi pour de bon, dit Burrich d'un ton amer. En tout cas, jusqu'à ce que l'enfant de Kettricken soit en âge d'accéder au trône ; et à ce moment-là on peut s'attendre à une guerre civile s'il réclame la couronne – et s'il reste encore un royaume des Six-Duchés à gouverner. Vérité… je regrette à présent qu'il se soit lancé à la recherche des Anciens ; au moins, tant qu'il était vivant, nous étions un peu protégés des Pirates ; maintenant qu'il n'est plus là et que le printemps s'installe, il n'y a plus d'obstacle entre eux et nous… »

Vérité… Le froid me fit frissonner. Je le repoussai. Il revint, je le repoussai et le tins à l'écart. Au bout d'un moment, je pris une grande inspiration.

« Rien que l'eau, alors ? » demanda Umbre à Burrich ; je compris qu'ils avaient continué à parler mais que je n'avais pas écouté.

Burrich haussa les épaules. « Allez-y. Quel mal cela peut-il faire ? Savait-il déchiffrer l'eau, avant ?

— Je ne lui ai jamais demandé d'essayer, mais j'ai toujours eu le sentiment qu'il y arriverait. Il a le Vif et l'Art ; pourquoi ne saurait-il pas aussi lire l'eau ?

— Ce n'est pas parce qu'on peut faire quelque chose qu'on doit le faire. »

Ils restèrent un moment à s'entre-regarder, puis Umbre haussa les épaules. « Peut-être ma profession ne m'autorise-t-elle pas autant de scrupules que la vôtre », fit-il d'un ton guindé.

Burrich ne répondit pas tout de suite ; enfin, bourru : « Pardon, messire. Nous avons tous servi notre roi selon nos possibilités. »

Umbre acquiesça de la tête et sourit.

Il débarrassa la table de tous les objets sauf du bol d'eau et d'une bougie. « Viens ici », me dit-il d'une voix douce, et je m'approchai. Il me fit asseoir sur une chaise et plaça le bol devant moi. « Regarde dans l'eau et dis-moi ce que tu vois. »

Je voyais l'eau du bol ; je voyais le fond bleu du bol. Aucune de ces réponses ne le satisfit ; il me répéta de regarder encore mais je voyais toujours les mêmes choses. Il déplaça la bougie à plusieurs reprises en me demandant de regarder à chaque fois. Pour finir, il dit à Burrich : « Eh bien, au moins il répond quand on lui parle, maintenant. »

Burrich hocha la tête mais il avait l'air découragé. « Oui. Avec le temps, peut-être… »

Je compris qu'ils en avaient terminé avec moi et je me détendis.

Umbre voulut savoir s'il pouvait passer la nuit chez nous. Naturellement, répondit Burrich avant d'aller chercher l'eau-de-vie. Il servit deux gobelets ; Umbre attira mon tabouret près de la table et s'assit. Ils se remirent à bavarder sans plus s'occuper de moi.

« Et moi, alors ? » demandai-je enfin.

Ils s'interrompirent et se tournèrent vers moi. « Quoi, toi ? fit Burrich.

— Je ne peux pas avoir d'eau-de-vie ? »

Ils me dévisagèrent et Burrich s'enquit d'un ton circonspect :

« Tu en veux ? Je croyais que tu n'aimais pas ça.

— Non, je n'aime pas ça. Je n'ai jamais aimé ça. » Je réfléchis. « Mais ça ne coûtait pas cher. »

Burrich écarquilla les yeux ; Umbre eut un petit sourire, les yeux baissés sur ses mains. Puis, Burrich alla chercher un autre gobelet et y versa de l'eau-de-vie. Ils restèrent un moment à m'observer mais je ne fis rien, et ils reprirent finalement leur discussion. Je pris une gorgée d'eau-de-vie : le liquide me piquait toujours la bouche et le nez mais il déclenchait une chaleur au-dedans de moi. Je n'en voulais plus ; puis je songeai que si et je bus encore. C'était toujours aussi désagréable, comme un médicament que Patience m'obligeait à boire quand je toussais. Non. Je chassai cette pensée aussi, et je posai le gobelet.

Burrich ne me regarda pas ; il continuait à parler à Umbre. « Quand on chasse un cerf, on peut souvent s'en approcher bien davantage simplement en faisant semblant de ne pas le voir ; il reste où il est à vous surveiller, sans bouger un sabot tant que vous ne le regardez pas dans les yeux. » Il saisit la bouteille et me resservit. L'odeur me fit froncer le nez. Il me semblait sentir quelque chose bouger, une pensée dans ma tête. Je tendis mon esprit vers mon loup.

Œil-de-Nuit ?

Mon frère ? Je dors, Changeur. Il n'est pas encore temps de chasser.

Burrich me foudroya du regard et je cessai.

Je n'avais pas envie de reprendre de l'eau-de-vie, je le savais, mais quelqu'un d'autre m'y incitait ; quelqu'un me pressait de saisir mon gobelet et de le tenir dans ma main. Je fis tournoyer le liquide dans la timbale. Vérité faisait ainsi avec son vin tout en le regardant ; je regardai dans le gobelet sombre.

Fitz.

Je reposai le récipient, me levai et me mis à marcher en rond dans la pièce. J'aurais voulu sortir mais Burrich ne me laissait jamais aller dehors seul, surtout pas la nuit ; aussi fis-je plusieurs fois le tour de la pièce avant de me rasseoir sur ma chaise. Le gobelet d'eau-de-vie se trouvait toujours à ma place. Au bout d'un moment, je le repris, rien que pour chasser l'envie de le reprendre ; mais une fois que je l'eus dans ma main, l'intrus me fit changer d'envie : il me fit penser à le boire, à la bonne chaleur du liquide dans mon ventre. Il me suffisait de l'avaler d'un trait et le goût ne durerait pas, rien que la chaleur, agréable dans mon ventre.

Je savais ce qu'il cherchait à faire. Je commençais à me sentir en colère.

Encore une petite gorgée, alors, c'est tout. Murmure. *Pour t'aider à te détendre, Fitz. Le feu est bien chaud, tu as bien mangé ; Burrich te protégera et Umbre est là aussi : inutile de rester ainsi sur tes gardes. Rien qu'une gorgée encore, une seule.*

Non.

Une toute petite gorgée, alors, pour t'humecter la bouche.

J'obéis pour le faire cesser de me donner envie, mais il ne cessa pas et je pris une autre gorgée. Je m'emplis la bouche et j'avalai. Il devenait de plus en plus dur de résister ; il m'usait – et Burrich remplissait toujours mon gobelet.

Fitz, dis : « Vérité est vivant. » C'est tout. Rien que ça.

Non.

L'eau-de-vie ne te fait-elle pas du bien ? Elle te fait chaud au ventre. Reprends-en un peu.

«Je sais ce que vous cherchez; vous cherchez à m'enivrer pour que je ne puisse plus vous empêcher d'entrer. Je ne vous laisserai pas faire.» J'avais le visage mouillé.

Burrich et Umbre m'observaient. «Il n'a jamais eu le vin triste, fit Burrich. Du moins avec moi.» Ils paraissaient trouver la scène très intéressante.

Dis-le; dis: « Vérité est vivant. » Ensuite, je ne te dérangerai plus, je te le promets. Dis-le rien qu'une fois, même en chuchotant. Dis-le; dis-le.

Je baissai les yeux sur la table. Puis, à voix très basse: «Vérité est vivant.

— Ah?» fit Burrich. Il avait pris un ton trop détaché et il se pencha trop vite pour remplir mon gobelet. La bouteille était vide: il transvasa sa timbale dans la mienne.

Et soudain j'eus envie de boire et, cette fois, cette envie était la mienne. Je pris le gobelet et le bus d'un trait, puis je me levai. «Vérité est vivant, répétai-je. Il a froid mais il est vivant. Et c'est tout ce que j'ai à dire.» Je me dirigeai vers la porte, défis le verrou et sortis dans la nuit. Burrich ne chercha pas à m'arrêter.

*

Burrich avait raison: tout était là, comme un air trop souvent entendu et dont on ne peut plus se débarrasser. C'était sous-jacent à toutes mes pensées et cela teintait tous mes rêves; cela revenait sans cesse et ne me laissait pas le moindre répit. Le printemps se changea en été; d'anciens souvenirs commencèrent à recouvrir les nouveaux, mes vies commencèrent à se recoudre entre elles; il restait des trous et des faux plis, mais il me devenait de plus en plus difficile de refuser de savoir ce que je savais; chaque nom retrouvait un sens et un visage: Patience, Brodette, Célérité, Suie n'étaient plus de simples mots mais résonnaient désormais des riches harmoniques du souvenir et de l'émotion. «Molly», dis-je un jour tout haut; Burrich leva soudain le regard et faillit lâcher le collet en boyau finement tressé qu'il fabriquait; je l'entendis prendre sa respiration comme s'il s'apprêtait à me parler ; pourtant, il garda le silence et attendit que je poursuive, mais je fermai les yeux, enfouis mon visage dans mes mains et pleurai mon inconscience disparue.

Je passais beaucoup de temps devant la fenêtre à contempler la prairie. Il n'y avait rien de spécial à observer, mais Burrich ne m'interrompait pas et ne m'obligeait pas à exécuter mes corvées comme il l'eût fait naguère. Un jour que je regardais l'herbe grasse, je lui demandai : « Qu'allons-nous faire quand les bergers arriveront ici ? Où irons-nous vivre ?

— Sers-toi de ta tête. » Il avait fixé une peau de lapin au plancher et la raclait pour en ôter la chair et la graisse. « Ils ne viendront pas : il n'y a plus de troupeaux à mener en pâtures d'été ; le meilleur du cheptel est parti pour l'Intérieur avec Royal. Il a vidé Castelcerf de tout ce qu'il pouvait emporter. Je te parie que les rares moutons restés à Castelcerf ont fini à la broche pendant l'hiver.

— Sûrement. » Soudain quelque chose pressa sur mon esprit, quelque chose de plus terrible que tout ce que je savais et ne voulais pas me rappeler : c'était tout ce que j'ignorais, toutes les questions demeurées sans réponse. Je sortis me promener sur la prairie, puis j'allai plus loin, au bord du ruisseau que je suivis vers l'aval jusqu'au petit marais où poussaient les massettes ; je cueillis les épis verts pour les ajouter au gruau. J'avais retrouvé tous les noms des plantes ; sans le vouloir, je savais lesquelles pouvaient tuer un homme et comment les préparer. Toute ma science était là, prête à m'envahir, que je veuille ou non.

Quand je revins avec les épis, Burrich faisait cuire l'avoine ; je déposai ma brassée sur la table et puisai une cuvette d'eau à la barrique, puis, tout en triant les massettes avant de les nettoyer, je lui demandai enfin : « Que s'est-il passé cette nuit-là ? »

Il se tourna très lentement vers moi, comme si j'avais été une proie qu'un mouvement brusque risquait d'effaroucher. « Quelle nuit ?

— Celle où le roi Subtil et Kettricken devaient s'enfuir. Pourquoi les chevaux et la litière n'étaient-ils pas prêts ?

— Ah, celle-là !» Il poussa un soupir comme au souvenir d'une vieille douleur, puis il se mit à parler d'une voix posée ; on eût dit qu'il voulait éviter de m'effrayer. «On nous surveillait, Fitz, depuis le début. Royal savait tout. Je n'aurais pas pu faire sortir un grain d'avoine des écuries ce jour-là, alors trois chevaux, une litière et un mulet… Il y avait des gardes de Bauge partout, qui faisaient semblant d'être descendus inspecter les boxes vides, et je n'ai pas osé aller te prévenir ; alors, pour finir, j'ai attendu que le banquet ait commencé, que Royal se soit couronné et croie avoir gagné pour sortir en douce des écuries et aller chercher les deux seuls chevaux disponibles : Suie et Rousseau. Je les avais cachés chez le forgeron pour que Royal ne puisse pas les vendre eux aussi. Pour tous vivres, j'ai pris ce que je trouvais dans la salle des gardes ; je ne voyais pas que faire d'autre.

— Et ce sont les seules provisions qu'ont emportées la reine Kettricken et le fou. » Leurs noms roulaient étrangement sur ma langue ; je n'avais pas envie de penser à eux, de me les rappeler. La dernière fois que j'avais vu le fou, il m'accusait en pleurant d'avoir assassiné son roi ; j'avais insisté pour qu'il s'enfuie à la place du roi afin de sauver sa vie. Ce n'était pas le meilleur souvenir d'adieu à conserver d'un ami.

«Oui.» Burrich posa le faitout sur la table pour laisser le gruau épaissir. «Umbre et le loup m'ont guidé jusqu'à eux. J'aurais voulu les accompagner mais c'était impossible ; je n'aurais fait que les ralentir. Ma jambe… Je savais que je ne soutiendrais pas longtemps l'allure des chevaux, et monter à deux par ce temps aurait épuisé les bêtes. J'ai dû les laisser partir sans moi.» Il se tut un instant, puis, d'une voix grondante, plus grave que celle d'un loup : «Si jamais je découvre qui nous a vendus à Royal…

— C'est moi.»

Il planta son regard dans le mien, l'horreur et l'incrédulité peintes sur ses traits. Je baissai le nez ; mes mains commençaient à trembler.

«J'ai été stupide. C'est ma faute. La petite servante de la reine, Romarin, toujours dans nos jambes… Elle devait espionner pour le compte de Royal. Elle m'a entendu dire à la reine qu'il lui fallait se tenir prête, que le roi l'accompagnerait, qu'elle devait se vêtir chaudement. De là, Royal a dû deviner qu'elle allait s'enfuir de Castelcerf, qu'elle aurait par conséquent besoin de chevaux. Et peut-être ne s'est-elle pas contentée d'espionner ; peut-être a-t-elle porté un panier de friandises empoisonnées à une vieille femme, peut-être a-t-elle appliqué de la graisse sur la marche d'un escalier que sa reine devait bientôt emprunter. »

Avec un effort, je quittai les épis des yeux pour rencontrer le regard effaré de Burrich. « Et ce que Romarin n'a pu apprendre, Justin et Sereine l'ont entendu : ils vampirisaient le roi, ils le saignaient de sa force d'Art et ils interceptaient la moindre pensée qu'il échangeait avec Vérité. Une fois qu'ils ont su que je prêtais ma force au roi, ils se sont mis à m'espionner par l'Art moi aussi. J'ignorais que c'était possible, mais Galen avait trouvé un moyen et l'avait enseigné à ses élèves. Tu te rappelles Guillot, le fils de Lad ? Le membre du clan ? C'était le meilleur dans cette discipline. Il pouvait faire croire à ses victimes qu'il n'était pas là, alors qu'il se tenait à côté d'elles. »

Je secouai la tête en m'efforçant de me débarrasser des terrifiants souvenirs que je gardais de lui et qui faisaient resurgir les ombres du cachot, tout ce que je renâclais encore à me rappeler. Je me demandais si je l'avais tué ; je ne le pensais pas : il n'avait sans doute pas avalé assez de poison. Je m'aperçus que Burrich me regardait fixement.

« Cette nuit-là, au dernier moment, le roi a refusé de partir, repris-je à mi-voix. Depuis si longtemps, je ne voyais que le traître en Royal et j'avais oublié que Subtil y verrait encore un fils. Quand Royal s'est emparé de la couronne de Vérité alors qu'il savait son frère vivant, le roi Subtil n'a plus voulu vivre, sachant Royal capable d'un tel acte. Il m'a demandé de lui prêter ma force pour artiser un adieu à Vérité. Mais Sereine et Justin étaient aux aguets. » Je me tus et de nouvelles pièces du puzzle se mirent en place. « J'aurais dû me rendre compte que c'était trop facile : personne pour garder le roi... Pourquoi ?

Parce que Royal n'en avait pas besoin ; Sereine et Justin étaient collés à Subtil comme des sangsues. Royal en avait fini avec son père : il s'était couronné roi-servant et Subtil ne pouvait plus lui être d'aucune utilité ; ils ont donc saigné le roi à blanc, ils l'ont tué avant même qu'il puisse dire adieu à Vérité. Sans doute Royal leur avait-il recommandé de veiller qu'il n'artise plus Vérité. Alors j'ai tué Sereine et Justin ; je les ai tués de la même façon qu'ils avaient assassiné mon roi : sans leur laisser l'occasion de se défendre, sans la moindre pitié.

— Calme-toi ; allons, calme-toi. » Burrich s'approcha vivement de moi, me prit par les épaules et me fit asseoir. « Tu trembles comme si tu allais faire une crise. Calme-toi. »

J'étais incapable de parler.

« C'est ce qu'Umbre et moi n'arrivions pas à démêler, me dit-il : qui nous avait trahis ? Nous avons pensé à tout le monde, même au fou ; un moment, nous avons craint d'avoir remis Kettricken entre les mains d'un traître.

— Comment avez-vous pu croire ça ? Le fou aimait le roi Subtil plus que quiconque !

— Nous ne voyions personne d'autre qui connaissait nos plans, répondit-il simplement.

— Ce n'est pas le fou qui a provoqué notre perte : c'est moi. » C'est à cet instant, je pense, que je redevins complètement moi-même. J'avais dit l'indicible, exprimé la vérité inexprimable : je les avais tous trahis. « Le fou m'avait prévenu. Il avait prédit que je causerais la mort des rois si je n'apprenais pas à cesser de me mêler de tout. Umbre aussi m'avait mis en garde ; il avait tenté de m'arracher la promesse de ne plus modifier les événements, mais j'ai refusé. Et par mes actes j'ai tué mon roi : si je ne lui avais pas prêté ma force pour artiser, il ne se serait pas tant exposé aux coups de ses assassins. Je l'ai aidé à s'ouvrir pour contacter Vérité, mais ce sont ces deux sangsues qui sont apparues. L'assassin du roi… C'est vrai de tant et tant de manières, Subtil ! Je regrette, mon roi, je regrette profondément. Sans moi, Royal n'aurait eu aucun motif de vous tuer.

— Fitz!» Le ton de Burrich était ferme. «Royal n'avait pas besoin de motif pour tuer son père : il lui suffisait de ne plus en avoir de le maintenir en vie. Et ça, tu n'y pouvais rien.» Un pli barra soudain son front. «Mais pourquoi le tuer juste à ce moment? Pourquoi ne pas avoir attendu de s'être assurés de la reine?»

Je souris. «Tu l'as sauvée. Royal croyait la tenir, il pensait nous avoir barré la route en t'empêchant de sortir les chevaux des écuries; il s'est même vanté devant moi, dans ma cellule, qu'elle avait dû partir à pied et sans vêtements contre l'hiver.»

Burrich sourit à son tour, durement. «Elle et le fou ont pris les affaires préparées pour Subtil, et ils se sont mis en chemin sur deux des meilleures bêtes qui soient sorties des écuries de Castelcerf. Je parie qu'ils sont arrivés sains et saufs dans les Montagnes, mon garçon; Suie et Rousseau doivent brouter dans de hautes pâtures, en ce moment.»

Maigre réconfort. Cette nuit-là, j'allai courir avec le loup et Burrich ne me fit aucun reproche. Mais nous ne pouvions courir assez vite ni assez loin, et le sang versé cette nuit n'était pas celui que je souhaitais voir couler, non plus que la viande tiède ne parvint à combler le vide en moi.

*

Je me remémorai ma vie et la personne que j'avais été. Les jours passant, Burrich et moi nous remîmes à nous parler avec franchise, comme des amis, et il renonça à son empire sur moi tout en exprimant de feints regrets pour me taquiner; nous retrouvâmes nos habitudes d'antan, nos anciennes façons de rire ensemble et de nous chamailler. Mais notre relation qui s'apaisait et retournait à la normale nous rappelait de manière ô combien aiguë tout ce que nous avions perdu.

Il n'y avait pas assez à faire dans une journée pour occuper Burrich : je regardais cet homme qui avait eu l'autorité absolue sur les écuries, les chevaux, les chiens et les faucons de Castelcerf s'inventer des tâches pour remplir les heures et je savais la nostalgie qu'il avait des bêtes autrefois à sa charge.

Quant à moi, l'animation et la foule du Château me manquaient, mais c'était l'absence de Molly qui me causait la plus
vive douleur. J'imaginais les conversations que j'aurais pu
avoir avec elle, je cueillais des reines-des-prés et des orées-du-
jour parce qu'elles portaient son parfum et, le soir, dans mon
lit, je me rappelais le contact de sa main sur ma joue. Mais ce
n'était pas de cela que nous parlions : nous essayions de rassembler nos pièces, en quelque sorte, pour recomposer un
tout. Burrich pêchait, je chassais, il fallait gratter les peaux,
laver et repriser les chemises, chercher de l'eau au ruisseau –
c'était la vie. Une fois, il voulut me raconter le jour où il était
venu me voir au cachot pour m'apporter le poison ; ses mains
étaient agitées de petits mouvements nerveux tandis qu'il évoquait le moment où il avait dû s'en aller en me laissant seul
dans ma cellule. Je fus incapable de le laisser poursuivre.
«Allons pêcher », proposai-je pour l'interrompre. Il prit une
longue inspiration et hocha la tête ; nous nous rendîmes au
bord de l'eau et nous ne parlâmes pas davantage ce jour-là.

Cependant, j'avais été mis en cage, affamé et battu à mort,
et, parfois, quand il me regardait, je savais qu'il en voyait les
marques. En me rasant, je contournais la balafre qui courait
du haut en bas de ma joue et j'observais la mèche blanche
qui poussait là où le cuir chevelu avait été ouvert. Nous n'y faisions jamais allusion et je refusais d'y penser, mais nul n'aurait
pu vivre ce que nous avions vécu sans en être changé.

Des rêves commencèrent à me venir la nuit, brefs et très
nets, instants de feu pétrifiés, souffrance intense, peur sans
espoir. Je m'éveillais alors, les cheveux plaqués par une sueur
glacée, l'estomac soulevé de terreur ; rien ne me restait de ces
rêves quand je m'asseyais dans le noir, pas le moindre fil qui
me permît d'en retrouver le prétexte, rien que la douleur, l'effroi, la rage, la frustration. Mais surtout la peur, la peur acca-
blante qui me laissait tremblant de tous mes membres,
suffocant, les larmes aux yeux, le fond de la gorge baigné de
bile amère.

La première fois que cela m'arriva, que je me redressai brusquement dans mon lit avec un hurlement, Burrich se leva

pour me poser la main sur l'épaule en me demandant si tout allait bien, et je l'écartai de moi si violemment qu'il heurta la table et faillit la renverser. La peur et la colère se mêlèrent en moi en un paroxysme de fureur où j'aurais pu le tuer simplement parce qu'il se trouvait à ma portée ; à cet instant je rejetai et méprisai si complètement tout ce que j'étais que je n'eus plus que le désir de détruire tout ce qui était moi. Déchaîné, je *repoussai* le monde entier au point de déplacer ou presque ma propre conscience. *Frère, frère, frère !* glapit Œil-de-Nuit, éperdu, et Burrich recula en chancelant avec un cri inarticulé. Au bout d'un moment, je parvins à avaler ma salive et marmonnai : « Un cauchemar, c'est tout. Excuse-moi ; j'étais encore dans mon rêve ; ce n'était qu'un cauchemar.

— Je comprends, dit-il d'un ton brusque, puis, plus pensif : Je comprends. » Et il se remit au lit. Mais ce qu'il comprenait, je le savais, c'était que cette fois il ne pouvait pas m'aider.

Les cauchemars ne venaient pas toutes les nuits, mais assez souvent pour faire de mon lit un objet d'angoisse. En ces occasions, Burrich faisait semblant de dormir, mais je le sentais éveillé tandis que je livrais seul mes combats nocturnes. De mes rêves, rien ne me restait que l'atroce terreur dont ils m'accablaient. J'avais souvent connu la peur, auparavant : la peur quand j'avais combattu les forgisés, la peur quand nous avions attaqué les guerriers des Pirates rouges, la peur quand j'avais affronté Sereine, la peur qui mettait en garde, qui aiguillonnait, qui donnait le mordant nécessaire pour rester en vie. Mais celle de mes nuits était une terreur qui coupait bras et jambes, qui faisait espérer la mort pour y mettre un terme, parce que j'étais brisé et que je me savais prêt à tout avouer pour éviter de nouvelles souffrances.

Il n'est pas de réponse à une telle peur ni à la honte qui s'ensuit ; en vain, j'essayai la colère, j'essayai la haine ; ni les larmes ni l'eau-de-vie ne pouvaient la noyer. Elle s'infiltrait partout en moi comme une odeur malsaine, teintait mes souvenirs et assombrissait ma perception de celui que j'avais été. Aucun des instants de joie, de passion ou de courage que je retrouvais dans ma mémoire n'était exactement tel qu'il avait été, car mon esprit ajoutait toujours avec perfidie : « Oui, tu as eu cela, en un temps, mais ensuite est venu ceci, et ceci est ce que tu es aujourd'hui. » Cette peur débilitante rôdait en moi comme une présence dissimulée et je savais, avec une conviction affreuse, que réduit aux abois je me fondrais en elle : je n'étais plus FitzChevalerie, j'étais ce qui restait de lui après que la peur l'eut chassé de son corps.

*

Le deuxième jour après que Burrich fut tombé à court d'eau-de-vie, je lui dis : « Ça ne me dérange pas de rester seul ici si tu veux aller à Bourg-de-Castelcerf.

— Nous n'avons pas d'argent pour acheter d'autres vivres et plus rien à vendre », répondit-il d'un ton sec comme si c'était ma faute. Il était assis près du feu ; il joignit les mains et les serra entre ses genoux : je les avais vues trembler imperceptiblement. « Nous allons devoir nous débrouiller sans rien ; le gibier abonde et, si nous n'arrivons pas à nous remplir le ventre, c'est que nous méritons de mourir de faim.

— Tu tiendras le coup ? » demandai-je carrément.

Il me regarda, les yeux étrécis. « Ça veut dire quoi, ça ?

— Ça veut dire qu'il n'y a plus d'eau-de-vie, répondis-je brutalement.

— Et tu crois que je ne peux pas m'en passer ? » Je sentais déjà sa colère monter. Il avait de moins en moins de patience depuis que l'alcool manquait.

J'eus un petit haussement d'épaules. « Je posais la question, c'est tout. » Je demeurai sans bouger, sans le regarder, en espérant qu'il n'allait pas exploser.

Après un silence, il dit très bas : « Nous verrons bien. »

Je laissai passer un long moment, puis : « Qu'allons-nous faire ? »

Il me jeta un regard agacé. « Je te l'ai déjà dit : chasser pour nous nourrir. Tu es sûrement capable de comprendre ça. »

Je détournai les yeux avec un petit hochement de tête. « J'avais compris ; je parlais… d'après. Après-demain.

— Eh bien, nous chasserons pour nous procurer de la viande ; nous devrions tenir quelque temps de cette façon. Mais tôt ou tard nous aurons envie de choses que nous ne pourrons ni chasser ni bricoler ; Umbre nous en fournira certaines, si c'est possible – Castelcerf est aussi sec qu'un vieil os, à présent. Je devrai me rendre à Bourg-de-Castelcerf pour y louer mes services. Mais pour l'instant…

— Non, murmurai-je. Je voulais dire… nous ne pouvons pas rester éternellement cachés ici. Qu'allons-nous faire après ? »

Ce fut son tour de se taire un moment. « À vrai dire, je n'y ai guère réfléchi. Il me fallait d'urgence un abri pour te laisser le temps de guérir, et ensuite, j'ai bien cru que jamais tu ne…

— Mais je suis revenu, maintenant. » J'hésitai. « Patience…

— Elle te croit mort. » Il m'avait coupé peut-être plus sèchement qu'il ne le voulait. « Umbre et moi sommes les seuls à savoir la vérité. Avant de te tirer de ton cercueil, nous ignorions à quoi nous attendre : la dose de produit était-elle trop forte, y avais-tu succombé, ou encore étais-tu mort de froid au bout de plusieurs jours sous la terre ? J'avais vu ce qu'on t'avait fait. » Il s'interrompit et me dévisagea un instant, les yeux hagards. Il secoua imperceptiblement la tête. « Je ne pensais pas que tu y avais survécu et encore moins au poison ; aussi n'avons-nous voulu donner de faux espoirs à personne. Et après, une fois qu'on t'a sorti de là… » Il secoua la tête plus violemment. « Au premier abord, tu étais dans un état affreux. Ce qu'on t'avait fait… les dégâts étaient épouvantables… Je ne sais pas ce qui a pris Patience de nettoyer et de panser les blessures d'un cadavre, mais autrement… Et puis plus tard… tu n'étais plus toi-même. Les premières semaines, j'étais malade de ce que nous avions fait : nous avions mis l'âme d'un loup dans le corps d'un homme, voilà ce que je pensais. »

Il me regarda de nouveau, et une expression incrédule passa sur ses traits à ce souvenir. « Tu m'as sauté à la gorge. Le premier jour où tu as réussi à te tenir debout tout seul, tu as essayé de t'enfuir ; je t'en ai empêché et tu m'as sauté à la gorge. Je ne pouvais pas montrer à Patience la créature qui grondait et mordait que tu étais devenue, et encore moins…

— Crois-tu que Molly… ? » fis-je.

Burrich détourna les yeux. « Elle a sans doute appris que tu étais mort. » Un silence, puis, mal à l'aise : « Quelqu'un avait fait brûler une bougie sur ta tombe ; on avait dégagé la neige, et il restait le moignon de cire quand je suis venu te déterrer.

— Comme un chien déterre un os.

— J'avais peur que tu ne comprennes pas.

— Je n'ai pas compris. J'ai cru Œil-de-Nuit sur parole, c'est tout. »

J'étais arrivé à la limite de ce que je pouvais supporter de me rappeler, ce jour-là, et j'aurais voulu abandonner la conversation, mais Burrich s'acharna. « Si tu reparais à Castelcerf ou à Bourg-de-Castelcerf, on te tuera. On te pendra au-dessus de l'eau et on brûlera ton cadavre, ou bien on le démembrera ; en tout cas, les gens veilleront à ce que tu sois mort pour de bon et que tu le restes, cette fois.

— Ils me détestaient donc tant ?

— Te détester ? Non. Ils t'aimaient bien, ceux qui te connaissaient, en tout cas ; mais si tu revenais parmi eux alors que tu es mort et enterré, ils auraient peur de toi ; et pas question d'expliquer ton décès par un tour de passe-passe : la magie du Vif est mal vue ; lorsqu'on en accuse un homme, puis qu'il meurt et qu'on l'inhume, mieux vaut qu'il reste dans son trou s'il veut laisser un bon souvenir. Si on te voyait te promener dans la rue, on y verrait la preuve que Royal avait raison, que tu t'adonnais à la magie des Bêtes et que tu t'en es servi pour tuer le roi ; il faudrait à nouveau t'exécuter – et plus soigneusement cette fois-ci. » Burrich se leva brusquement et fit deux allers-retours d'un mur à l'autre. « Crénom de nom, je boirais bien quelque chose, dit-il.

— Moi aussi », murmurai-je.

*

Dix jours plus tard, Umbre apparut sur le chemin qui menait chez nous. Le vieil assassin marchait à pas lents, un bâton à la main, son paquetage haut perché sur ses épaules. La journée était chaude et il avait rejeté en arrière le capuchon de son manteau ; le vent faisait danser ses longs cheveux gris et il s'était laissé pousser la barbe pour dissimuler ses traits. Au premier coup d'œil, on l'aurait pris pour un vieux rémouleur itinérant au visage marqué de cicatrices, mais plus pour le Grêlé ; le vent et le soleil avaient hâlé son teint. Burrich était à la pêche, activité qu'il préférait pratiquer seul, et, en son absence, Œil-de-Nuit était venu lézarder sur notre seuil ; mais, dès qu'il avait humé l'odeur d'Umbre, il s'était éclipsé dans les bois derrière la hutte. J'étais seul.

J'observai Umbre pendant qu'il approchait : l'hiver l'avait vieilli, accentuant ses rides et le gris de ses cheveux, mais il se déplaçait avec plus de vigueur que je ne m'en souvenais, comme si les privations l'avaient endurci. Enfin, je me portai à sa rencontre avec un curieux sentiment de timidité et de gêne ; quand il leva les yeux et m'aperçut, il s'arrêta sur la piste ; je continuai jusqu'à lui. « Mon garçon ? » fit-il d'un ton circonspect quand je fus auprès de lui ; je dus faire un effort pour acquiescer en souriant. Le sourire qui illumina soudain son visage me mortifia ; il lâcha son bâton pour me prendre dans ses bras, puis il appuya sa joue contre la mienne comme si j'étais encore un enfant. « Oh, Fitz, Fitz, mon garçon ! s'exclama-t-il d'une voix empreinte de soulagement. Je te croyais perdu ! J'avais peur que nous ne t'ayons infligé un sort pire que la mort ! » Ses bras secs et forts m'étreignaient.

J'eus pitié du vieil homme. Je ne lui dis pas que c'était le cas.

2

LA SÉPARATION

Après s'être couronné roi des Six-Duchés, le prince Royal Loinvoyant abandonna peu ou prou les duchés côtiers à leurs propres moyens. Il avait auparavant dépouillé Castelcerf et une grande partie du duché de Cerf de tout l'argent qu'il avait pu récupérer ; de Castelcerf, les chevaux et le bétail avaient été vendus à bas prix, les meilleures bêtes étant néanmoins convoyées dans l'Intérieur, à la nouvelle résidence de Royal, Gué-de-Négoce. Le mobilier et la bibliothèque du siège royal traditionnel avaient été razziés, une partie des biens réservée à l'ameublement de la demeure du prince, une autre divisée entre ses ducs et ses nobles de l'Intérieur à titre de faveurs, ou carrément vendue. Les entrepôts à grain, les caves à vin, les armureries, tout avait été vidé et le butin emporté dans l'Intérieur.

Son projet annoncé avait été de déplacer le roi Subtil, souffrant, et la reine Kettricken, veuve et enceinte, à Gué-de-Négoce, afin de les protéger des raids des Pirates rouges contre les duchés côtiers, ce qui lui fournit une excuse pour dépouiller Castelcerf de ses meubles et de ses objets de valeur ; or, avec le décès de Subtil et la disparition de Kettricken, ce mauvais prétexte ne tint plus, mais cela ne l'empêcha pas de quitter au plus tôt le Château après son intronisation. On a raconté que, le conseil des nobles discutant le bien-fondé de sa décision, il aurait répondu que les duchés côtiers ne représentaient pour lui que guerre et gaspillage d'argent, qu'ils avaient toujours vécu

43

aux dépens des duchés de l'Intérieur et qu'il souhaitait bien du plaisir aux Outrîliens s'ils s'emparaient de ces régions lugubres où ne poussaient que des cailloux. Plus tard, il devait nier avoir jamais tenu de tels propos.

Avec la disparition de Kettricken, le roi Royal se trouva dans une position sans précédent dans l'histoire : l'enfant que portait Kettricken était naturellement en tête de la succession au trône, mais la reine et l'enfant à naître s'étaient évanouis dans la nature dans des circonstances éminemment suspectes, dans lesquelles certains pensaient voir la main de Royal. Cependant, même si la reine était demeurée à Castelcerf, l'enfant n'aurait eu droit à aucun titre, fût-ce celui de roi-servant, avant au moins dix-sept années. Royal était très impatient d'endosser celui de roi mais, selon la loi, il lui fallait l'entérinement des six duchés pour y prétendre. Il acheta donc la couronne au moyen de concessions faites aux duchés côtiers, dont la plus importante fut la promesse que Castelcerf resterait garni en hommes et prêt à défendre la côte.

Le commandement de l'ancienne citadelle fut donné à l'aîné de ses neveux, héritier du duché de Bauge, le seigneur Brillant, qui, à vingt-cinq ans, rongeait son frein en attendant que son père lui transmette le titre ; il accepta donc d'enthousiasme d'assumer l'autorité à Castelcerf, quoique n'ayant guère d'expérience sur quoi se reposer. Royal se transporta au Château de Gué-de-Négoce, en Bauge, sur la Vin, tandis que le seigneur Brillant restait à Castelcerf avec une garde choisie composée de soldat de Bauge. À ce que l'on sait, Royal ne lui laissa pas de fonds dans lesquels puiser ; aussi le jeune homme s'efforça-t-il d'extorquer ce dont il avait besoin aux marchands de Bourg-de-Castelcerf et aux fermiers et bergers, déjà retranchés et prêts à se défendre, du duché de Cerf. Aucun indice ne laisse à penser qu'il fût mal disposé envers les gens de Cerf ou des autres duchés côtiers, mais il ne leur portait aucun sentiment de fidélité non plus.

En résidence aussi à Castelcerf à cette époque se trouvait une poignée de nobliaux de Cerf. La plupart des nobles étaient retournés en leurs châteaux afin de protéger leurs gens dans la

mesure de leurs capacités ; de ceux qui demeurèrent à Castelcerf, la figure la plus notable était dame Patience, qui avait été
reine-servante jusqu'au jour où son époux, le prince Chevalerie, avait renoncé au trône en faveur de son puîné Vérité. Les
soldats de Cerf y étaient également en garnison, ainsi que la
garde personnelle de la reine Kettricken et les quelques
hommes qui subsistaient de la garde du roi Subtil ; le moral
était bas parmi les hommes car la solde tombait irrégulière-
ment et les rations étaient de piètre qualité. Le seigneur Brillant
avait amené avec lui sa garde personnelle et la préférait manifestement aux soldats de Cerf. La situation était encore compliquée par une hiérarchie embrouillée : officiellement, les troupes
de Cerf devaient présenter leurs rapports au capitaine Keffel, du
contingent de Bauge, commandant de la garde du seigneur
Brillant ; mais, dans les faits, Gantelée, de la garde de la reine,
Kerf, de la garde de Castelcerf, et le vieux Rouge, de la garde du
roi Subtil, faisaient bande à part et tenaient leurs propres
conseils entre eux, et, s'ils rendaient compte régulièrement,
c'était à dame Patience, que, le temps passant, les soldats de
Cerf en vinrent à désigner sous le titre de dame de Castelcerf.

Même une fois couronné, Royal demeura jaloux de sa position ; il envoya des messagers dans tout le royaume afin d'apprendre où la reine Kettricken et le futur héritier pouvaient se
cacher. Soupçonnant qu'elle pût avoir cherché refuge auprès
de son père, le roi Eyod du royaume des Montagnes, il exigea de
celui-ci qu'il la lui rendît ; Eyod répliqua que les affaires de la
reine des Six-Duchés ne regardaient pas le peuple des Montagnes, et Royal, furieux, rompit les liens avec son royaume,
interdit tout commerce et s'efforça d'empêcher jusqu'aux
simples voyageurs d'en franchir la frontière ; dans le même
temps, des rumeurs, sans doute répandues sur son ordre, commencèrent à circuler, selon lesquelles l'enfant que portait Kettricken n'était pas de Vérité et qu'il n'avait donc aucun droit
légitime sur le trône des Six-Duchés.

Ce fut une triste époque pour le petit peuple de Cerf : abandonnés par leur roi, défendus seulement par une troupe réduite
et mal ravitaillée, les gens du commun se trouvaient privés

de gouvernail sur une mer démontée ; ce que les Pirates ne volaient ou ne détruisaient pas, les hommes du seigneur Brillant le saisissaient à titre d'impôt ; les routes furent bientôt infestées de brigands car, lorsque l'honnête homme ne gagne plus sa vie, il se débrouille comme il peut ; les petits fermiers, désespérant de subsister, fuirent la côte pour devenir mendiants, voleurs et putains dans les cités de l'Intérieur ; le commerce s'éteignit, car on voyait rarement revenir les navires qui partaient.

*

Umbre et moi bavardions, assis sur le banc devant la cabane. Nous ne parlions pas de sujets graves ni des événements importants du passé, nous ne discutions pas de mon retour d'entre les morts ni de la situation politique ; non, nous évoquions les petits riens que nous partagions comme si je revenais d'un long voyage. Rôdeur, la belette, se faisait vieux ; l'hiver écoulé lui avait raidi les articulations et même la venue du printemps n'avait pas réussi à le revigorer ; Umbre craignait qu'il ne passe pas l'année. Mon mentor avait enfin réussi à faire sécher des feuilles de pennon sans qu'elles moisissent mais elles étaient beaucoup moins efficaces que les fraîches ; les pâtisseries de Mijote nous manquaient à tous les deux. Umbre me demanda si je souhaitais récupérer quelque chose dans ma chambre ; Royal l'avait fait fouiller et l'avait laissée sens dessus dessous, mais rien ou presque n'en avait été emporté, croyait-il, et nul ne s'apercevrait de la disparition d'un ou deux objets. Je lui parlai de la tapisserie qui représentait le roi Sagesse en train de traiter avec les Anciens : il s'en souvenait, mais elle était beaucoup trop volumineuse pour qu'il puisse la transporter jusqu'à la hutte. Je lui adressai alors un regard si pitoyable qu'il se ravisa aussitôt et affirma qu'il se débrouillerait.

Je lui fis un sourire radieux. « C'était une plaisanterie, Umbre. Cette grande pendouille n'a fait que me donner des cauchemars depuis que j'étais tout petit. Non : il n'y a plus rien dans ma chambre à quoi je tienne encore. »

Umbre me regarda d'un air presque triste. « Tu laisses une existence derrière toi, comme ça, en ne gardant que ce que tu as sur le dos et une boucle d'oreille ? Et rien de ce que je pourrais te rapporter ne t'intéresse… Tu ne trouves pas ça étrange ? »

Je réfléchis un moment. L'épée dont Vérité m'avait fait cadeau, l'anneau d'or que m'avait donné le roi Eyod et qui avait appartenu à Rurisk, une épingle que m'avait remise dame Grâce, le biniou de mer de Patience – j'espérais qu'elle avait pu le reprendre –, mes peintures et mes papiers, une petite boîte que j'avais sculptée pour y garder mes poisons… Molly et moi n'avions jamais échangé de gages d'amour ; elle ne voulait pas que je lui fasse de présents et je n'avais jamais songé à voler un des rubans dont elle décorait ses cheveux. Si j'y avais pensé…

« Non. Mieux vaut une rupture franche. Mais vous avez oublié quelque chose. » Je retournai le col de ma chemise rêche pour lui montrer le petit rubis à monture d'argent. « L'épingle que Subtil m'avait donnée pour me marquer comme son vassal. Je l'ai toujours. » Patience s'en était servie pour fermer le linceul dont j'étais enveloppé. Je chassai cette pensée.

« Je m'étonne encore que les gardes de Royal n'aient pas détroussé ton cadavre ; le Vif a, j'imagine, si vilaine réputation qu'ils devaient te redouter mort autant que vivant. »

Je passai mon index sur l'arête brisée de mon nez. « Je n'avais pas l'air de beaucoup les effrayer, autant que je puisse le dire. »

Umbre eut un sourire torve. « Ce nez te gêne, hein ? Moi, je trouve qu'il te donne du caractère. »

Je le regardai en louchant à cause du soleil. « Ah ?

— Non, c'est faux, mais c'était une façon courtoise de dire les choses. Ce n'est pas si affreux, néanmoins ; on a presque l'impression que quelqu'un a voulu te le redresser. »

Un souvenir aux arêtes déchiquetées me fit frissonner. « Je n'ai pas envie d'y penser », dis-je avec franchise.

La compassion assombrit soudain son visage ; je détournai le regard, incapable d'endurer sa pitié. Le souvenir des tortures que j'avais subies était plus supportable si je pouvais feindre que nul n'en était informé : j'avais honte de ce que m'avait fait Royal. J'appuyai l'arrière de ma tête contre le bois du mur baigné de soleil et pris une longue inspiration. « Eh bien, que se passe-t-il là où les gens sont encore vivants ? »

Umbre accepta le changement de conversation et s'éclaircit la gorge. « Que sais-tu, pour commencer ?

— Pas grand-chose : que Kettricken et le fou ont réussi à s'échapper, que Patience a peut-être appris qu'ils étaient arrivés sains et saufs dans les Montagnes, que Royal est furieux contre le roi Eyod et a bloqué ses routes commerciales, que Vérité est toujours en vie, mais que personne n'a de nouvelles de lui.

— Ho ! Holà ! » Umbre se redressa brusquement. « La rumeur à propos de Kettricken… c'est un souvenir du soir où Burrich et moi en avons parlé. »

Je détournai les yeux. « Un souvenir comme celui qu'on garde d'un rêve qu'on a fait autrefois, avec des couleurs délavées et tous les événements mélangés. Je me rappelle seulement vous avoir entendu en parler.

— Et celle au sujet de Vérité ? » La tension que je percevais soudain en lui me fit courir un frisson glacé dans le dos.

— Il m'a artisé, ce soir-là, murmurai-je. Je vous ai alors dit qu'il était vivant.

— MALÉDICTION ! » Umbre se leva d'un bond et se mit à sauter sur place de rage. Je ne lui avais jamais vu pareille attitude et je le regardai, les yeux écarquillés, écartelé entre la stupéfaction et l'inquiétude. « Burrich et moi n'avons accordé aucune foi à ta déclaration ! Oh, nous étions heureux de t'entendre et, quand tu t'es sauvé, Burrich a dit : « Laissons-le sortir, c'est déjà bien qu'il se rappelle son prince. Et nous n'avons pas cherché plus loin. Zut et zut ! » Il se tut soudain, puis tendit l'index vers moi. « Rends-moi compte ; raconte-moi tout. »

Je fouillai dans mes souvenirs ; j'éprouvai autant de mal à les trier que si j'avais vu Vérité par les yeux du loup. « Il avait froid, mais il était vivant. Fatigué ou blessé, je ne sais pas ; ralenti, en tout cas. Il essayait de me contacter, mais comme je le repoussais, il m'incitait à boire, pour abaisser mes murailles, je suppose…

— Où était-il ?

— Je l'ignore. Il y avait de la neige, une forêt. » Je m'efforçai de saisir des souvenirs fantômes. « Je ne crois pas qu'il savait lui-même où il se trouvait. »

Les yeux verts d'Umbre me transpercèrent. « Peux-tu l'appeler, le sentir au moins ? Peux-tu me dire s'il est encore vivant ? »

Je fis non de la tête. Mon cœur commençait à battre la chamade.

« Peux-tu l'artiser ? »

À nouveau, je fis non de la tête. La tension me nouait l'estomac.

L'exaspération d'Umbre croissait à chacune de mes dénégations. « Sacrebleu, Fitz, tu dois essayer !

— Je ne veux pas ! » m'exclamai-je. Je m'étais dressé d'un bond.

Fuis ! Va-t'en vite !

Et je partis à toutes jambes. C'était soudain tout simple. Je m'enfuis comme si tous les démons des infernales îles d'Outre-Mer étaient à mes trousses. Umbre m'appela mais je refusai de l'entendre ; je continuai à courir et, dès que j'atteignis le couvert des arbres, Œil-de-Nuit me rejoignit.

Pas par là : il y a Cœur de la Meute, me prévint-il. Nous partîmes donc à l'assaut d'une colline, à l'écart du ruisseau, jusqu'à un gros fourré de ronces au-dessus d'un talus derrière lequel Œil-de-Nuit s'abritait les nuits de tempête. *Que s'est-il passé ? Quel danger courais-tu ?* demanda-t-il.

Il voulait que je revienne, dis-je au bout d'un moment. J'essayai de formuler ma pensée de façon compréhensible pour le loup. *Il voulait que… que je ne sois plus un loup.*

Un frisson glacé me parcourut soudain l'échine : en expliquant la situation à Œil-de-Nuit, je m'étais placé face à la

vérité, et le choix était clair : être un loup, sans passé, sans avenir, avec le seul présent, ou redevenir un homme, gauchi par
son passé, dont les veines charriaient autant de peur que de
sang. Je pouvais me déplacer sur deux jambes et mener une
vie de honte et de dissimulation, ou courir sur quatre pattes et
tout oublier, au point que Molly ne soit plus que le souvenir
d'un parfum agréable. Assis sans bouger sous les ronces, la
main posée légèrement sur le dos d'Œil-de-Nuit, je plongeai
mon regard dans un lieu que j'étais seul à voir. Peu à peu, la
lumière changea et le crépuscule tourna au soir. Ma décision
grandissait en moi, aussi lente et inéluctable que la nuit
venant. Mon cœur s'insurgeait, mais l'autre terme de l'alterna-
tive était insupportable. Je bandai ma volonté.

Il faisait noir quand je revins sur mes pas, la queue entre les
jambes. J'avais une impression étrange à retourner à la hutte à
nouveau sous l'identité d'un loup, à flairer dans la fumée d'un
feu de bois une chose d'homme et à cligner des yeux sous
l'éclat du feu derrière les volets. À contrecœur, je séparai mon
esprit de celui d'Œil-de-Nuit.

Ne préférerais-tu pas chasser avec moi ?

*Je préférerais cent fois chasser avec toi, mais, cette nuit, je ne
peux pas.*

Pourquoi ?

Je secouai la tête. Le fil de ma décision était trop neuf et
trop ténu, je n'osai pas l'éprouver en en parlant. Je m'arrêtai à
l'orée du bois pour ôter les feuilles et la terre qui maculaient
mes vêtements, m'aplatir les cheveux et les renouer en queue ;
je formai le vœu de ne pas avoir la figure trop sale. Je carrai
les épaules et je fis l'effort de regagner la cabane, d'ouvrir la
porte, d'entrer et de les regarder. Je me sentais horriblement
vulnérable : à eux deux, ils connaissaient presque tous mes
secrets ; ma dignité déjà mise à mal était désormais en lambeaux. Comment espérer me présenter devant eux et me voir
traiter comme un homme ? Pourtant, je ne pouvais leur en
faire grief : ils avaient essayé de me sauver – malgré moi, il est
vrai, mais de me sauver tout de même. Ce n'était pas leur faute
si ce qu'ils avaient sauvé le méritait à peine.

Ils étaient attablés à mon arrivée. Si je m'étais sauvé ainsi quelques semaines auparavant, Burrich aurait bondi sur moi à mon retour pour me secouer comme un prunier et me bourrer de taloches ; ce temps était révolu, je le savais, mais le souvenir que j'en gardais m'obligeait à une prudence que je ne parvenais pas à dissimuler complètement. Toutefois, son visage n'exprimait que le soulagement, tandis qu'Umbre me regardait avec un mélange de honte et d'inquiétude.

« Je ne voulais pas te mettre aux abois, dit-il avec sincérité avant que je puisse placer un mot.

— Ce n'est pas votre faute, répondis-je. Vous avez touché mon point le plus sensible, c'est tout ; parfois, on ignore la gravité de sa blessure tant que quelqu'un d'autre ne la sonde pas. »

Je m'assis. Après des semaines de chère frugale, voir tout à coup du fromage, du miel et du vin de sureau sur la table me laissait presque pantois. Il y avait aussi une miche de pain pour accompagner la truite que Burrich avait pêchée, et, pendant un moment, nous ne fîmes rien d'autre que manger sans dire un mot sauf pour les nécessités du repas ; la sensation d'étrangeté que je ressentais parut s'en trouver allégée ; pourtant, une fois que nous eûmes fini et débarrassé la table, la tension revint.

« Je comprends ta question, maintenant », fit Burrich de but en blanc. Umbre et moi le dévisageâmes, surpris. « Il y a quelques jours, tu m'as demandé ce que nous allions faire ensuite. À ce moment-là, je considérais Vérité comme perdu ; Kettricken portait son héritier mais elle s'était réfugiée dans les Montagnes, et je ne pouvais rien faire de plus pour elle. Si je me manifestais à elle, je risquais de la trahir auprès de certains : mieux valait qu'elle reste cachée en sécurité parmi le peuple de son père. Quand son enfant serait en âge de réclamer son trône… ma foi, si j'étais encore de ce monde, je ferais sans doute mon possible. Mais, pour l'heure, le service que je devais à mon roi, c'était du passé ; alors, quand tu m'as posé ta question, je n'ai pensé qu'à notre propre sauvegarde.

— Et maintenant ? murmurai-je.

— Si Vérité est vivant, c'est un usurpateur qui occupe son trône. J'ai prêté serment de venir en aide à mon roi, Umbre aussi et toi également. » Ils ne me quittaient pas des yeux.

Sauve-toi encore.

Je ne peux pas.

Burrich sursauta comme si je l'avais piqué avec une aiguille. Si je me dirigeais vers la porte, se jetterait-il sur moi pour m'arrêter ? Mais il ne dit rien, ne fit rien ; il attendait ma réponse.

« Non, pas moi. Ce Fitz-là est mort », fis-je abruptement.

À voir l'expression de Burrich, on aurait cru que je l'avais giflé ; mais Umbre demanda calmement : « Alors pourquoi porte-t-il toujours l'épingle du roi Subtil ? »

J'ôtai le bijou de mon col. Tenez, voulais-je dire, tenez, prenez-le, lui et tout ce qu'il symbolise ; j'en ai assez, je n'ai plus le courage nécessaire. Mais je restai simplement à contempler l'objet.

« Un peu de vin de sureau ? fit Umbre sans s'adresser à moi.

— Il fait frais ce soir, répondit Burrich. Je vais préparer du thé. »

Umbre hocha la tête. J'étais toujours perdu dans la contemplation de l'épingle rouge et argent entre mes doigts. Je revoyais les mains de mon roi qui l'enfonçaient dans les plis de la chemise d'un enfant. « Là, avait-il dit. À présent tu m'appartiens. » Mais il était mort, aujourd'hui. Cela me délivrait-il de ma promesse ? Et ses dernières paroles ? « Qu'ai-je fait de toi ? » Encore une fois, je repoussai la question. Il m'importait davantage de savoir ce que j'étais maintenant ; étais-je ce que Royal avait fait de moi ? Ou bien pouvais-je y échapper ?

« Royal m'a dit un jour, fis-je, pensif, qu'il me suffisait de me gratter un peu pour découvrir Personne, le garçon de chenil. » Je me forçai à croiser le regard de Burrich. « Ce serait peut-être agréable d'être celui-là.

— Ah oui ? coupa Burrich. Fut un temps où tu ne pensais pas ainsi. Qui es-tu, Fitz, si tu n'es pas l'homme lige du roi ? Qu'es-tu ? Où irais-tu ? »

Où j'irais si j'étais libre ? Retrouver Molly, s'écria mon cœur. Je secouai la tête pour chasser cette idée avant qu'elle me déchire. Non : avant même de perdre la vie, j'avais perdu Molly. Je considérai ma liberté : elle était amère et vide, et je n'avais qu'une destination possible. J'affermis ma volonté, levai les yeux et soutins fermement le regard de Burrich. « Je pars ; je pars pour n'importe où. Les États chalcèdes, Terrilville ; je sais bien m'occuper des animaux et je me débrouille comme scribe. J'arriverai à gagner ma vie.

— Sûrement ; mais gagner sa vie, ce n'est pas vivre, observa Burrich.

— Et alors ? » lançai-je, soudain furieux. Pourquoi me compliquaient-ils ainsi la tâche ? Pensées et mots se mirent tout à coup à suppurer de moi comme d'une blessure infectée. « Tu m'as obligé à me dévouer à mon roi et à tout lui sacrifier, comme toi ! J'ai dû abandonner la femme que j'aime pour suivre un roi comme un chien bien dressé, comme toi ! Et quand ce roi t'a fait faux bond, tu t'es soumis, tu as élevé son bâtard à sa place, et puis on t'a tout enlevé, écuries, chevaux, chiens, hommes à commander ; ils ne t'ont rien laissé, pas même un toit sur ta tête, ces rois à qui tu avais prêté serment. Qu'as-tu fait, alors ? Comme il ne te restait rien, tu t'es raccroché à moi, tu as arraché le bâtard à son cercueil et tu l'as forcé à revenir à la vie ! À une vie que je hais, une vie dont je ne veux pas ! » Je braquai sur lui un regard accusateur.

Il me dévisageait, les yeux écarquillés, incapable de répondre. J'aurais voulu m'arrêter là mais quelque chose me poussait à continuer ; la colère me faisait du bien, comme un feu purificateur. Je serrai les poings. « Pourquoi es-tu toujours là ? Pourquoi me remets-tu toujours debout alors qu'on me rejette par terre à chaque fois ? Que cherches-tu ? À faire de moi ton obligé ? À obtenir un droit sur ma vie parce que tu n'as pas le courage d'en avoir une propre ? Tout ce que tu désires, c'est me faire à ton image, celle d'un homme qui n'a pas d'existence à lui, qui la donne tout entière à son roi. Tu ne vois donc pas que la vie, ce n'est pas seulement la donner pour quelqu'un d'autre ? »

Je croisai son regard, puis détournai les yeux, incapable de supporter la stupéfaction peinée que j'y lisais. « Non, repris-je lentement, tu ne vois pas, tu ne peux pas comprendre. Tu n'es même pas capable d'imaginer ce dont tu m'as dépouillé. Je devrais être mort mais tu m'as interdit de mourir, avec les meilleures intentions du monde, en croyant toujours faire le bien, même si ça me faisait du mal. Mais qui donc t'a donné ce droit sur moi ? Qui a décrété que tu pouvais m'infliger ce que tu m'as infligé ? »

Il n'y avait plus un bruit dans la cabane. Umbre restait pétrifié, et l'expression de Burrich ne fit qu'accroître ma colère : je le vis se reprendre, rassembler sa dignité et son orgueil, puis il dit à mi-voix : « C'est ton père qui m'a confié cette mission, Fitz. J'ai fait de mon mieux pour toi, mon garçon. Le dernier ordre que mon prince m'a donné, Chevalerie m'a ordonné : "Élève-le bien." Et j'ai…

— Tu as perdu les dix années suivantes de ta vie à élever le bâtard d'un autre, coupai-je avec une ironie féroce. Tu t'es occupé de moi parce que c'était la seule chose que tu savais vraiment faire. Tu as passé ton existence à t'occuper des autres, Burrich, à faire passer les autres avant toi, à sacrifier toute espèce de vie normale au profit des autres. Aussi dévoué qu'un chien ! Est-ce une vie, ça ? N'as-tu jamais songé à devenir ton propre maître, à prendre tes propres décisions ? Ou bien est-ce la peur qui te pousse au fond de la bouteille ? » J'avais crié ces derniers mots. À court de paroles, je le regardais dans les yeux, haletant, exhalant ma fureur à chaque expiration.

Dans mes colères d'enfant, je m'étais souvent promis de lui faire payer un jour toutes les taloches qu'il m'avait données, tous les boxes qu'il m'avait obligé à nettoyer alors que je me sentais à peine capable de tenir debout. Par les mots que je venais de prononcer, j'avais rempli au décuple cette petite promesse de gosse boudeur : les yeux écarquillés, il restait muet d'accablement. Je vis sa poitrine se soulever comme pour reprendre le souffle qu'un coup vient de lui ôter. Il n'aurait pas eu l'air plus bouleversé si je lui avais planté un poignard dans le corps.

Je le regardais fixement. J'ignorais d'où avaient jailli mes paroles mais il était trop tard pour les rattraper. Dire « Excuse-moi » ne changerait pas le fait qu'elles avaient été prononcées et ne les modifierait en rien. J'espérai soudain qu'il allait me frapper, qu'il nous accorderait au moins cela à nous deux.

Il se leva, chancelant, et les pieds de sa chaise raclèrent le plancher ; le siège lui-même tomba en arrière tandis que Burrich s'en éloignait. Burrich, qui marchait toujours d'un pas si assuré même quand il débordait d'eau-de-vie, Burrich gagna la porte en titubant et s'enfonça dans la nuit. Sans bouger, je sentis quelque chose en moi s'immobiliser et je souhaitai que ce fût mon cœur.

Pendant un moment, le silence régna. Un long moment. Puis Umbre poussa un soupir. « Pourquoi ? demanda-t-il enfin à mi-voix.

— Je ne sais pas. » Comme je mentais bien ! Umbre lui-même avait été mon maître en la matière. Je plongeai le regard dans les flammes. Un instant, je faillis lui expliquer, puis je m'en jugeai incapable, et je me surpris à tourner autour du pot. « J'avais peut-être besoin de me libérer de lui, de tout ce qu'il a fait pour moi, même quand je ne le voulais pas. Il faut qu'il cesse de me rendre des services que je ne peux pas lui rembourser, des services qu'un homme ne doit pas rendre à un autre, des sacrifices que nul ne doit faire pour quelqu'un d'autre. Je ne veux plus être son débiteur. Je ne veux plus rien devoir à personne. »

Quand Umbre me répondit, ce fut d'un ton prosaïque, ses mains aux longs doigts posées sur ses cuisses, calmes, presque détendues ; mais ses yeux verts avaient pris la teinte du minerai de cuivre et la colère y brasillait. « Depuis ton retour du royaume des Montagnes, on dirait que tu ne rêves que de te battre avec le premier venu. Quand tu étais petit et que tu te montrais grincheux ou boudeur, je pouvais incriminer ton jeune âge, avec ce que cela comportait d'exaspérations et d'erreurs de jugement. Mais tu es revenu... en colère, comme si tu mettais le monde entier au défi de te tuer s'il en était capable. Je ne parle pas seulement du fait que tu t'es jeté en travers du chemin de Royal : tu te précipitais dans toutes les situations où tu courais le plus de risques. Burrich n'a pas été le seul à le remarquer. Songe à l'année passée : je ne pouvais pas faire un pas sans tomber sur Fitz en train de se répandre en invectives contre l'univers, ou mêlé à une rixe, plongé au plus fort d'une bataille, couvert de pansements, ivre comme un marin pêcheur ou mou comme une chiffe, à piauler pour une tasse d'écorce elfique. T'est-il arrivé d'être calme et réfléchi, de te montrer joyeux avec tes amis, d'être en paix, simplement ? Non ! Quand tu ne provoquais pas tes ennemis, tu faisais fuir tes amis. Que s'est-il passé entre le fou et toi ? Où est Molly, à présent ? Tu viens d'envoyer Burrich sur les roses ; à qui le tour, maintenant ?

— À vous, je suppose. » Je n'avais rien pu faire pour arrêter ces mots ; je n'avais pas envie de les prononcer mais je n'avais pas pu les retenir. L'heure avait sonné.

« Tu as déjà fait un bon bout de chemin dans ce sens, avec ce que tu as dit à Burrich.

— Je sais », répliquai-je sèchement. Je soutins son regard. « Il y a longtemps que plus rien de ce que je fais ne vous satisfait – ni vous, ni Burrich, ni personne. Je ne suis plus capable de prendre une décision juste, on dirait.

— Je ne dirai pas le contraire », fit Umbre, impitoyable.

Et la braise de colère s'enflamma de nouveau. « On ne m'a peut-être jamais laissé l'occasion de prendre des décisions personnelles ; on m'a peut-être donné du "mon garçon" trop longtemps. Garçon d'écurie pour Burrich, apprenti assassin pour vous, chien de manchon pour Vérité, page pour Patience… Quand aurais-je pu être moi-même, m'occuper de moi-même ? » J'avais jeté cette dernière question avec violence.

« Quand as-tu cessé de faire ce que tu voulais ? répliqua Umbre sur le même ton. Tu n'as fait que ça à partir de ton retour des Montagnes : tu es allé voir Vérité pour lui dire que tu en avais assez de jouer les assassins, et ce à une période où il fallait impérativement travailler discrètement ; Patience a essayé de te convaincre de rester loin de Molly, mais là encore tu n'en as fait qu'à ta tête, et cela a valu à Molly d'être prise pour cible ; tu as entraîné Patience dans des complots qui l'exposaient au danger ; tu t'es lié au loup malgré les mises en garde répétées de Burrich ; tu as mis en doute chacune de mes décisions au sujet de la santé de Subtil ; et ton avant-dernière bêtise à Castelcerf a été de donner ton accord pour prendre part à une rébellion contre la couronne. Tu nous as menés plus près de la guerre civile que nous ne nous en étions approchés depuis un siècle.

— Et ma dernière bêtise ? demandai-je, pris d'une amère curiosité.

— Ç'a été de tuer Justin et Sereine. » La réponse était tombée comme un couperet.

« Ils venaient d'assassiner mon roi, Umbre, répliquai-je d'un ton glacé ; ils l'avaient pratiquement tué dans mes bras. Qu'aurais-je dû faire ? »

Il se leva et me toisa de tout son haut. « Malgré les années de formation que je t'ai données, la science de la discrétion que je t'ai enseignée, il a fallu que tu coures comme un fou dans tout le Château, un couteau à la main, que tu tranches la gorge de l'une et que tu poignardes l'autre dans la Grand-Salle devant tous les nobles assemblés… Le bel apprenti assassin que voilà ! N'aurais-tu pas pu trouver un autre moyen ?

— J'étais en rage ! rugis-je.

— Exactement ! cria-t-il. Tu étais en rage ! Et du coup tu as anéanti notre base d'influence à Castelcerf ! Tu avais la confiance des ducs de la Côte et tu t'es montré à eux sous les traits d'un dément ! Tu as donné le coup de grâce au peu de foi qu'ils gardaient en la lignée des Loinvoyant !

— Il y a un instant, vous me reprochiez d'avoir obtenu leur confiance !

— Non ! Je t'ai reproché de t'être offert à eux ! Tu n'aurais jamais dû les laisser te proposer le commandement de Castelcerf. Si tu avais agi correctement, cette idée ne leur serait même jamais venue à l'esprit ; mais non, tu ne cessais d'oublier ta place. Tu n'es pas un prince, tu es un assassin ; tu n'es pas l'un des joueurs, tu es un pion ; et quand tu joues de ta propre initiative, tu mets toute autre stratégie en porte à faux et les autres pions en danger ! »

Ne pas trouver de réponse adéquate revient à accepter le jugement de l'autre. Je le foudroyai du regard ; il ne broncha pas et continua de me toiser. Sous le regard vert d'Umbre, ma colère perdit soudain toute force et je ne ressentis plus que de l'amertume. La peur toujours sous-jacente remonta à la surface et ma résolution faiblit. C'était impossible ; je ne pouvais les défier tous les deux. Au bout d'un moment, je m'entendis dire d'un ton maussade : « Très bien, d'accord. Vous avez raison, Burrich et vous, comme toujours. Je ne réfléchirai plus, je me contenterai d'obéir. Que voulez-vous que je fasse ?

— Non, fit-il, laconique.

— Quoi, non ? »

Il secoua lentement la tête. « J'ai compris ce soir que je ne devais fonder aucune action sur toi. Je ne te confierai plus de mission et tu ne sauras plus rien de mes plans. Cette époque est révolue. » Je perçus l'irrévocabilité de sa décision dans sa voix. Il se détourna et son regard devint lointain. Quand il reprit la parole, ce n'était plus mon maître qui parlait mais Umbre. « Je t'aime, mon garçon ; cela, je ne te le retire pas ; mais tu es dangereux et ce que nous devons entreprendre présente assez de risques sans que tu deviennes fou furieux au milieu de l'opération.

— Qu'allez-vous tenter ? » demandai-je sans pouvoir me retenir.

Il croisa mon regard et secoua de nouveau la tête. En me celant ce secret, il tranchait les liens qui nous unissaient, et je me sentis partir à la dérive. Les yeux brouillés, je le vis prendre son sac et son manteau.

« Il fait nuit, dis-je, le chemin est long et rude jusqu'à Castel-cerf, même de jour. Restez au moins jusqu'à demain matin, Umbre.

— Non. Tu ne cesserais de revenir sur la discussion comme une croûte qu'on gratte jusqu'à ce qu'elle se remette à saigner. Nous avons échangé assez de propos déplaisants. Mieux vaut que je parte. »

Et il s'en alla.

Tout seul, assis sur ma chaise, je regardai le feu mourir. J'étais allé trop loin avec eux deux, beaucoup plus loin que je ne le voulais ; je désirais me séparer d'eux mais je n'avais réussi qu'à empoisonner le souvenir qu'ils garderaient de moi. Tout était consommé ; rien ne réparerait ce que j'avais fait. Je me levai et entrepris de rassembler mes affaires. Ce fut vite fait. Je les empaquetai dans mon manteau d'hiver tout en me demandant si j'agissais par puérilité ou par un soudain esprit de décision – mais y avait-il une différence ? Je restai un moment assis devant l'âtre, mon balluchon serré contre moi. J'aurais voulu que Burrich revînt, qu'il vît que je regrettais, qu'il sût que je regrettais ; je m'obligeai à réfléchir longuement, puis je défis mon paquet, étendis ma couverture devant la cheminée et m'y allongeai. Depuis qu'il m'avait arraché à la mort, Burrich avait dormi entre la porte et moi – peut-être pour m'empêcher de sortir. Certaines nuits, j'avais eu l'impression que seul il se dressait entre l'obscurité et moi ; mais, ce soir, il n'était pas là. Malgré les murs qui m'entouraient, je sentis que je me recroquevillais sur la face nue et sauvage du monde.

Tu m'as toujours, moi.

Je sais. Et tu m'as aussi, moi. Malgré que j'en aie, je ne pus faire passer aucune émotion dans ma réponse : j'avais déversé toutes mes émotions autour de moi et j'étais à présent vide. Et si fatigué ! Alors qu'il me restait tant à faire.

Le gris parle avec Cœur de la Meute. Veux-tu que j'écoute ?

Non. Leurs paroles leur appartiennent. Je ressentis de la jalousie à les savoir ensemble alors que je demeurais seul, mais aussi du réconfort : peut-être Burrich convaincrait-il Umbre de rester jusqu'au matin ; peut-être Umbre pourrait-il extirper un peu du poison que j'avais injecté à Burrich. Les yeux dans le feu, je n'avais pas une haute opinion de moi-même.

Il existe une heure morte dans la nuit, l'heure la plus froide, la plus noire, celle où le monde a oublié le soir et où l'aube n'est pas encore une promesse, une heure où il est beaucoup trop tôt pour se lever mais si tard que se coucher n'a plus guère d'intérêt. C'est à cette heure que revint Burrich. Je ne dormais pas mais je ne fis pas un mouvement. Il ne s'y laissa pas prendre.

« Umbre est parti », murmura-t-il. Je l'entendis redresser la chaise renversée ; il s'y assit et entreprit d'ôter ses bottes. Je ne sentais nulle hostilité, nulle animosité en lui ; on eût dit que je n'avais pas prononcé le moindre mot sous le coup de la fureur – ou bien que je l'avais poussé au-delà de la colère, dans l'insensibilité.

« Il fait trop noir pour y voir », dis-je, tourné vers les flammes. Je parlais d'un ton circonspect, de peur de rompre le calme.

« Je sais, mais il avait emporté une petite lanterne. Il a dit qu'il craignait encore plus de rester, qu'il craignait de ne pas pouvoir respecter sa décision. Sa décision de te laisser partir. »

Ce que j'exigeais si violemment plus tôt me fit à présent l'effet d'un abandon. La peur jaillit en moi, minant ma résolution. Je me redressai brusquement, éperdu, puis je pris une inspiration hachée. Burrich... Pour ce que je t'ai dit tout à l'heure, j'étais en colère, j'ai...

— Tu as mis dans le mille. » Le son qu'il émit alors aurait pu être un rire s'il n'avait pas été aussi empreint d'amertume.

« Seulement comme deux personnes qui se connaissent par cœur peuvent se faire mal l'une à l'autre, fis-je, implorant.

— Non. C'était vrai. Peut-être le chien que je suis a-t-il besoin d'un maître. » La dérision envers lui-même qui teintait sa voix était plus âcre que tout le venin que j'avais pu cracher. J'étais incapable de prononcer le moindre mot. Il se redressa sur son siège et laissa tomber ses bottes sur le plancher, puis il me jeta un coup d'œil. « Mon but n'était pas de te rendre pareil à moi, Fitz ; c'est un sort que je ne souhaite à personne. Je voulais que tu ressembles à ton père ; mais, parfois, j'avais le sentiment que, quoi que je fasse, tu tenais à modeler ton existence sur la mienne. » Il observa un moment les braises de l'âtre, et enfin, à mi-voix, il se remit à parler sans me regarder. On eût dit qu'il racontait un vieux conte à un enfant somnolent.

« Je suis né dans les États chalcèdes, dans une petite ville côtière, un port de pêche et de commerce : Lie. Ma mère faisait du blanchissage pour subvenir à nos besoins, à ma grand-mère et moi. Mon père était mort avant ma naissance, pris par la mer ; c'était ma grand-mère qui s'occupait de moi mais elle était vieille et souvent malade. » Je sentis plus que je ne vis son sourire amer. « Après une vie de servitude, une femme n'est pas en bonne santé ; elle m'aimait et faisait de son mieux pour moi, mais, enfant, je n'étais pas du genre à jouer tranquillement à la maison, et il n'y avait personne chez nous d'assez fort pour s'opposer à ma volonté.

« Alors je me suis lié, tout jeune, au seul mâle dominant de mon monde qui s'intéressait à moi : un corniaud des rues, galeux, couturé de cicatrices ; il ne croyait qu'en la survie, il n'était fidèle qu'à moi, comme moi à lui. Je ne connaissais rien d'autre que son univers et sa philosophie : prendre ce dont on a envie quand on en a envie et ne pas se soucier de la suite. Tu connais sûrement ça. Les voisins me croyaient muet et ma mère me prenait pour un simple d'esprit ; ma grand-mère, elle, se doutait de quelque chose, j'en suis certain ; elle essayait de chasser le chien mais, comme toi, je n'en faisais qu'à ma tête à ce sujet. Je devais avoir dans les huit ans quand il a essayé de passer entre un cheval et sa carriole, et qu'il s'est fait tuer d'un coup de sabot. Il venait de voler une tranche de lard. » Il quitta sa chaise et se dirigea vers son lit.

Burrich m'avait enlevé Fouinot alors que je n'avais même pas cet âge. J'avais cru qu'il l'avait tué mais Burrich avait lui-même connu la mort violente et soudaine d'un compagnon de lien ; c'était pratiquement comme mourir soi-même. « Qu'as-tu fait, alors ? » demandai-je à mi-voix.

Je l'entendis faire son lit, puis s'y allonger. « J'ai appris à parler, répondit-il au bout d'un moment. Ma grand-mère m'a forcé à survivre à la mort de Balafre ; dans un sens, j'ai transféré mon lien sur elle. Mais je n'ai pas oublié les leçons de Balafre pour autant : je suis devenu voleur, et très bon voleur. Grâce à mon nouveau métier, j'ai pu améliorer un peu l'ordinaire de ma mère et de ma grand-mère sans qu'elles aient jamais le moindre soupçon. Un lustre plus tard à peu près, la peste sanguine a ravagé Chalcède ; je n'y avais jamais été confronté ; elles en sont mortes toutes les deux et je me suis retrouvé seul. Alors je me suis fait soldat. »

J'écoutais dans un état de profonde stupeur. Pendant tout le temps que je le connaissais, il s'était toujours montré réservé sur lui-même ; loin de lui délier la langue, l'alcool le rendait encore plus taciturne. Et voici qu'aujourd'hui les mots s'écoulaient en torrent, et balayaient mes années d'interrogations et de soupçons. Pourquoi cette franchise soudaine ? Je l'ignorais. Il n'y avait pas un bruit dans la pièce éclairée par les braises.

« J'ai d'abord combattu pour Jecto, un petit chef de territoire en Chalcède, sans savoir et sans me soucier de savoir pourquoi nous nous battions, si c'était bien ou mal. » Il eut un petit grognement de mépris. « Je te l'ai déjà dit, gagner sa vie n'est pas vivre ; mais je ne me débrouillais pas mal, et j'ai acquis une réputation de méchante teigne : personne ne s'attend, de la part d'un adolescent, qu'il attaque avec la férocité et la ruse d'un animal ; pour moi, c'était le seul moyen de survivre parmi les hommes que je côtoyais. Mais un jour nous avons perdu une campagne. J'ai passé plusieurs mois, non, un an presque, à apprendre la même haine qu'avait ma grand-mère pour les marchands d'esclaves. Quand je me suis échappé, j'ai fait ce dont elle avait toujours rêvé : je suis passé dans les Six-Duchés, où il n'y a ni esclaves ni marchands d'esclaves. Grison était duc d'Haurfond alors ; je suis resté un moment soldat chez lui, puis les circonstances m'ont amené à m'occuper des chevaux de ma troupe, et ça m'a plu. Les hommes de Grison étaient des gentilshommes à côté des rebuts qu'employait Jecto, mais je préférais encore la compagnie des chevaux.

« Après la guerre de Bord-des-Sables, le duc Grison m'a placé dans ses propres écuries ; là, je me suis lié à un jeune étalon, Neko. J'en avais la charge mais il n'était pas à moi ; Grison le montait pour la chasse, et parfois on l'utilisait pour les saillies. Pourtant, Grison n'était pas un tendre : il faisait quelquefois combattre Neko et d'autres étalons, comme certains organisent des combats de chiens ou de coqs pour se divertir. Une jument en chaleur, et le meilleur étalon pour la prendre; et moi… j'étais lié à lui. Sa vie était la mienne; et c'est ainsi que je suis devenu homme; ou du moins, que j'ai acquis la forme d'un homme. » Burrich se tut un moment. Toute explication était superflue. Enfin, il soupira et reprit:

« Le duc Grison a vendu Neko et six juments, et je les ai accompagnés vers le nord de la côte, en Rippon. » Il s'éclaircit la gorge. « Les écuries du propriétaire ont été atteintes d'une espèce de peste chevaline; Neko est mort un jour après être tombé malade; j'ai réussi à sauver deux des juments. Les maintenir en vie m'a empêché de me suicider, mais ensuite j'ai perdu toute envie de vivre; je n'étais plus bon à rien que boire; d'ailleurs, il restait si peu de bêtes que les écuries méritaient encore à peine leur nom. J'ai donc été remercié et je suis bientôt redevenu soldat, cette fois pour un jeune prince du nom de Chevalerie. Il était venu en Rippon pour régler un différend frontalier entre les duchés d'Haurfond et de Rippon. J'ignore pourquoi son sergent m'a engagé: c'était une troupe d'élite, la garde personnelle du prince. Depuis trois jours, je n'avais plus d'argent et j'étais au régime sec forcé; je n'avais pas les qualités exigées en tant qu'homme et encore moins en tant que soldat. Le premier mois que j'ai passé sous les ordres de Chevalerie, je me suis retrouvé deux fois devant lui pour des questions de discipline, parce que je me battais; comme un chien ou comme un cheval, j'imaginais que c'était la seule façon d'affirmer ma position parmi les autres.

« La première fois qu'on m'a traîné devant lui, couvert de sang, encore agité comme un diable, j'ai été frappé de voir que nous étions du même âge. Presque tous ses soldats étaient plus vieux que moi et je m'attendais à un homme mûr. Je me suis planté devant lui et je l'ai regardé droit dans les yeux; et alors, il est passé entre nous une espèce de reconnaissance mutuelle, comme si chacun voyait en l'autre… ce qu'il aurait pu devenir dans d'autres circonstances; ça ne l'a d'ailleurs pas poussé à la clémence: j'ai perdu ma solde et gagné des corvées supplémentaires. La seconde fois, tout le monde pensait que Chevalerie allait me renvoyer ; je me suis présenté devant lui, prêt à le haïr, mais il s'est contenté de me dévisager, puis il a incliné la tête de côté comme un chien qui entend un bruit au loin. Il a de nouveau supprimé ma paie et m'a donné de nouvelles corvées – mais il m'a gardé. Tous mes camarades m'avaient dit qu'il allait me virer ; à présent, ils s'attendaient à ce que je déserte. Je ne sais pas pourquoi je suis resté : à quoi bon, sans solde et croulant sous les corvées ? »

Burrich s'éclaircit à nouveau la gorge, puis je l'entendis s'installer plus confortablement dans son lit. Il se tut un moment, et reprit enfin, presque malgré lui : « La troisième fois qu'on m'a traîné devant lui, c'était pour une bagarre de taverne. Les gardes de la ville m'ont amené, couvert de sang, ivre, prêt à me battre encore ; les autres soldats ne voulaient plus rien avoir affaire avec moi ; mon sergent était écœuré, je ne m'étais fait aucun ami chez la piétaille ; c'était donc la garde de la ville qui m'avait en charge. Ils ont appris à Chevalerie que j'avais assommé deux hommes et que j'en avais tenu cinq autres en respect avec un bâton, jusqu'à ce que la garde arrive et fasse pencher la balance en leur faveur.

« Chevalerie a congédié les hommes avec une bourse pour payer les dégâts de la taverne. Assis derrière sa table, un manuscrit inachevé devant lui, il m'a examiné de haut en bas, puis il s'est levé sans un mot et a poussé la table dans un coin. Il a ôté sa chemise et il est allé prendre une pique au râtelier ; j'ai cru qu'il comptait me rouer de coups, mais non : il m'a lancé une autre pique en disant : "Allons, montre-moi comment tu as tenu cinq hommes en respect." Et il m'est rentré dedans. » Il toussota. « J'étais fatigué et à moitié soûl, mais j'ai tenu bon ; et, pour finir, il a eu un coup de chance : il m'a assommé pour le compte.

« Quand je me suis réveillé, le chien avait un nouveau maître, d'une espèce différente. Tu as entendu dire que Chevalerie était froid, guindé et poli à l'excès ; eh bien, c'est faux. Il se comportait comme il pensait que devait se comporter un homme ; mieux : comme il pensait qu'un homme devait avoir envie de se comporter. Il a pris un vaurien, un voleur sans foi ni loi et... » Il hésita, puis soupira soudain. « Il m'a fait lever avant l'aube le lendemain matin et nous nous sommes exercés aux armes jusqu'à ce que nous ne tenions plus sur nos jambes ni l'un ni l'autre. Jamais on ne m'avait vraiment entraîné jusque-là : on me donnait une pique et on m'envoyait au combat, c'était tout. Lui, il m'a formé, puis il m'a enseigné l'épée. Il n'aimait pas la hache, mais moi si, et il m'a appris ce qu'il en savait avant de me confier à un de ses hommes qui en connaissait les techniques. Le reste de la journée, il me gardait à ses talons – comme un chien, tu l'as dit. Je ne sais pas pourquoi ; peut-être avait-il envie de la compagnie de quelqu'un de son âge ; peut-être Vérité lui manquait-il ; ou peut-être... enfin, je ne sais pas.

« Il a commencé par m'enseigner les chiffres, puis les lettres, et il m'a confié son cheval, puis ses chiens et ses faucons, enfin il m'a donné la responsabilité des bêtes de somme et de trait. Mais il ne m'a pas seulement appris à travailler : il m'a donné des habitudes de propreté et d'honnêteté ; il a rendu sa valeur à ce que ma mère et ma grand-mère avaient essayé de m'instiller tant d'années auparavant, il m'a montré que c'étaient des valeurs d'homme et pas seulement des manières de bonne femme ; il m'a appris à être un homme et non une bête déguisée en homme ; il m'a fait voir que c'était plus qu'une règle : une façon d'être, une vie plutôt qu'une façon de gagner sa vie. »

Il se tut et je l'entendis se lever. Il s'approcha de la table et prit la bouteille de vin de sureau qu'Umbre avait apportée ; il la fit tourner plusieurs fois entre ses mains, puis la reposa et s'assit sur une chaise, le regard plongé dans le feu.

« Umbre a dit que je devais te quitter demain », fit-il à mi-voix. Il baissa les yeux sur moi. « Je crois qu'il a raison. »

Je me redressai, le visage tourné vers lui. La lueur vacillante de l'âtre faisait de son visage un paysage creusé d'ombres ; je ne pus déchiffrer son regard.

« D'après Umbre, tu es resté mon protégé trop longtemps. Le protégé d'Umbre, de Vérité, même de Patience. Nous t'avons trop protégé, et ça t'a empêché de grandir. Il pense que, lorsque tu devais prendre des décisions d'adulte, tu les prenais comme un enfant, impulsivement, dans un but de justice ou de bonté ; mais les bonnes intentions ne suffisent pas.

— M'envoyer tuer des gens, c'était me protéger ? demandai-je, incrédule.

— Tu n'as donc pas écouté ce que je t'ai dit ? J'ai tué des gens, moi aussi, quand j'étais adolescent, mais ça n'a pas fait de moi un homme, et toi non plus.

— Eh bien, que dois-je faire ? fis-je d'un ton sarcastique. Me chercher un prince qui fera mon éducation ?

— Là, tu vois ? Une réaction de gosse. Tu ne comprends pas, alors tu te mets en colère et tu deviens désagréable, en plus. Tu me poses la question mais tu sais d'avance que ma réponse ne te plaira pas.

— Et quelle est ta réponse ?

— Je pourrais te dire que chercher un prince serait un moindre mal, mais je n'ai pas l'intention de te dire que faire ; Umbre me l'a déconseillé, et je crois qu'il a raison – pas parce que tu prends tes décisions comme un enfant, toutefois : j'en faisais autant à ton âge. Moi, je crois que tu décides comme un animal, toujours dans l'instant, sans songer au lendemain ni à ce que tu te rappelles d'hier. Tu sais de quoi je parle : tu as cessé de vivre comme un loup parce que je t'y ai contraint ; à présent, je dois te laisser découvrir seul si tu veux vivre comme un loup ou comme un homme. »

Il soutint mon regard. Le sien renfermait trop de compréhension et j'éprouvai de l'effroi à l'idée qu'il pût avoir la connaissance intime de l'avenir que j'affrontais ; aussi, je niai cette possibilité, je la repoussai dans les ombres. Je tournai le dos à Burrich en espérant presque sentir renaître ma fureur. Mais Burrich ne dit rien.

Finalement, je le regardai à nouveau ; il était plongé dans la contemplation du feu. Il me fallut un long moment pour ravaler ma fierté, puis demander : « Alors, que vas-tu faire ?

— Je te l'ai dit : je m'en vais demain. »

La question suivante, plus dure encore : « Où iras-tu ? »

Il s'éclaircit la gorge, l'air mal à l'aise. « J'ai une amie qui est seule. Un homme solide lui serait bien utile : son toit a besoin de réparations, et il faut planter, aussi. J'irai chez elle quelque temps.

— "Elle" ? me risquai-je à répéter en haussant les sourcils.

— Ne te méprends pas, répondit-il d'une voix atone. C'est une amie. Tu dirais sans doute que j'ai encore trouvé quelqu'un à protéger. C'est possible ; peut-être est-il temps de donner là où c'est vraiment nécessaire. »

À mon tour, je regardai le feu. « J'avais vraiment besoin de toi, Burrich. Tu m'as rattrapé au bord du gouffre et tu as refait de moi un homme. »

Il eut un grognement de dédain. « Si je m'étais si bien occupé de toi, tu ne te serais jamais approché du gouffre.

— Non : je serais allé droit dans ma tombe.

— Crois-tu ? Royal n'aurait jamais pu t'accuser de magie du Vif.

— Il aurait trouvé un autre prétexte pour me tuer – ou une autre occasion, tout simplement ; il n'a pas besoin de prétexte pour faire ce qu'il veut.

— Peut-être que oui, peut-être que non. »

Nous restâmes à contempler le feu qui mourait doucement. Je portai la main à mon oreille, cherchai à défaire la fermeture de la boucle d'oreille. « Je veux te rendre ce bijou.

— J'aimerais mieux que tu le gardes – que tu le portes. » Il parlait d'un ton presque implorant et cela me fit un drôle d'effet.

« Je n'ai rien acquis de ce que ce clou symbolise à tes yeux. Je ne l'ai pas mérité, je n'ai aucun droit de le porter.

— Ce qu'il symbolise pour moi a déjà été gagné. Je te l'ai donné, que tu l'aies mérité ou non. Porte-le ou ne le porte pas, mais garde-le. »

Je laissai le bijou pendu à mon lobe, petite résille d'argent qui renfermait une pierre bleue. Autrefois, Burrich en avait fait présent à mon père, puis Patience, ignorant son importance, me l'avait remis. Je ne savais pas s'il voulait que je le porte pour le même motif qu'il l'avait donné à mon père ; je subodorais d'autres raisons, mais il ne les avait pas exposées et je n'avais pas envie de les lui demander. Pourtant, j'attendais une question de sa part ; mais il se leva sans rien dire et regagna son lit. Je l'entendis se coucher.

J'aurais voulu qu'il me pose la question ; son silence me faisait mal. J'y répondis néanmoins. « Je n'ai aucune idée de ce que je vais faire, fis-je dans la pièce ombreuse. Toute ma vie, j'ai eu des tâches à remplir, des maîtres à qui rendre des comptes. Maintenant que je n'ai plus rien… ça me fait une étrange impression. »

Je crus un moment qu'il n'allait pas réagir ; puis, brusquement : « J'ai connu cette impression-là. »

Je levai les yeux vers le plafond obscur. « J'ai pensé à Molly, très souvent. Sais-tu où elle est ?

— Oui. »

Comme il ne poursuivait pas, je me gardai bien de l'interroger. « Je sais que le plus sage est de la laisser tranquille. Elle me croit mort. J'espère que celui qu'elle est allée retrouver s'occupe d'elle mieux que moi ; j'espère qu'il l'aime comme elle le mérite. »

Les couvertures de Burrich produisirent un bruissement feutré. « Comment ça ? » fit-il avec réserve.

J'eus plus de mal que je ne l'aurais cru à prononcer les paroles suivantes. « Le jour où elle est partie, elle m'a dit qu'il y avait quelqu'un d'autre, quelqu'un qu'elle aimait comme j'aimais mon roi, quelqu'un qu'elle faisait passer avant tout et tous. » Ma gorge se noua soudain ; j'inspirai profondément pour évacuer la boule qui l'obstruait. « Patience avait raison.

— Oui, acquiesça Burrich.

— Je ne peux m'en prendre qu'à moi-même. Une fois que j'ai su qu'elle ne courait plus de danger, j'aurais dû la laisser partir. Elle mérite un homme qui puisse lui donner tout son temps, tout son dévouement…

— En effet, fit Burrich, sans pitié. Dommage que tu ne t'en sois pas rendu compte avant de te mettre avec elle. »

C'est une chose de s'avouer une faute, c'en est une autre d'entendre un ami non seulement abonder dans ce sens, mais exposer toute l'étendue de cette faute. Je ne la niai pas et je ne lui demandai pas comment il en savait tant : si c'était Molly qui lui en avait parlé, je ne tenais pas à savoir ce qu'elle lui avait appris d'autre ; si c'était lui qui avait opéré ses propres déductions, je n'avais pas envie d'apprendre que j'avais fait preuve de si peu de discrétion. Je sentis une émotion monter en moi, une violence qui me poussait à lui sauter à la gorge ; je me mordis la langue et me contraignis à examiner ce que je ressentais : de la culpabilité mêlée de honte à l'idée que ma liaison avec Molly se soit achevée pour elle dans la douleur et l'ait fait douter de sa valeur – et, en même temps, la certitude qu'aussi néfaste qu'elle ait été, elle avait aussi un côté juste et bénéfique. Quand j'eus l'assurance d'avoir la maîtrise de ma voix, je murmurai : « Je ne regretterai jamais de l'avoir aimée, seulement de n'avoir pas pu faire d'elle ma femme aux yeux de tous comme elle l'était dans mon cœur. »

Burrich ne répondit pas. Mais, au bout d'un moment, ce silence qui nous séparait devint assourdissant et m'interdit tout sommeil. « Eh bien, demain, nous irons chacun de notre côté, je suppose, dis-je.

— Sans doute », fit Burrich. Puis il ajouta, après un instant de silence : « Bonne chance. » Et il semblait sincère, comme s'il savait à quel point la chance me serait nécessaire.

Je fermai les yeux. J'étais soudain fatigué, épuisé ; épuisé de faire mal à ceux que j'aimais. Mais tout était consommé, désormais : demain, Burrich s'en irait et je serais libre, libre de suivre les désirs de mon cœur sans personne pour les contrarier.

Libre d'aller à Gué-de-Négoce tuer Royal.

3

LA QUÊTE

L'Art est la magie traditionnelle des membres de la famille royale des Loinvoyant. C'est dans la lignée royale qu'il paraît le plus puissant mais il n'est pas rare de le rencontrer, plus faible, chez de lointains parents des Loinvoyant ou chez des individus qui descendent à la fois d'ancêtres outrîliens et des Six-Duchés. C'est une magie de l'esprit qui donne au pratiquant le pouvoir de communiquer mentalement avec autrui à distance ; ses possibilités sont nombreuses : dans son emploi le plus simple, elle permet de transmettre des messages, d'influencer les pensées des ennemis (ou des amis) afin de les soumettre aux buts de l'utilisateur. Elle présente néanmoins deux inconvénients : il faut une grande énergie pour la manier quotidiennement, et elle exerce sur ses usagers une attirance qu'on a décrite à tort comme un plaisir ; il s'agit plutôt d'une euphorie dont la force augmente en proportion avec la puissance et la durée d'utilisation de l'Art. Elle peut mener le pratiquant à une dépendance à l'Art, laquelle finit par détruire en lui toute vigueur mentale et physique et le réduit à l'état de grand nourrisson impuissant, la bave aux lèvres.

*

Burrich partit le lendemain matin. À mon réveil, il était déjà debout, vêtu, occupé à faire son paquetage. Cela ne lui prit guère de temps : il emballa ses effets personnels mais me laissa la plus grande part de nos provisions. Nous n'avions pas bu la veille au soir ; pourtant, nous parlions aussi doucement et nous déplacions avec autant de précautions que si nous avions la tête dans l'étau du matin. Nous nous entretenions avec la plus grande déférence, jusqu'au moment où cette situation me parut pire que si nous ne nous adressions pas la parole ; j'avais envie de faire des excuses, de supplier Burrich de reconsidérer sa décision, de faire quelque chose, n'importe quoi, pour empêcher notre amitié de s'achever ainsi ; en même temps, je souhaitais qu'il soit déjà parti, que tout soit fini, que nous soyons déjà demain, qu'un nouveau jour se lève sur moi seul. Je m'accrochais à ma résolution comme à la lame aiguisée d'un couteau, et je pense que Burrich devait avoir un sentiment semblable, car il s'immobilisait parfois et me regardait comme s'il s'apprêtait à parler ; nos regards se croisaient alors, puis l'un de nous détournait les yeux au bout d'un moment : trop d'émotions inexprimées flottaient entre nous.

En un temps affreusement court, il fut prêt à partir. Il mit son sac à l'épaule et saisit un bâton derrière la porte. Je le regardai en songeant combien le spectacle était curieux : Burrich le cavalier s'en allant à pied. Le soleil du début de l'été qui se déversait par la porte ouverte me montrait un homme à la fin de l'âge mûr et la mèche blanche qui trahissait sa cicatrice à la tête annonçait le gris déjà naissant dans sa barbe. Il était vigoureux, en très bonne forme, mais sa jeunesse était indiscutablement derrière lui ; il avait passé la fleur de son âge à s'occuper de moi.

« Eh bien, dit-il d'un ton bourru, adieu, Fitz. Et bonne chance.
— Bonne chance à toi aussi, Burrich. » Je traversai rapidement la pièce et le serrai contre moi avant qu'il puisse reculer.

Il me rendit mon étreinte au risque de me rompre les côtes, puis repoussa les cheveux de mon visage. « Va te peigner. Tu as l'air d'un sauvageon. » Il réussit presque à sourire, se détourna et s'en alla à grands pas. Je le regardai s'éloigner. Je pensais qu'il ne jetterait pas un coup d'œil en arrière mais, arrivé à l'autre bout de la pâture, il se retourna et leva la main ; je levai la mienne, puis il disparut, avalé par la forêt. Je restai un moment assis sur le seuil, les yeux fixés sur le dernier endroit où je l'avais vu ; si je m'en tenais à mon plan, des années pouvaient s'écouler avant que je le rencontre à nouveau – si je le rencontrais jamais. Depuis que j'avais six ans, il avait toujours fait partie de mon existence ; j'avais toujours pu compter sur sa force, même quand je n'en voulais pas. À présent, il n'était plus là. Comme Umbre, comme Molly, comme Vérité, comme Patience.

Je repensais à ce que je lui avais dit la veille et je fus pris d'un frisson de honte. C'était nécessaire, me dis-je fermement ; je voulais le chasser de ma vie ; mais les mots avaient débordé de moi, surgis d'anciennes rancœurs qui suppuraient au fond de moi depuis longtemps ; je n'avais pas prévu d'en dire tant : je souhaitais l'éloigner de moi, pas l'entailler jusqu'à l'os. Comme Molly, il partait en emportant les doutes que j'avais martelés en lui ; et, en saccageant l'orgueil de Burrich, j'avais détruit le peu de respect qu'Umbre me portait encore. Sans doute quelque partie puérile de moi-même espérait-elle qu'un jour je les retrouverais tous deux, qu'un jour nous vivrions à nouveau en commun ; je savais désormais que c'était impossible. « C'est fini, me dis-je tout bas. Cette existence-là est finie, renonces-y. »

J'étais libre d'eux, à présent ; libre des limites qu'ils m'imposaient, libre de leurs conceptions de l'honneur et du devoir, libre de leurs attentes. Plus jamais je ne serais forcé de soutenir le regard de l'un ou de l'autre et de lui rendre des comptes sur mes gestes. Libre d'accomplir le seul acte que j'avais encore l'envie ou le courage de commettre, le seul acte qui me permettrait de jeter mon ancienne existence aux oubliettes.

Tuer Royal.

Ce n'était que justice ; il m'avait tué le premier. Le spectre de la promesse que j'avais faite au roi Subtil de ne jamais faire de mal à l'un des siens se dressa brièvement pour me hanter ; je l'apaisai en songeant que Royal avait tué l'homme qui avait fait cette promesse, ainsi que celui à qui je l'avais faite. Ce Fitz-là n'existait plus ; je ne me présenterais plus jamais devant le vieux roi Subtil pour lui rendre compte d'une mission, je ne prêterais plus jamais ma force à Vérité ; dame Patience ne me harcèlerait plus d'une dizaine de commissions de la plus haute importance pour elle : elle pleurait ma mort. Et Molly... Les yeux me piquèrent alors que je mesurais ma peine. Elle m'avait quitté avant que Royal me tue mais de cette perte aussi je le tenais responsable. S'il ne me restait rien d'autre dans cette coquille de vie qu'Umbre et Burrich m'avaient rendue, j'aurais au moins ma vengeance ; je me jurai que Royal me regarderait en mourant et qu'il saurait que je l'avais assassiné. Pas question de meurtre discret, d'entreprise furtive ni de poison anonyme : je donnerais moi-même la mort à Royal, et je souhaitais le frapper telle une flèche unique, tel un poignard lancé, toucher ma cible en plein, sans être gêné par les craintes de ceux qui m'entouraient. Si j'échouais, ma foi, j'étais déjà mort à tout ce qui me donnait goût à la vie et ma tentative n'aurait fait de mal à personne ; si je mourais en tuant Royal, cela en vaudrait encore la peine ; ma vie ne m'importait que jusqu'au moment où j'aurais pris celle de Royal ; ce qui se passerait ensuite était sans intérêt.

Œil-de-Nuit s'éveilla, dérangé par quelque ombre de mes pensées.

As-tu songé à ce que je ressentirais si tu mourais ? me demanda-t-il.

Je fermai les yeux un instant ; j'y avais songé. *Que ressentirions-nous si je vivais comme une proie ?*

Œil-de-Nuit comprit. *Nous sommes chasseurs. Nous ne sommes nés ni l'un ni l'autre pour être proies.*

Je ne puis être chasseur si je m'attends toujours à devenir proie ; je dois donc le chasser avant qu'il puisse me chasser.

Il acceptait mes plans avec trop de calme ; je m'efforçai de lui faire comprendre ce que je comptais faire : je ne voulais pas le voir me suivre aveuglément.

Je vais tuer Royal ainsi que son clan. Je vais tous les tuer à cause de ce qu'ils m'ont fait et de tout ce qu'ils m'ont enlevé.

Royal ? C'est de la viande que nous ne pouvons pas manger. Je ne comprends pas la chasse des hommes.

Je pris mon image de Royal et la combinai à celles qu'il conservait du marchand d'animaux qui l'avait mis en cage et frappé avec un gourdin cerclé de bronze quand il était petit.

Œil-de-Nuit réfléchit. *Une fois que je lui ai échappé, j'ai eu le bon sens de ne plus m'approcher de lui. Attaquer l'autre est aussi avisé que chasser un porc-épic.*

Je ne peux pas faire autrement, Œil-de-Nuit.

Je comprends. Je suis pareil avec les porcs-épics.

Et voilà : il percevait ma vendetta contre Royal comme équivalant à sa faiblesse pour les porcs-épics ; du coup, j'acceptai les buts que je m'étais fixés avec moins d'équanimité : me les étant assignés, je n'imaginais de m'en détourner pour rien au monde, mais mes paroles de la veille vinrent me faire reproche ; que devenaient les beaux discours que j'avais tenus à Burrich sur une existence que je prétendais vivre pour moi-même ? Je ne pus que biaiser : je m'attellerais à cet idéal si j'étais encore vivant après avoir refermé les derniers volets de mon ancienne vie. Non que je n'eusse pas envie de m'élancer dans la liberté, mais je ne pouvais supporter l'idée que Royal croie m'avoir vaincu et qu'il ait usurpé le trône de Vérité ; c'était un désir de vengeance, purement et simplement, me répétai-je ; si je voulais mettre une croix définitive sur la peur et la honte, je devais en passer par là.

Tu peux venir, maintenant, fis-je.

Pourquoi en aurais-je envie ?

Je n'eus pas besoin de me retourner pour savoir qu'Œil-de-Nuit s'était approché de la cabane. Il s'assit près de moi et jeta un coup d'œil à l'intérieur.

Pouah ! À remplir ta tanière de puanteurs pareilles, pas étonnant que ton nez marche si mal !

Il pénétra précautionneusement dans la cabane et se mit à en faire le tour. Assis sur le seuil, je l'observai ; il y avait longtemps que je ne le considérais plus autrement que comme une extension de moi-même. Il avait atteint sa taille adulte et le sommet de sa force ; un autre aurait dit qu'il était gris ; pour

74

moi, il arborait toutes les teintes que pouvait prendre la robe d'un loup, sombre des yeux et du museau, chamois à la base des oreilles et de la gorge, noir du jarre qui pointait de son pelage, surtout aux épaules et au plat de la croupe. Il avait de très larges pattes, qui s'élargissaient encore quand il courait sur la neige durcie ; sa queue était plus expressive que le visage de bien des femmes, et il était doté d'une dentition et de mâchoires capables de briser un fémur de daim. Il se déplaçait avec l'économie de puissance qui est la marque des animaux en parfaite santé, et le simple fait de le regarder me mettait du baume au cœur. Quand il eut satisfait sa curiosité, il revint s'asseoir près de moi, puis, au bout d'un moment, il s'étendit au soleil et ferma les yeux. *Tu montes la garde ?*

« Je veille sur toi », assurai-je. J'avais parlé tout haut et ses oreilles tressaillirent, puis il se laissa sombrer dans une somnolence gorgée de soleil.

Je me levai sans bruit et entrai dans la hutte. Il me fallut très peu de temps pour dresser l'inventaire de mes possessions : deux couvertures, un manteau, des vêtements de rechange, quelques affaires en laine mal adaptées à l'été ; une brosse, un couteau et une pierre à aiguiser, du silex pour le feu, une fronde, plusieurs petites peaux nettoyées, du fil fait avec des tendons, un coup-de-poing, le miroir de Burrich, une petite casserole et des cuillers – taillées dans le bois par Burrich tout récemment ; il y avait aussi un petit sac de farine de seigle et un autre de farine de blé, un reste de miel et la bouteille de vin de sureau.

Cela ne faisait guère pour me lancer dans mon entreprise ; le voyage serait long jusqu'à Gué-de-Négoce, et il fallait que j'y survive avant de songer à passer outre les gardes et les membres du clan pour tuer Royal. Je réfléchis soigneusement : ce n'était pas encore le plein été ; il me restait du temps pour ramasser des plantes et les faire sécher, pour fumer du poisson et de la viande afin de me constituer des rations de voyage ; je ne tenais pas à tomber d'inanition sur la route. Pour le moment, je disposais de vêtements et autres fournitures essentielles, mais je finirais par avoir besoin d'argent. J'avais affirmé à Umbre et Burrich que je pourrais me débrouiller grâce à mes talents de scribe et mon don pour les animaux ; peut-être ces compétences me mèneraient-elles jusqu'à Gué-de-Négoce.

Ma tâche aurait peut-être été plus facile si j'étais demeuré FitzChevalerie : je connaissais un batelier qui exerçait son métier sur le fleuve et j'aurais pu travailler à son bord pour payer mon transport jusqu'à Gué-de-Négoce ; mais ce FitzChevalerie-là était mort et je me voyais mal aller chercher du travail sur les quais, ou même les visiter : je risquais trop d'être reconnu. Je levai la main vers mon visage en me remémorant ce que m'avait révélé le miroir de Burrich : une mèche de cheveux blancs qui rappelait l'endroit où les soldats de Royal m'avaient ouvert le cuir chevelu. Je palpai la nouvelle conformation de mon nez ; il y avait aussi une fine cicatrice qui courait le long de ma joue droite, sous l'œil, là où le poing de Royal m'avait fendu la peau. Nul n'avait le souvenir d'un Fitz porteur de ces marques ; je me laisserais pousser la barbe, et, en me rasant le crâne au-dessus du front à la mode des scribes, le changement serait peut-être suffisant pour ne pas retenir les regards inattentifs.

Je n'avais pas de monture et je n'avais jamais parcouru de distance aussi longue à pied.

Pourquoi ne pas rester simplement ici ? demanda Œil-de-Nuit, à demi assoupi. *Il y a du poisson dans le ruisseau, du gibier dans les bois derrière la cabane ; que demander de plus ? Pourquoi nous en aller ?*

Je dois partir. Je dois faire ce que j'ai décidé pour redevenir un homme.

Tu crois vraiment vouloir redevenir un homme ? Je perçus son incrédulité mais aussi son acceptation de ma volonté d'essayer. Il s'étira paresseusement sans se lever en écartant les doigts des pattes. *Où allons-nous ?*

À Gué-de-Négoce, chez Royal. C'est un long voyage en amont du fleuve.

Il y a des loups, là-bas ?

Pas dans la ville proprement dite, sûrement, mais il y a des loups en Bauge, oui. En Cerf aussi, il en reste, mais pas par ici.

Sauf nous deux, fit-il avant d'ajouter : *J'aimerais bien trouver des loups là où nous allons.*

Là-dessus, il roula sur le flanc et se rendormit. C'était cela aussi, être un loup, me dis-je : il ne se poserait pas davantage de questions avant le départ, et, à ce moment-là, il me suivrait, tout simplement, en se fiant à nos capacités pour survivre.

Mais je m'étais trop rapproché de l'humain pour agir comme lui ; j'entrepris de réunir des provisions pour le lendemain. Malgré les protestations d'Œil-de-Nuit, je me mis à chasser davantage de gibier que nous n'avions besoin pour chaque jour, et quand la chasse était bonne, je l'empêchais de se goinfrer pour récupérer et fumer une partie de la viande. Grâce aux sempiternelles séances de réparation de harnais auxquelles m'avait soumis Burrich, le travail du cuir m'était devenu assez familier pour que je pusse me fabriquer une paire de bottes souples pour l'été ; quant à mes vieilles bottes, je les graissai soigneusement et les mis de côté pour l'hiver.

Pendant la journée, tandis qu'Œil-de-Nuit somnolait au soleil, je ramassais des simples ; certains étaient des plantes médicinales communes que je souhaitais avoir sous la main : écorce de saule pour la fièvre, racine de framboisier pour la toux, plantain pour l'infection, ortie pour la congestion, et j'en passe ; d'autres avaient des vertus moins salubres et j'en remplis un petit coffre en cèdre que je fabriquai à cet effet. Je réunis et stockai les poisons comme Umbre me l'avait enseigné : ciguë vireuse, amanite phalloïde, belladone, suc de baie de sureau, renoncule âcre et crève-cœur ; je choisis du mieux possible, cherchant ceux qui n'avaient ni goût ni odeur et ceux que l'on pouvait réduire en fine poudre ou diluer en liquides limpides ; je fis aussi provision d'écorce elfique, le puissant stimulant dont se servait Umbre pour aider Vérité à survivre à ses séances d'Art.

Royal serait entouré de son clan qui le protégerait. De tous ses membres, c'était Guillot que je craignais le plus, mais il ne fallait pas sous-estimer les autres. Quand je les avais connus,

Ronce était un grand adolescent costaud et Carrod jouait les élégants auprès des filles mais cette époque était révolue depuis longtemps : j'avais vu ce que l'emploi de l'Art avait fait de Guillot ; quant à Carrod et Ronce, il y avait belle lurette que je n'avais plus eu de contact mental avec eux et je me gardais donc bien d'émettre la moindre supposition à leur sujet. Ils étaient tous formés à l'Art, et, bien que mon talent parût autrefois plus puissant que le leur, je savais d'amère expérience qu'ils connaissaient des moyens d'utiliser l'Art que même Vérité ne comprenait pas. S'ils m'attaquaient mentalement et si j'y survivais, l'écorce elfique me serait nécessaire pour me remettre.

Je fabriquai une seconde boîte, assez grande pour contenir mon coffret à poisons mais autrement conçue comme une mallette à nécessaire d'écriture afin de me donner l'air d'un scribe itinérant au cas où je rencontrerais une ancienne connaissance. Je me procurai les plumes auprès d'une oie que nous surprîmes en train de couver ; j'étais capable de préparer certaines poudres pour les pigments, et, avec des os creux, je fabriquai des tubes munis de bouchons pour les contenir. Œil-de-Nuit me fournit, non sans rechigner, les poils pour les pinceaux larges et j'essayai de fabriquer des pinceaux plus fins à l'aide de poils de lapin, mais avec un succès mitigé. C'était très décourageant : les gens attendaient d'un scribe digne de ce nom qu'il possédât les encres, les pinceaux et les plumes nécessaires à son métier, et je conclus à contrecœur que Patience avait raison quand elle disait que j'écrivais bien mais que je ne pouvais prétendre être un scribe accompli. J'espérais que mes fournitures suffiraient pour les travaux dont on pourrait me charger sur la route de Gué-de-Négoce.

Un jour vint où je sus que mon approvisionnement était plus que suffisant et qu'il me fallait me mettre en route sans tarder afin de profiter de l'été pour voyager. J'aspirais ardemment à me venger et pourtant je renâclais étrangement à quitter la cabane et mon existence présente : aussi loin que je me souvinsse, c'était la première fois que je me réveillais parce que je n'avais plus sommeil et que je mangeais quand j'en avais envie, et je n'avais d'autres corvées que celles que je m'imposais à moi-même ; cela ne ferait sûrement de mal à personne si je prenais un peu de temps pour recouvrer ma santé. Les meurtrissures de l'époque où j'étais au cachot avaient disparu depuis longtemps et seules des cicatrices signalaient encore les blessures que j'avais reçues, mais je me sentais curieusement raide certains matins ; parfois, je ressentais un élancement de douleur en bondissant sur une proie ou en tournant la tête trop brusquement ; une chasse particulièrement éprouvante me laissait agité de tremblements et inquiet d'une possible crise. Je jugeai plus sage d'attendre d'être complètement remis avant de prendre la route.

Nous nous attardâmes donc ; les journées étaient chaudes, la chasse fructueuse. Le temps passant, je fis la paix avec mon corps ; je n'étais plus le guerrier physiquement endurci de l'été précédent, mais j'étais capable de soutenir toute une nuit l'allure de mon loup ; quand je bondissais pour tuer, mes gestes étaient vifs et sûrs. Mon corps guérissait, et je repoussais derrière moi les souffrances du passé, leur faisant droit mais sans m'y vautrer. Les cauchemars qui me tourmentaient se détachaient de moi comme la fourrure d'hiver d'Œil-de-Nuit. Jamais je n'avais connu une existence aussi simple ; j'étais enfin en paix avec moi-même.

Mais nulle paix ne dure, et un rêve m'éveilla. Œil-de-Nuit et moi nous étions levés avant l'aube et avions tué une couple de lapins gras ; la colline où nous nous trouvions était criblée de terriers et la chasse avait bientôt dégénéré en un batifolage où nous bondissions de-ci, de-là en faisant voler la terre ; le jour se levait quand nous avions interrompu notre partie ; nous nous étions couchés à l'ombre mouchetée d'un bosquet de bouleaux, le ventre plein, et nous étions endormis. Ce fut peut-être la lumière dansante du soleil sur mes paupières closes qui me plongea dans le rêve.

J'étais à Castelcerf, dans l'ancienne salle des gardes, étendu sur un pavage glacé, au milieu d'un cercle d'hommes au regard dur. La pierre sous ma joue était visqueuse de sang en train de coaguler, et comme je haletais, la bouche ouverte, j'en percevais à la fois le goût et l'odeur. Tous les hommes s'avançaient vers moi, et plus seulement celui aux gants de cuir, sauf Guillot, l'invisible, le fuyant Guillot, qui se faufilait sans bruit derrière mes murailles pour s'insinuer dans mon esprit. « Je vous en prie, attendez, s'il vous plaît, implorais-je. Arrêtez, je vous en supplie ! Vous n'avez rien à craindre de moi : je ne suis qu'un loup, rien qu'un loup ! Je ne suis pas dangereux pour vous ! Je ne vous ferai pas de mal ! Laissez-moi partir ! Je ne suis rien pour vous, je ne vous gênerai plus jamais ! Je ne suis qu'un loup ! » Je levai le museau vers le ciel et me mis à hurler.

C'est mon propre hurlement qui me réveilla.

Je roulai à plat ventre, me mis à quatre pattes, m'ébrouai et enfin me dressai. Ce n'est qu'un rêve, me dis-je, un simple rêve. Peur et honte déferlèrent sur moi et me laissèrent souillé : dans mon cauchemar, j'avais imploré la pitié de mes bourreaux, au contraire de ce que j'avais fait en réalité. Je me répétais que je n'étais pas un lâche ; mais était-ce bien vrai ? J'avais l'impression de sentir encore le goût et l'odeur du sang.

Où vas-tu ? demanda Œil-de-Nuit d'un ton somnolent. Il était couché dans des ombres plus profondes et sa robe le dissimulait étonnamment bien.

Au bord de l'eau.

Je me rendis au ruisseau, où je nettoyai mon visage et mes mains du sang des lapins, après quoi je bus longuement ; je me débarbouillai à nouveau en me passant les doigts dans la barbe pour la débarrasser du sang restant. Soudain, je ne pus plus supporter ces poils sur ma figure ; de toute manière, là où j'allais, nul ne me reconnaîtrait. Je pris le chemin de la cabane pour me raser.

À la porte, l'odeur de moisi me fit froncer le nez. Œil-de-Nuit avait raison : dormir sous un toit avait affaibli mon flair, et j'eus du mal à croire que j'eusse jamais habité là. J'entrai à contre-cœur, en soufflant par le nez pour me débarrasser des relents d'homme. Il avait plu quelques nuits plus tôt, et l'humidité s'était mise dans ma viande séchée dont une partie était gâtée ; je fis le tri des morceaux encore comestibles, le nez plissé devant les dégâts, certains dus aux asticots. Tout en vérifiant soigneusement le reste de mes provisions de viande, je ne cessai de repousser une impression insistante de malaise ; ce ne fut qu'après avoir récupéré mon couteau et dû en enlever une fine couche de rouille que je finis par accepter l'évidence.

Il y avait des jours que je n'étais pas venu ici.

Peut-être des semaines.

Je n'avais aucune idée du temps qui s'était écoulé. Je regardai la viande avariée, la poussière qui couvrait mes possessions éparpillées, puis je me touchai la barbe, effaré de l'ampleur qu'elle avait prise. Burrich et Umbre ne m'avaient pas quitté quelques jours plus tôt, mais plusieurs semaines. Je m'approchai de la porte : des herbes hautes se dressaient là où des sentiers traversaient auparavant la prairie en direction du ruisseau et du point de pêche de Burrich ; les fleurs de printemps avaient depuis longtemps laissé la place aux baies vertes sur les buissons. J'examinai mes mains, la crasse incrustée dans la peau de mes poignets, le sang séché sous mes ongles. Autrefois, manger de la viande crue m'aurait dégoûté ; à présent, l'idée de la faire cuire me paraissait étrange, exotique. Soudain, je me sentis renâcler, incapable de m'affronter ; plus tard, m'entendis-je plaider, demain, plus tard, va retrouver Œil-de-Nuit.

Tu es troublé, petit frère ?

Oui. Avec un effort, j'ajoutai : *Tu ne peux pas m'aider. Ce sont des ennuis d'homme, que je dois résoudre tout seul.*

Sois un loup, plutôt, me conseilla-t-il.

Je n'avais plus la force d'acquiescer ni de refuser ; je laissai passer. Je baissai les yeux sur moi : mes vêtements étaient encroûtés de terre et de sang, et mes chausses partaient en lambeaux en dessous de mes genoux. Avec un frisson d'horreur, je me remémorai les forgisés et leurs habits dépenaillés. Qu'étais-je devenu ? Je tirai sur le col de ma chemise, puis me détournai de ma propre puanteur. Les loups étaient plus propres que cela ; Œil-de-Nuit faisait sa toilette tous les jours.

J'en fis tout haut la remarque et le son rauque de ma voix ne fit qu'ajouter à mon désarroi. « Dès que Burrich m'a quitté, je suis revenu à un état inférieur à celui de l'animal : aucun sens du temps, aucune hygiène, aucun but, aucune conscience de rien à part manger et dormir. C'est là contre quoi il a toujours cherché à me mettre en garde. Je me suis conduit exactement comme il le craignait. »

Laborieusement, je fis du feu dans l'âtre ; je ramenai de l'eau du ruisseau en plusieurs voyages et en fis chauffer autant que je le pus ; les bergers avaient laissé une grosse marmite pour clarifier la graisse dans la cabane et elle avait une contenance suffisante pour remplir à moitié un abreuvoir en bois à l'extérieur ; pendant que l'eau chauffait, je fis provision de saponaire et de prêle. Aussi loin que je remonte, je ne me rappelais pas jamais avoir été aussi sale. La rude prêle m'arracha des couches de peau avec la crasse avant que je fusse certain d'être propre, et de nombreuses puces flottaient dans l'eau ; je découvris aussi une tique sur ma nuque et je m'en débarrassai en la brûlant avec un petit brandon. Une fois que j'eus les cheveux propres, je les démêlai, puis les rattachai en queue de cheval de guerrier. Je me rasai devant le miroir que Burrich m'avait laissé, et enfin examinai le visage que j'y vis : front hâlé et menton pâle.

Lorsque j'eus fait encore chauffer de l'eau, lessivé et tapé les vêtements pour les nettoyer à fond, je commençai à comprendre le souci fanatique et constant de Burrich pour la propreté. La seule façon de sauver ce qui restait de mes chausses consistait à leur faire un ourlet aux genoux, mais il n'en subsistait malgré tout guère à porter ; j'étendis ma frénésie de nettoyage à mes affaires de couchage et à mes vêtements d'hiver pour leur ôter leur odeur de moisi ; je découvris à cette occasion qu'une souris avait emprunté certaines parties à mon manteau pour se fabriquer un nid et je le réparai du mieux possible. J'étais en train d'étaler des jambières mouillées sur un buisson quand j'aperçus Œil-de-Nuit qui m'observait.

Tu sens à nouveau l'homme.

Et c'est bien ou c'est mal ?

C'est mieux que sentir le gibier tué la semaine dernière, mais moins bien que sentir le loup. Il se dressa et s'étira en s'inclinant profondément devant moi, les doigts des pattes largement écartés sur le sol. *Eh bien, tu veux donc bien être un homme. Nous mettons-nous en route bientôt ?*

Oui. Nous irons vers l'ouest en remontant la Cerf.

Ah ! Il éternua soudain, puis s'écroula sur le flanc sans crier gare pour se rouler sur le dos dans la poussière, comme un chiot. Il se tortilla joyeusement pour bien faire pénétrer la poussière dans son pelage, puis il se redressa pour s'en débarrasser en s'ébrouant vigoureusement. Le voir accepter si facilement ma brusque décision me mettait un poids sur la conscience : dans quoi l'entraînais-je ?

À la tombée de la nuit, tous les habits que je possédais et toutes mes couvertures étaient encore humides. J'avais envoyé Œil-de-Nuit chasser seul mais je savais qu'il ne tarderait pas à revenir : la lune était pleine et le ciel clair, le gibier devait abonder cette nuit. Je rentrai dans la hutte et fis un feu suffisant pour cuire des pains fabriqués avec ce qui restait de farine de seigle : des charançons s'étaient mis dans la farine de blé et l'avaient gâtée ; mieux valait manger le seigle tout de suite que le laisser perdre de la même manière. Ce pain tout simple avec le miel granuleux qui demeurait au fond du pot avait un goût merveilleux. Je savais que j'avais intérêt à élargir mon régime pour y inclure davantage que de la viande et une poignée de légumes chaque jour ; je concoctai un thé inaccoutumé avec de la menthe sauvage et des têtes de pousses d'orties, et lui aussi avait bon goût.

J'allai chercher une couverture presque sèche pour l'étendre devant le feu et je m'y allongeai, les yeux perdus dans les flammes, à demi assoupi. Je tendis mon esprit vers Œil-de-Nuit mais il dédaigna de me rejoindre, préférant s'occuper de sa dernière proie sur la terre molle, au pied d'un chêne à la lisière de la prairie. J'étais donc seul et plus humain que je ne l'étais depuis des mois. Cela me faisait un effet un peu étrange mais pas désagréable.

Ce fut en roulant sur le ventre pour m'étirer que je remarquai le paquet sur la chaise. Je connaissais le contenu de la cabane par cœur et cet objet ne s'y trouvait pas à mon dernier passage. Je m'en emparai, le reniflai et y découvris une vague odeur de Burrich mêlée à la mienne ; l'instant d'après, je pris conscience de ce que je venais de faire et me morigénai : je ferais mieux de commencer tout de suite à me conduire comme si tous mes gestes avaient des témoins si je ne voulais pas finir à nouveau exécuté pour pratique du Vif.

Le paquet n'était pas gros : il était constitué d'une de mes chemises, tirée de mon vieux coffre à vêtements, brune, moelleuse et que j'avais toujours aimée, d'une paire de jambières, et il renfermait un petit pot en terre rempli de l'onguent dont Burrich se servait pour soigner coupures, brûlures et ecchymoses ; il y avait aussi une petite bourse en cuir avec quatre pièces d'argent à l'intérieur et ornée d'un cerf que Burrich avait dessiné sur la piqûre du devant ; enfin, une solide ceinture de cuir. Je m'assis pour examiner le motif dont il l'avait décorée : un cerf, les andouillers baissés pour le combat, semblable à l'image que Vérité avait suggérée pour mon blason. Mais, sur la ceinture, il repoussait les attaques d'un loup. Le message était on ne peut plus clair.

Je me vêtis devant le feu, plein d'un vague regret et en même temps soulagé d'avoir manqué sa visite ; connaissant Burrich, il avait dû éprouver des sentiments similaires à monter à la cabane et à me trouver absent. M'avait-il apporté ces habits présentables parce qu'il voulait me persuader de repartir avec lui ? Ou me souhaiter bonne chance ? Je m'efforçais de ne pas me demander quelles étaient ses intentions ni quelle avait été sa réaction devant la chaumière abandonnée. Habillé, je me sentis soudain beaucoup plus humain ; j'accrochai la bourse et mon couteau à la ceinture que je m'attachai autour de la taille. Je tirai une chaise devant le feu et m'y assis.

Le regard dans les flammes, je me laissai enfin aller à repenser à mon rêve. Je sentis une étrange constriction dans ma poitrine ; étais-je un lâche ? Je n'en savais rien. Je me rendais à Gué-de-Négoce pour assassiner Royal : un lâche se lancerait-il dans une telle entreprise ? Peut-être, me souffla mon esprit perfide, peut-être, si c'était plus facile que d'aller à la recherche de son roi. Je repoussai cette pensée.

Elle revint aussitôt à l'attaque : vouloir tuer Royal était-il ce qu'il fallait faire, ou bien seulement ce que j'avais envie de faire ? Pourquoi cela aurait-il une quelconque importance ? Parce que cela en avait. Je ferais peut-être mieux de me mettre en quête de Vérité.

Mais il était futile de songer à tout cela tant que j'ignorais si Vérité était vivant. Si j'arrivais à l'artiser, le doute serait levé ; cependant, je n'avais pas été capable d'artiser de façon fiable : Galen y avait veillé avec une brutalité qui avait transformé mon puissant talent pour l'Art en une faculté erratique et frustrante. Pouvait-on y porter remède ? Il me fallait pouvoir artiser efficacement si je voulais atteindre la gorge de Royal outre son clan ; je devais apprendre à maîtriser mon Art. Mais pouvais-je me l'enseigner à moi-même ? Comment se former à une pratique dont on ignore toute la portée ? Comment apprendre seul tout ce que la violence de Galen ne m'avait pas enseigné ou qu'elle m'avait arraché, tout le savoir que Vérité n'avait jamais eu le temps de me transmettre ? C'était impossible.

Je rechignais à penser à Vérité : plus qu'autre chose, cela m'indiquait que je devais y penser. Vérité… mon prince, mon roi, désormais ; lié à lui par le sang et l'Art, j'avais fini par le connaître mieux qu'aucun autre homme. Être ouvert à l'Art, m'avait-il expliqué, était simplement ne pas lui être fermé ; sa guerre d'Art contre les Pirates avait envahi toute sa vie, épuisé sa jeunesse et sa vitalité. Il n'avait jamais eu le temps de m'apprendre à maîtriser mon talent, mais il m'avait donné les leçons qu'il pouvait lors des rares moments libres dont il disposait. Sa force d'Art était telle qu'en me touchant simplement de la main il était capable de ne plus faire qu'un avec moi des jours, voire des semaines durant ; et une fois, alors que je m'étais assis dans le fauteuil de mon prince, dans son bureau, devant sa table de travail, je l'avais artisé ; j'avais sous les yeux ses instruments de cartographie et la petite pagaille personnelle de l'homme-là qui attendait de devenir roi ; ce jour-là, je pensais à lui, je regrettais qu'il ne fût pas là pour guider son royaume, j'avais simplement tendu mon esprit vers lui et je l'avais artisé – très facilement, sans préparation ni véritable intention. Aujourd'hui, je tentais de retrouver mon état d'esprit d'alors ; je ne disposais ni du bureau ni du désordre de Vérité pour me le remettre en mémoire mais, en fermant les yeux, je le voyais. Je pris une inspiration et m'efforçai d'évoquer son image.

Vérité avait les épaules plus larges que moi mais une taille moindre ; mon oncle avait en commun avec moi le regard et la chevelure sombres de la famille des Loinvoyant, mais il avait les yeux plus enfoncés que moi, et ses cheveux et sa barbe indisciplinés étaient striés de gris. Quand j'étais enfant, c'était un homme bien musclé, solide, trapu, qui maniait l'épée avec autant d'aisance qu'une plume ; ces dernières années l'avaient ravagé : il avait été forcé de passer beaucoup trop de temps physiquement immobile pendant qu'il employait sa force d'Art à défendre notre côte contre les Pirates ; mais, à mesure que ses muscles fondaient, son aura d'Art avait crû au point que, devant lui, on avait l'impression de se tenir devant une fournaise ; en sa présence, j'étais beaucoup plus conscient de son Art que de son corps. Pour son odeur, je me rappelai le piquant des encres de couleur qu'il utilisait pour ses cartes, le parfum du vélin fin et aussi l'ombre d'écorce elfique qui teintait souvent son haleine. « Vérité », dis-je tout bas, et je sentis son nom se répéter en moi, répercuté par mes murailles.

J'ouvris les yeux. Je ne pouvais sortir de moi-même si je ne baissais pas mes murailles ; visualiser Vérité ne servirait à rien tant que je n'aurais pas ouvert un chemin de sortie à mon Art et d'entrée au sien. Très bien ; ce n'était pas très difficile, il suffisait de me détendre, de regarder le feu et d'observer les petites étincelles qui montaient, portées par la chaleur. Les étincelles qui dansent, qui flottent… abaisser la vigilance… oublier que Guillot a projeté son Art contre ce mur et failli l'abattre… oublier que seul ce mur m'a permis de conserver l'intimité de mon esprit pendant qu'on martelait ma chair… oublier l'atroce sensation de viol quand Justin s'était frayé un chemin en moi… la façon dont Galen avait mutilé mon talent d'Art le jour où il avait abusé de sa position de maître d'Art pour contrôler mon esprit.

Aussi nettement que si Vérité se trouvait à côté de moi, j'entendis à nouveau mon prince : « Galen t'a marqué ; tu as des murailles que je suis incapable de franchir, et pourtant je suis fort. Il faudrait que tu apprennes à les baisser ; c'est difficile. » Et ces mots dataient de plusieurs années, d'avant l'invasion de Justin, d'avant les attaques de Guillot. J'eus un sourire amer : savaient-ils qu'ils avaient réussi à me dépouiller de mon Art ? Non, ils n'y avaient même sûrement pas pensé. Quelqu'un devrait le noter dans les archives : un roi pourrait un jour trouver commode de savoir qu'en blessant assez gravement un artiseur à l'aide de l'Art, on peut l'enfermer dans une zone au fond de lui-même et l'y rendre impuissant.

Vérité n'avait jamais eu le temps de m'enseigner à baisser mes défenses ; ironiquement, il avait réussi à me montrer comment les renforcer, au contraire, afin de pouvoir lui cacher mes pensées intimes quand je ne voulais les lui faire partager, et peut-être avais-je été trop bon élève. Aurais-je un jour le temps de le désapprendre ?

Le temps, pas le temps, intervint Œil-de-Nuit d'un ton las. *Les hommes ont inventé le temps pour mieux se casser la tête ; tu y penses tant que j'en ai le vertige. Pourquoi suivre ces vieilles pistes ? Cherches-en une nouvelle au bout de laquelle tu trouveras peut-être de la viande. Si tu veux du gibier, chasse-le, c'est tout. Tu ne peux pas dire : Chasser prend trop de temps, je désire seulement manger. C'est tout un : chasser, c'est commencer à manger.*

Tu ne comprends pas, répondis-je. *Il n'y a qu'un certain nombre d'heures par jour et qu'un certain nombre de jours pendant lesquels je puis faire ce que je veux faire.*

Pourquoi découper ton existence en petits bouts et donner des noms aux petits bouts ? Heures, jours... C'est comme un lapin : si je tue un lapin, je mange un lapin. Un grognement endormi et dédaigneux. *Toi, quand tu as un lapin, tu le découpes en morceaux et tu l'appelles os, viande, fourrure et entrailles ; et alors tu n'en as jamais assez.*

Que me conseilles-tu donc, ô grand sage ?

De cesser de gémir et de faire ce que tu veux faire, que je puisse enfin dormir.

Il me donna un petit coup mental, comme un coup de coude dans les côtes quand on se sent un peu serré contre un compagnon de taverne. Je pris soudain conscience de l'intimité que j'avais imposée à notre contact, ces dernières semaines ; il avait été un temps où je lui reprochais d'être toujours dans ma tête ; je ne voulais pas de sa présence quand j'étais avec Molly et je m'étais efforcé de lui expliquer que ces moments-là m'appartenaient à moi seul. Par sa réaction, je me rendais maintenant compte que je m'étais collé à lui autant que lui à moi quand il était petit ; je résistai fermement à l'impulsion de me raccrocher davantage à lui et, me rasseyant, je plongeai le regard dans les flammes.

J'abaissai mes murs, puis restai un moment sans bouger, la bouche sèche, dans l'attente d'une attaque. Comme rien ne se produisait, je réfléchis soigneusement et baissai à nouveau mes murailles : ils me croyaient mort ; ils n'allaient donc pas demeurer à l'affût d'un mort. Pourtant, ouvrir mes défenses me mettait encore mal à l'aise ; j'aurais eu moins de mal à m'empêcher de loucher sur l'eau par une journée ensoleillée ou à ne pas broncher devant un coup qui m'arrivait en pleine face ; mais j'y parvins finalement et je sentis l'Art s'écouler tout autour de moi, me contourner comme si j'étais un rocher dans le courant d'une rivière. Il me suffisait d'y plonger pour trouver Vérité – ou Guillot, Ronce ou Carrod. Un frisson d'angoisse me prit et le fleuve s'éloigna. Je bandai ma volonté pour m'en rapprocher à nouveau. Je passai un long moment à hésiter au bord, à rassembler mon courage pour m'y jeter. Avec l'Art, pas question de tâter l'eau : ou bien on est dedans ou bien on est dehors. Je sautai.

Je sautai, et aussitôt je me mis à tournoyer, à faire la culbute, et je me sentis m'effilocher comme un bout de corde pourrie. Des lambeaux de moi-même s'en allaient dans le courant, toutes les couches qui faisaient de moi ce que j'étais, souvenirs, émotions, pensées profondes qui me fondaient, éclairs de poésie qui touchent plus que l'intelligence, visions erratiques de journées ordinaires, tout cela partait en charpie. Comme c'était bon ! Je n'avais qu'à me laisser aller.

Mais ç'aurait été donner raison à Galen sur mon compte.

Vérité ?

Il n'y eut pas de réponse, rien. Il n'était pas là.

Je me retirai en moi et concentrai tout ce que j'étais autour de mon esprit. Je m'aperçus alors que j'y arrivais ; j'étais capable de me tenir dans le courant de l'Art tout en conservant mon identité. Pourquoi avais-je toujours eu tant de mal auparavant ? Je mis cette question de côté pour songer au pire, et le pire était que, quelques mois plus tôt, Vérité était vivant et que je lui avais parlé. « Dis-leur que Vérité est vivant, c'est tout. » J'avais obéi mais ils n'avaient pas compris, et nul n'avait réagi. Pourtant, qu'était ce message, sinon un appel à l'aide ? Un appel à l'aide de mon roi auquel personne n'avait répondu.

Cette idée me fut brusquement insupportable et le cri d'Art qui m'échappa me donna l'impression que ma vie elle-même se tendait hors de ma poitrine :

VÉRITÉ !

... Chevalerie ?

À peine un murmure qui avait effleuré ma conscience, léger comme une mouche qui se cogne contre le rideau d'une fenêtre, et ce fut mon tour de me précipiter, de saisir et d'affermir. Je me jetai à sa rencontre et le trouvai. Sa présence vacillait comme la flamme d'une bougie qui se noie dans sa propre cire fondue ; il allait bientôt s'éteindre. Mille questions se pressaient sur mes lèvres mais je ne posai que la plus importante.

Vérité, pouvez-vous puiser dans ma force sans me toucher ?

Fitz ? L'interrogation était encore plus faible, plus hésitante. *J'ai cru que Chevalerie était revenu...* Il vacillait au bord de l'obscurité... *pour me débarrasser de ce fardeau...*

Vérité, écoutez-moi. Réfléchissez : pouvez-vous puiser dans ma force ? En êtes-vous capable ?

Je ne... Je ne peux pas... t'atteindre. Fitz ?

Je me rappelai Subtil qui avait emprunté ma force pour artiser un dernier adieu à son fils, et Justin et Sereine qui l'avaient tué en le vidant de son énergie, la façon dont il était mort, telle une bulle de savon qui éclate, une étincelle qui disparaît soudain.

VÉRITÉ ! Je me ruai sur lui, l'enveloppai en moi, l'affermis comme il l'avait si souvent fait lors de nos contacts par l'Art. *Prenez en moi,* ordonnai-je en m'ouvrant à lui. Je me forçai à croire en la réalité de sa main sur mon épaule, essayai de me rappeler ce que je ressentais quand lui ou Subtil puisaient dans ma force. La flamme qui était Vérité bondit tout à coup, puis se mit à brûler d'un éclat vif, limpide et régulier.

Ça suffit, me dit-il, puis, plus fermement : *Prends garde, mon garçon !*

Non, je vais bien, je peux y arriver, assurai-je en continuant de lui envoyer mon énergie.

Assez ! fit-il en s'écartant de moi. Ce fut presque comme si nous nous étions chacun reculés d'un pas pour nous dévisager. Je ne voyais pas son corps mais je percevais la terrible lassitude qui le tenaillait ; ce n'était pas la saine fatigue qui vient à la fin d'une journée de labeur mais celle, plus profonde, d'une longue suite de jours épuisants sans jamais assez à manger ni assez de repos. Je lui avais rendu l'énergie mais non la santé, et il consumerait rapidement la vitalité qu'il m'avait empruntée, car ce n'était pas plus de la vraie force que l'écorce elfique ne remplace un repas copieux.

Où êtes-vous ? demandai-je.

Dans les Montagnes, répondit-il à contrecœur, en ajoutant : *En dire plus serait risqué. Nous ne devrions même pas artiser du tout : certaines oreilles seraient trop heureuses de surprendre notre conversation.*

Mais il n'interrompit pas notre contact et je compris qu'il mourait d'envie de poser des questions autant que moi. Je ne sentais pas d'autre présence que les deux nôtres mais, au cas où on nous espionnerait, je n'étais pas certain de m'en rendre compte. Pendant un long moment, notre échange ne fut que simple conscience de l'autre, puis, d'un ton sévère, Vérité me mit en garde : *Tu dois faire plus attention ou tu vas t'attirer des ennuis ; mais t'entendre me rend courage. Il y avait longtemps que je n'avais plus eu le contact d'un ami.*

Alors cela vaut que je prenne tous les risques. J'hésitai mais je ne pouvais garder ma pensée pour moi-même. *Mon roi, il y a quelque chose que je dois faire ; mais quand j'en aurai terminé, je vous rejoindrai.*

Je perçus un sentiment qui émanait de lui, une gratitude d'une intensité mortifiante. *J'espère que je serai encore là quand tu arriveras.* Puis, plus brusquement : *Ne prononce aucun nom et n'artise que si c'est indispensable.* Enfin, plus doucement : *Fais attention à toi, mon garçon ; fais très attention. Ils sont sans pitié.*

Et il disparut.

Il avait coupé le contact d'Art d'un seul coup. Où qu'il fût, je souhaitais qu'il pût se servir de la force que je lui avais prêtée pour trouver à manger ou un abri pour se reposer, car j'avais senti qu'il vivait comme une bête traquée, toujours aux aguets, toujours affamée – comme une proie, à l'instar de moi. Et autre chose, aussi ; une blessure, de la fièvre ? Je me laissai aller contre le dossier de ma chaise, agité d'un léger tremblement. Je me gardai bien de me lever : le simple fait d'artiser m'épuisait, or je m'étais ouvert à Vérité pour lui donner de mon énergie. Dans quelques instants, quand le tremblement s'apaiserait, je me ferais de la tisane d'écorce elfique et je me restaurerais ; pour le moment, je préférais rester assis, les yeux dans les flammes, les pensées tournées vers Vérité.

Il avait quitté Castelcerf l'automne précédent. Cela me semblait une éternité. À son départ, le roi Subtil était encore vivant et son épouse, Kettricken, attendait un enfant. Il s'était donné une mission : les Pirates rouges venus des îles d'Outre-Mer assaillaient nos côtes depuis trois ans et tous nos efforts pour les chasser avaient échoué ; aussi Vérité, roi-servant du trône des Six-Duchés, avait-il décidé de se rendre dans les Montagnes pour y chercher nos alliés quasi légendaires, les Anciens. Selon la tradition, des générations plus tôt, le roi Sagesse les avait trouvés, et ils avaient aidé les Six-Duchés à repousser des pirates ; ils avaient alors promis de revenir si jamais nous avions besoin d'eux. Vérité avait donc quitté trône, épouse et royaume pour se mettre en quête d'eux et leur rappeler leur promesse ; il laissait derrière lui son vieux père, le roi Subtil, ainsi que son jeune frère, le prince Royal.

À peine eut-il tourné les talons que Royal se mit à manœuvrer contre lui : il courtisa les ducs de l'Intérieur et négligea les besoins des duchés côtiers ; je le soupçonnais aussi d'être à l'origine des rumeurs moqueuses sur l'entreprise de son frère qui dépeignaient Vérité sous les traits d'un irresponsable, sinon d'un dément ; le clan d'artiseurs qui aurait dû être fidèle à Vérité avait été depuis longtemps circonvenu et travaillait pour Royal, qui s'en servit pour annoncer la mort de Vérité alors qu'il faisait route pour les Montagnes, après quoi il se proclama roi-servant. Son emprise sur le roi Subtil, souffrant et âgé, devint absolue, et il annonça son intention de déplacer sa cour dans l'Intérieur, en abandonnant peu ou prou Castelcerf à la merci des Pirates rouges ; quand il déclara que le roi Subtil et la reine Kettricken devaient l'accompagner, Umbre jugea temps d'agir, car nous savions que Royal ne permettrait ni à l'un ni à l'autre de se dresser entre le trône et lui ; nous projetâmes donc de les aider à s'enfuir tous les deux le soir même où il devait se proclamer roi-servant.

Rien ne se déroula comme prévu ; les ducs de la Côte étaient à deux doigts de se soulever contre Royal et ils avaient tenté de me rallier à leur rébellion ; j'avais accepté de soutenir leur cause dans l'espoir de conserver Castelcerf comme position de pouvoir pour Vérité. Avant que nous puissions enlever le roi, deux des membres du clan l'assassinèrent ; seule Kettricken parvint à se sauver, et, bien qu'ayant réussi à tuer les meurtriers du roi Subtil, je fus fait prisonnier, torturé et convaincu d'usage de la magie du Vif. Dame Patience, l'épouse de mon père, intercéda en ma faveur mais en vain. Si Burrich ne m'avait pas fourni discrètement du poison, j'aurais fini pendu au-dessus de l'eau, puis incinéré ; mais, grâce au produit, mon organisme avait parfaitement simulé la mort, et, tandis que mon âme allait rejoindre Œil-de-Nuit et cohabitait avec lui dans son corps, Patience avait récupéré mon cadavre dans ma cellule et l'avait enterré ; puis, sans qu'elle en sût rien, Burrich et Umbre m'avaient exhumé dès que l'opération n'avait plus présenté de risque.

Je battis des paupières et détournai le regard des flammes. Le feu se mourait ; telle était mon existence à présent, en cendres derrière moi. Inutile de chercher à reconquérir la femme que j'avais aimée : Molly me croyait mort, mon usage du Vif lui inspirait sans doute le plus grand dégoût, et, quoi qu'il en fût, elle m'avait quitté plusieurs jours avant que le reste de ma vie tombe en ruine. Je la connaissais depuis notre enfance ; nous avions joué ensemble dans les rues et sur les quais de Bourg-de-Castelcerf, et elle m'appelait à l'époque le Nouveau en ne voyant en moi qu'un des enfants du Château, un garçon d'écurie ou l'aide d'un scribe. Elle était tombée amoureuse de moi avant de savoir que j'étais le Bâtard, le fils illégitime qui avait forcé Chevalerie à refuser le trône ; lorsqu'elle l'avait appris, j'avais bien failli la perdre, mais je l'avais convaincue de me faire confiance, d'avoir foi en moi, et nous nous étions accrochés l'un à l'autre pendant presque une année, en dépit de tous les obstacles. De temps en temps, j'avais dû faire passer mon devoir envers le roi avant nos propres désirs ; le roi ne m'avait pas donné la permission de me marier, et elle l'avait accepté ; il m'avait promis à une autre femme, et même cela elle l'avait supporté ; on l'avait menacée, traitée de « putain du Bâtard », et j'avais été incapable de la défendre. Pourtant, elle était restée inébranlable… jusqu'au jour où elle m'avait appris sans détour qu'il y avait quelqu'un d'autre dans sa vie, quelqu'un qu'elle pouvait aimer et placer au-dessus de tout le reste, comme je le faisais avec mon roi, et elle m'avait quitté. Je ne pouvais rien lui reprocher, je ne pouvais que la pleurer.

Je fermai les yeux : j'étais fatigué, presque épuisé. Vérité m'avait recommandé de ne plus artiser sauf en cas d'urgence, mais tenter d'entrevoir Molly ne ferait sûrement de mal à personne – l'apercevoir un instant, m'assurer que tout allait bien… D'ailleurs, je n'arriverais sans doute à rien. Quel mal y aurait-il à essayer rien qu'un petit moment ?

Ç'aurait dû être facile : je n'avais aucune difficulté à tout me rappeler d'elle : j'avais si souvent respiré son parfum, mélange de l'odeur des herbes qu'elle utilisait pour ses chandelles et de la chaleur de sa peau douce ; je savais toutes les nuances de sa voix, de son rire grave ; je revoyais la ligne précise de sa mâchoire, sa manière de dresser le menton quand je l'agaçais ; je connaissais la texture lustrée de sa somptueuse chevelure châtaine et le regard perçant de ses yeux sombres. Elle avait une façon de me prendre le visage entre les mains et de me tenir fermement tout en m'embrassant… Je portais les miennes à mes joues comme si j'avais pu y trouver ses doigts, les saisir et les garder pour toujours – mais c'est la cicatrice d'une blessure que je sentis. Bêtement, les larmes me montèrent aux yeux. Je cillai plusieurs fois pour m'en débarrasser et les flammèches du feu se brouillèrent un instant. J'étais fatigué, trop fatigué pour chercher Molly à l'aide de l'Art ; mieux valait essayer de dormir. Je m'efforçai de repousser les émotions trop humaines qui bouillonnaient en moi ; pourtant, tel était le sort que je m'étais choisi en prenant la décision d'être humain. Peut-être aurais-je dû rester loup : un animal n'était assurément pas obligé d'éprouver ces sentiments…

Non loin, un loup leva le museau et lança soudain vers le ciel un long hurlement qui transperça la nuit de sa solitude et de son désespoir.

4

LA ROUTE DU FLEUVE

Cerf, le plus ancien des six Duchés, possède une côte qui s'étend depuis la limite méridionale des Hautes-Dunes, au nord, jusqu'à l'embouchure du fleuve Cerf et la baie de Cerf incluses, et l'île de l'Andouiller en fait partie. La prospérité de Cerf tient à deux sources : les riches lieux de pêche, dont les habitants des côtes ont toujours tiré profit, et le commerce fluvial né de la nécessité d'apporter par le fleuve tout ce qui leur manque aux duchés de l'Intérieur. La Cerf est un large fleuve qui trace à son gré ses méandres dans son lit et inonde souvent les basses terres du duché lors de ses crues de printemps. Le courant en est si puissant qu'en son milieu un chenal est toujours demeuré libre de glaces toute l'année, sauf durant les quatre hivers les plus rudes de l'histoire de Cerf. Ce ne sont pas seulement les denrées de Cerf qui remontent le fleuve jusqu'aux duchés de l'Intérieur mais aussi les marchandises achetées en Rippon et Haurfond, sans parler des articles plus exotiques en provenance des États chalcèdes et de Terrilville ; dans le sens inverse, le fleuve apporte aux duchés côtiers tout ce qu'ont à offrir ceux de l'Intérieur, ainsi que les belles fourrures et les ambres splendides issus du commerce avec le royaume des Montagnes.

*

Je m'éveillai en sentant Œil-de-Nuit poser sa truffe froide contre ma joue ; pourtant, loin de sursauter, je pris lentement conscience de mon environnement, le cerveau embrumé. La migraine me battait les tempes et j'avais la sensation d'avoir les traits figés. La bouteille vide de vin de sureau roula par terre lorsque je me redressai sur le sol.

Tu dormais trop profondément. Tu es malade ?

Non. Idiot, seulement.

Je n'avais jamais remarqué que ça te faisait dormir à ce point.

Il me donna encore un petit coup de museau, et je le repoussai. Je fermai les yeux un moment, les paupières serrées, puis je les rouvris. Cela n'allait pas mieux. Je jetai quelques morceaux de bois sur les braises du feu de la veille. « C'est le matin ? » demandai-je tout haut d'une voix pâteuse.

La lumière commence juste à changer. Nous devrions retourner à la garenne.

Vas-y, toi. Je n'ai pas faim.

Très bien. Il s'éloigna un peu, puis s'arrêta devant la porte ouverte. *J'ai l'impression que ça ne te fait pas de bien de dormir enfermé.* Et il disparut comme un nuage de fumée grise sur le seuil. Je me rallongeai prudemment et refermai les yeux pour dormir encore un peu.

Quand je me réveillai, la lumière du plein jour se déversait par la porte ouverte. Un bref coup de Vif me permit de trouver un loup rassasié en train de somnoler entre deux grosses racines d'un chêne, à l'ombre mouchetée de sa ramure : les journées de grand soleil n'intéressaient guère Œil-de-Nuit. Ce jour-là, j'étais d'accord avec lui, mais je me contraignis à m'en tenir à ma résolution de la veille et je me mis à ranger la masure ; soudain, il me vint à l'esprit que je n'y remettrais sans doute jamais les pieds. Pourtant, par la force de l'habitude, j'achevai de la nettoyer, puis je balayai les cendres de l'âtre et les remplaçai par une brassée de bois : si quelqu'un passait par là à la recherche d'un abri, tout serait prêt pour l'accueillir. Je ramassai mes vêtements enfin secs et posai sur la table tout ce que je comptais emporter : c'était pitoyablement peu si l'on considérait que c'était là tout ce que je possédais, mais énorme si l'on songeait que je devais le transporter moi-même. Je descendis au ruisseau pour boire et faire ma toilette avant d'essayer de faire de mes affaires un balluchon maniable.

En remontant, je me dis qu'Œil-de-Nuit n'allait pas être content de voyager de jour. Je trouvai ma seconde paire de jambières sur le seuil : j'avais dû la laisser tomber par mégarde ; je me baissai, la ramassai et la jetai sur la table. Je m'aperçus alors que je n'étais pas seul.

Les jambières auraient dû me mettre la puce à l'oreille mais j'étais devenu négligent : il y avait trop longtemps que ma vie n'était plus menacée et j'en étais venu à trop me fier à mon Vif pour me prévenir de la présence d'intrus. Or j'étais incapable de percevoir les forgisés de cette manière. Ni le Vif ni l'Art ne m'étaient utiles contre eux. Ils étaient deux, jeunes et forgisés de fraîche date, d'après leur aspect : leurs habits étaient presque intacts, et si les deux hommes étaient sales, ils n'arboraient pas la crasse incrustée ni les cheveux collés que j'associais aux effets de la forgisation.

Lorsque j'avais eu à me battre contre des forgisés, ç'avait été la plupart du temps en hiver, et ils avaient été affaiblis par les privations ; un de mes devoirs d'assassin du roi Subtil avait été d'en débarrasser les environs de Castelcerf. Nous n'avions jamais découvert quelle magie les Pirates rouges employaient sur les nôtres pour les voler à leurs familles et les leur rendre au bout d'à peine quelques heures transformés en bêtes fauves et dépourvus d'émotions ; le seul remède que nous y connaissions était une mort miséricordieuse. Les forgisés étaient la pire horreur que les Pirates rouges avaient lâchée sur nous car, une fois les pillards repartis, c'étaient nos semblables qui se retournaient contre nous. Qu'est-ce qui était le plus affreux : recueillir son propre frère en sachant que désormais le vol, le meurtre et le viol étaient parfaitement acceptables pour lui du moment qu'il obtenait ce qu'il voulait, ou bien prendre son poignard, le chasser et le tuer ?

Ces deux-là, je les avais interrompus alors qu'ils fouillaient mes affaires ; les mains pleines de viande séchée, ils dévoraient sans se quitter des yeux. Il arrivait que des forgisés voyagent de conserve mais ils n'éprouvaient nulle loyauté envers quiconque ; peut-être la compagnie d'autres humains restait-elle chez eux une habitude ? J'en avais vu s'en prendre violemment les uns aux autres pour la possession de quelque objet, ou tout simplement poussés par la faim. Mais ceux sur lesquels j'étais tombé tournèrent vers moi un regard calculateur, et je me pétrifiai. L'espace d'un instant, nul ne fit un geste.

Ils avaient à manger et tous mes biens : ils n'avaient aucune raison de m'attaquer tant que je ne les provoquais pas. Je reculai doucement vers la porte, à pas prudents, les bras le long du corps ; comme devant un ours que j'aurais surpris en train de se repaître de sa chasse, j'évitai de croiser leur regard et continuai de battre en retraite avec précaution. J'avais presque franchi la porte lorsque l'un des deux pointa un index crasseux sur moi. « Rêve trop fort ! » déclara-t-il d'un ton furieux ; aussitôt, ils lâchèrent leur butin et bondirent sur moi.

Je tournai les talons et heurtai de plein fouet un troisième forgisé qui entrait à cet instant. Il portait ma chemise de rechange et guère davantage. Il me ceintura presque par réflexe, et je n'hésitai pas : je saisis mon couteau de ceinture et le lui enfonçai plusieurs fois dans le ventre avant qu'il s'écroule en arrière. Il se replia sur lui-même avec un rugissement de souffrance pendant que je l'enjambais.

Frère ! perçus-je, et je sus qu'Œil-de-Nuit arrivait, mais il était trop loin, tout en haut d'une crête. Je sentis un choc dans le dos et je roulai à terre ; l'homme se jeta sur moi, me saisit, et je hurlai de terreur car sa poigne avait soudain réveillé en moi tous les atroces souvenirs du cachot de Royal. La panique m'envahit comme un poison foudroyant, et je replongeai dans le cauchemar. L'effroi m'empêchait de réagir ; mon cœur battait la chamade, je n'arrivais plus à respirer, mes doigts étaient engourdis, et j'ignorais si je tenais encore mon couteau. Les mains de l'homme touchèrent ma gorge ; je me mis à le frapper éperdument avec pour seule idée de lui échapper, d'éviter son contact. Son compagnon me sauva d'un coup de pied brutal qui m'érafla le flanc et atterrit dans les côtes de mon agresseur. J'entendis le souffle lui manquer, et d'une violente poussée je me débarrassai de lui. Je m'écartai d'une roulade, me redressai et pris la fuite.

Je courus, porté par les ailes d'une peur si intense que je ne parvenais plus à réfléchir. J'entendais les pas d'un homme qui me talonnait et il me semblait en percevoir d'autres derrière lui ; cependant, je connaissais les collines et les pâtures avoisinantes aussi bien que mon loup ; je les entraînai sur le versant escarpé qui se dressait derrière la chaumière, passai le sommet, changeai de direction avant qu'ils le franchissent à leur tour et me laissai rouler par terre. Un chêne s'était abattu durant la dernière tempête de l'hiver en emportant d'autres arbres de moindre dimension, et ses racines emmêlées formaient désormais un mur à son pied ; sa chute avait occasionné un enchevêtrement de troncs et de branches et laissé une large trouée de soleil dans la forêt. Les ronces s'étaient dressées joyeusement pour submerger le géant déchu, et c'est dans leur taillis que je me jetai à plat ventre, puis gagnai en rampant la partie la plus épineuse et l'obscurité qui régnait sous le tronc du chêne ; là, je me figeai dans une parfaite immobilité.

Je les entendis me chercher partout en poussant des cris de colère ; terrorisé, je dressai mes murailles mentales. « Rêve trop fort », avait dit l'un des hommes ; de fait, Umbre et Vérité avaient suspecté que l'Art attirait les forgisés ; peut-être la finesse de perception qu'exigeait sa pratique et l'expansion de cette perception lors des séances d'Art touchaient-elles quelque fibre en eux qui leur rappelait tout ce qu'ils avaient perdu ?

Et les poussait à vouloir tuer ceux qui éprouvaient encore des émotions ? Qui sait ?

Frère ?

C'était Œil-de-Nuit, mais sa pensée était étouffée, ou bien il se trouvait très loin. Je trouvai le courage de m'entrouvrir à lui.

Je vais bien. Où es-tu ?

Ici. J'entendis un bruissement de feuilles et il apparut soudain dans les ronces, en train de ramper vers moi. Il me toucha la joue du museau. *Tu es blessé ?*

Non. Je me suis sauvé.

Tu as bien fait, fit-il, et il était sincère.

Mais je décelai aussi sa surprise : jamais il ne m'avait vu fuir devant des forgisés ; j'avais toujours tenu bon et combattu, et il avait souvent combattu à mes côtés ; toutefois, j'étais en général bien armé et bien nourri, alors que mes adversaires avaient faim et souffraient du froid. À un contre trois quand on ne dispose que d'un couteau, la partie est inégale, même si l'on sait qu'un loup va venir à la rescousse ; il n'y avait nulle lâcheté dans ma fuite. Tout le monde en aurait fait autant. Je me répétai cette idée à plusieurs reprises.

Tout va bien, dit Œil-de-Nuit d'un ton apaisant. *Tu ne veux pas sortir de là ?*

Plus tard, quand ils seront partis.

Mais ils sont partis depuis longtemps. Ils se sont mis en route pendant que le soleil était encore haut.

Je préfère ne pas courir de risque.

Il n'y a pas de risque : je les ai observés, je les ai suivis. Sors de là, petit frère.

Je me laissai persuader. Après m'être extirpé du roncier, je m'aperçus que le soleil allait bientôt se coucher. Combien d'heures avais-je passées dans mon abri, les sens en léthargie, tel un escargot enroulé dans sa coquille ? De la main, j'ôtai la terre qui maculait mes vêtements naguère propres ; je découvris aussi du sang, celui du jeune homme à la porte. J'allais devoir relaver mes habits, songeai-je, l'esprit engourdi. Un moment, j'envisageai d'aller chercher de l'eau, de la mettre à chauffer, puis de nettoyer le sang de ma chemise, mais je compris presque aussitôt que j'étais incapable de rentrer dans la masure au risque de m'y trouver à nouveau pris au piège.

Oui, mais les maigres possessions qui me restaient s'y trouvaient – du moins ce qu'en avaient laissé les forgisés.

Au lever de la lune, j'avais rassemblé assez de courage pour m'approcher de la chaumière. C'était une belle pleine lune qui éclairait la vaste prairie devant la petite construction, et je demeurai quelque temps accroupi sur la crête à scruter les lieux à la recherche d'ombres qui se déplaceraient. Un homme était étendu dans l'herbe haute près de la porte ; je l'observai un long moment, à l'affût du moindre mouvement.

Il est mort. Sers-toi de ton nez, me conseilla Œil-de-Nuit.

Ce devait être celui que j'avais heurté en m'enfuyant ; mon couteau avait sans doute touché quelque organe vital car l'homme n'était pas allé loin. Néanmoins, je m'approchai de lui dans l'obscurité avec autant de précaution que s'il s'agissait d'un ours blessé ; bientôt, cependant, je perçus l'odeur douceâtre d'une carcasse restée toute une journée au soleil. Il était couché le visage dans l'herbe mais, loin de le retourner, je décrivis un large cercle pour l'éviter.

Je coulai un regard par la fenêtre et tentai pendant plusieurs minutes de percer les ténèbres immobiles qui régnaient à l'intérieur.

Il n'y a personne là-dedans, me signala Œil-de-Nuit avec impatience.

Tu en es sûr ?

Autant que je suis sûr d'avoir un nez de loup et pas un paquet de chair inutile en dessous des yeux. Mon frère…

Il n'acheva pas sa pensée mais je sentis l'inquiétude inexprimée que je lui inspirais. Je la partageais presque. Un aspect de moi-même savait qu'il n'y avait guère à redouter, que les forgisés avaient pris ce dont ils avaient besoin et qu'ils étaient partis, mais un autre était incapable d'oublier le poids de l'homme sur moi et la brutalité du coup de pied qui m'avait frôlé ; j'avais été immobilisé ainsi sur le dallage du cachot et frappé à coups de poing et de botte, totalement impuissant. Maintenant que ce souvenir avait resurgi, je me demandais comment j'allais pouvoir le supporter.

Je finis par pénétrer dans la cahute ; en prenant sur moi, je parvins même à allumer une chandelle, une fois que j'eus trouvé ma pierre à feu à tâtons. Les mains tremblantes, je ramassai rapidement ce qu'ils avaient laissé et l'empaquetai dans mon manteau. La porte ouverte dans mon dos faisait un sinistre trou noir par lequel ils pouvaient revenir à tout instant mais, si je la fermais, je risquais de me retrouver pris au piège à l'intérieur. Même la présence d'Œil-de-Nuit qui montait la garde sur le seuil n'arrivait pas à me rassurer.

Ils ne s'étaient emparés que de ce dont il avait l'usage immédiat : les forgisés ne prévoyaient rien au-delà de l'instant suivant. Toute la viande séchée avait été mangée ou jetée par terre ; je me refusai à ramasser ce qu'ils avaient touché. Ils avaient ouvert mon coffret de scribe mais s'en étaient désintéressés, n'y trouvant rien de comestible ; quant à ma petite boîte de poisons et de simples, ils avaient dû penser qu'elle contenait mes pots de couleurs et elle était intacte. De mes vêtements, ils n'avaient pris que la chemise, que je n'avais aucune envie de récupérer, d'autant moins que j'y avais pratiqué plusieurs trous sur le devant. Je pris ce qui restait et sortis. Je traversai la prairie, puis montai sur la crête d'où je bénéficiais d'une vue dégagée dans toutes les directions ; là, je m'assis dans l'herbe et emballai mes affaires dans mon manteau d'hiver en un paquet serré par des lanières de cuir ; une courroie séparée me permit de suspendre le paquet à mon épaule. Quand j'aurais davantage de lumière, je trouverais un meilleur moyen de le transporter.

« Prêt ? » demandai-je à Œil-de-Nuit.

Nous allons chasser ?

Non, voyager. J'hésitai. *Tu as faim ?*

Un peu. Tu es si pressé que ça de partir d'ici ?

Je n'avais pas envie de réfléchir à la question. « Oui. »

Alors ne t'inquiète pas : on peut chasser en voyageant.

Je hochai la tête, puis levai les yeux vers le ciel nocturne. Je cherchai le Laboureur et pris mes repères par rapport à sa position. « Par là », dis-je en indiquant l'autre bout de la crête. Sans répondre, le loup se leva et se mit à trottiner d'un air décidé dans la direction que j'avais montrée ; je lui emboîtai le pas, l'oreille tendue, tous les sens en éveil, à l'affût du moindre mouvement dans la nuit. Je me déplaçais sans bruit : nulle créature ne nous suivait. Rien que ma peur.

Nous prîmes l'habitude de voyager de nuit ; j'avais prévu de marcher le jour et de dormir pendant les heures sombres, mais, après cette première randonnée nocturne passée à trotter dans les bois derrière Œil-de-Nuit sur les sentes qui nous menaient dans la bonne direction, j'estimai cette solution supérieure : de toute façon, je n'aurais pas pu dormir la nuit ; les premiers jours, j'eus même du mal à m'assoupir de jour. Je cherchais un poste d'observation qui offrait en même temps la possibilité de me cacher, puis je m'allongeais, certain d'être épuisé ; je me roulais en boule, fermais les yeux et je restais là, tourmenté par l'acuité de mes propres sens. Chaque bruit, chaque odeur me réveillaient en sursaut, et je ne me détendais qu'après m'être levé pour m'assurer de l'absence de tout danger. Au bout d'un moment, Œil-de-Nuit lui-même se plaignait de ma nervosité, et, quand je m'endormais enfin, c'était pour me réveiller brutalement par intervalles, en nage et agité de tremblements. Le manque de sommeil rendait pitoyables mes déplacements nocturnes sur les talons d'Œil-de-Nuit.

Pourtant, ces heures sans dormir et celles où je trottais derrière Œil-de-Nuit, les tempes martelées de migraine, ces heures n'étaient pas perdues : elles me servaient à alimenter ma haine envers Royal et son clan, et à l'affûter comme un rasoir. C'était à cause de lui que j'étais dans cet état. Il ne lui avait pas suffi de m'arracher ma vie et ma bien-aimée, de m'obliger à éviter les gens et les lieux que j'aimais, de m'avoir infligé les cicatrices que je portais et les crises de tremblement dont j'étais victime. Non : il m'avait réduit à cette condition de lapin frissonnant d'effroi. Je n'avais même pas le courage de me rappeler tout ce qu'il m'avait fait, mais je savais qu'au moment critique ces souvenirs resurgiraient pour me désarmer ; ceux que je ne pouvais évoquer de jour rôdaient sous forme de bribes de sons, de couleurs et de textures qui me tourmentaient la nuit : la sensation de ma joue sur la pierre froide et couverte d'une pellicule de sang tiède, l'éclair qui accompagnait un coup de poing sur le côté de ma tête, les grognements gutturaux des soldats, leurs éclats de rire au spectacle d'un homme qu'on frappe, tels étaient les fragments déchi-

103

quetés qui tailladaient mes efforts pour dormir. Les yeux piquants, tremblant, je restais éveillé auprès du loup et je songeais à Royal. J'avais autrefois connu un amour que j'avais cru capable de m'aider à franchir tous les obstacles, et Royal m'en avait dépouillé ; désormais, je nourrissais contre lui une haine aussi forte que cet amour perdu.

Nous chassions en route. Ma résolution de toujours faire cuire ma viande s'avéra bien vite futile : je faisais du feu à peine une nuit sur trois, et seulement si je trouvais un creux de terrain où il n'attirerait pas l'attention ; je ne me laissais toutefois pas descendre plus bas qu'une bête : je veillais à ma toilette et je prenais soin de mes vêtements autant que notre rude existence le permettait.

Mon plan de voyage était simple : nous nous déplacerions à travers la campagne jusqu'à ce que nous atteignions la Cerf, qu'une route suivait jusqu'à Turlac. C'était une voie très fréquentée et le loup aurait peut-être du mal à rester invisible, mais c'était le moyen le plus rapide d'avancer. Une fois à Turlac, nous serions tout près de Gué-de-Négoce, sur la Vin. Et à Gué-de-Négoce, je tuerais Royal.

Mes projets s'arrêtaient là ; je me refusais à réfléchir à la façon dont j'opérerais, je me refusais à m'inquiéter de ce que j'ignorais. J'avancerais, un jour à la fois, jusqu'à ce que j'aie atteint mes buts ; voilà ce que j'avais retenu d'avoir été un loup.

J'avais appris à connaître la côte lors d'un été passé à manier l'aviron à bord du navire de combat de Vérité, le *Rurisk*, mais l'intérieur du duché de Cerf m'était beaucoup moins familier ; certes, je l'avais traversé autrefois pour me rendre au royaume des Montagnes à l'occasion de la cérémonie de fiançailles de Kettricken, mais c'était alors au milieu de la caravane nuptiale, bien montée et bien approvisionnée ; aujourd'hui, je voyageais seul et à pied, et j'avais le temps de songer à ce que je voyais. Nous traversâmes des contrées incultes mais aussi beaucoup qui étaient naguère des pâtures pour les troupeaux de moutons, de chèvres et de vaches ; de temps en temps, nous franchissions des prairies dont l'herbe

m'arrivait à la poitrine et nous tombions sur des bories aban-
données depuis l'automne précédent. Les troupeaux que
nous apercevions étaient réduits, bien plus que ceux dont
j'avais conservé le souvenir, et je vis peu de gardiennes de
cochons et d'oies, comparé à mon premier voyage dans la
région. À mesure que nous approchions de la Cerf, nous passâmes devant des champs de céréales sensiblement plus
petits que ceux que je me rappelais, et de vastes surfaces de
terre arable avaient été rendues aux herbes folles sans qu'on y
mette jamais la charrue.

C'était incompréhensible ; j'avais observé ce phénomène le
long de la côte, où les bêtes et les moissons des fermiers
étaient victimes des attaques à répétition des Pirates ; les dernières années, ce qui ne disparaissait pas par le feu ou les
pillages partait aux impôts pour financer des navires de combat et une armée guère efficaces. Mais en amont, hors de portée des Pirates, j'avais pensé trouver le duché plus prospère.
C'était inquiétant.

Nous atteignîmes bientôt la route parallèle à la Cerf, mais il
y avait beaucoup moins de circulation que dans mes souvenirs, tant sur l'eau que sur terre. Les gens que nous croisâmes
se montrèrent brusques et revêches, même lorsqu'Œil-de-Nuit
était hors de vue ; je m'arrêtai dans une ferme pour demander
si je pouvais tirer de l'eau du puits ; on m'y autorisa mais nul
ne rappela les chiens qui grondaient autour de moi pendant
que je remontais le seau et, quand j'eus rempli mon outre, la
femme me conseilla de reprendre ma route. Son attitude semblait communément partagée.

Et plus je cheminais, pire cela devenait. Les voyageurs que
je rencontrais sur les routes n'étaient pas des marchands
conduisant des chariots de denrées ni des fermiers en train
d'apporter leurs produits au marché : c'étaient des familles
dépenaillées, souvent avec toutes leurs possessions entassées
dans une voiture à bras ; les yeux des adultes étaient durs et
hostiles, ceux des enfants hébétés et vides la plupart du
temps. Mes espoirs de trouver en chemin du travail à la journée s'évanouirent rapidement : ceux qui avaient encore une

maison ou une ferme les défendaient jalousement, des chiens aboyaient dans les cours et des ouvriers montaient la garde la nuit, auprès des moissons naissantes, pour les protéger des maraudeurs. Nous passâmes devant plusieurs «villes de mendiants», agrégats de cabanes faites de bric et de broc et de tentes installées le long de la route ; la nuit, des feux de camp y jetaient de grandes flammes et des hommes aux yeux froids patrouillaient tout autour ; le jour, des enfants s'asseyaient au bord de la chaussée et mendiaient auprès des voyageurs. Je comprenais mieux pourquoi les rares chariots de marchandises étaient si bien gardés.

Nous suivions la grand-voie depuis plusieurs nuits et avions traversé sans bruit plusieurs hameaux quand nous parvînmes à un bourg de quelque importance. L'aube nous rattrapa alors que nous nous en approchions et, quand des marchands matinaux nous dépassèrent avec des carrioles chargées de poulets en cage, nous comprîmes qu'il était temps de disparaître. Nous nous installâmes sur une petite éminence d'où l'on voyait une bourgade bâtie à moitié sur le fleuve ; incapable de trouver le sommeil, je m'assis pour observer la circulation de la route en contrebas ; des embarcations, petites et grandes, étaient amarrées aux quais du bourg et, de temps en temps, le vent m'apportait les cris des équipages en train de décharger les bateaux ; une fois même, j'entendis une bribe de chanson. À ma grande surprise, je me sentis attiré vers mes semblables et, sans réveiller Œil-de-Nuit, je me rendis au ruisseau qui coulait au pied de la butte, où je nettoyai ma chemise et mes jambières.

Il vaudrait mieux éviter cet endroit. Ils vont essayer de te tuer si tu y vas, fit Œil-de-Nuit. Il était assis sur la berge du ruisseau près de moi et il me regardait faire ma toilette tandis que le soir assombrissait le ciel. Ma chemise et mes jambières étaient presque sèches. J'essayai de lui expliquer pourquoi je désirais qu'il m'attende pendant que j'allais à la taverne de la bourgade.

Pourquoi voudraient-ils me tuer ?

Nous sommes des étrangers qui nous introduisons sur leur territoire de chasse. Pourquoi ne chercheraient-ils pas à nous tuer ?

Les humains ne sont pas comme ça, répondis-je d'un ton patient.

Non, tu as raison : ils se contenteront sans doute de te mettre dans une cage et de te battre.

Non, affirmai-je péremptoirement pour dissimuler ma crainte d'être reconnu.

Ils l'ont déjà fait, insista-t-il. *À nous deux ; et ils étaient de ta propre meute.*

C'était indéniable, aussi lui fis-je une promesse : *Je serai très, très prudent, et je ne resterai pas longtemps. Je veux seulement les écouter parler un moment pour apprendre ce qui se passe.*

Que nous importe ce qui leur arrive ? Ce qui nous arrive, à nous, c'est que nous ne sommes pas en train de chasser, ni de dormir, ni de marcher. Ils ne sont pas de notre meute.

J'apprendrai peut-être à quoi m'attendre plus loin dans notre voyage, si les routes sont très fréquentées, s'il y a de l'embauche pour un jour ou deux afin de gagner un peu d'argent, enfin, ce genre de renseignement.

Nous pourrions aussi bien le découvrir au fur et à mesure, répliqua Œil-de-Nuit avec entêtement.

J'enfilai ma chemise et mes jambières sur ma peau encore humide, me peignai les cheveux en arrière avec les doigts et les tordis pour en exprimer l'eau, puis, par habitude, je les nouai en queue ; mais je réfléchis en me mordant la lèvre : j'avais prévu de me faire passer pour un scribe itinérant, pas pour un guerrier. Je défis ma queue de cheval et laissai mes cheveux retomber librement : un peu longs pour un scribe ; la plupart des hommes de l'art se les coupaient court et se les rasaient même au-dessus du front pour éviter de les avoir dans les yeux quand ils travaillaient. Bah, avec ma barbe mal soignée et ma chevelure hirsute, on me prendrait peut-être pour un scribe resté longtemps sans emploi ; ce n'était pas une très bonne réclame pour la qualité de mes services mais, étant donné le mauvais matériel dont je disposais, c'était peut-être aussi bien.

J'ajustai ma chemise pour me rendre présentable, attachai ma ceinture, vérifiai la présence de mon couteau dans sa

gaine, puis soupesai ma bourse bien plate : la pierre à feu que
j'y rangeais pesait davantage que les pièces. Je possédais toujours les quatre piécettes d'argent que je tenais de Burrich ;
quelques mois plus tôt, cela m'eût paru bien peu ; aujourd'hui,
elles représentaient toute ma fortune, et je résolus de ne les
dépenser qu'en cas d'absolue nécessité. Le seul autre objet de
valeur était le clou d'oreille que m'avait donné Burrich et
l'épingle qui me venait de Subtil. Par réflexe, ma main se porta
à ma boucle d'oreille. Si gênante qu'elle fût quand nous chassions dans des taillis épais, son contact me rassurait toujours,
comme celui de l'épingle plantée dans le col de ma chemise.

Elle n'y était plus.

J'ôtai ma chemise, examinai le tour du col, puis le vêtement
tout entier ; je fis un petit feu pour avoir de la lumière, après
quoi je défis complètement mon balluchon et fouillai chaque
article, non pas une, mais deux fois, et cela malgré ma certitude presque absolue de savoir où se trouvait l'épingle : le
petit rubis dans son nid d'argent était resté sur le col de la
chemise que portait le mort devant la chaumière. J'en étais
quasiment certain mais je refusais de l'admettre. Pendant tout
le temps que durèrent mes recherches, Œil-de-Nuit décrivit
des cercles inquiets autour de mon feu en poussant des
gémissements étouffés en réponse à une angoisse qu'il percevait mais ne comprenait pas. « Chut ! » fis-je d'un ton irrité, puis
je fis un effort pour me repasser tous les événements, comme
si j'allais rendre compte devant Subtil.

La dernière fois que j'avais manipulé l'épingle était le soir
où j'avais chassé Burrich et Umbre. Je l'avais tirée de mon col
pour la leur montrer, et puis je m'étais assis pour la contempler ; enfin, je l'avais repiquée à sa place. Je n'avais pas souvenir de l'avoir tenue entre mes doigts après cet épisode ; je ne
me rappelais pas l'avoir enlevée pour laver la chemise : je me
serais sans doute piqué si je l'avais laissée dans le col. Mais,
en général, je l'enfonçais dans une couture, où elle était mieux
tenue ; cela me semblait plus sûr. Je n'avais aucun moyen de
savoir si je l'avais perdue en chassant avec le loup ou si elle se
trouvait toujours sur le col du mort. Peut-être était-elle restée

sur la table et l'un des forgisés s'en était-il emparé alors qu'ils mettaient mes affaires à sac.

J'avais beau me répéter que ce n'était qu'une épingle, je m'acharnais, l'estomac noué, à vouloir la voir soudain, prise dans la doublure de mon manteau ou au fond de ma botte. Dans un brusque éclair d'espoir, je vérifiai à nouveau l'intérieur de mes bottes, mais elle n'y était toujours pas. Ce n'était rien qu'une épingle, un bout de métal ouvragé et une pierre brillante, le signe par lequel le roi Subtil s'était approprié ma personne, par lequel il avait créé un lien entre nous pour remplacer celui du sang qui n'aurait jamais droit à une reconnaissance officielle. Rien qu'une épingle, qui était tout ce qui me restait de mon roi et grand-père. Œil-de-Nuit poussa un nouveau gémissement et j'éprouvai l'envie irrationnelle de lui répondre par un grondement, les crocs dénudés ; il dut le sentir, et pourtant s'approcha, me souleva le coude de la truffe et fourra sa grande tête grise sous mon bras, contre ma poitrine. Il releva soudain le museau qui claqua brutalement contre mon menton ; je le serrai fort contre moi et il se tourna pour frotter son col contre mon visage, la gorge offerte dans le geste suprême de confiance de loup à loup. Au bout d'un moment, je soupirai et ma peine s'allégea.

Ce n'était qu'une chose d'hier ? demanda Œil-de-Nuit d'un ton hésitant. *Une chose qui n'est plus là ? Ce n'est pas une épine dans ta patte ni une douleur dans ton ventre ?*

Je ne pus qu'acquiescer : « Ce n'est qu'une chose d'hier. » Une épingle donnée à un enfant qui n'existait plus par un homme mort depuis. C'était peut-être aussi bien, me dis-je : un objet de moins pour me rattacher à FitzChevalerie, le magicien du Vif. Je lui ébouriffai les poils du cou, puis le grattai derrière les oreilles. Il s'assit à côté de moi, puis me poussa doucement pour que je continue ; j'obéis tout en réfléchissant. Peut-être aurais-je intérêt à enlever la boucle d'oreille de Burrich et à la dissimuler dans ma bourse ; mais je savais que je n'en ferais rien ; qu'elle demeure le seul lien entre mon ancienne vie et la nouvelle. « Laisse-moi me lever », demandai-je au loup qui, à contrecœur, cessa de s'appuyer sur moi.

Méthodiquement, je refis mon balluchon, serrai les lanières, puis j'éteignis mon petit feu à coups de pied.

Veux-tu que je revienne ici ou que je te retrouve de l'autre côté de la ville ?

De l'autre côté ?

Si tu fais le tour de la ville et que tu te rabattes ensuite vers le fleuve, tu rejoindras la route, lui expliquai-je. *Veux-tu que nous nous donnions rendez-vous là ?*

Ce serait bien. Moins nous passerons de temps près de cette tanière d'humains, mieux ça vaudra.

Parfait. Je te retrouve là-bas avant le matin.

C'est plutôt moi qui te retrouverai, nez bouché. Et moi j'aurai le ventre plein.

Je dus reconnaître que c'était probable.

Fais attention aux chiens, lui dis-je alors qu'il s'enfonçait dans les buissons.

Et toi, fais attention aux hommes, répondit-il, et je ne le perçus plus que par le Vif.

Mon balluchon en bandoulière, je suivis la route. Il faisait noir ; j'avais compté entrer dans le bourg avant la nuit, m'arrêter dans une taverne pour écouter les conversations, peut-être boire une chope, puis reprendre mon chemin ; j'avais pensé me rendre sur la place du marché pour y surprendre les bavardages des marchands ; mais, au lieu de cela, je pénétrai dans une bourgade dont les habitants étaient presque tous couchés ; le marché était désert, à l'exception de quelques chiens qui fouinaient dans les étals vides à la recherche de reliefs. Je quittai la place et tournai mes pas vers le fleuve ; là, je trouverais des auberges et des tavernes qui vivaient du commerce des bateliers. De rares torches brûlaient çà et là dans la ville, mais les rues étaient surtout éclairées par la lumière qui filtrait des volets mal joints des habitations. Les voies grossièrement pavées étaient mal entretenues, et je trébuchai à plusieurs reprises dans des nids-de-poule que j'avais pris pour des ombres. J'arrêtai un veilleur de la ville avant qu'il ait le temps de m'interpeller et lui demandai de me recommander une auberge au bord du fleuve ; la Balance, me dit-il, était un établissement aussi juste et honnête que son nom le sous-entendait, et il n'était pas difficile à trouver ; il ajouta d'un ton sévère que la mendicité n'y était pas autorisée et que les malandrins avaient de la chance s'ils s'en tiraient avec une simple rossée. Je le remerciai de ses mises en garde et poursuivis mon chemin.

J'arrivai à la Balance aussi facilement que l'avait dit le veilleur ; un flot de lumière s'échappait de la porte ouverte, accompagné de la voix de deux femmes en train de chanter un canon joyeux. Cet accueil chaleureux me réjouit le cœur et j'entrai sans hésiter dans la grande salle aux murs épais en brique d'argile et aux poutres solides, basse de plafond et pleine d'odeurs de viande, de fumée et de vêtements humides de bateliers. À l'une des extrémités, un âtre tenait dans sa gueule une grande broche de venaison, mais, par cette belle soirée d'été, la plupart des clients s'étaient regroupés à l'autre bout de la salle où il faisait plus frais. Là, les deux ménestrels avaient juché des chaises sur une table et entre-tissaient leurs voix, pendant qu'à une autre table un homme aux cheveux gris, manifestement de leur groupe car il avait une harpe, transpirait à fixer une nouvelle corde à son instrument. C'étaient sans doute un groupe itinérant formé d'un maître et de ses deux chanteuses, peut-être de la même famille. Tout en les écoutant chanter, je repensai à Castelcerf et à la dernière fois où j'avais entendu de la musique et vu des gens assemblés ; je pris soudain conscience que je devais les regarder fixement depuis un bon moment en voyant l'une des femmes pousser subrepticement sa compagne du coude et me désigner d'un geste imperceptible ; l'autre leva les yeux au ciel, puis me rendit mon regard ; je baissai les yeux en rougissant, certain de m'être montré grossier.

Debout à l'extérieur du groupe de spectateurs, je me joignis à leurs applaudissements quand la chanson s'acheva. L'homme à la harpe avait fini sa réparation et se lança dans une mélodie plus calme dont le rythme régulier évoquait la cadence des rames. Les femmes s'assirent au bord de leur table, dos à dos, leurs cheveux noirs entremêlés, et se mirent à chanter. Les gens reprirent leurs chaises, et certains allèrent s'installer aux tables le long du mur pour bavarder tranquillement. J'observai les doigts du harpiste sur ses cordes et m'émerveillai de leur vivacité. Quelques instants plus tard, un garçon aux joues rouges apparut près de moi et s'enquit de ce que je voulais prendre; juste une chope de bière, répondis-je, et il revint rapidement avec ma commande et une poignée de pièces de cuivre, monnaie de ma piécette d'argent. Je pris place à une table pas trop éloignée des ménestrels, en espérant que quelqu'un ferait preuve d'assez de curiosité pour s'y inviter, mais, en dehors de quelques coups d'œil de la part des habitués, l'étranger que j'étais ne parut éveiller aucun intérêt. Les ménestrels finirent leur chanson et se mirent à parler entre eux; un regard de l'aînée des deux femmes me fit comprendre que j'avais recommencé à les dévisager sans m'en rendre compte. Je baissai à nouveau les yeux.

J'avais bu la moitié de ma chope quand je m'aperçus que j'avais perdu l'habitude de la bière, surtout l'estomac vide. D'un geste, je rappelai le garçon et lui demandai à manger; il m'apporta une tranche de viande prélevée sur la broche, accompagnée de tubercules à l'étouffée nappés de bouillon; je fis aussi remplir ma chope et j'y laissai presque toutes les pièces de cuivre qui me restaient. Voyant que le prix me faisait hausser les sourcils, l'enfant eut l'air surpris. «C'est la moitié de ce que ça vous coûterait à Nœud-de-Vergue, messire, fit-il d'un ton indigné. Et la viande, c'est du bon mouton, pas de la chèvre sortie d'on ne sait où à qui on aurait fait un mauvais sort.»

Je cherchai à le calmer: «Ma foi, avec une piécette d'argent, on n'en a plus pour autant qu'avant, sans doute.

— Peut-être bien, mais ce n'est pas ma faute, répondit-il effrontément avant de retourner à la cuisine.

— Eh bien, voilà une pièce d'argent qui aura fondu plus vite que prévu, dis-je à part moi, un peu déconfit.

— Ça, c'est un air que nous connaissons tous», fit le harpiste. Assis dos à sa table, il m'observait tandis que ses deux partenaires discutaient d'un problème avec une flûte. Je lui répondis d'un hochement de tête et d'un sourire, puis je remarquai la taie grise qui lui couvrait les yeux.

« Il y a un moment que je n'ai plus mis les pieds sur la route du fleuve, dis-je alors tout haut. Un long moment, même ; deux ans, à peu près ; la dernière fois que je suis passé par ici, les auberges et les repas étaient moins chers.

— À mon avis, c'est valable partout dans les Six-Duchés, du moins dans ceux de la Côte. Une des phrases à la mode dit qu'on a de nouveaux impôts plus souvent que de nouvelle lune. » Il jeta un coup d'œil alentour comme s'il y voyait, et je songeai qu'il ne devait pas être aveugle depuis longtemps. « L'autre dit que la moitié des impôts sert à nourrir les Baugiens qui les collectent.

— Josh ! fit une de ses partenaires d'un ton de reproche, et il se tourna vers elle avec un sourire.

— Ne me raconte pas qu'il y en a dans la salle, Miel. Au nez, je détecterais un Baugien à cent pas.

— Alors, au nez, tu sais aussi à qui tu t'adresses ? » répliqua-t-elle en grimaçant. Miel était la plus âgée des deux femmes ; elle avait peut-être mon âge.

« À un garçon qui traverse une mauvaise passe, je pense, et donc pas un Baugien bien gras venu collecter les impôts. Dès l'instant où il a commencé à se plaindre du prix du dîner, j'ai été sûr que ce n'était pas un des collecteurs de Brillant. »

Je fronçai les sourcils. Quand Subtil était sur le trône, ni ses soldats ni ses collecteurs d'impôts ne réquisitionnaient quoi que ce fût sans proposer une contrepartie ; manifestement, le seigneur Brillant n'avait pas de tels scrupules, du moins en Cerf. Du coup, je merappelai mes bonnes manières.

« Puis-je faire remplir votre chope, harpiste Josh ? Et celles de vos compagnes ?

— Allons, bon ! fit le vieillard avec une expression à mi-chemin entre le plaisir et l'étonnement. Vous grognez quand il s'agit de vous caler l'estomac, mais vous êtes prêt à remplir nos chopes ?

— Honte au seigneur qui savoure les chansons du ménestrel et le laisse la gorge sèche d'avoir chanté », répondis-je en souriant.

Les deux femmes échangèrent un regard dans le dos de Josh, puis Miel me demanda d'un ton gentiment moqueur : « Et depuis quand êtes-vous seigneur, jeune homme ?

— Ce n'est qu'un dicton, répondis-je, gêné, après une courte hésitation. Mais je ne liarderai pas mon argent pour les chansons que j'ai entendues, surtout si vous avez quelques nouvelles pour les accompagner. Je suis la route du fleuve vers l'amont ; en viendriez-vous, par hasard ?

— Non, nous allons dans la même direction que vous », intervint la plus jeune d'un ton vif. Elle devait avoir quatorze ans et elle avait des yeux d'un bleu étonnant ; l'autre femme lui fit signe de se taire, puis me présenta ses compagnons. « Comme vous l'avez entendu, vous avez affaire au harpiste Josh, et moi, je m'appelle Miel ; ma cousine s'appelle Fifre. Et vous-même… ? »

Deux erreurs dans la même conversation : la première, m'exprimer comme si je résidais toujours à Castelcerf et que ce fussent des ménestrels de passage, et la seconde, n'avoir pas prévu de nom à donner. Je me creusai la cervelle, puis, après une pause un peu trop longue, je bafouillai : « Cob. » Avec un frisson, je me demandai ce qui m'avait pris de choisir le nom d'un homme que j'avais connu et tué.

« Eh bien… Cob, fit Miel en imitant mon hésitation, nous avons peut-être des nouvelles à vous fournir, et une chope pleine serait en effet la bienvenue, que vous soyez ou non seigneur depuis peu. Qui espérez-vous qui vous recherche et que nous n'ayons pas croisé sur la route ?

— Pardon ? fis-je à mi-voix en brandissant ma chope vide pour appeler le garçon.

— C'est un apprenti en fuite, père, dit Miel à Josh d'un ton convaincu. Il porte un coffre de scribe accroché à son balluchon, mais il a les cheveux trop longs et il n'a pas la moindre tache d'encre sur les doigts. » Elle éclata de rire devant mon air dépité sans en deviner la cause. « Allons… Cob, je suis ménestrelle ; quand nous ne chantons pas, nous observons tout ce que nous pouvons pour trouver la base d'une nouvelle chanson ; vous n'espériez tout de même pas que nous ne verrions rien !

— Je ne suis pas un apprenti en fuite », murmurai-je. L'ennui, c'est que je n'avais pas de mensonge tout prêt pour appuyer mes dires ; Umbre m'aurait rudement tapé sur les doigts pour une telle imprévoyance !

« Même si c'est le cas, ça ne nous dérange pas, mon garçon, dit Josh, rassurant. Quoi qu'il en soit, nous n'avons pas entendu de cris furieux de scribes qui cherchaient leur apprenti disparu ; à l'heure qu'il est, la plupart ne seraient que trop contents de voir leurs élèves se sauver : ça leur ferait une bouche de moins à nourrir en des temps difficiles.

— Et ce n'est pas auprès d'un maître patient qu'on attrape un nez cassé ou des cicatrices plein la figure comme les vôtres, intervint Fifre d'un ton compatissant ; alors, si vous vous êtes enfui, on ne peut guère vous le reprocher. »

Le garçon de cuisine vint enfin et les ménestrels se montrèrent miséricordieux pour ma bourse : ils ne commandèrent que des chopes de bière. Josh, puis les deux femmes, vinrent partager ma table ; je dus remonter dans l'estime du garçon quand il me vit ainsi traiter des ménestrels car, en apportant leurs chopes, il remplit la mienne gratuitement ; néanmoins, une nouvelle pièce d'argent partit en monnaie de cuivre pour payer leurs boissons. Je m'efforçai d'accepter la chose avec philosophie et pris note de laisser en partant une piécette de cuivre pour le garçon.

« Eh bien, dis-je une fois qu'il s'en fut allé, quelles nouvelles d'en aval ?

— N'en venez-vous pas vous-même ? demanda Miel d'un ton incisif.

— Non, ma dame, en vérité j'ai voyagé à travers la campagne, de retour d'une visite à des amis bergers », improvisai-je. Les manières de Miel commençaient à m'irriter.

« Ma dame », souffla-t-elle à Fifre en levant les yeux au ciel. Fifre pouffa, et Josh feignit de n'avoir rien entendu.

« L'aval ressemble beaucoup à l'amont, ces temps-ci, mais en pire, me dit-il. L'époque est dure, et l'avenir le sera encore davantage pour les fermiers. Le grain alimentaire est allé aux impôts, si bien que le grain à semer a servi à nourrir les enfants et que seul ce qui restait a ensemencé les champs ; or on ne récolte pas plus en plantant moins. Le même raisonnement tient pour la volaille et le bétail, il n'y a nul signe d'une baisse des taxes pour la moisson à venir, et même une gardeuse d'oies est capable de calculer que plus ôté de moins ne laisse rien que la faim à table. C'est encore plus tragique le long des eaux salées : si un pêcheur s'en va travailler en mer, qui sait ce qui peut arriver à son logis avant son retour ? Un fermier sème dans un champ en sachant qu'il ne donnera pas assez pour les impôts et sa famille, et que moins de la moitié de la récolte restera debout si les Pirates rouges passent par là. Une chanson qui ne manque pas de bon sens a été écrite sur un fermier qui raconte au collecteur d'impôts que les Pirates ont fait le travail à sa place.

— Sauf que les ménestrels qui ne manquent pas de bon sens ne la chantent pas, glissa Miel d'un ton mordant.

— Les Pirates rouges pillent donc aussi la côte de Cerf », murmurai-je.

Josh eut un rire amer. « Cerf, Béarns, Rippon ou Haurfond… ça m'étonnerait que les Pirates se soucient des frontières des duchés. Là où la mer lèche la terre, ils attaquent.

— Et nos navires ? demandai-je à mi-voix.

— Ceux que les Pirates ont capturés font merveille ; ceux qui restent pour nous défendre, ma foi, ils gênent l'ennemi autant que des moucherons du bétail.

— N'y a-t-il donc personne qui veuille protéger Cerf ? » Je sentis le désespoir percer dans ma propre voix.

« Si, la dame de Castelcerf. Non seulement elle le veut, mais elle le dit haut et fort ; certains prétendent qu'elle ne fait que criailler au vent mais d'autres savent qu'elle n'appelle pas à faire ce qu'elle n'a pas déjà fait. » Josh parlait comme s'il avait été personnellement témoin de ce qu'il évoquait.

J'étais perdu mais je ne souhaitais pas paraître trop ignorant. « Par exemple ?

— Tout ce qui est possible : elle ne porte plus aucun bijou ; ils ont tous été vendus pour payer des navires de patrouille ; elle a bradé ses terres familiales pour engager des mercenaires afin de garnir les tours d'hommes ; on raconte qu'elle a vendu le collier que lui avait donné le prince Chevalerie et les rubis de sa grand-mère au roi Royal lui-même afin d'acheter du grain et du bois pour les villages de Cerf qui voulaient se rebâtir.

— Patience », murmurai-je. J'avais vu ces rubis, une fois, il y avait bien longtemps, à l'époque où nous apprenions encore à nous connaître. Elle les jugeait trop précieux pour les porter, mais elle me les avait montrés en me disant qu'un jour mon épouse les arborerait peut-être. C'était il y avait bien longtemps. Je détournai le visage et m'efforçai de garder une expression composée.

« Où avez-vous donc hiverné tout l'an passé… Cob, pour en ignorer tant ? demanda Miel d'une voix lourde de sarcasme.

— Loin d'ici », répondis-je. Je me retournai vers la table et m'astreignis à soutenir son regard. J'espérais que mes yeux ne me trahissaient pas.

Elle pencha la tête de côté en souriant. « Où ça ? » insista-t-elle.

Son attitude me déplaisait. « J'ai vécu seul dans la forêt, répondis-je enfin.

— Pourquoi ? » Elle souriait toujours ; elle savait qu'elle me mettait mal à l'aise, j'en étais certain.

« Parce que j'en avais envie, ça me paraît évident », répliquai-je sèchement, et j'eus tellement l'impression d'entendre Burrich que je faillis jeter un coup d'œil derrière moi.

Elle fit une petite moue sans aucun repentir, mais le harpiste Josh reposa sa chope fermement sur la table, et, sans rien dire, il lui adressa un bref regard ; elle se tut aussitôt. Elle plaça les mains sur le bord de la table comme un enfant qu'on vient de gronder, et je la croyais enfin matée lorsqu'elle releva les yeux, le visage toujours baissé ; elle croisa mon regard et m'adressa un petit sourire de défi. Je détournai le visage, incapable de comprendre pourquoi elle m'asticotait ainsi, et je vis Fifre cramoisie d'une envie de rire contenue. Je baissai les yeux sur mes mains en maudissant la rougeur qui envahissait mes joues.

Dans un effort pour relancer la conversation, je demandai : « A-t-on d'autres nouvelles de Castelcerf ? »

Josh eut un rire qui évoquait un aboiement. « Guère de malheurs en sus à raconter : les histoires sont toutes les mêmes et seuls changent les noms des villes et des villages. Ah si, il y en a quand même une qui ne manque pas de sel : on dit que le roi Royal veut faire pendre le Grêlé en personne ! »

Je m'étranglai sur ma gorgée de bière. « Pardon ?

— C'est une plaisanterie grotesque, déclara Miel : le roi a fait annoncer qu'il offre une récompense en pièces d'or à qui lui livrera un certain homme, très marqué de petite vérole, ou en pièces d'argent à qui fournira des renseignements sur l'endroit où on peut le trouver.

— Un homme marqué de petite vérole ? La description s'arrête là ? demandai-je d'un ton circonspect.

— On dit qu'il est maigre, avec les cheveux gris, et qu'il se déguise parfois en femme. » Josh émit un gloussement ravi sans se douter que ses propos me glaçaient les sangs. « Et il est recherché pour haute trahison. D'après la rumeur, le roi lui impute la disparition de la reine servante Kettricken et de son enfant à naître ; d'aucuns affirment que ce n'est qu'un vieillard un peu fou qui prétend avoir été conseiller de Subtil et qui aurait écrit aux ducs de la Côte de se montrer braves en attendant que Vérité revienne et que son enfant hérite du trône des Loinvoyant. Mais on raconte aussi, de façon tout aussi plaisante, que le roi espère faire pendre le Grêlé et mettre ainsi un terme à la malchance des Six-Duchés. » Il eut un nouveau gloussement, et je me plaquai un pâle sourire sur les lèvres en hochant la tête comme un simple d'esprit.

Umbre ! me dis-je. Par je ne sais quel moyen, Royal avait trouvé la piste d'Umbre. S'il le savait marqué de la varicelle, que savait-il d'autre ? Manifestement, il avait percé à jour son personnage de dame Thym. Où était Umbre, à présent ? Allait-il bien ? Avec une soudaine et mortelle angoisse, je me demandai quels avaient été ses plans, de quelle manœuvre il m'avait exclu ; et, le cœur serré, je vis brusquement mes actions sous un jour nouveau : avais-je éloigné Umbre de moi pour le protéger de mes projets personnels ou bien l'avais-je abandonné à l'instant où il avait besoin de son apprenti ?

118

« Vous êtes toujours là, Cob ? Je vois votre ombre mais je n'entends plus rien de votre côté de la table.

— Oh oui, je suis bien là, harpiste Josh ! » J'essayai de parler avec entrain. « Je réfléchissais à ce que vous m'avez appris, c'est tout.

— À sa tête, il se demandait quel vieux avec des cicatrices de petite vérole il pourrait vendre au roi », intervint Miel d'un ton acerbe. Je compris tout à coup que ses propos mordants et dépréciateurs étaient une façon de faire la coquette avec moi, et j'estimai que j'avais assez joui de la compagnie et du bavardage de mes semblables pour la soirée : j'avais perdu l'habitude de la société. Mieux valait qu'ils me jugent excentrique et grossier que rester davantage au risque de les voir devenir indiscrets.

« Eh bien, merci pour vos chansons et votre conversation », fis-je le plus gracieusement possible. Je plaçai une pièce de cuivre sous ma chope pour le garçon. « Je dois reprendre mon chemin.

— Mais il fait nuit noire ! » s'exclama Fifre. Elle posa sa chope sur la table et jeta un coup d'œil à Miel, qui paraissait stupéfaite.

« Et frais, ma dame, rétorquai-je allégrement. Je préfère voyager de nuit ; la lune est presque pleine et devrait suffire amplement à éclairer mes pas sur une route aussi large.

— Ne craignez-vous donc pas les forgisés ? » demanda Josh, abasourdi.

Ce fut mon tour d'être étonné. « Si loin à l'intérieur des terres ?

— Vous avez vraiment vécu loin de tout ! fit Miel. Toutes les routes en sont infestées ; certains voyageurs engagent des gardes, des archers et des bretteurs pour se protéger ; d'autres, comme nous, se déplacent en groupe quand c'est possible, et seulement de jour.

— Les patrouilles ne peuvent-elles pas au moins les tenir à l'écart des routes ? demandai-je, effaré.

— Les patrouilles ? » Miel émit un grognement de dédain. « La plupart d'entre nous préféreraient tomber sur des forgisés que sur une meute de Baugiens armés de piques! Les forgisés ne les dérangent pas, donc ils ne dérangent pas les forgisés.

— Mais alors, à quoi bon patrouiller? m'exclamai-je avec colère.

— À cause des contrebandiers, principalement.» Josh avait coupé la parole à Miel. «C'est en tout cas ce qu'ils veulent nous faire croire. Ils arrêtent d'honnêtes voyageurs pour fouiller leurs affaires et s'emparer de tout ce qui leur plaît en prétendant qu'il s'agit de biens de contrebande ou qu'on a signalé le vol des objets dans la ville la plus proche. M'est avis que le seigneur Brillant ne les paie pas aussi grassement qu'ils pensent le mériter, si bien qu'ils récupèrent leur solde là où ils peuvent.

— Et le prince... le roi Royal ne fait rien?» J'avais failli m'étrangler sur le titre et la question.

«Eh bien, si vous allez jusqu'à Gué-de-Négoce, vous pourrez vous plaindre auprès de lui en personne, fit Miel d'un ton sarcastique. Vous, il vous écoutera sûrement, au contraire de la dizaine de messagers qui ont essayé avant vous.» Elle se tut, l'air pensive. «Encore que, d'après ce que j'ai entendu dire, si des forgisés s'enfoncent dans l'intérieur au point de devenir gênants, il ait des moyens de s'occuper d'eux.»

J'étais malade de honte: le roi Subtil avait toujours mis un point d'honneur à minimiser le danger des brigands en Cerf, du moment que l'on ne quittait pas les grand-routes. Apprendre que ceux qui devaient protéger les routes du roi ne valaient guère mieux que les brigands eux-mêmes me faisait l'effet d'une lame qu'on m'eût retournée dans la chair. Ainsi, non seulement Royal avait usurpé la couronne puis abandonné Castelcerf, mais il ne cherchait même pas à feindre de gouverner avec sagesse; était-il capable de vouloir punir tout le duché de Cerf pour l'absence d'enthousiasme avec laquelle il l'avait accueilli sur le trône? Question stupide: je l'en savais parfaitement capable. «Ma foi, forgisés ou Baugiens, je dois quand même reprendre ma route», dis-je. Je terminai ma chope et la reposai.

«Pourquoi ne pas attendre au moins jusqu'au matin, mon garçon, pour voyager avec nous? proposa soudain Josh. Les journées ne sont pas trop chaudes pour marcher, car une brise souffle toujours du fleuve, et quatre valent mieux que trois, à notre époque. »

Je commençais à répondre : « Merci de votre offre… » quand Josh m'interrompit.

« Ne me remerciez pas : ce n'était pas une proposition, mais une requête. Je suis aveugle, mon garçon, ou peu s'en faut, vous l'avez certainement remarqué ; vous aurez aussi remarqué que mes compagnes sont d'avenantes jeunes femmes, même si, vu la façon dont Miel n'a cessé de vous harceler, vous avez dû sourire davantage à Fifre qu'à elle.

— Papa ! s'exclama Miel d'un ton scandalisé, mais Josh poursuivit imperturbablement :

— Je ne vous offrais pas la protection de notre nombre, je vous demandais d'envisager de nous prêter votre bras droit. Nous ne sommes pas riches et nous n'avons pas de quoi engager des gardes ; cependant, nous devons cheminer, forgisés ou non. »

Les yeux laiteux de Josh se plantèrent fermement dans les miens ; Miel détourna les siens, les lèvres pincées, tandis que Fifre me dévisageait ouvertement avec une expression implorante. Des forgisés… et moi jeté à terre, battu à coups de poing… Je regardai le dessus de la table. « Je ne vaux pas grand-chose au combat, dis-je sans détour.

— Au moins, vous verriez contre qui vous vous battez, rétorqua-t-il. Et vous apercevriez l'ennemi avant moi. Écoutez, vous allez dans la même direction que nous ; cela vous serait-il si difficile de voyager de jour plutôt que de nuit pendant quelques jours ?

— Papa, ne rampe pas à ses pieds ! s'exclama Miel.

— Je préfère le supplier de nous accompagner que supplier des forgisés de ne pas vous faire de mal ! » répondit-il sèchement. Il se retourna vers moi. « Nous en avons rencontré il y a quelques semaines ; les filles ont eu le bon sens d'obéir quand je leur ai crié de se sauver alors que je n'arrivais plus à retenir les forgisés. Mais ils se sont emparés de nos vivres, ils ont abîmé ma harpe, et…

— Et ils l'ont battu, fit Miel à mi-voix. De ce jour, nous avons juré, Fifre et moi, de ne pas nous enfuir la prochaine fois, aussi nombreux soient-ils, s'il faut pour cela abandonner papa. » Toute trace de taquinerie et de moquerie avait disparu de sa voix. Elle était sincère, je le savais.

Je vais être retardé, dis-je à Œil-de-Nuit avec un soupir. *Attends-moi, guette mon arrivée et suis-moi sans te faire voir.*

« D'accord, je vous accompagne », déclarai-je. Ce n'était pas de gaieté de cœur que j'acceptais. « Mais je ne suis pas doué pour la bagarre.

— Comme si ça ne se voyait pas à sa figure ! » confia Miel à Fifre. Elle avait retrouvé son ton railleur, et elle ne se douta pas de la douleur que son aparté réveilla en moi.

« Je n'ai que mes remerciements à vous offrir pour tout paiement, Cob. » Josh tendit la main par-dessus la table et je l'agrippai avec les deux miennes, selon l'ancien signe du marché conclu. Un sourire rayonnant lui détendit soudain les lèvres et le soulagement se lut sur ses traits. « Alors, acceptez mes remerciements et une part de ce qu'on nous donnera en tant que ménestrels. Nous n'avons pas de quoi nous payer une chambre mais l'aubergiste nous a offert l'abri de sa grange. Ce n'est plus comme naguère, où un ménestrel n'avait qu'à demander pour obtenir la chambre et le repas ; mais au moins la grange possède une porte qui nous protégera de la nuit, et l'aubergiste a bon cœur : il ne vous refusera pas une place si je lui dis que vous nous accompagnez comme garde.

— Il y a bien des nuits que je n'aurai pas dormi aussi bien abrité », répondis-je en essayant de me montrer aussi gracieux que possible. Mon cœur glacé était tombé au creux de mon estomac.

Dans quel guêpier t'es-tu encore fourré ? me demanda Œil-de-Nuit. Je me posais la même question.

5

CONFRONTATIONS

Qu'est-ce que le Vif ? Selon certains, ce serait une perversion, une faiblesse coupable et contre nature de l'esprit par laquelle des hommes acquièrent la connaissance de la vie et de la langue des bêtes, et finissent par ne guère valoir mieux qu'elles. Pourtant, l'étude que j'ai menée de cette magie et de ses usagers m'a conduit à une conclusion différente : le Vif semble être un lien mental qui s'établit en général avec un seul animal et qui permet la compréhension de ses pensées et de ses émotions, mais il ne donne pas, comme d'aucuns l'ont prétendu, le talent de parler la langue des oiseaux ni des bêtes. La personne douée du Vif possède certes une conscience aiguë du vaste spectre du vivant, y compris les humains et même certains arbres parmi les plus puissants et les plus anciens, mais elle est incapable d'engager la « conversation » avec un animal de rencontre. Elle peut percevoir la présence proche de la bête, et peut-être sentir si elle est méfiante, hostile ou curieuse ; cependant, son don ne lui permet pas de commander aux animaux de la terre ni aux oiseaux du ciel, comme voudraient nous le faire croire certaines fables fantaisistes. On peut considérer le Vif comme l'acceptation par la personne de sa propre nature animale, d'où la conscience de l'élément d'humanité que chaque animal porte en lui aussi. La légendaire loyauté qu'un animal ressent pour son compagnon de Vif n'a rien à voir avec celle qu'une bête éprouve pour son maître ; elle est plutôt le reflet exact de la fidélité que l'individu doué du Vif a jurée à son animal.

*

Je dormis mal, et pas seulement parce que j'avais perdu l'habitude de dormir de nuit : ce que les ménestrels m'avaient appris sur les forgisés m'avait effrayé. Les musiciens étaient montés dans la soupente pour s'allonger sur la paille mais j'étais resté en bas et je m'étais approprié un coin d'où, le dos au mur, je pouvais surveiller la porte. J'éprouvais une étrange impression à me trouver dans une grange de nuit ; c'était un bâtiment solide, en pierre du fleuve, en mortier et en bois, qui abritait une vache et une poignée de poulets en plus des chevaux de louage et des bêtes des clients de l'auberge. Les bruits et les odeurs familiers de la paille et des animaux suscitaient en moi de vifs souvenirs des écuries de Burrich, qui me manquèrent soudain comme jamais je n'avais eu la nostalgie de ma chambre au Château.

Je me demandais si Burrich allait bien et s'il était au courant des sacrifices de Patience ; je songeais à l'amour qui avait existé entre eux et qui s'était échoué sur le sens du devoir de Burrich ; Patience avait alors épousé mon père, l'homme même à qui Burrich avait donné sa loyauté. Avait-il jamais pensé la retrouver, essayé de la reprendre ? Non. La réponse fut immédiate et sans équivoque ; le spectre de Chevalerie se dresserait toujours entre eux. Et le mien aussi, à présent.

De là, mes réflexions me menèrent naturellement à Molly. Elle avait pris la même décision en ce qui nous concernait que Burrich pour Patience et lui ; elle m'avait dit que ma fidélité excessive à mon roi nous empêcherait toujours de nous appartenir l'un à l'autre, et elle avait trouvé quelqu'un à aimer autant que j'aimais Vérité. À mes yeux, le seul point positif de son choix était qu'il lui avait sauvé la vie. Elle m'avait quitté ; elle n'était pas à Castelcerf pour assister à ma chute et à mon humiliation.

Je tendis vaguement mon Art vers elle, puis me gourmandai brusquement. Avais-je vraiment envie de la voir telle qu'elle était sans doute cette nuit, endormie dans les bras d'un autre ? À cette évocation, je ressentis une douleur presque physique dans la poitrine. Je n'avais pas le droit de jouer les indiscrets avec le bonheur qu'elle s'était construit ; pourtant, comme je m'assoupissais, je pensai encore à elle avec une terrible mélancolie.

Un sort pervers me fit voir Burrich dans un rêve très vivant mais incompréhensible. J'étais assis en face de lui ; il était à une table, près d'une cheminée, et il réparait des harnais comme souvent le soir ; mais une chope de thé avait remplacé son gobelet d'eau-de-vie, et le cuir sur lequel il travaillait avait la forme d'une chaussure basse beaucoup trop petite pour lui. Il poussa l'alêne dans le cuir tendre ; elle s'enfonça trop facilement et lui piqua la main. Il jura en voyant le sang perler, puis il leva soudain les yeux et me demanda gauchement pardon d'employer un tel langage en ma présence.

Je m'éveillai désorienté et troublé. Burrich m'avait souvent fabriqué des chaussures quand j'étais petit mais je n'avais pas souvenir qu'il se fût jamais excusé d'avoir juré devant moi, bien qu'il m'eût souvent donné sur les doigts si j'avais le front de sacrer en sa présence. Ridicule. Je chassai le rêve de mon esprit mais le sommeil m'avait abandonné.

Je me servis discrètement du Vif et ne perçus que les rêves confus des animaux endormis autour de moi ; tous étaient sereins sauf moi. Des images d'Umbre vinrent me harceler ; par bien des côtés, c'était un vieillard. De son vivant, le roi Subtil avait subvenu à tous ses besoins afin que son assassin vécût en sécurité, et Umbre s'aventurait rarement hors de ses appartements secrets sauf pour effectuer son « travail discret » ; mais, à présent, il était livré à lui-même, occupé à je ne sais quoi et traqué par les troupes de Royal. En vain, je me massai les tempes : il ne servait à rien de m'inquiéter, mais je n'arrivais pas à m'en empêcher.

Quatre bruissements de pas suivis d'un choc léger : quelqu'un avait descendu l'échelle et sauté le dernier barreau ;

probablement une des femmes qui se rendait aux latrines, à l'extérieur. Mais un instant plus tard, Miel chuchota : « Cob ?

— Qu'y a-t-il ? » répondis-je sans enthousiasme.

Elle se tourna dans ma direction et je l'entendis s'approcher de moi dans l'obscurité. Le temps passé avec mon loup m'avait affiné les sens, et, grâce au léger clair de lune qui filtrait par les volets mal joints, je distinguai sa silhouette dans le noir. « Ici », fis-je en la voyant indécise, et ma voix toute proche la fit sursauter. Elle se dirigea vers mon coin à tâtons, puis, hésitante, elle s'assit dans la paille près de moi.

« J'ai peur de me rendormir, dit-elle : je fais des cauchemars.

— Je sais ce que c'est, répondis-je, surpris de me sentir si compatissant ; on y redégringole dès qu'on ferme les yeux.

— C'est ça. » Elle se tut en attendant que je poursuive.

Mais je n'avais rien à rajouter et je gardai le silence.

« Quel genre de cauchemars faites-vous ? me demanda-t-elle à mi-voix.

— Du genre désagréable », répliquai-je sèchement. Je ne souhaitais pas les faire remonter à la surface en en parlant.

— Moi, je rêve que je suis pourchassée par des forgisés, mais j'ai les jambes molles et je ne peux pas courir ; j'ai beau faire, ils se rapprochent de plus en plus.

— Hum… » fis-je. Cela valait mieux que de se voir battu sans cesse, nuit après nuit… Par un effort de volonté, je repris la maîtrise de mon imagination.

« On se sent bien seul quand on se réveille la nuit, la peur au cœur. »

Je crois qu'elle veut s'accoupler avec toi. Ils t'accepteront si facilement dans leur meute ?

« Quoi ? » m'exclamai-je, saisi ; mais ce fut Miel qui répondit au lieu d'Œil-de-Nuit.

« J'ai dit : on se sent bien seul quand on se réveille la nuit, la peur au cœur ; on cherche un moyen de se rassurer, de se sentir protégée.

— Que je sache, rien ne peut s'interposer entre une personne et les rêves qui lui viennent », répliquai-je d'un ton guindé. J'avais soudain envie qu'elle me laisse tranquille.

« Si, un peu de douceur, parfois », dit-elle à mi-voix. Elle posa sa main sur la mienne que je retirai par pur réflexe.

« Seriez-vous farouche, apprenti ? demanda-t-elle d'un ton de feinte timidité.

— J'ai perdu quelqu'un qui m'était cher, répondis-je avec brutalité. Je n'ai nul désir de remplacer cette personne.

— J'ai compris. » Elle se leva brusquement en époussetant ses jupes. « Eh bien, je m'excuse de vous avoir dérangé. » Mais, à sa voix, je la sentais plus insultée que repentante.

Elle repartit à tâtons vers l'échelle. Je l'avais vexée, je le savais bien, mais je n'y pouvais rien ; elle escalada lentement les barreaux, comme si elle espérait que j'allais la rappeler. Je n'en fis rien ; je regrettais d'avoir mis les pieds dans ce bourg.

Nous sommes deux dans le même cas. La chasse est mauvaise, si près de tant d'hommes. Tu vas y rester longtemps ?

Je vais devoir les accompagner quelques jours, malheureusement, au moins jusqu'à la prochaine ville.

Tu ne veux pas t'accoupler avec elle, elle n'est pas de notre meute. Pourquoi dois-tu aller avec eux ?

Je n'essayai pas de lui expliquer la situation avec des mots ; je ne pus que lui transmettre un sentiment d'obligation, mais il ne comprit pas en quoi ma fidélité pour Vérité m'imposait d'aider ces voyageurs. Je le devais parce que c'étaient les sujets de mon roi : à mes propres yeux, le rapport était si ténu que c'en était ridicule, et pourtant il existait bel et bien. Je les accompagnerais jusqu'à la bourgade suivante.

Je m'assoupis mais je dormis mal, comme si ma conversation avec Miel avait ouvert la porte à mes cauchemars. À peine avais-je glissé dans le sommeil que j'eus le sentiment d'être observé ; je me tapis sur le sol de ma cellule et me tins sans bouger en priant pour qu'on ne me vît pas ; je fermai fort les paupières comme un enfant qui se croit invisible parce qu'il ne voit rien. Mais les yeux qui me cherchaient possédaient un regard que je percevais ; Guillot était si proche que j'avais l'impression de le sentir palper la couverture sous laquelle je m'étais caché. La terreur que j'éprouvais était si intense qu'elle m'étouffait ; j'étais incapable de respirer, de faire le moindre geste ; affolé, je m'enfuis de moi-même, obliquement, et me faufilai dans la peur d'un autre, dans le cauchemar d'un autre.

J'étais accroupi derrière un baril de poisson en saumure de la boutique du vieux Crochet. Au-dehors, les flammes et hurlements des prisonniers et des mourants transperçaient la nuit. Il fallait que je m'enfuie, je le savais : les Pirates rouges n'allaient pas manquer de mettre à sac et d'incendier le magasin. Ce n'était pas une bonne cachette. Mais nulle part il n'y avait de bonne cachette, je n'avais que onze ans et mes jambes tremblaient tant que je ne pensais pas pouvoir me lever, et encore moins courir. Maître Crochet était on ne savait où ; aux premiers cris, il avait attrapé sa vieille épée et s'était précipité à la porte. « Surveille la boutique, Chade ! » avait-il jeté par-dessus son épaule, comme s'il allait simplement rendre visite à son ami et voisin le boulanger. Tout d'abord, je lui avais obéi avec plaisir : le cœur du tumulte se trouvait tout en bas de la ville, près de la baie, et l'échoppe m'avait paru offrir un abri solide.

Mais cela se passait une heure plus tôt. À présent, le vent qui soufflait du port transportait l'odeur de la fumée, et ce n'était plus la nuit noire mais un effrayant crépuscule de feu. Les flammes et les cris s'approchaient, et maître Crochet n'était pas revenu.

Sors de là ! dis-je au garçon dans lequel je me trouvais. *Sors de là, sauve-toi, cours le plus vite et le plus loin possible ! Va te mettre à l'abri !* Il ne m'entendit pas.

Je me dirigeai en rampant vers la porte grande ouverte, telle que l'avait laissée maître Crochet, et jetai un coup d'œil au-dehors. Un homme passa devant moi en courant dans la rue et je reculai précipitamment ; mais c'était sans doute un habitant de la ville et non un Pirate, car il courait sans regarder derrière lui, uniquement préoccupé de s'éloigner autant qu'il le pouvait. La bouche sèche, je me forçai à me relever en m'accrochant au chambranle, puis je contemplai le bourg et le port en contrebas : la moitié de la ville flambait. L'air doux de la nuit d'été s'épaississait de cendre et de fumée portées par les courants chauds qui montaient des flammes ; des navires brûlaient dans le port ; à la lumière des incendies, je voyais des silhouettes courir de-ci, de-là pour échapper aux Pirates qui déambulaient dans la ville presque sans rencontrer de résistance.

Quelqu'un passa le coin de la rue à hauteur de la boutique du potier ; l'homme portait une lanterne et se déplaçait avec tant de nonchalance que j'en ressentis un soudain soulagement : s'il était si calme, c'était sûrement que l'issue des combats avait changé. Je me levai à demi pour aussitôt m'accroupir à nouveau en le voyant, d'un geste allègre, envoyer sa lanterne se fracasser contre la façade de l'échoppe. L'huile s'enflamma et le feu courut gaiement sur le bois sec comme de l'amadou ; je reculai devant l'éclat des flammes bondissantes, et je compris brutalement que ma cachette n'offrait aucune sécurité, que mon seul espoir résidait dans la fuite et que j'aurais dû me sauver dès que l'alerte avait été donnée. J'en tirai une petite mesure de courage qui me permit de me dresser d'un bond, de me ruer hors de la boutique et de tourner dans la rue.

L'espace d'un instant, j'eus conscience de moi-même en tant que Fitz. Je ne pense pas que l'enfant percevait ma présence ; ce n'était plus moi qui artisais, mais lui qui se tendait vers moi grâce à un sens rudimentaire de l'Art. Incapable de dominer son corps, j'étais prisonnier de son expérience : j'étais présent en lui, j'entendais ses pensées et je partageais ses perceptions tout comme autrefois Vérité m'accompagnait par l'Art. Mais je n'eus pas le temps d'examiner la façon dont je m'y prenais ni pourquoi je m'étais si brusquement adjoint à ce jeune inconnu car, alors que Chade se ruait vers des ombres protectrices, une main rude le saisit au collet. Une brève seconde, il resta paralysé de terreur et, levant les yeux, nous vîmes le visage barbu et souriant du Pirate qui nous avait attrapés ; un autre Pirate se trouvait à ses côtés, un rictus mauvais aux lèvres. Toute force abandonna Chade ; impuissant, il regarda le poignard qui s'approchait, le reflet éclatant qui glissa sur sa lame alors qu'elle se dirigeait vers son visage.

Je partageai un instant la douleur brûlante et glacée du métal qui m'ouvrait la gorge, la certitude terrifiante, lorsque le sang se mit à ruisseler sur ma poitrine, que tout était fini, qu'il était déjà trop tard. J'étais mort. Puis, comme le Pirate laissait Chade s'écrouler sur le pavage poussiéreux, ma conscience se libéra de lui, mais je restai là, désincarné, et je perçus pendant un atroce instant les pensées du Pirate ; j'entendis les accents gutturaux de son compagnon qui poussa du bout de la botte le corps de l'enfant et je compris qu'il reprochait au tueur d'avoir gaspillé une victime qui aurait pu finir forgisée. L'autre eut un grognement de dédain et répliqua que le garçon était trop jeune et n'avait pas assez vécu pour être digne du temps du Maître ; je compris aussi, dans un tournoiement d'émotions qui me laissa au bord de la nausée, que le tueur avait désiré deux résultats : se montrer miséricordieux envers un enfant et savourer le plaisir d'abattre personnellement une victime.

J'avais regardé dans le cœur de l'ennemi, mais je ne le comprenais toujours pas.

Je longeai la rue à leur suite, sans corps et sans substance. Un sentiment d'urgence m'avait saisi un instant auparavant, mais je n'arrivais pas à le retrouver. Roulant comme la brume, j'assistais à la chute et au sac de Bourg-de-Malbourbe, dans le duché de Béarns ; de temps en temps, j'étais attiré vers l'un ou l'autre des habitants pour être témoin d'un combat, d'une mort, de l'infime victoire d'une fuite. Encore aujourd'hui, quand je ferme les yeux, je retrouve cette nuit, je me rappelle une dizaine d'instants effroyables d'existences brièvement partagées. Je parvins pour finir à un homme, une grande épée à la main, devant sa maison en flammes ; il tenait en respect trois Pirates tandis que, derrière lui, son épouse et sa fille s'évertuaient à soulever une poutre embrasée pour libérer son fils et pouvoir s'enfuir ensemble. Aucun ne voulait abandonner les autres ; pourtant je sentais l'homme épuisé, trop affaibli par la perte de sang pour brandir son arme, encore moins la manier ; je sentis aussi que les Pirates s'amusaient avec lui, qu'ils l'excitaient pour le fatiguer afin de pouvoir capturer et forgiser toute la famille. Je percevais le froid sournois de la mort qui s'insinuait en l'homme. Un instant, son menton retomba sur sa poitrine.

Soudain, l'homme acculé releva la tête et une lueur curieusement familière apparut dans son regard. Il prit son épée à deux mains et, poussant un rugissement, il bondit sur ses tourmenteurs. Deux d'entre eux tombèrent sous son assaut et moururent, la stupéfaction peinte sur leurs traits; le troisième bloqua son coup de sa lame, mais il ne pouvait résister à sa fureur; le sang dégouttait du coude de l'homme et scintillait sur sa poitrine, mais son épée sonnait comme une cloche contre celle du Pirate; il fracassa sa garde à coups rageurs puis, léger comme une plume, il traça une ligne rouge en travers de la gorge de l'assaillant. Comme le Pirate s'effondrait, l'homme se retourna et bondit vivement aux côtés de son épouse. Il saisit la poutre à pleins bras sans se soucier des flammes, et il l'ôta du corps de son fils. Une dernière fois, son regard croisa celui de sa femme. «Sauve-toi! ordonna-t-il. Prends les enfants et sauve-toi!» Et il s'écroula au milieu de la rue. Il était mort.

Tandis que, les traits de pierre, la femme s'emparait de la main de ses enfants et s'enfuyait avec eux, je sentis un spectre s'élever du corps de l'homme. C'est moi, me dis-je, puis je compris aussitôt que ce n'était pas vrai; il perçut ma présence et tourna vers moi un visage qui était le double du mien – ou qui l'avait été quand il avait eu mon âge. J'eus un choc en songeant que c'était ainsi que Vérité se voyait encore.

Toi ici? Il secoua la tête d'un air de reproche. *C'est dangereux, mon garçon; même moi, je suis fou de m'y risquer; mais que pouvons-nous faire quand ils nous appellent?* Je restais muet et il me dévisagea. *Depuis quand as-tu la force et le talent de voyager par l'Art?*

Je me taisais toujours. Je n'avais pas de réponses, pas de pensées propres. J'avais la sensation d'être un drap mouillé qui battait au vent de la nuit, sans plus de substance qu'une feuille dans la brise.

Fitz, c'est périlleux pour nous deux. Retourne-t'en, vite!

Prononcer le nom d'un homme est-il vraiment un acte magique ? Les vieilles traditions l'affirment ; en tout cas, je me remémorai soudain qui j'étais et je sus que je n'avais rien à faire là. Mais j'ignorais comment j'y étais venu et plus encore comment regagner mon corps. J'adressai un regard éperdu à Vérité, incapable même de lui demander de l'aide.

Il comprit : sa main spectrale s'avança vers moi et je sentis une poussée comme s'il avait appuyé de la paume sur mon front.

Ma tête heurta le mur de la grange et, sous l'impact, une gerbe d'étincelles naquit devant mes yeux. J'étais revenu à l'auberge de la Balance ; autour de moi, ce n'était qu'obscurité paisible, animaux endormis et paille picotante. Lentement, je me laissai tomber sur le flanc pendant que des vagues de vertige et de nausée déferlaient sur moi ; la faiblesse qui me prenait souvent après que j'avais réussi à utiliser l'Art monta en moi comme une lame de fond. J'ouvris la bouche pour appeler au secours mais seul un croassement inarticulé s'en échappa. Je fermai les yeux et perdis connaissance.

Je m'éveillai avant l'aube. Je me dirigeai à quatre pattes vers mon paquetage, y pris ce dont j'avais besoin, puis gagnai en titubant la porte de derrière de l'auberge, où j'implorai littéralement la cuisinière de me donner une chope d'eau bouillante. D'un air stupéfait, elle me regarda émietter des copeaux d'écorce elfique dans le récipient.

« C'est une saleté, ce truc, vous savez, me dit-elle, avant de prendre une expression effarée en me voyant avaler d'un trait la décoction amère et brûlante. On refile ça aux esclaves, à Terrilville, mélangé à la nourriture, pour les faire tenir debout. Ça leur donne de la force mais ça leur enlève l'envie de se bagarrer et même de vivre, à ce qu'il paraît. »

Je l'entendais à peine : j'attendais que la tisane fasse effet. J'avais prélevé l'écorce sur de jeunes arbres et je craignais qu'elle manque d'efficacité. Je ne me trompais pas. Du temps passa avant que je sente la chaleur revigorante grandir en moi, affermir mes mains tremblantes et clarifier ma vue. Je quittai les marches de la porte pour remercier la cuisinière et lui rendre la chope.

« C'est pas une bonne habitude à prendre, pour un jeune homme comme vous », me gourmanda-t-elle avant de retourner à ses fourneaux. J'allai déambuler dans les rues alors que l'aube se levait sur les collines ; je m'attendais à moitié à voir des façades de boutiques calcinées, des chaumières en ruine et des forgisés aux yeux vides errant entre les maisons, mais le cauchemar de l'Art fut rapidement érodé par la matinée d'été et le vent du fleuve. De jour, le mauvais état du bourg était plus apparent. Il me semblait apercevoir davantage de mendiants que nous n'en avions à Bourg-de-Castelcerf, mais peut-être était-ce normal pour une agglomération fluviale. Je songeai brièvement à ce qui m'était arrivé durant la nuit, puis, avec un frisson d'angoisse, je chassai mes souvenirs. J'ignorais comment je m'y étais pris, et, de toute façon, cela ne se reproduirait sans doute plus jamais. Je me sentais ragaillardi de savoir Vérité vivant, même si la témérité avec laquelle il dépensait son Art me glaçait d'effroi. Je me demandais où il se trouvait ce matin et si, comme moi, il entamait la journée avec dans la bouche l'amertume de l'écorce elfique. Si j'avais appris à maîtriser l'Art, je n'aurais pas eu à me poser la question, et cette pensée ne me remonta pas le moral.

Quand je retournai à l'auberge, les ménestrels étaient déjà devant le petit déjeuner. Je me joignis à eux, et, sans prendre de gants, Josh me dit avoir craint que je ne fusse parti sans eux ; Miel ne pipa mot mais, à plusieurs reprises, je surpris le regard appréciateur de Fifre posé sur moi.

Il était encore tôt quand nous nous mîmes en route, et, si nous ne marchions pas comme des soldats, Josh nous imposait tout de même un train respectable ; j'avais cru qu'il faudrait le mener par la main, mais son bâton lui servait de guide. Quelquefois, cependant, il avançait la main sur l'épaule de Miel ou de Fifre, davantage par esprit de convivialité, toutefois, que par nécessité ; et il chassait l'ennui du voyage en dissertant, à l'attention de Fifre surtout, sur l'histoire de la région, et je m'étonnai de son profond savoir. Nous fîmes une brève halte lorsque le soleil fut haut et ils partagèrent avec moi leur simple repas ; j'étais gêné d'accepter, bien que je ne pusse inventer aucun prétexte pour aller chasser avec le loup. Une fois le bourg loin derrière nous, je l'avais senti qui nous suivait ; j'y puisais un certain réconfort mais j'aurais préféré que nous fussions seuls à nous déplacer de conserve. Ce jour-là, nous croisâmes plusieurs groupes de voyageurs montés sur des chevaux ou des mulets ; par des trouées dans la végétation, nous apercevions de temps en temps des bateaux qui remontaient non sans mal le courant du fleuve. La matinée avançant, des charrettes et des chariots bien gardés nous doublèrent ; chaque fois, Josh demanda s'ils pouvaient nous offrir une place : deux conducteurs refusèrent poliment, les autres ne répondirent pas. Ils forçaient l'allure, et un des groupes était accompagné d'hommes revêches que je jugeais être des gardes engagés pour l'occasion.

Sans cesser de cheminer, nous passâmes l'après-midi à écouter *Le Sacrifice de Feux-Croisés*, long poème sur le clan de la reine Vision dont les membres avaient donné leur vie afin que leur souveraine pût remporter une bataille cruciale. Je l'avais déjà entendu plusieurs fois à Castelcerf, mais à la fin de la journée j'en avais eu les oreilles rebattues plus de quarante fois tant Josh mettait d'infinie méticulosité à ce que Fifre le chantât parfaitement. Toutefois, ces interminables répétitions m'arrangeaient car elles empêchaient tout bavardage.

Malgré notre allure soutenue, le soir nous surprit très loin de la bourgade suivante. Je vis l'inquiétude monter chez mes compagnons à mesure que le jour faiblissait, et, pour finir, je pris le commandement pour annoncer qu'il faudrait quitter la route au prochain ruisseau et trouver un emplacement où camper. Miel et Fifre se rangèrent derrière Josh et moi, et je les entendis échanger des propos soucieux ; ne pouvant les assurer, comme Œil-de-Nuit l'avait fait pour moi, qu'il n'y avait pas la plus petite odeur de présence humaine dans les environs, je conduisis le groupe le long du plus proche ruisseau et finis par découvrir une berge abritée au pied d'un cèdre où nous pouvions passer la nuit.

Sous prétexte de satisfaire un besoin naturel, j'allai rejoindre Œil-de-Nuit afin de lui répéter que tout allait bien ; j'en fus récompensé, car il avait trouvé un endroit du ruisseau où l'eau tourbillonnante avait miné la berge. Il m'observa attentivement tandis que, couché sur le ventre, je plongeais lentement les mains dans l'eau, puis fouillais délicatement le rideau d'herbes qui la surplombait. Dès le premier essai, j'attrapai un gros poisson, puis, quelques minutes plus tard, un plus petit. Quand je décidai de cesser, il faisait presque nuit noire mais j'étais en possession de trois poissons à rapporter au camp, sans compter les deux que j'avais l'intention, après avoir pesé le pour et le contre, d'abandonner à Œil-de-Nuit.

C'est pour ça que les hommes ont reçu des mains : pour pêcher et gratter derrière les oreilles, me dit-il avec bonne humeur en s'attaquant à son repas. Il avait déjà avalé tout rond les viscères des miens.

Fais attention aux arêtes, fis-je.

Ma mère m'a élevé près d'une frayère de saumons, rétorqua-t-il. *Les arêtes ne me dérangent pas.*

Pendant qu'il mettait ses poissons en pièces avec un plaisir évident, je regagnai le camp. Les ménestrels avaient allumé un petit feu ; au bruit de mes pas, tous trois se dressèrent d'un bond, leurs bâtons de marche à la main. « C'est moi ! annonçai-je un peu tard.

— Eda, merci ! » fit Josh en se rasseyant lourdement ; Miel me regarda d'un air mauvais.

« Vous vous êtes absenté longtemps », dit Fifre comme pour s'excuser. Je brandis les poissons que j'avais enfilés par les ouïes sur une baguette de saule.

« J'ai trouvé le dîner. C'est du poisson, ajoutai-je à l'intention de Josh.

— Merveilleux », répondit-il.

Miel sortit le pain de voyage et un petit sac de sel pendant que j'allais chercher une grosse pierre plate que j'enfonçai dans les braises. J'enveloppai les poissons dans des feuilles et les mis à cuire sur la pierre. Je me mis à saliver en sentant l'odeur qui s'en dégagea peu après, tout en espérant qu'elle n'attirerait pas de forgisés.

Je monte la garde, me rappela Œil-de-Nuit, et je l'en remerciai.

Tandis que je surveillais la cuisson, Fifre, près de moi, récitait tout bas *Le Sacrifice de Feux-Croisés*. Sans réfléchir, alors que je retournais le poisson en prenant soin de ne pas l'émietter, je la repris : « Clive l'aveugle et Hist le boiteux.

— Je l'avais dit comme il faut ! s'insurgea-t-elle.

— Je regrette, mais non, ma fille. Cob a raison : Clive était aveugle de naissance et Hist avait un pied bot. Pouvez-vous nommer les cinq autres, Cob ? » J'avais l'impression d'entendre Geairupu me faire repasser mes leçons.

Je venais de poser le doigt sur une braise et je le suçai avant de répondre. « Brûlé Feux-Croisés menait, et puis venaient encore – comme lui chétifs de corps mais droits du cœur et forts de l'âme – ceux dont les noms je déclame : Clive l'aveugle et Hist le boiteux, Mevin à l'esprit brumeux, Rallieur au bec-de-lièvre, Coupe qui n'entendait mie et Tourier, laissé par l'ennemi – pour mort, sans mains ni yeux. Et si croyez pouvoir les mépriser, que je vous dise…

— Eh bien, eh bien ! s'exclama Josh, ravi. Avez-vous été formé au métier de Barde, Cob, quand vous étiez petit ? Vous connaissez le phrasé aussi bien que le texte – encore que vous marquiez un peu trop les pauses.

— Moi ? Non, mais j'ai toujours eu une excellente mémoire. » J'eus du mal à me retenir de sourire devant ses éloges, mais Miel ricana en secouant la tête.

« Seriez-vous capable de réciter le poème tout entier ? me demanda Josh d'un air de défi.

— Peut-être », biaisai-je. Je m'en savais capable : Burrich et Umbre m'avaient l'un comme l'autre exercé à travailler ma mémoire, et j'avais entendu l'œuvre tant de fois aujourd'hui que je ne pouvais plus la chasser de mon esprit.

« Eh bien, essayez donc – mais en chantant.

— Je n'ai pas une bonne voix.

136

— Si vous savez parler, vous savez chanter. Essayez, faites plaisir à un vieil homme. »

Peut-être avais-je l'habitude trop bien ancrée d'obéir aux vieillards, à moins que ce ne fût l'expression de Miel qui disait clairement qu'elle ne m'en croyait pas capable ; toujours est-il que je m'éclaircis la gorge et me mis à chanter à mi-voix, jusqu'à ce que Josh me fît signe de monter le ton. Tandis que j'avançais dans le poème, il hochait la tête, avec une grimace de temps en temps quand une fausse note m'échappait. J'en avais chanté la moitié lorsque Miel remarqua d'un ton sec : « Le poisson est en train de brûler. »

Je m'interrompis et bondis pour pousser avec un bâton la pierre et les paquets de feuilles hors de la braise : la queue des poissons était en effet noire, mais le reste était parfait, ferme et fumant. Nous découpâmes la chair en portions, et je mangeai la mienne trop rapidement : eût-elle été deux fois plus grosse qu'elle ne m'eût pas rassasié ; je dus pourtant m'en satisfaire. Le pain de voyage allait étonnamment bien avec le poisson, et, quand nous eûmes fini, Fifre prépara une bouilloire de thé. Nous nous installâmes sur nos couvertures autour du feu.

« Cob, comment vous débrouillez-vous comme scribe ? » me demanda soudain Josh.

J'eus un geste dépréciateur. « Pas aussi bien que je le souhaiterais. Mais je survis.

— Pas aussi bien qu'il le souhaiterait », répéta Miel à Fifre en un murmure moqueur.

Josh fit celui qui n'avait rien entendu. « Vous êtes un peu vieux, mais vous pourriez apprendre à chanter. Votre voix n'est pas si mal : vous chantez comme un enfant, sans savoir que vous possédez la voix grave et la capacité thoracique d'un adulte, et vous avez une excellente mémoire. Jouez-vous d'un instrument ?

— Du biniou de mer, mais pas bien.

— Je pourrais vous enseigner à bien en jouer. Si vous vous joigniez à nous…

— Père ! Nous le connaissons à peine ! s'exclama Miel.

— J'aurais pu t'en dire autant quand tu es descendue de la soupente la nuit dernière, répondit-il doucement.

— Nous avons bavardé, c'est tout, père. » Elle me décocha un coup d'œil assassin, comme si elle m'accusait de l'avoir trahie. J'avais l'impression d'avoir un bout de cuir à la place de la langue.

« Je sais, fit Josh. Il semble que la cécité m'ait affûté l'ouïe. Mais si tu as jugé sans risque de lui parler seule et en pleine nuit, peut-être puis-je juger moi aussi sans risque de lui proposer notre compagnie. Qu'en dites-vous, Cob ? »

Je secouai lentement la tête ; puis, tout haut : « Non. Merci quand même ; je vous sais gré de ce que vous m'offrez, à moi, un inconnu. Je vous escorterai jusqu'à la prochaine bourgade, et là, je vous souhaiterai bonne chance pour trouver d'autres compagnons de voyage. Mais… je ne tiens pas à…

— Vous avez perdu quelqu'un de cher ; je vous comprends. Mais la solitude totale n'est bonne pour personne, fit Josh à mi-voix.

— Qui avez-vous perdu ? » demanda Fifre, toujours directe.

Comment m'expliquer sans laisser la porte ouverte à de nouvelles questions ? « Mon grand-père, dis-je enfin. Et mon épouse. » En prononçant ces mots, j'eus l'impression de retourner un couteau dans une plaie vive.

« Que leur est-il arrivé ? insista Fifre.

— Mon grand-père est mort ; ma femme m'a quitté. » J'avais répondu laconiquement dans l'espoir qu'elle renoncerait à poursuivre.

« Les vieilles gens meurent à leur heure… » fit Josh avec douceur, mais Miel l'interrompit brusquement.

« C'est ça, l'amour que vous avez perdu ? Que devez-vous à une femme qui vous a quitté ? À moins que vous ne lui ayez donné des motifs de s'en aller ?

— C'est plutôt que je ne lui en ai pas donné de rester, confessai-je à contrecœur. S'il vous plaît, je n'ai pas envie d'en parler. Pas du tout. Je vous accompagnerai jusqu'à la prochaine ville et puis je reprendrai mon chemin.

— Ma foi, voilà qui est parler clairement », fit Josh avec un soupir. Je sentis à son ton que je m'étais montré grossier, et pourtant je ne regrettais pas mes paroles.

Le reste de la soirée se passa sans guère de propos échangés, ce qui me convenait parfaitement. Fifre se proposa pour le premier tour de garde et Miel prit le second ; je n'élevai pas d'objection, sachant qu'Œil-de-Nuit ne s'éloignerait pas de toute la nuit et que rien ou presque ne lui échappait. À la belle étoile, je dormis mieux que la veille, et je m'éveillai dès que Miel se pencha vers moi. Je m'assis, m'étirai, puis lui fis signe qu'elle pouvait aller se recoucher ; enfin, je me levai, attisai le feu et m'installai à côté. Miel vint prendre place près de moi.

« Vous ne m'aimez pas, n'est-ce pas ? » demanda-t-elle à mi-voix. Il n'y avait nulle hargne dans sa question.

« Je ne vous connais pas, répondis-je en m'efforçant à la délicatesse.

— Hum… Et vous n'y tenez pas », fit-elle. Elle me regarda dans les yeux. « Mais, moi, j'ai envie de vous connaître depuis que je vous ai vu rougir à l'auberge. Rien ne suscite ma curiosité comme un homme qui rougit ; j'ai rencontré peu d'hommes qui piquent des fards comme ça, simplement parce qu'une femme les a surpris à la dévisager. » Sa voix devint basse et doucement rauque lorsqu'elle se pencha pour ajouter : « Je donnerais beaucoup pour savoir les pensées qui vous ont fait monter le rouge aux joues.

— Seulement celle d'avoir été grossier d'ainsi vous regarder », répondis-je avec franchise.

Elle me sourit. « Ce n'est pas ce à quoi je pensais, moi, quand je vous ai rendu votre regard. » Elle s'humecta les lèvres et se rapprocha de moi.

Molly me manqua soudain si vivement que j'en eus mal. « Je n'ai pas le cœur à ce petit jeu », dis-je sans détour. Je me levai. « Je vais aller chercher du bois pour le feu.

— J'ai compris pourquoi votre femme vous a quitté, je crois, fit Miel d'un ton acerbe. Pas le cœur, dites-vous ? À mon avis, le problème se situait plus bas, chez vous. » Elle se leva à son tour et regagna ses couvertures. Je n'éprouvai que du soulagement à la voir renoncer ; je tins parole et allai ramasser du bois.

Quand Josh s'éveilla le lendemain matin, la première chose que je lui demandai fut : « À quelle distance sommes-nous de la prochaine ville ?

— Si nous conservons notre allure d'hier, nous devrions y être avant demain midi. »

Je détournai les yeux afin de ne pas voir la déception qui se lisait sur ses traits. Comme nous prenions nos paquetages à l'épaule et nous mettions en route, je songeai avec amertume que je m'étais coupé de personnes que je connaissais et que j'aimais pour éviter précisément la situation que je subissais avec des inconnus. Y avait-il moyen de vivre parmi ses semblables sans se laisser enchaîner par leurs attentes et leurs envies de dépendance ?

La journée était agréablement chaude. Si j'avais été seul, j'aurais pris plaisir à marcher le long de la route. Dans les bois, d'un côté, les oiseaux échangeaient des trilles ; de l'autre côté, nous apercevions le fleuve entre les arbres rares et parfois des péniches qui descendaient le courant, ou des bateaux qui le remontaient lentement à l'aviron. Nous parlions peu, et, au bout d'un moment, Josh fit réciter *Le Sacrifice de Feux-Croisés* à Fifre ; quand elle se trompa, je gardai le silence.

Mes pensées se mirent à errer. Tout était tellement plus simple quand je n'avais pas à m'inquiéter du prochain repas ou de la propreté de mes chemises ; et moi qui me croyais si malin dans mes rapports avec les gens, si efficace dans mon métier ! Mais à l'époque j'avais Umbre pour établir mes plans et du temps pour préparer mes répliques ; je ne m'en tirais plus aussi bien quand mes ressources se limitaient à mon intelligence et à ce que je pouvais porter sur mon dos. Privé de tout ce sur quoi je me reposais sans même y penser, j'en venais à mettre en doute non seulement mon courage, mais tout ce que j'étais. Assassin, homme lige du roi, guerrier, homme... étais-je encore l'un ou l'autre ? J'essayais de revoir l'impétueux jeune homme qui maniait l'aviron à bord du

Rurisk, le navire de combat de Vérité, qui se jetait sans réfléchir au cœur de la bataille, la hache à la main… Je n'arrivais pas à croire que c'eût pu être moi.

À midi, Miel distribua ce qui restait de pain de voyage ; ce n'était guère. Les femmes marchaient en avant et bavardaient à mi-voix tout en mâchant le pain sec et en buvant à leurs outres. Je me risquai à suggérer à Josh de monter le camp plus tôt ce soir afin de me permettre de chasser ou de pêcher.

« Mais nous n'arriverions alors pas à la prochaine ville demain midi, me fit-il remarquer d'un ton grave.

— Demain soir, ça m'irait parfaitement », répondis-je. Il tourna le visage vers moi, peut-être pour mieux m'entendre, mais j'eus l'impression que ses yeux laiteux voyaient au plus profond de moi-même. Leur expression suppliante était dure à supporter, pourtant je n'y répondis pas.

Quand l'air commença enfin à se rafraîchir, je me mis à chercher un emplacement pour bivouaquer. Œil-de-Nuit était parti en avant en éclaireur ; je sentis soudain qu'il se hérissait. *Il y a des hommes ici qui sentent la charogne et la crasse. Je les sens, je les vois, mais je ne reçois rien d'autre d'eux.* L'angoisse que lui inspirait toujours la présence de forgisés me parvint ; je la partageais : je savais qu'ils étaient naguère humains et qu'ils possédaient la petite étincelle de Vif que détient toute créature vivante. Pour moi, il était extraordinairement étrange de les voir se déplacer, parler, alors que je ne les sentais pas vivants ; pour Œil-de-Nuit, c'était comme si des pierres se mettaient à marcher et à manger.

Combien ? Jeunes, vieux ?

Plus nombreux que nous et plus grands que toi. C'était ainsi que le loup percevait la répartition des forces. *Ils chassent sur la route, juste après le prochain virage que vous allez passer.*

« Arrêtons-nous ici », dis-je brusquement. Trois visages se tournèrent vers moi, ébahis.

Trop tard. Ils vous ont sentis, ils approchent.

Plus le temps d'user de dissimulation, plus le temps de trouver un mensonge plausible.

« Il y a des forgisés devant nous, au moins deux, sans doute davantage. Ils étaient à l'affût sur la route et ils se dirigent vers nous. » Stratégie ? « Tenez-vous prêts, leur dis-je.

— Comment savez-vous tout ça ? demanda Miel d'un ton de défi.

— Sauvons-nous ! » proposa Fifre. D'où je tenais mes renseignements lui était bien égal : ses yeux écarquillés disaient assez la terreur que lui inspirait cette rencontre.

« Non : ils nous rattraperaient, et nous serions alors à bout de souffle ; et même si nous arrivions à les distancer, il faudrait repasser par ici demain. » Je laissai tomber mon balluchon et l'écartai d'un coup de pied : il ne contenait rien qui valût de risquer ma vie. Si nous l'emportions, je pourrais le récupérer ; sinon, son sort me serait indifférent. Mais Miel, Fifre et Josh étaient musiciens et leurs instruments étaient dans leurs sacs ; aucun des trois ne fit mine de décharger les autres de leurs fardeaux, et je ne gaspillai pas ma salive à le leur suggérer ; presque instinctivement, les deux femmes allèrent se placer de part et d'autre du vieillard. Tous trois serreraient leurs bâtons trop fort ; le mien se nicha dans mes paumes, et je le tins au point d'équilibre, prêt au combat. L'espace d'un instant, je cessai totalement de penser : mes mains paraissaient savoir ce qu'elles devaient faire.

« Cob, protégez Miel et Fifre. Ne vous occupez pas de moi ; veillez seulement à ce qu'il ne leur arrive rien », ordonna Josh d'un ton farouche.

Ses paroles firent une brèche en moi, et la terreur m'envahit soudain ; mon corps perdit son attitude à la fois détendue et assurée, et je ne songeai plus qu'à la souffrance qu'entraînerait pour moi la défaite. La nausée me prit, accompagnée de tremblements, et je n'eus plus qu'une envie : m'enfuir sans me préoccuper davantage des ménestrels. Attends ! Attends ! voulais-je crier au jour. Je ne suis pas prêt, je ne sais pas si je dois me battre, me sauver ou simplement m'évanouir sur place. Mais le temps est implacable. *Ils arrivent par les taillis*, me dit Œil-de-Nuit. *Deux rapidement et un autre moins vite. Je crois qu'il sera pour moi.*

Sois prudent. J'entendis des craquements dans les buissons et je sentis la puanteur des forgisés. Un instant plus tard, Fifre les vit et poussa un cri, et ils se jetèrent hors du bois sur nous. Si ma stratégie consistait à combattre sans reculer, la leur consistait simplement à foncer à l'assaut. Les deux hommes étaient plus grands que moi et ils avançaient sans hésiter ; leurs vêtements étaient sales mais en relativement bon état : ils devaient avoir été forgisés récemment. Tous deux étaient armés d'un gourdin ; je n'eus guère le temps de voir autre chose.

La forgisation ne rendait pas ses victimes stupides ni lentes à réagir. Elles ne sentaient plus les émotions de leurs semblables et ne se rappelaient pas, semble-t-il, les extrémités auxquelles ces émotions pouvaient pousser l'adversaire, ce qui donnait souvent un aspect incompréhensible à leurs actions. Elles n'étaient pas moins intelligentes qu'avant leur transformation ni moins efficaces au combat ; au contraire, elles agissaient avec une volonté d'assouvir sans délai leurs envies qui n'appartient qu'aux animaux : le cheval volé la veille pouvait finir dévoré le lendemain, simplement parce que la faim était à ce moment-là une sensation plus immédiate que le confort de se faire transporter. Les forgisés ne coopéraient pas non plus à la bataille ; il n'existait chez eux nulle loyauté de groupe ; ils pouvaient aussi bien s'attaquer mutuellement qu'assaillir un ennemi commun. Ils se déplaçaient ensemble, combattaient ensemble, mais sans effort concerté. Pourtant, ils n'en étaient pas moins astucieux dans la violence et sans le moindre scrupule pour s'approprier ce qu'ils convoitaient.

Je savais tout cela ; aussi ne fus-je pas étonné quand les deux hommes passèrent près de moi pour s'en prendre d'abord aux moindres adversaires. Ce qui me surprit, en revanche, fut le lâche soulagement que j'éprouvai ; il me paralysa comme dans mes rêves et je laissai les deux forgisés passer sans réagir.

Miel et Fifre répondirent comme deux ménestrelles furieuses et terrifiées armées de bâtons : elles n'avaient aucune connaissance de ce genre de combat, pas même l'expérience de la défense en équipe qui permet d'éviter de se blesser mutuellement. Elles avaient été formées à la musique, pas à la guerre. Josh se tenait entre elles, impuissant, son bâton à la main mais incapable de s'en servir sans risquer de toucher Miel ou Fifre. Ses traits se tordaient de rage.

J'aurais pu en profiter pour me sauver, saisir mon balluchon au vol et m'en aller sans un regard derrière moi. Les forgisés ne m'auraient pas poursuivi : ils se satisfaisaient de la proie qui opposait le moins de résistance. Mais non : un vestige de courage ou d'orgueil survivait en moi. Je m'attaquai au plus petit des deux hommes, bien qu'il parût plus doué au gourdin que son compagnon. Je laissai Miel et Fifre tenir en respect le plus grand et forçai l'autre à engager le combat avec moi. Mon premier coup le toucha en bas des jambes : je cherchais à le blesser ou au moins à le jeter à terre. Il poussa en effet un rugissement de douleur en se retournant vers moi, mais l'impact ne parut pas l'avoir ralenti.

C'est là un autre détail que j'avais noté chez les forgisés : la douleur semblait moins les affecter que les hommes normaux. Pour ma part, quand on m'avait battu dans les cachots, une grande partie de mon désespoir venait de l'horreur que m'inspiraient les dommages infligés à mon corps, et c'est avec étonnement que je m'étais aperçu de l'attachement émotionnel que j'avais pour ma propre chair. Mon profond désir de le maintenir en bon état allait bien au-delà de la simple envie d'éviter la souffrance : on tire fierté de son physique, et, quand il est abîmé, ce n'est plus qu'un objet matériel. Royal le savait ; il savait que chaque coup de ses gardes provoquait une peur en plus d'une meurtrissure. Allait-il me renvoyer à l'état où je me trouvais à mon retour des Montagnes, celui d'une créature valétudinaire qui tremblait après le moindre effort et redoutait les crises qui lui volaient son corps et son esprit ? Cette crainte me réduisait à l'impuissance autant que les coups. Les forgisés, eux, ne paraissaient pas connaître cette peur ; peut-être, en perdant leur sensibilité, perdaient-ils aussi toute affection envers leur corps.

Mon adversaire se retourna d'un bloc et me porta un coup qui résonna dans mes épaules quand je le bloquai de mon bâton. Petite douleur, me souffla mon organisme, et il se tint à l'affût d'autres sensations. L'homme me frappa de nouveau, et je bloquai encore une fois son attaque. Maintenant que le combat était engagé, je n'avais plus de moyen de m'enfuir sans courir de risque. Il maniait bien le gourdin : il avait sans doute été guerrier, entraîné à la hache : je reconnaissais les frappes, et je les parai ou les esquivai toutes ; mais j'avais trop peur de lui pour l'attaquer, je redoutais trop le coup qui risquait de franchir ma garde si je ne restais pas constamment sur la défensive. Je cédai si facilement du terrain qu'il jeta un regard derrière, en se disant peut-être qu'il pouvait me planter là pour s'en prendre aux femmes. J'osai une timide réplique à l'un de ses coups : c'est à peine s'il broncha ; il ne se fatiguait pas, et ne me laissait pas assez de champ pour manier mon bâton, plus long que son gourdin ; au contraire de moi, les cris des ménestrels qui s'évertuaient à se défendre ne le distrayaient pas. Dans les bois, j'entendis des jurons étouffés et de faibles grondements : Œil-de-Nuit s'était discrètement approché du troisième homme et s'était jeté sur lui dans l'espoir de lui trancher un mollet ; il avait échoué, mais il tournait à présent autour de lui en restant hors de portée de son épée.

Je ne sais pas si j'arriverai à franchir le barrage de son arme, mais je pense pouvoir le retenir ici : il n'ose pas me tourner le dos pour aller vous attaquer.

Fais attention à toi ! Ce fut tout ce que j'eus le temps de lui transmettre, car l'homme au gourdin exigeait toute mon attention. Les coups pleuvaient sur moi, et je m'aperçus bientôt qu'il avait accru ses efforts, qu'il maniait son arme avec toujours plus de vigueur : il ne craignait plus de riposte de ma part et mettait toute sa force à abattre ma défense. Chaque impact sur mon bâton envoyait un choc en écho dans mes épaules, qui réveillait d'anciennes douleurs et des blessures pourtant guéries et que j'avais presque oubliées. Ma résistance au combat n'était plus ce qu'elle avait été ; la chasse et la marche à pied n'endurcissent pas le corps et ne développent pas les muscles comme des journées entières à l'aviron. Le doute minait ma concentration ; je ne me croyais pas de taille, et je redoutais la souffrance à venir, sans voir de moyen d'y échapper. Le désir d'éviter la blessure n'équivaut pas à la volonté de vaincre. Je cherchai sans cesse à m'écarter de mon adversaire, à gagner du champ pour mon bâton, mais il me serrait sans relâche.

Du coin de l'œil, j'aperçus les ménestrels. Josh se tenait en plein milieu de la route, le bâton prêt à servir, mais la bataille s'était éloignée de lui. Miel reculait en boitant devant l'homme qui la poursuivait ; elle s'efforçait de parer les coups de gourdin tandis que Fifre donnait sur les épaules du forgisé des coups inefficaces de son bâton trop mince. La tête rentrée dans les épaules, il ne s'occupait que de Miel, déjà blessée. Ce spectacle éveilla quelque chose en moi. « Fifre, tapez-lui dans les jambes ! » criai-je, puis je revins à ma situation personnelle alors que l'arme de mon adversaire me frôlait l'épaule. Je lui portai quelques coups rapides mais sans puissance et bondis en arrière.

Une épée m'entailla l'épaule et m'érafla la cage thoracique.

Je poussai un cri de stupéfaction et faillis en laisser tomber mon bâton avant de comprendre que ce n'était pas moi qui étais blessé. Je sentis autant que j'entendis le glapissement de douleur d'Œil-de-Nuit, puis il y eut l'impact d'une botte sur mon crâne.

Désorienté, acculé. *Aide-moi !*

D'autres souvenirs, plus profonds, se dissimulaient derrière celui des séances de coups que m'avaient infligées les gardes de Royal ; bien des années plus tôt, j'avais senti la taillade d'un couteau et le choc d'une botte sur une chair autre que la mienne : un terrier avec qui je m'étais lié par le Vif, Martel, pas encore adulte, s'était battu dans le noir contre des hommes venus attaquer Burrich en mon absence ; il était mort peu après de ses blessures, avant même que je pusse arriver jusqu'à lui. Je découvris soudain qu'il existait une menace qui m'incitait davantage à réagir que celle contre ma propre vie.

146

La peur que je ressentais pour moi-même se réduisit à néant devant ma terreur de perdre Œil-de-Nuit. Je fis ce que je savais devoir faire : je modifiai mon équilibre, m'avançai et laissai le gourdin s'abattre sur mon épaule pour mieux me placer à portée de l'adversaire. Le coup m'engourdit le bras et, l'espace d'un instant, ma main devint insensible ; espérant qu'elle était toujours là, je raccourcis ma prise sur mon bâton et le relevai brutalement contre le menton de l'homme. Rien ne l'avait préparé à mon brusque changement de tactique ; sa tête partit en arrière et sa gorge s'offrit à moi ; j'enfonçai violemment l'extrémité de mon arme dans le creux à la base de son cou. Je sentis les petits os céder. Dans un soudain hoquet de souffrance, il cracha du sang ; je reculai vivement, modifiai ma prise et abattis l'autre extrémité de mon bâton sur son crâne. Il s'écroula et je me ruai dans les bois.

Des grondements et des grognements me conduisirent au loup. Réduit aux abois, il tenait sa patte gauche relevée contre son poitrail ; une pellicule de sang lui couvrait l'épaule et formait des joyaux rouges sur le jarre de tout son flanc. Il avait reculé jusqu'au cœur d'un épais roncier, dont les épines acérées derrière lesquelles il avait cherché refuge l'enfermaient désormais et l'empêchaient de s'échapper. Il s'y était enfoncé le plus loin possible pour éviter les coups de son adversaire, et je percevais les multiples blessures dont il souffrait aux pattes. Cependant, les épines qui le perçaient maintenaient son assaillant à distance, et les sarments élastiques absorbaient la plupart des coups d'épée que l'homme donnait pour tailler dans le roncier et enfin atteindre Œil-de-Nuit.

À ma vue, le loup reprit courage et se tourna brusquement face au forgisé dans une violente explosion de grondements. L'homme ramena son épée en arrière afin d'empaler mon compagnon. Le bout de mon bâton n'était pas taillé en pointe mais, avec un cri de rage, je l'enfonçai si brutalement dans le dos de l'homme qu'il transperça la chair jusqu'aux poumons. De la bouche de ma victime jaillit un rugissement de rage mêlé de sang ; elle voulut se retourner mais je tenais toujours mon bâton ; je poussai de toutes mes forces et l'homme partit en trébuchant vers le roncier. Ses mains tendues ne trouvèrent aucun point d'appui en dehors des tiges épineuses, et je le maintins dans les ronces de tout mon poids, tandis qu'Œil-de-Nuit, enhardi, bondissait sur son dos. Ses mâchoires se refermèrent sur sa nuque épaisse et il secoua l'homme jusqu'à ce que le sang nous éclabousse tous deux. Les hurlements étranglés du forgisé se réduisirent peu à peu à un faible gargouillis.

Les ménestrels m'étaient complètement sortis de l'esprit lorsqu'un grand cri d'angoisse me les remit en mémoire. Je ramassai l'épée de notre adversaire et regagnai la route en courant, laissant Œil-de-Nuit se coucher sur le flanc et commencer à lécher sa blessure. Comme je sortais du bois, un affreux spectacle s'offrit à moi : le forgisé s'était jeté sur Miel qui se tordait à terre et lui arrachait ses vêtements, pendant que Fifre, à genoux sur la route, se tenait un bras en hurlant. Josh, échevelé, couvert de poussière, s'était remis sur pied et se dirigeait vers elle en se guidant sur ses cris.

En un clin d'œil, je fus parmi eux. D'un coup de pied, je délogeai l'homme assis sur Miel, puis, tenant mon épée à deux mains, je la lui enfonçai dans la poitrine ; il se débattit violemment, rua et me saisit par les vêtements, mais j'appuyai sur l'arme pour l'enfoncer toujours davantage. À lutter contre le métal qui l'immobilisait, il ne faisait qu'agrandir la blessure. Il me maudissait à grands cris inarticulés qui se transformèrent peu à peu en hoquets haletants ponctués de gouttelettes de sang ; ses mains saisirent mon mollet droit dans l'espoir de me faire trébucher : je me contentai d'appuyer plus fort sur l'épée. J'aurais voulu retirer mon arme et le tuer rapidement, mais il était si vigoureux que je n'osais pas risquer de le libérer. Pour finir, Miel l'acheva d'un coup de bâton qui lui défonça le visage. La soudaine immobilité de l'homme fut un soulagement autant pour moi que pour lui. Je trouvai la force d'extraire l'épée de sa poitrine, puis je reculai en chancelant et m'assis sans douceur sur la route.

Ma vue se mit à s'assombrir et à s'éclaircir tour à tour. Les cris de douleur de Fifre auraient pu être ceux, lointains, de mouettes. Soudain, il y eut excès de tout et je me trouvai partout à la fois : dans les bois, je me léchais l'épaule en écartant de la langue mon épaisse fourrure pour sonder délicatement l'entaille tout en l'enduisant de salive ; et pourtant j'étais assis au soleil avec dans le nez l'odeur de la terre, du sang et des excréments de l'homme dont les entrailles se vidaient. J'avais la perception de chaque coup donné et reçu, je sentais à la fois l'effort qu'avait demandé de manier le gourdin et les dégâts qu'il avait infligés. La violence avec laquelle j'avais tué prit soudain une nouvelle connotation : je savais l'effet de la douleur que j'avais donnée ; je savais ce qu'ils avaient ressenti, ces hommes qui s'étaient débattus sans espoir, sans autre possibilité que de mourir pour échapper à une souffrance accrue. Mon esprit oscillait entre les deux extrêmes du tueur et de la victime. J'étais les deux.

Et j'étais seul, plus seul que je ne l'avais jamais été. Autrefois, en de telles circonstances, il y avait toujours eu quelqu'un auprès de moi : compagnons de bord à la fin des batailles, Burrich venu me rapetasser et me ramener à la maison, et un foyer qui m'attendait, avec Patience s'affairant autour de moi, ou Umbre et Vérité m'enjoignant de faire plus attention à moi, et puis Molly qui arrivait avec le silence et l'obscurité pour me toucher doucement. Cette fois, pourtant, le combat était fini et j'étais vivant, mais nul ne s'en souciait à part le loup ; j'avais beau l'aimer, je m'apercevais que j'aspirais aussi à un contact humain ; la séparation d'avec ceux qui m'avaient porté de l'affection était insupportable. Si j'avais été un vrai loup, j'aurais levé le nez au ciel et poussé un long hurlement ; en l'occurrence, je tendis mon esprit d'une façon que je ne puis décrire, qui n'était ni le Vif, ni l'Art, mais un mélange invraisemblable des deux, une volonté effrayante de trouver quelqu'un, n'importe où, qui attache de l'importance à me savoir vivant.

Je perçus presque une réponse. Quelque part, Burrich leva-t-il la tête pour parcourir des yeux le champ dans lequel il travaillait ? Flaira-t-il un instant l'odeur du sang et de la poussière au lieu du riche parfum de la terre qu'il retournait pour en arracher les tubercules ? Molly interrompit-elle sa lessive pour se redresser, les mains sur ses reins douloureux, et promener son regard autour d'elle en s'étonnant d'éprouver soudain un sentiment de désolation ? Tiraillai-je la conscience fatiguée de Vérité, détournai-je un instant l'attention de Patience des plantes qu'elle triait pour les mettre à sécher sur des plateaux, fis-je froncer les sourcils à Umbre tandis qu'il rangeait un manuscrit ? Tel un moucheron contre une vitre, je me cognais et me cognais encore contre leur conscience ; leur affection qui allait tellement de soi me manquait à présent cruellement. Je crus un instant les atteindre, mais je retombai en moi-même, épuisé, assis tout seul sur la route, maculé du sang de trois hommes.

Un coup de pied fit voler de la poussière sur moi.

Je levai les yeux. Miel ne fut tout d'abord qu'une silhouette noire sur le ciel du couchant, puis je battis des paupières et je distinguai son expression de mépris et de rage. Ses vêtements étaient en lambeaux, ses cheveux pendaient sur son visage. « Vous avez fui ! » cracha-t-elle. Le dégoût que lui inspirait ma lâcheté était presque palpable. « Vous avez fui, vous les avez laissés casser le bras de Fifre, assommer mon père et essayer de me violer ! Mais quel homme êtes-vous donc ? Quel homme est capable de faire ce que vous avez fait ? »

Il y avait mille réponses et il n'y en avait aucune. L'abîme qui s'était creusé en moi m'assurait que parler ne résoudrait rien. Je me relevai sans rien dire, et ses yeux agrandis me suivirent tandis que je me dirigeais vers mon balluchon ; j'avais l'impression que je l'avais laissé tomber des heures plus tôt. Je le ramassai et revins vers l'endroit où Josh, assis par terre, essayait de consoler Fifre. Miel, toujours pragmatique, avait ouvert leurs sacs ; la harpe de Josh n'était plus que bouts de bois brisés et cordes emmêlées ; Fifre ne rejouerait de la flûte qu'une fois son bras guéri, pas avant plusieurs semaines. Il n'y avait pas à revenir dessus. La situation étant ce qu'elle était, je fis ce que je pouvais.

C'est-à-dire rien, à part allumer un feu au bord de la route, aller chercher de l'eau au fleuve et la mettre à bouillir. Je choisis des herbes pour calmer Fifre et apaiser la douleur de sa fracture, puis je mis la main sur des branches droites que j'équarris grossièrement pour en faire des attelles. Et que se passait-il derrière moi, dans les bois à flanc de colline ? *Ça fait mal, mon frère, mais la blessure n'est pas profonde. Néanmoins, elle se rouvre dès que j'essaye de marcher. Et je suis couvert d'épines comme une charogne de mouches.*

Je viens tout de suite te les enlever.

Non, je peux m'en charger. Occupe-toi des autres. Il se tut un instant. *Nous aurions dû nous sauver, mon frère.*

Je sais.

Pourquoi me fut-il si difficile d'aller trouver Miel pour lui demander si elle avait du tissu à déchirer afin d'attacher les éclisses sur le bras de Fifre ? Elle dédaigna de me répondre, mais Josh me tendit sans un mot le tissu doux qui enveloppait naguère sa harpe. Miel me méprisait, Josh paraissait encore sous le choc, et Fifre était si accaparée par sa propre douleur qu'elle faisait à peine attention à moi ; pourtant, j'ignore comment, je parvins à les convaincre de se rapprocher du feu. J'y conduisis Fifre, un bras autour de sa taille, l'autre soutenant son bras blessé ; je la fis asseoir, puis lui donnai la tisane que j'avais préparée. « Je peux remettre l'os en place et le fixer par des attelles, dis-je en m'adressant plus à Josh qu'à sa fille. Je l'ai déjà pratiqué sur des hommes blessés au combat, mais je ne prétends pas être guérisseur ; à la prochaine ville, il faudra peut-être refaire l'opération. »

Il hocha lentement la tête : il savait comme moi que nous n'avions pas vraiment le choix. Il prit donc position derrière Fifre et lui tint les épaules tandis que Miel empoignait le haut du bras de sa sœur. Je serrai les dents pour repousser la douleur de Fifre et tirai fermement sur son avant-bras. Elle cria, naturellement, car une simple tisane ne pouvait empêcher une souffrance de cette sorte, mais elle se retint néanmoins de se débattre. Les larmes ruisselaient sur ses joues et elle respirait à coups hachés tandis que je plaçais et fixais les attelles. Je lui montrai ensuite comment glisser son bras dans l'échancrure de sa tunique pour que le vêtement en supporte le poids et lui évite de trop bouger, après quoi je lui fis boire une nouvelle chope de tisane et allai m'occuper de Josh.

Il avait reçu un coup sur la tête qui l'avait laissé un moment étourdi, sans pourtant l'assommer. Une bosse s'enflait à l'endroit du choc et il fit la grimace quand je la palpai, mais la peau n'était pas fendue. Je la nettoyai à l'eau fraîche, puis je dis au harpiste que la tisane pouvait à lui aussi être bénéfique ; il me remercia et j'en ressentis curieusement de la honte. Enfin, je me tournai vers Miel qui m'observait avec des yeux de chat de l'autre côté du petit feu.

« Êtes-vous blessée ? lui demandai-je à mi-voix.

— J'ai une bosse au menton de la taille d'une prune là où il m'a frappée, et j'ai des griffures au cou et sur les seins. Mais je peux m'occuper seule de mes blessures, merci… Cob. De toute façon, ce n'est pas grâce à vous que je suis encore en vie.

— Miel… » Josh avait prononcé son nom d'un ton dangereusement bas ; on y sentait autant de fatigue que de colère.

« Il a fui, père ! Il a tué son homme et puis il s'est sauvé ! S'il était resté pour nous aider, nous n'en serions pas là, Fifre, le bras cassé et toi, ta harpe en morceaux ! Il a fui !

— Mais il est revenu. Mieux vaut ne pas songer à ce qui serait arrivé dans le cas contraire. Nous avons peut-être quelques blessures, mais tu peux quand même le remercier d'être toujours en vie.

— Je n'ai à le remercier de rien, rétorqua-t-elle d'un ton acerbe. S'il avait eu un instant de courage, il aurait pu sauver nos moyens d'existence. Mais regarde-nous, maintenant : un harpiste sans harpe et une flûtiste incapable de lever le bras pour jouer de son instrument ! »

Je me levai pour m'éloigner. J'étais soudain trop fatigué pour écouter ses doléances et beaucoup trop découragé pour m'expliquer ; je traînai les deux cadavres sur le bord de la route et les laissai dans l'herbe le long du fleuve ; puis, dans le jour décroissant, je m'enfonçai dans le bois à la recherche d'Œil-de-Nuit. Il s'était déjà occupé de ses blessures mieux que je n'aurais pu le faire. Je passai mes doigts dans sa fourrure pour en ôter épines et brindilles de ronce et je m'assis près de lui un moment ; il se coucha et posa la tête sur mes genoux pendant que je lui grattais les oreilles. Toute autre forme de communication était inutile. Enfin, je me levai, trouvai le troisième corps, le pris sous les aisselles et allai le placer à côté des deux autres. Sans remords, je fouillai leurs poches et leurs bourses ; deux des hommes n'avaient sur eux qu'une poignée de piécettes, mais celui à l'épée possédait douze pièces d'argent. Je m'emparai de sa bourse et y ajoutai les piécettes ; je récupérai aussi sa vieille ceinture et son fourreau, et je ramassai l'épée sur la route. Pour finir, je travaillai jusqu'à la nuit noire à entasser des pierres sur les corps. Quand j'en eus terminé, je descendis au bord du fleuve où je me lavai les mains et les bras, et m'aspergeai le visage ; j'ôtai ma chemise, la trempai dans l'eau pour en faire partir les traces de sang, puis la remis, froide et mouillée ; l'espace d'un instant, le froid calma les élancements de mes ecchymoses mais je sentis bientôt mes muscles se raidir.

Je retournai auprès du petit feu dont les flammes éclairaient à présent les visages qui l'entouraient. Là, je pris la main de Josh et y déposai la bourse. « Ceci vous aidera peut-être en attendant de remplacer votre harpe, lui dis-je.

— L'argent des morts pour apaiser votre conscience ? » grinça Miel.

Ma patience, déjà effilochée, se déchira. « Dites-vous qu'ils sont toujours vivants, si ça vous chante, car selon la loi de Cerf ils auraient dû au moins vous dédommager, fis-je. Et si ça ne vous convient pas non plus, vous pouvez jeter l'argent au fleuve, ça m'est parfaitement égal. » Après quoi, je m'appliquai à faire encore moins attention à elle qu'elle à moi, et, malgré mes contusions et mes élancements, j'essayai la ceinture à laquelle pendait le fourreau. Œil-de-Nuit ne s'était pas trompé : l'ancien propriétaire était beaucoup plus corpulent que moi. Je posai le cuir sur un morceau de bois et, avec mon couteau, j'y pratiquai un nouveau trou. Cela fait, je me redressai et attachai la ceinture à ma taille ; retrouver le poids d'une épée à mon côté me réconforta. Je la dégainai pour l'examiner à la lumière du feu ; sans rien d'exceptionnel, elle n'en était pas moins fonctionnelle et solide.

« Où avez-vous trouvé ça ? » demanda Fifre. Elle parlait d'une voix mal posée.

« Sur le troisième homme, dans les bois », répondis-je laconiquement. Je rengainai l'arme.

« Qu'est-ce que c'est ? fit Josh.

— Une épée », dit Fifre.

Josh tourna ses yeux laiteux vers moi. « Il y avait un autre homme avec une épée dans les bois ?

— Oui.

— Et vous la lui avez prise après l'avoir tué ?

— Oui. »

Avec un petit toussotement, il secoua la tête. « Quand nous nous sommes serré la main, j'ai bien senti que vous n'aviez pas la poigne d'un scribe. La plume ne laisse pas des cals comme les vôtres et ne muscle pas de cette façon l'avant-bras. Tu vois, Miel, il ne s'est pas enfui ; il est simplement allé…

— Il aurait mieux fait de tuer d'abord celui qui nous attaquait », le coupa Miel, entêtée.

Je défis mon balluchon et déroulai ma couverture, puis m'y allongeai. J'avais faim mais je n'y pouvais rien ; j'étais fatigué aussi, et ça, je pouvais y remédier.

« Vous allez dormir ? » demanda Fifre. Son visage reflétait toute l'inquiétude que l'influence de la tisane lui permettait d'exprimer.

« Oui.

— Et si d'autres forgisés arrivent ? fit-elle d'une voix tendue.

— Miel n'aura qu'à les tuer dans l'ordre qu'elle estime le plus judicieux », répondis-je d'un ton mordant. Je me tournai sur ma couverture jusqu'à ce que mon épée soit à portée de main et facile à dégainer, puis je fermai les yeux. J'entendis Miel se lever lentement et disposer les couvertures pour son père et sa sœur.

« Cob ? murmura Josh. Avez-vous gardé un peu d'argent pour vous ?

— Je ne pense pas en avoir besoin dans l'avenir », répondis-je sur le même ton. Je ne lui expliquai pas que je pensais n'avoir guère à fréquenter d'humains : je ne voulais plus avoir à m'expliquer devant quiconque. Qu'on me comprenne ou non m'était égal.

Les yeux fermés, je cherchai Œil-de-Nuit et le touchai ; comme moi, il avait faim mais préférait se reposer. *Demain soir, je serai de nouveau libre de chasser avec toi,* lui promis-je. Il poussa un soupir de satisfaction. Il n'était pas très loin : mon feu faisait une étincelle entre les arbres en dessous de lui. Il posa son museau sur ses pattes avant.

J'étais plus fatigué que je n'en avais eu conscience car bientôt mes pensées se mirent à flotter et à devenir indistinctes. Je me laissai aller et m'éloignai des douleurs dont mon corps était perclus. Molly, songeai-je avec nostalgie, Molly... Mais je ne la trouvai pas. Quelque part, Burrich dormait sur une paillasse devant un âtre ; je le vis et j'eus presque l'impression de l'artiser, mais je ne pus maintenir la vision. Le feu éclairait les méplats de son visage ; il avait maigri et les heures de travail aux champs avaient donné à sa peau une teinte brun sombre. Je me détournai lentement de lui. L'Art clapotait contre moi mais je n'arrivais pas à le maîtriser.

Quand mes rêves effleurèrent Patience, je vis avec atterrement qu'elle se trouvait dans un appartement privé en compagnie du seigneur Brillant ; il avait l'expression d'un animal aux abois. Une jeune femme était là aussi, vêtue d'une robe ravissante et l'air aussi effarée que lui de l'intrusion de Patience. Celle-ci, armée d'une carte, discourait tout en poussant de côté un plateau de friandises et des coupes de vin pour dérouler son manuscrit sur la table. « Je me suis rendu compte que vous n'étiez ni stupide ni lâche, seigneur Brillant ; je dois donc vous supposer ignorant, et je compte faire en sorte que votre instruction ne soit plus négligée. Comme cette carte du prince Vérité vous le démontrera, si vous ne réagissez pas promptement, toute la côte de Cerf sera bientôt à la merci des Pirates rouges. Et ils ne connaissent pas la merci. » Elle leva de la carte ses yeux noisette que je connaissais bien et regarda son interlocuteur comme elle m'avait souvent regardé quand elle attendait que je lui obéisse. J'eus presque pitié de lui. Je perdis la faible prise que j'avais sur la scène et, telle une feuille au vent, je m'éloignai d'eux en tourbillonnant.

M'élevai-je ou m'enfonçai ? Je ne sais pas, mais je ne me sentais plus retenu à mon corps que par un fil ténu. Je tournoyais dans un courant qui m'attirait, qui m'encourageait à me laisser aller. Quelque part, un loup poussa un gémissement d'inquiétude. Des doigts fantômes me tiraillaient comme s'ils désiraient mon attention.

Fitz, sois prudent. Retourne-t'en.

Vérité ! Mais son contact n'avait pas plus de vigueur qu'un souffle de vent, malgré l'effort qu'il lui en coûtait, je le savais. Quelque chose s'interposait entre nous, une brume froide, souple et pourtant résistante, dans laquelle je m'empêtrais comme dans un roncier. J'essayai de revenir à moi, de trouver en moi-même une peur suffisante pour m'enfuir vers le refuge de mon corps, mais j'avais l'impression d'être pris dans un rêve dont je ne parvenais pas à m'éveiller ; j'étais incapable de m'en extraire, incapable d'en trouver la volonté.

Une bouffée puante de magie de chien dans l'air et voyez sur qui je tombe ! Les griffes de Guillot me crochèrent et m'attirèrent tout contre lui. *Salut, Bâtard.* Sa profonde satisfaction fit resurgir en moi toutes les nuances de mes terreurs passées. Je sentis son sourire cynique. *Morts ni l'un ni l'autre, ni le Bâtard et sa magie perverse ni Vérité le Prétendant. Tss, tss… Royal va être fort chagrin de constater qu'il n'a pas aussi bien réussi qu'il le croyait. Mais cette fois je vais régler la question une fois pour toutes, et à ma façon.* Je perçus son insidieuse exploration de mes défenses, plus intime qu'un baiser ; comme s'il pétrissait la chair d'une putain, je le sentis me palper partout à la recherche de faiblesses. Aussi inerte qu'un lapin dans son étreinte, je n'attendais plus que la vive torsion du cou qui mettrait fin à mon existence Qu'il avait gagné en puissance et en ruse !

Vérité, gémis-je, mais mon roi ne pouvait ni m'entendre ni m'aider.

Guillot me soupesa. *À quoi te sert cette force que tu n'as jamais appris à dominer ? À rien. Mais à moi, ah ! à moi elle*

donnera des ailes et des serres. Tu vas me rendre assez fort
pour découvrir Vérité, si bien caché qu'il soit.

Soudain, je me mis à perdre mon énergie comme une outre
percée. J'ignorais comment il avait pu pénétrer mes défenses
et comment le repousser. Avidement, il attira mon esprit contre
le sien et s'y colla comme une sangsue. C'était ainsi que Justin
et Sereine avaient tué le roi Subtil, et il s'était éteint brusquement, comme une bulle de savon qui éclate. Je ne trouvais ni
la volonté ni la force de me battre tandis que Guillot abattait
l'une après l'autre les murailles qui nous séparaient. Ses pensées étrangères pressant sur mon esprit, il entreprit de fouiller
dans mes secrets sans cesser d'aspirer ma substance.

Mais en moi, un loup l'attendait. *Mon frère !* dit Œil-de-Nuit
avant de se ruer sur lui tous crocs dehors. Quelque part dans
l'immensité, Guillot poussa un hurlement d'horreur et de
désarroi ; si fort qu'il fût dans l'Art, il ne connaissait rien au Vif,
et il était aussi désarmé devant l'attaque d'Œil-de-Nuit que je
l'avais été devant la sienne. Une fois déjà, durant un assaut de
Justin et Sereine contre moi, Œil-de-Nuit avait riposté ; Justin
s'était écroulé comme si un loup s'en était pris à lui physiquement ; il avait perdu toute concentration et toute maîtrise de
son Art, ce qui m'avait permis de me dégager de son emprise.
Je ne voyais pas ce qui arrivait à Guillot, mais je sentais les claquements de mâchoires d'Œil-de-Nuit et j'étais ballotté par la
violente horreur que ressentait Guillot. Enfin, il s'enfuit en
rompant si brusquement le lien d'Art entre nous que, l'espace
d'un instant, je ne sus plus qui j'étais ; puis je me retrouvai
dans mon corps, les yeux grands ouverts.

Je me redressai sur ma couverture, le dos ruisselant de
sueur, et dressai autour de moi toutes les murailles que je me
rappelais comment ériger.

« Cob ? » fit Josh d'un ton vaguement inquiet, et je le vis se
lever sur un coude, l'air endormi. Miel, qui montait la garde,
me dévisageait, les yeux écarquillés. Je refoulai un sanglot
hoquetant.

« Un cauchemar, dis-je d'une voix rauque. Rien qu'un cauchemar. » Je me levai en chancelant, épouvanté par ma propre

faiblesse. Le monde tournoyait autour de moi et c'est à peine si je tenais debout. La terreur que m'inspirait mon épuisement m'aiguillonna ; je pris ma petite casserole et me dirigeai vers le fleuve. De la tisane d'écorce elfique, me promis-je en espérant qu'elle serait assez forte. Je fis un large détour pour éviter les tas de pierres qui dissimulaient les corps des forgisés. Avant que je parvienne sur la berge, Œil-de-Nuit clopinait à mes côtés sur trois pattes. Je lâchai ma casserole et me laissai tomber près de lui ; je le pris dans mes bras en faisant attention à son épaule blessée et j'enfonçai mon visage dans sa fourrure.

Si tu savais comme j'ai eu peur ! J'ai failli mourir !

Je comprends maintenant pourquoi nous devons les tuer, déclara-t-il calmement. *Si nous ne les tuons pas, ils ne nous laisseront jamaisen paix. Nous devons les poursuivre jusque dans leur tanière et les tuer tous.*

C'était le seul réconfort qu'il pouvait m'offrir.

6

LE VIF ET L'ART

Ménestrels et scribes itinérants occupent une place à part dans la société des Six-Duchés : ce sont les dépositaires de la connaissance, non seulement de leurs disciplines propres, mais de bien davantage encore. Les ménestrels préservent l'histoire du royaume, à la fois l'histoire générale qui l'a façonné et les histoires particulières des petites villes, et même des familles qui les composent ; certes, le rêve de tout ménestrel est d'assister à quelque événement d'importance et de pouvoir ainsi devenir l'auteur d'une nouvelle saga, mais leur véritable rôle, celui qui perdure toujours, est d'être les témoins des petits faits qui constituent le tissu de la vie. En cas de litige à propos des limites d'une propriété, de droit de lignage ou même d'une promesse faite longtemps auparavant, on demande aux ménestrels de se rappeler des détails que d'autres peuvent avoir oubliés. Étayant leur rôle sans les supplanter, les scribes itinérants fournissent, contre rétribution, des documents écrits attestant d'un mariage, d'une naissance, du changement de mains d'une terre, d'héritages reçus ou de dots promises. Ces documents peuvent être très complexes, car chaque partie concernée doit être identifiée sans possibilité d'erreur, non seulement par le nom et la profession, mais par la lignée, la géographie et l'aspect ; très souvent, on fait alors appel à un ménestrel pour apposer sa marque de témoin sur ce qu'a écrit le scribe, et, pour cette raison, il n'est pas rare de les voir voyager de conserve, ni de ren-

contrer des individus exerçant les deux métiers à la fois. Ménestrels et scribes sont par tradition bien reçus dans les maisons nobles, où ils trouvent leurs quartiers d'hiver ainsi que nourriture et confort pour leurs vieux jours. Nul seigneur ne tient à laisser un mauvais souvenir dans les dits des ménestrels et des scribes, ou, pire encore, ne pas laisser de souvenir du tout ; on apprend aux enfants que la générosité envers eux fait partie de la simple courtoisie, et l'on se sait en présence d'un grippe-sou lorsqu'on se trouve à la table d'un château sans ménestrel.

*

L'après-midi suivant, je fis mes adieux aux musiciens à la porte de l'auberge d'un petit bourg de piètre allure nommé Corvecol ; ou plutôt, je fis mes adieux à Josh ; Miel, elle, pénétra dans l'établissement sans un regard en arrière ; quant à Fifre, elle me regarda, mais d'un air si intrigué que je ne pus rien y déchiffrer, et elle suivit Miel. Josh et moi restâmes seuls dans la rue. Nous étions arrivés côte à côte et sa main reposait toujours sur mon épaule. « Attention au seuil », lui dis-je à mi-voix.

Il me remercia d'un hochement de tête. « Eh bien, ça va faire du bien de manger chaud », fit-il en désignant l'auberge du menton.

Je secouai la tête, puis m'exprimai à voix haute. « Merci, mais je n'entre pas avec vous. Je continue ma route.

— Si vite ? Allons, Cob, venez au moins boire une chope et manger un morceau avec nous. Je sais que Miel est… difficile à supporter parfois, mais n'allez pas croire qu'elle parle en notre nom à tous.

— Ce n'est pas ça. J'ai quelque chose à faire absolument, quelque chose que je remets depuis très longtemps. Hier, je me suis rendu compte que je ne connaîtrais pas la paix tant que je n'aurais pas accompli cette tâche. »

Josh poussa un profond soupir. « C'était une bien triste journée, hier. Je ne me fonderais pas sur un jour pareil pour prendre une décision de cette importance. » Il tourna ses yeux vides vers moi. « J'ignore de quoi il s'agit, Cob, mais je pense que cela s'arrangera avec le temps. Le temps arrange la plupart des choses, vous savez.

— Certaines, oui, marmonnai-je d'un ton distrait. D'autres ne s'améliorent que si on… que si on les répare, d'une façon ou d'une autre. »

Il tendit la main. « Eh bien, bonne chance. Au moins, cette main de guerrier a une épée à tenir, maintenant ; cela ne peut vous porter malchance.

— La porte est là, lui dis-je en l'ouvrant devant lui. Bonne chance à vous aussi », ajoutai-je comme il passait devant moi et refermait le battant derrière lui.

Je repartis dans la rue avec l'impression de m'être débarrassé d'un fardeau. J'étais libre à nouveau et j'avais bien l'intention de ne pas recommencer à m'encombrer de sitôt.

J'arrive, dis-je à Œil-de-Nuit. *Ce soir, nous chasserons.*

Je t'attends.

Je remontai mon balluchon sur mon épaule, changeai de prise sur mon bâton et descendis la rue. Rien ne m'intéressait à Corvecol ; pourtant les habitudes ont la vie dure et mes pas m'entraînèrent sur la place du marché ; je tendis l'oreille aux grommellements et aux plaintes des vendeurs et des chalands ; les clients demandaient pourquoi les prix étaient si élevés, les marchands répondaient que les échanges avec l'aval étaient rares, si bien que les denrées qui remontaient jusqu'à Corvecol étaient chères ; les prix étaient encore pires en amont, assuraient-ils. Outre ceux qui déploraient la cherté des articles, certains venaient au marché chercher ce qui ne s'y trouvait pas ; ne remontaient plus le fleuve non seulement le poisson de l'océan et le solide bois de Cerf, mais aussi, comme Umbre l'avait prédit, les soieries, les eaux-de-vie, les splendides pierres précieuses de Terrilville ; plus rien n'arrivait des duchés côtiers ni des pays au-delà. En essayant de couper les voies commerciales du royaume des Montagnes, Royal privait également des marchands de Corvecol de l'ambre, des fourrures et des autres biens des Montagnes. Naguère ville de commerce, Corvecol stagnait désormais, asphyxiée par son propre surplus de marchandises sans rien pour les échanger.

Un ivrogne paraissait savoir à qui reprocher la situation : il zigzaguait dans le marché d'un pas traînant, se cognait dans les étals et piétinait les nattes posées à même le pavé des vendeurs les moins fortunés ; hirsute, sa chevelure noire lui descendait jusqu'aux épaules et se fondait à sa barbe ; il chantait, ou plus exactement il beuglait, car il avait la voix plus puissante qu'harmonieuse, le peu de mélodie que je parvenais à distinguer était insuffisant pour la fixer dans ma mémoire, et il massacrait les strophes d'origine de la chanson, mais le sens général de sa rengaine restait clair : quand le roi Subtil gouvernait les Six-Duchés, l'or roulait dans le fleuve ; mais à présent que Royal portait la couronne, les côtes ruisselaient de sang. Il entama une seconde strophe où il déclarait qu'il valait mieux payer des impôts pour combattre les Pirates rouges que les verser à un roi qui ne songeait qu'à se dissimuler, mais il fut interrompu par l'arrivée de la Garde municipale. Je m'attendais à ce que les deux soldats arrêtent l'ivrogne et l'obligent à payer ce qu'il avait cassé, mais le silence qui s'abattit sur le marché à leur apparition aurait dû me mettre la puce à l'oreille : tout commerce cessa, les gens s'éclipsèrent ou se reculèrent contre les étals pour leur céder le passage ; tous les yeux étaient fixés sur eux.

Ils fondirent sur l'ivrogne, et je me trouvais dans la foule silencieuse quand ils s'emparèrent de lui. Les yeux exorbités, l'homme les dévisagea d'un air atterré, et le regard suppliant qu'il promena ensuite sur les badauds alentour était effrayant d'intensité. Un des gardes ramena en arrière son poing ganté et le lui projeta dans le ventre. L'ivrogne semblait un homme robuste devenu pansu avec l'âge ; un individu moins résistant se fût écroulé ; lui se plia en deux, son souffle lui échappa dans un sifflement, puis, tout à coup, il régurgita un flot de bière surie. Les gardes s'écartèrent d'un air dégoûté et l'un d'eux bouscula l'ivrogne qui perdit l'équilibre ; il s'effondra sur un étal et deux paniers d'œufs allèrent s'écraser par terre ; le marchand garda le silence et se contenta de reculer comme s'il souhaitait passer inaperçu.

Les deux gardes avancèrent à nouveau sur le malheureux poivrot ; le premier arrivé le saisit par le devant de la chemise, le remit debout sans douceur et lui envoya un coup en plein visage ; l'homme fut projeté en arrière dans les bras du second garde. Celui-ci le ceintura et son compagnon enfonça de nouveau son poing dans l'estomac de la victime. Cette fois, l'ivrogne tomba à genoux et le garde qui le tenait le jeta au sol d'un coup de pied désinvolte.

Sans m'en rendre compte, je m'étais avancé pour m'interposer quand une main me prit par l'épaule ; je baissai les yeux sur le visage sec de la vieille femme décharnée qui me retenait. « Ne les énervez pas, chuchota-t-elle. Il en sera quitte pour une rossée si personne ne les met en colère. Si vous intervenez, ils vont le tuer, ou, pire, l'emmener au cirque du roi. »

Je plantai mes yeux dans ses yeux fatigués, et elle détourna le regard comme si elle avait honte ; mais elle n'ôta pas la main de mon épaule. Alors, à son imitation, je refusai d'assister à la scène et je m'efforçai de ne plus entendre les impacts, les grognements et les cris étranglés de l'homme qu'on battait.

La journée était chaude et les gardes portaient des cottes de mailles plus épaisses que celles des soldats habituels. C'est peut-être ce qui sauva l'ivrogne : personne n'apprécie de transpirer sous une armure. Je reportai mon regard sur l'homme à l'instant où l'un des gardes détachait sa bourse d'un coup de couteau, la soupesait, puis l'empochait ; son camarade parcourut la foule des yeux et annonça : « Rolf le Noir a été puni et a payé une amende pour acte de trahison : s'être moqué du roi. Que ce soit un exemple pour tous. »

Ils laissèrent l'homme étendu dans la terre et les détritus de la place du marché et reprirent leur ronde ; l'un d'eux jeta un coup d'œil par-dessus son épaule, mais nul ne fit le moindre geste tant qu'ils n'eurent pas passé le coin de la rue. Alors, peu à peu, le marché revint à la vie ; la vieille femme enleva sa main de mon épaule et se retourna pour continuer à marchander des choux ; le marchand d'œufs fit le tour de son étal pour ramasser les rares œufs intacts et ses paniers gluants. Personne ne regarda l'homme à terre.

Je restai un moment immobile en attendant que s'apaise le tremblement glacé qui m'agitait les intérieurs. J'aurais voulu savoir pourquoi les gardes municipaux se souciaient tant de la chanson d'un ivrogne mais chacun refusait de croiser mon regard interrogateur ; je trouvai soudain encore moins d'attrait à Corvecol et à ses habitants. Je remontai mon balluchon sur mon épaule et me dirigeai vers la sortie du bourg, mais, comme je passais près de l'ivrogne gémissant, sa douleur vint clapoter contre moi. Plus je m'approchais, plus elle devenait distincte, un peu comme si on m'enfonçait de force la main dans un feu. L'homme leva le visage vers moi ; de la terre s'était mêlée au sang et aux vomissures qui le maculaient. J'essayai de passer mon chemin.

Aide-le. C'est ainsi que mon esprit traduisit la prière mentale que je perçus tout à coup.

Je m'arrêtai comme si j'avais reçu un coup de poignard, au bord du vertige. Le message ne venait pas d'Œil-de-Nuit. L'ivrogne glissa une main sous son flanc et se souleva. Il croisa mon regard et je lus dans ses yeux une détresse et une supplication sourdes. Je connaissais ce regard : c'était celui d'un animal qui souffre.

Il faudrait peut-être l'aider ? fit Œil-de-Nuit d'un ton hésitant.

Chut ! répondis-je.

S'il te plaît, aide-le. La prière s'était faite plus pressante et plus forte. *Le Lignage en appelle au Lignage.* La voix s'exprimait plus clairement, non par mots mais par images dont le Vif me permettait de décrypter le sens : on m'imposait une obligation clanique.

Sont-ils de la même meute que nous ? demanda Œil-de-Nuit, étonné. Comme il sentait parfaitement mon propre désarroi, je m'abstins de répondre.

Rolf le Noir avait réussi à glisser son autre main sous sa poitrine et il se redressa sur un genou, puis me tendit la main sans rien dire. Je lui saisis l'avant-bras et l'aidai lentement à se relever. Une fois debout, il chancela légèrement ; sans le lâcher, je lui laissai le temps de retrouver son équilibre en se retenant à moi. Sans un mot, je lui offris mon bâton de marche ; il le prit mais ne desserra pas sa prise sur mon bras, et nous quittâmes la place à pas lents, l'ivrogne lourdement appuyé sur moi, suivis par de nombreux regards curieux, trop à mon goût; dans les rues, les gens levaient sur nous des yeux surpris puis les détournaient vivement. L'homme se taisait toujours; je m'attendais à ce qu'il m'indique une direction ou une maison, mais il gardait le silence.

À la sortie de la bourgade, la route se mit à descendre en lacets vers le fleuve. Par une trouée dans les arbres, je vis le reflet scintillant du soleil sur l'eau; un haut-fond prolongeait la berge herbue encadrée d'un bois de saules. Quelques personnes quittaient l'endroit avec des paniers pleins de linge mouillé. D'une petite saccade au bras, Rolf le Noir me fit comprendre qu'il désirait se rendre au bord du fleuve; là, il se mit à genoux, puis se pencha en avant pour se plonger non seulement le visage mais la tête tout entière dans l'eau jusqu'au cou. Il se redressa, se frotta la figure avec les mains et replongea aussitôt; la seconde fois qu'il sortit de l'eau, il secoua vigoureusement la tête comme un chien qui s'ébroue en faisant voler des gouttes dans toutes les directions. Il s'assit sur les talons et leva vers moi un regard brouillé.

« Je bois trop quand je vais en ville », déclara-t-il d'une voix sourde.

J'acquiesçai. « Ça va aller, maintenant ? »

Il hocha la tête. Je le vis se tâter l'intérieur de la bouche du bout de la langue, à la recherche de coupures et de dents ébranlées. Le souvenir d'anciennes souffrances roulait sans cesse au fond de moi; je n'avais qu'une hâte: m'éloigner de tout ce qui pouvait me les rappeler.

« Alors, bonne chance », dis-je. J'allai me placer en amont de lui pour boire et remplir mon outre dans l'eau du fleuve, puis je remis mon balluchon à l'épaule et m'apprêtai à reprendre mon chemin; à cet instant, un picotement de Vif me fit tourner la tête vers les bois. Une souche d'arbre remua et se transforma soudain en ours qui se dressait sur ses pattes postérieures. Il huma l'air, puis se laissa retomber sur les pattes de devant et se dirigea vers nous d'une démarche lourde. « Rolf, murmurai-je en reculant lentement, Rolf, il y a un ours.

— C'est mon ourse, répondit-il sur le même ton. Vous n'avez rien à craindre d'elle. »

Pétrifié, je la regardai sortir des arbres et descendre la berge herbue. En arrivant auprès de Rolf, elle poussa un cri bas qui évoquait étrangement le meuglement d'une vache appelant son petit, puis elle frotta sa grosse tête contre lui. Il se redressa en prenant appui sur l'épaule tombante de l'animal. Je sentais qu'ils communiquaient mais le sens de leur échange m'échappait complètement. L'ourse leva la tête et planta ses yeux dans les miens. *Lignage*, me dit-elle en guise de salut. Ses petits yeux étaient profondément enfoncés au-dessus de son mufle. Le soleil luit sur son pelage ondulant quand elle se mit en marche vers moi en compagnie de l'homme. Je ne bougeai pas.

Quand ils furent près de moi, elle appuya fermement son museau contre ma poitrine et se mit à renifler à longues inspirations.

Mon frère ? demanda Œil-de-Nuit avec inquiétude.

Je crois qu'il n'y a rien à redouter. J'osais à peine respirer. Jamais je ne m'étais trouvé aussi près d'un ours vivant.

Elle avait une tête de la taille d'un seau d'un boisseau, et son souffle brûlant sentait le poisson. Au bout d'un moment, elle s'écarta de moi en émettant des « heu, heu, heu » du fond de la gorge comme si elle réfléchissait à ce qu'elle avait senti sur moi. Elle s'assit et se mit à inspirer la bouche ouverte, de l'air de goûter mon odeur. Sa tête oscilla lentement de gauche à droite, puis l'ourse parut prendre une décision ; elle se remit à quatre pattes et s'éloigna lourdement. « Venez », fit Rolf en me faisant signe de le suivre ; ils se mirent en route en direction des bois. Il ajouta par-dessus son épaule : « Nous avons des vivres à partager. Le loup est le bienvenu lui aussi. »

Après une brève hésitation, je leur emboîtai le pas.

Est-ce prudent ? Je sentais qu'Œil-de-Nuit n'était pas loin et se dirigeait vers moi en se faufilant aussi vite que possible entre les arbres du versant d'une colline.

Je dois comprendre ce qu'ils sont. Sont-ils comme nous ? Jamais je n'ai eu affaire à des êtres qui nous ressemblaient.

Petit rire moqueur de la part d'Œil-de-Nuit. *Tu as été élevé par Cœur de la Meute. Il nous ressemble davantage que ces deux-là. Je ne suis pas sûr d'avoir envie de m'approcher d'une ourse ni de l'homme qui pense avec l'ourse.*

Je veux les connaître mieux, répliquai-je. *Comment a-t-elle fait pour me percevoir, comment a-t-elle réussi à me parler ?* Pourtant, malgré ma curiosité, je gardais mes distances avec l'étrange duo. L'homme et l'ourse marchaient devant moi au milieu des saules qui bordaient le fleuve afin d'éviter la route ; à l'endroit où la forêt la traversait pour se poursuivre, plus épaisse, de l'autre côté, ils franchirent la piste en pressant le pas. Je les imitai. Dans l'ombre profonde des grands arbres, nous parvînmes rapidement à une sente qui coupait oblique-ment la pente d'une colline. Je sentis la présence proche d'Œil-de-Nuit avant qu'il apparût soudain près de moi : il hale-tait d'avoir couru. Mon cœur se serra en le voyant se déplacer sur trois pattes ; il avait trop souvent été blessé à cause de moi. De quel droit le lui imposais-je ?

C'est moins grave que ce qui se passe en ce moment.

Il n'appréciait pas de marcher derrière moi mais la sente était trop étroite pour nous deux. Je le laissai monter à ma hauteur et m'écartai sur le bord du chemin en évitant branches et troncs, sans quitter nos guides des yeux. L'ourse nous mettait mal à l'aise l'un et l'autre : d'un revers, elle pou-vait blesser ou tuer, et ma maigre expérience de ces animaux n'indiquait pas chez eux un tempérament équanime ; marcher dans son odeur hérissait le poil d'Œil-de-Nuit et me faisait courir des picotements sur la peau.

Au bout de quelque temps nous parvînmes à une chau-mette collée à une colline, faite de pierres et de rondins ; de la mousse et de la terre colmataient les interstices des murs, et de l'herbe poussait sur le toit en bois, émaillée de chiendent et même de petits buissons. La porte, extraordinairement large, était grande ouverte ; l'homme et l'ourse la franchirent. Après un instant d'hésitation, je m'approchai prudemment pour jeter un coup d'œil à l'intérieur. Œil-de-Nuit resta où il se trouvait, le poil à demi hérissé, les oreilles dressées et tournées vers l'avant.

Rolf le Noir revint à la porte. « Entrez donc, soyez les bienvenus », dit-il. Voyant mon indécision, il ajouta : « Le Lignage n'attaque pas le Lignage. »

J'entrai à pas lents. Une table basse en pierre occupait le centre de la pièce, flanquée d'un banc de part et d'autre, tandis qu'un âtre se dressait dans un coin entre deux grands fauteuils confortables ; une porte menait dans une petite chambre. La chaumière sentait la tanière d'ours, une odeur de terre un peu rance. Dans un angle gisait un amoncellement d'os et les murs à cet endroit portaient des traces de griffes.

Une femme reposait un balai avec lequel elle venait de nettoyer le sol. Elle était vêtue de brun et ses courts cheveux châtains luisaient, plaqués sur son crâne comme la cupule d'un gland de chêne. Elle tourna vivement la tête vers moi et braqua sur moi des yeux marron qui ne cillaient pas. Rolf me désigna d'un geste. « Voici les hôtes dont je t'ai parlé, Fragon, annonça-t-il.

— Je vous remercie de votre hospitalité », dis-je.

Elle parut surprise. « Le Lignage fait toujours bon accueil au Lignage », déclara-t-elle.

Je fis face à la noirceur scintillante du regard de Rolf. « Je n'ai jamais entendu parler de ce "Lignage", dis-je.

— Pourtant, vous savez ce que c'est. » Il me sourit, et j'eus l'impression de voir un ours sourire ; il avait toute l'attitude de l'animal : la démarche lourde et chaloupée, la façon d'osciller de la tête de droite et de gauche, de baisser le menton et regarder vers le bas comme si un museau gênait sa vision. Derrière lui, sa compagne hocha lentement la tête. Elle la leva soudain pour échanger un regard avec quelqu'un ; je suivis la direction de son coup d'œil et aperçus un petit faucon perché sur une poutre transversale. Les yeux de l'oiseau me vrillaient. Les solives étaient striées des dégoulinures blanches de ses fientes.

« C'est le Vif, voulez-vous dire ? demandai-je.

— Non ; ça, c'est le nom que lui donnent ceux qui n'y connaissent rien, ceux qui le méprisent. Nous qui sommes du Lignage ne l'appelons pas ainsi. » Il se tourna vers un buffet appuyé à la solide paroi et entreprit d'en sortir de quoi manger : de longues et épaisses tranches de saumon fumé, un pain aux noix et aux fruits. L'ourse se dressa sur ses pattes arrière, puis se laissa retomber en humant l'air avec une mine appréciatrice ; sa tête pivota sur le côté et elle happa un filet de saumon sur la table ; entre ses mâchoires, la tranche paraissait minuscule. Elle regagna son coin et attaqua son repas, dos à nous. Sans bruit, la femme s'était installée dans un fauteuil d'où elle pouvait surveiller toute la pièce ; quand je la regardai, elle sourit en me faisant signe de m'approcher de la table, après quoi elle retrouva son immobilité vigilante.

L'eau me vint à la bouche à la vue des aliments : je n'avais pas mangé à ma faim depuis des jours et je n'avais presque rien avalé les deux derniers. Un faible gémissement à l'extérieur de la chaumière me rappela qu'Œil-de-Nuit n'était pas mieux loti que moi. « Pas de fromage, pas de beurre, m'avertit Rolf le Noir d'un ton solennel. Les gardes de la ville ont pris tout l'argent de mes ventes avant que j'aie eu le temps d'en acheter ; mais il y a du poisson et du pain en abondance, et du gâteau de miel pour le pain. Prenez ce qui vous fait envie. »

Presque involontairement, mon regard se dirigea vers la porte.

« Tous les deux, reprit-il. Chez ceux du Lignage, deux ne font qu'un, toujours, et sont traités comme tels.

— Grésil et moi vous souhaitons aussi la bienvenue, intervint la femme à mi-voix. Je m'appelle Fragon. »

D'un hochement de tête, je la remerciai de son accueil puis je tendis mon esprit vers le loup.

Œil-de-Nuit ? Tu veux venir ?

Pas plus loin que la porte.

Un instant plus tard, une ombre grise passa furtivement devant l'entrée. Je sentis le loup faire le tour de la bâtisse en relevant toutes les odeurs, où dominait un peu partout celle de l'ourse. Il apparut de nouveau devant la porte, jeta un bref coup d'œil à l'intérieur puis entama un nouveau tour de la chaumière. Il découvrit la carcasse à demi dévorée d'un cerf, recouverte de feuilles et de terre, à la façon typique des ours. Il n'était pas nécessaire de lui recommander de ne pas y toucher. Enfin il revint à la porte et s'assit devant le seuil, le regard alerte, les oreilles dressées.

« Apportez-lui à manger s'il ne souhaite pas entrer, me dit Rolf. Ici, on n'oblige personne à aller contre son instinct.

— Merci », répondis-je d'un ton un peu guindé, car j'ignorais les manières de la maison. Je pris une tranche de saumon et la jetai à Œil-de-Nuit qui l'attrapa au vol. Il demeura un moment sans bouger, le poisson entre les mâchoires : il ne lui était pas possible de rester parfaitement sur ses gardes tout en mangeant. De longs filets de salive se mirent à couler de sa gueule. *Mange*, lui conseillai-je. *Je ne crois pas que ces gens nous veuillent du mal*.

Je n'eus pas besoin de le lui dire deux fois : il laissa tomber la tranche de poisson, la maintint par terre d'une patte et en arracha une large bouchée qu'il avala presque tout rond. Le voir manger réveilla en moi une faim que je m'efforçais de réprimer ; me détournant de lui, je m'aperçus que Rolf le Noir m'avait coupé une épaisse tartine de pain qu'il avait enduite de miel et qu'il était en train de se servir une grosse chope d'hydromel ; la mienne se trouvait déjà à côté de mon assiette.

« Mangez, ne m'attendez pas, me dit-il, et la femme sourit quand je lui adressai un regard interrogateur.

— Allez-y, je vous en prie », murmura-t-elle. Elle s'approcha de la table et prit une assiette pour elle-même, mais avec seulement une portion frugale de poisson et un petit morceau de pain ; elle se servait manifestement pour me mettre à l'aise plus que par véritable appétit. « Mangez bien, reprit-elle, et elle ajouta : Nous percevons votre faim, vous savez. » Elle reprit place dans son fauteuil près de la cheminée, son assiette entre les mains.

J'étais trop heureux de lui obéir. Je dévorai à la façon d'Œil-de-Nuit. Il en était à sa troisième tranche de saumon ; j'en avais mangé autant de pain et j'avais entamé mon second morceau de poisson quand je me rappelai la présence de mon hôte. Rolf remplit ma chope en disant : « Autrefois, j'ai essayé d'élever une chèvre pour avoir du lait et du fromage, mais elle n'a jamais pu se faire à Hilda : la pauvre bête était toujours tellement inquiète qu'elle retenait son lait. Alors nous buvons de l'hydromel ; avec le nez qu'a Hilda pour le miel, c'est une boisson dont nous ne manquons jamais.

— C'est excellent », répondis-je. Je reposai ma chope dont j'avais déjà bu un quart et poussai un soupir ; je n'avais pas encore fini de manger, mais ma faim avait perdu son caractère d'urgence. Rolf le Noir prit une nouvelle tranche de poisson sur la table et la jeta d'un geste désinvolte à Hilda ; elle s'en saisit des pattes et de la gueule puis nous tourna le dos pour la dévorer. Rolf répéta l'opération avec Œil-de-Nuit qui avait renoncé à toute méfiance : le loup bondit pour attraper le poisson, puis il se coucha, la tranche entre les pattes de devant, et tourna la tête pour en découper de grands morceaux à l'aide des molaires. Fragon, elle, ne touchait à son assiette que pour prélever de petites bandes de poisson séché et les avaler en baissant la tête. Chaque fois que je la regardais, je trouvais ses yeux noirs et vifs posés sur moi, et je me retournais vers Hilda.

« Comment vous êtes-vous débrouillé pour vous lier à une ourse ? demandai-je à Rolf, avant d'ajouter : S'il n'est pas grossier de ma part de vous poser la question ; je n'ai jamais parlé avec une personne liée à un animal, ou du moins qui le reconnaisse. »

Il se laissa aller contre le dossier de son fauteuil, les mains sur le ventre. « Je ne le "reconnais" pas devant n'importe qui. J'imagine que vous avez perçu dès l'abord qui j'étais, de même que Hilda et moi avons toujours aussitôt conscience de la présence de membres du Lignage dans les parages. Mais, pour répondre à votre question... ma mère était du Lignage et deux de ses enfants en ont hérité. Elle l'a senti en nous, naturellement, et elle nous en a inculqué les fondements ; puis, quand j'en ai eu l'âge, une fois adulte, j'ai entrepris ma quête. »

171

Je lui adressai un regard vide. Il secoua la tête avec un sourire vaguement apitoyé.

« Je suis parti seul dans le vaste monde à la recherche de mon compagnon animal ; certains cherchent dans les villes, d'autres dans les bois, quelques-uns même, m'a-t-on dit, sur la mer. Moi, c'étaient les bois qui m'attiraient. Alors je me suis mis en route, les sens grands ouverts, sans rien avaler sinon de l'eau fraîche et les herbes qui avivent le Lignage. Je suis arrivé ici même, et je me suis assis entre les racines d'un vieil arbre pour attendre ; et au bout d'un certain temps Hilda est venue à moi, en quête comme moi. Nous nous sommes sondés mutuellement, nous avons trouvé la confiance l'un chez l'autre et, ma foi, nous voici ensemble sept ans plus tard. » Le regard qu'il posa sur Hilda était aussi empreint d'amour que s'il parlait de sa femme et de son enfant.

« Rechercher délibérément un être à qui se lier… », fis-je, perdu dans mes réflexions.

Je crois que c'est ce que tu as fait avec moi, et moi avec toi, même si nous ne savions ni l'un ni l'autre que nous étions en quête, me dit Œil-de-Nuit, et le jour où je l'avais arraché aux griffes du marchand d'animaux prit soudain une signification nouvelle.

Pourtant, je dus lui répondre avec regret : *Je ne pense pas. Je m'étais lié deux fois auparavant, avec des chiens, et je connaissais trop bien la douleur qu'on éprouve à perdre de tels compagnons. J'avais résolu de ne plus jamais me lier.*

Rolf me dévisageait d'un air incrédule, presque horrifié. « Vous vous étiez lié deux fois avant le loup ? Et vous avez perdu vos deux compagnons ? » Il secoua la tête comme pour nier la réalité des faits. « Même pour un premier lien, vous êtes très jeune. »

Je haussai les épaules. « Je n'étais qu'un enfant quand Fouinot et moi nous sommes unis. Il m'a été enlevé par quelqu'un qui avait une certaine connaissance du lien et considérait que ce n'était bon ni pour le chien ni pour moi. Plus tard, j'ai retrouvé Fouinot, mais il était à la fin de sa vie. Quant à l'autre chiot auquel je me suis lié… »

Rolf me regardait avec une révulsion aussi ardente que celle de Burrich pour le Vif, tandis que Fragon secouait la tête en silence. « Vous vous êtes lié enfant ? Pardonnez-moi, mais c'est de la perversion ; c'est comme si on mariait une petite fille à un homme fait. À cet âge, on n'est pas prêt à partager la vie d'une bête dans tous ses aspects ; tous les parents du Lignage que je connais prennent grand soin de protéger leurs enfants de tels contacts. » Une expression compatissante apparut sur ses traits. « Néanmoins, votre compagnon de lien a dû souffrir mille morts d'être arraché à vous ; mais celui qui vous l'a enlevé a bien agi, quelles qu'en aient été les raisons. » Il m'observa de plus près. « Je m'étonne que vous ayez survécu alors que vous ignoriez tout des principes du Lignage.

— Là d'où je viens, on en parle rarement, et, quand on en parle, on l'appelle le Vif et c'est considéré comme une pratique honteuse.

— Même vos parents tenaient de tels propos ? Je sais bien ce qu'on pense généralement du Lignage et les mensonges qu'on en dit, mais on ne les apprend pas de la bouche de ses propres parents, d'habitude. Au contraire, ils chérissent nos lignées et nous aident à trouver une bonne compagne le temps venu afin que notre sang ne s'affaiblisse pas. »

J'observai tour à tour leur visage franc. « Je n'ai pas connu mes parents. » Même sans m'être présenté, j'avais du mal à prononcer ces mots. « Ma mère m'a remis à la famille de mon père quand j'avais six ans, et mon père a choisi de… de ne pas rester auprès de moi. Cependant, j'ai l'impression que je tiens le Lignage de ma mère ; je n'ai aucun souvenir d'elle ni de sa famille.

— Vous aviez six ans ? Et vous ne vous en rappelez rien ? Elle vous a sûrement appris quelque chose avant de vous laisser partir, quelques rudiments pour vous protéger… »

Je soupirai. « Je n'ai aucun souvenir d'elle. » Depuis longtemps je m'étais lassé de m'entendre répéter que je devais obligatoirement me rappeler quelque chose, que la plupart des gens ont des souvenirs dès l'âge de trois ans, voire avant.

Du fond de la gorge, Rolf le Noir produisit un son entre le grondement et le soupir. « Enfin, quelqu'un vous a sûrement enseigné quelque chose.

— Non. » J'avais répondu sèchement, fatigué de la discussion ; je souhaitais y mettre fin ; aussi eus-je recours à la plus vieille tactique que je connusse pour détourner ceux qui posaient trop de questions sur mon compte : « Parlez-moi de vous ; que vous a enseigné votre mère, et comment ? »

Son sourire fit naître de fines rides au coin de ses yeux noirs, qui en parurent plus petits encore. « Il lui a fallu vingt ans pour me l'inculquer ; avez-vous vingt ans devant vous pour l'écouter ? » Devant mon expression, il ajouta : « Non, je sais que votre question ne visait qu'à relancer la conversation. Mais je vous offre ce qui vous manque, à ce que je vois. Restez quelque temps avec nous ; nous vous apprendrons à tous deux ce qu'il vous faut savoir. Mais cela ne se fera pas en une heure ni en un jour ; cela prendra des mois, peut-être des années. »

De son coin, Fragon intervint soudain à mi-voix. « Nous pourrions aussi lui trouver une compagne. Il irait peut-être avec la fille d'Ollie ; elle est plus vieille que lui, mais qui sait si elle ne l'assagirait pas ? »

Un grand sourire détendit les traits de Rolf. « Voilà bien les femmes ! Il n'y a pas cinq minutes qu'elle vous connaît et elle vous apparie déjà pour le mariage ! »

Fragon s'adressa à moi avec un sourire mince mais chaleureux. « Vita est liée à un corbeau ; vous chasseriez bien, tous les quatre. Restez parmi nous ; vous ferez sa connaissance et elle vous plaira. Le Lignage doit s'unir au Lignage. »

Refuse poliment, me transmit aussitôt Œil-de-Nuit. *Partager la tanière d'hommes est déjà désagréable, mais si tu commences à dormir avec des ours, tu vas puer tant que plus jamais nous ne pourrons chasser convenablement ; et puis je n'ai aucune envie de partager mes proies avec un casse-pieds de corbeau.* Il se tut un instant. *À moins qu'ils ne connaissent une femme qui soit liée à une louve ?*

Un sourire tiraillait la commissure des lèvres de Rolf le Noir. J'avais l'impression qu'il avait capté davantage de notre échange qu'il ne le montrait, et j'en fis l'observation à Œil-de-Nuit.

« C'est là une des choses que je pourrais vous enseigner si vous décidez de rester, fit Rolf. Quand vous parlez entre vous, tous les deux, pour quelqu'un du Lignage c'est comme si vous hurliez pour vous faire entendre par-dessus le vacarme d'une carriole de rémouleur. Inutile d'être à ce point… grand ouvert. Vous ne vous adressez qu'à un seul loup, pas à toute la communauté des loups. Non, c'est encore pire ; je crois qu'aucun mangeur de viande n'ignore le moindre de vos propos. Dites-moi, depuis combien de temps n'avez-vous pas croisé de grand carnivore ? »

Des chiens m'ont pourchassé il y a quelques nuits, répondit Œil-de-Nuit.

« Les chiens défendent leur territoire, fit Rolf. Je parlais de carnivores sauvages.

— Je ne crois pas en avoir vu un seul depuis que nous sommes liés, reconnus-je à contrecœur.

— Ils vous évitent aussi sûrement que les forgisés vous suivent », déclara calmement Rolf le Noir.

Un frisson glacé me parcourut. « Les forgisés ? Mais ils n'ont apparemment aucun Vif ; je suis incapable de les percevoir par le Vif, seulement par la vue, l'odorat ou…

— Pour vos sens du Lignage, toutes les créatures émettent une chaleur qui signe leur parenté – toutes sauf les forgisés. Est-ce exact ? »

J'acquiesçai, mal à l'aise.

« Ils l'ont perdue. J'ignore comment on les en dépouille mais c'est ainsi qu'agit la forgisation, et cela laisse un vide en eux. Voilà tout ce qu'on en connaît dans le Lignage ; nous savons aussi que nous avons davantage de risques que les autres d'être suivis et assaillis par des forgisés, surtout si nous employons nos talents à l'étourdie. Nul n'en connaît la raison avec certitude ; peut-être seuls les forgisés savent-ils ce qu'il en est, si tant est qu'ils sachent encore quoi que ce soit ; mais cela nous conforte dans l'idée que nous devons faire attention à nous et à l'usage de nos talents.

— Voulez-vous dire qu'Œil-de-Nuit et moi devons nous abstenir d'utiliser le Vif ?

— Je veux dire que vous devriez séjourner un moment parmi nous et prendre le temps de maîtriser les techniques du Lignage, sans quoi vous risquez de vous retrouver mêlé à des combats comme celui d'hier. » Il eut un petit sourire.

« Je ne vous ai jamais parlé de cette attaque, murmurai-je.

— Ce n'était pas nécessaire. Je suis sûr que tous les membres du Lignage à des lieues à la ronde vous ont entendus vous battre. Tant que vous n'aurez pas appris à vous parler l'un à l'autre, rien de ce qui passera entre vous ne restera véritablement entre vous. » Il se tut, puis : « Vous n'avez pas trouvé curieux que des forgisés perdent leur temps à s'en prendre à un loup alors qu'ils n'avaient apparemment rien à y gagner ? Ils s'intéressent à lui uniquement parce qu'il est lié à vous. »

Je lançai à Œil-de-Nuit un regard d'excuse. « Je vous remercie de votre proposition, mais nous avons une tâche à accomplir qui ne peut pas attendre. Nous devrions rencontrer de moins en moins de forgisés à mesure que nous cheminerons vers l'Intérieur ; nous nous débrouillerons.

— C'est probable : les forgisés qui s'aventurent si loin dans les terres se font capturer par le roi ; cependant, s'il en reste en liberté, ils seront attirés vers vous. Mais, même si vous ne tombez pas sur des forgisés, vous avez des chances de croiser le chemin des gardes royaux, et ils s'intéressent de près aux adeptes du Vif, en ce moment. Dernièrement, beaucoup de membres du Lignages ont été vendus au roi par leurs voisins et même leur famille. Il paye en bon or et il n'est pas très pointilleux sur les preuves de leur appartenance au Lignage. Il y a des années que nous n'avions pas connu une guerre aussi acharnée contre nous. »

Gêné, je détournai le regard : je savais pertinemment d'où provenait la haine de Royal envers ceux qui avaient le Vif, et son clan devait l'alimenter. La nausée me prit à l'idée des innocents vendus à Royal afin qu'il assouvisse sur eux une vengeance qui ne concernait que moi. Je m'efforçai de dissimuler la fureur qui bouillonnait en moi.

Hilda revint auprès de la table, examina ce qui s'y trouvait posé d'un air pensif puis saisit entre ses pattes de devant le pot de gâteaux de miel ; elle retourna dans son coin à pas prudents, s'assit et entreprit de vider le récipient à coups de langue. Fragon ne me quittait pas des yeux. Son regard me demeurait indéchiffrable.

Rolf le Noir se gratta la barbe, fit une grimace en touchant une éraflure et me fit un sourire lugubre. « Je comprends votre désir de tuer Royal ; cependant, vous vous apercevrez que la tâche est plus ardue que vous ne l'imaginez. »

Je le regardai sans répondre, mais Œil-de-Nuit émit un léger grondement du fond de la gorge ; aussitôt Hilda leva la tête et se laissa tomber à quatre pattes tandis que le pot de miel roulait à terre. D'un coup d'œil, Rolf la fit rasseoir, mais elle fixa sur Œil-de-Nuit et moi un regard menaçant. À ma connaissance, il n'y a rien de plus glaçant que de se faire regarder ainsi par un ours brun. Je restai immobile ; Fragon se redressa dans son fauteuil mais demeura calme ; dans la charpente, au-dessus de nos têtes, Grésil fit froufrouter son plumage.

« Si vous clabaudez vos projets et vos griefs à la pleine lune, ne vous étonnez pas que d'autres soient au courant. À mon avis, vous ne rencontrerez guère de membres du Lignage acquis à la cause du roi Royal… voire aucun. Beaucoup seraient même prêts à vous aider si vous le leur demandiez. Néanmoins, le plus sage reste de taire un tel plan.

— Si j'en crois votre chanson de tout à l'heure, il me semble que vous partagez mes sentiments, dis-je à mi-voix. Et je vous remercie de vos mises en garde, mais, par le passé, Œil-de-Nuit et moi avons déjà dû faire preuve de prudence quant à nos échanges ; maintenant que nous savons le danger d'être surpris, je pense que nous serons à même de l'éviter. J'aimerais vous poser une question : en quoi la garde municipale de Corvecol est-elle concernée par une chanson d'ivrogne qui se moque du… du roi ? » J'avais dû faire un effort pour prononcer le titre.

« En rien, s'il s'agit de citoyens de Corvecol ; mais ce n'est plus le cas, ni là ni dans aucune des villes de la route du fleuve. Ce sont des gardes royaux qui portent l'uniforme de la garde de Corvecol et qui sont payés par la ville, mais ce sont bien des soldats royaux. Il n'y avait pas deux mois que Royal avait accédé au trône qu'il passait ce décret, sous prétexte que la loi serait appliquée plus équitablement si les gardes municipaux étaient tous des soldats du roi chargés de faire respecter en priorité la loi des Six-Duchés. Eh bien, vous l'avez vue appliquer... c'est-à-dire que les gardes saisissent tout ce qu'ils peuvent sur le premier poivrot qui marche sur les pieds du roi. Et encore, ceux de Corvecol ne sont pas les pires, à ce que j'ai entendu ; il paraît qu'à Sablevire, un coupeur de bourse ou un voleur gagne facilement sa vie pour peu qu'il arrose les gardes. Les édiles de la ville n'ont pas la possibilité de révoquer les soldats assignés par le roi, et ils n'ont pas le droit non plus de leur adjoindre des hommes du cru. »

C'était typique de Royal. Jusqu'où irait son obsession du pouvoir ? Ferait-il surveiller ses espions par d'autres espions ? À moins que ce ne fût déjà le cas ? Tout cela n'augurait rien de bon pour l'ensemble des Six-Duchés.

Rolf le Noir interrompit mes réflexions. « J'ai moi aussi une question que j'aimerais vous poser.

— Je vous en prie, répondis-je, tout en me réservant le droit de limiter ma franchise.

— Tard hier soir... après que vous en avez eu fini avec les forgisés, quelqu'un d'autre vous a attaqué ; je n'ai pas réussi à percevoir son identité, mais votre loup vous a défendu et, je ne sais comment, il est allé... quelque part. Il a jeté sa force dans un canal que je n'ai pas compris et que je n'ai pas pu suivre. Tout ce que je sais, c'est qu'il a gagné, et vous aussi. Qu'est-ce que c'était ?

— Un serviteur du roi », biaisai-je. Je ne voulais pas refuser complètement de répondre, et cette révélation me semblait relativement inoffensive puisqu'il l'avait déjà plus qu'à moitié devinée.

« C'est ce qu'on appelle l'Art que vous avez combattu, n'est-ce pas ? » Son regard ne quittait pas le mien ; comme je me taisais, il reprit : « Nombreux parmi nous souhaiteraient savoir comment vous avez fait. Dans le passé, des artiseurs nous ont pourchassés comme de la vermine ; pas un membre du Lignage ne peut prétendre que sa famille n'ait pas eu à souffrir de leurs exactions. Aujourd'hui, la même situation se représente ; s'il existe un moyen d'employer les talents du Lignage contre ceux qui manient l'Art des Loinvoyant, cette connaissance serait inestimable pour nous. »

Fragon quitta sans bruit sa place et alla se placer derrière le fauteuil de Rolf, les mains crochées au dossier, ses yeux perçants fixés sur moi. Ma réponse avait manifestement une grande importance pour eux.

« Je ne peux pas vous l'apprendre », dis-je avec franchise.

Rolf soutint mon regard, le visage empreint du refus de me croire. « Par deux fois ce soir j'ai proposé de vous enseigner tout ce que je sais du Lignage, d'ouvrir pour vous toutes les portes que votre seule ignorance maintenait fermées. Vous avez décliné mon offre mais, par Eda, je vous l'ai faite et sans contrainte ! Et maintenant que je vous demande ce petit renseignement, ce savoir qui pourrait sauver la vie de tant des nôtres, vous dites ne pas pouvoir me le donner ? »

Je jetai un bref coup d'œil à Hilda : elle avait repris son regard noir et brillant. Rolf ne se rendait sans doute pas compte qu'il avait la même posture menaçante que son ourse. Je mesurai la distance qui me séparait de la porte tandis qu'Œil-de-Nuit, déjà debout, était prêt à fuir. Derrière Rolf, Fragon inclina la tête de côté et me dévisagea ; au-dessus de nous, le faucon se tourna pour nous observer. Par un effort de volonté, je détendis mes muscles afin de me donner une apparence beaucoup plus calme que je ne l'étais en réalité ; c'était Burrich qui m'avait indiqué cette tactique lorsqu'on se trouve face à un animal inquiet.

« Je vous dis la vérité, fis-je d'un ton circonspect. Je ne puis vous apprendre ce que je ne comprends qu'imparfaitement. » Je me retins d'ajouter que dans mes veines coulait le sang

Loinvoyant qu'ils méprisaient tant. J'étais à présent sûr de ce que je soupçonnais seulement jusque-là : le Vif ne pouvait servir contre un artiseur que si un canal d'Art avait été créé entre les protagonistes. Même si j'avais été capable de décrire ce qu'Œil-de-Nuit et moi avions fait, personne n'eût été à même de nous imiter ; pour combattre l'Art par le Vif, il fallait posséder à la fois l'Art et le Vif. Je soutins le regard de Rolf le Noir, assuré de lui avoir dit la vérité.

Lentement, ses épaules se décontractèrent ; Hilda se remit à quatre pattes et suivit la traînée de miel que le pot avait laissée en roulant par terre. « Peut-être, fit-il avec un entêtement tranquille, si vous vous installiez chez nous pour apprendre ce que j'ai à vous enseigner, peut-être comprendriez-vous un peu mieux ce phénomène ; vous pourriez alors me l'expliquer. Qu'en pensez-vous ? »

Je conservai un ton uni. « Vous avez assisté à l'attaque d'un serviteur du roi contre moi hier soir ; croyez-vous qu'ils me laisseront sans réagir séjourner chez vous et en apprendre davantage sur la façon de les combattre ? Non ; je dois aller les défier dans leur propre tanière avant qu'ils viennent me chercher ; c'est ma seule chance. » J'hésitai, puis : « Je ne puis vous enseigner ma méthode, mais faites-moi confiance : elle sera employée contre les ennemis du Lignage. »

C'était là un raisonnement acceptable pour lui. Il huma l'air à plusieurs reprises avec une expression méditative ; mal à l'aise, je me demandai si j'avais acquis autant de tics de loup que lui d'ours et Fragon de faucon.

« Voulez-vous au moins passer la nuit chez nous ? demanda-t-il brusquement.

— Nous nous déplaçons plus vite de nuit, répondis-je d'un ton de regret. C'est plus pratique pour nous deux. »

Il acquiesça de la tête. « Eh bien, je vous souhaite bonne chance, et mes vœux accompagnent votre entreprise. Si vous le désirez, vous pouvez demeurer ici, à l'abri, jusqu'au lever de la lune. »

Je consultai Œil-de-Nuit et nous acceptâmes de grand cœur. J'examinai l'entaille du loup : elle n'était pas plus belle à voir que je ne m'y attendais ; j'y appliquai un peu du baume de Burrich, après quoi nous nous étendîmes à l'ombre des arbres et passâmes l'après-midi à dormir. Je savourai de pouvoir me détendre complètement en sachant que d'autres montaient la garde, et nous jouîmes d'un meilleur sommeil que jamais depuis le début de notre périple. À mon réveil, je découvris que Rolf avait sorti à notre intention du poisson, du miel et du pain. Je ne vis le faucon nulle part ; sans doute avait-il regagné son nid pour la nuit ; Fragon se tenait dans les ombres près de la chaumière et nous observait d'un œil ensommeillé.

« Allez avec prudence et légèreté », nous conseilla Rolf après que nous l'eûmes remercié ; nous venions d'empaqueter les vivres dont il nous avait fait don. « Marchez dans les chemins qu'Eda vous ouvre. »

Il se tut avec l'air d'attendre une réponse ; sans doute s'agis-sait-il d'une coutume que j'ignorais, aussi dis-je simplement : « Bonne chance, et il hocha la tête.

— Vous reviendrez, vous savez », fit-il.

Je secouai lentement la tête. « Ça m'étonnerait ; mais je vous remercie de ce que vous m'avez donné.

— Non. Je sais que vous reviendrez ; il ne s'agit pas que vous soyez curieux ou non de ce que j'ai à vous apprendre : vous en aurez besoin. Vous n'êtes pas un homme ordinaire ; les autres s'imaginent avoir un droit sur toutes les bêtes, le droit de les chasser, de les manger, de les asservir et de gouverner leur vie. Vous, vous savez que vous n'avez aucun droit à cette autorité. Le cheval qui vous porte le fait de son plein gré, comme le loup qui chasse à vos côtés. Vous avez un sentiment plus profond que les autres hommes de votre présence dans le monde, et vous êtes convaincu d'avoir le droit, non de vous en faire obéir, mais d'en faire partie. Prédateur ou proie, il n'y a pas de honte à être l'un ou l'autre. Le temps passant, des ques-tions pressantes vous viendront : que doit-on faire quand son compagnon souhaite s'intégrer à une meute de vrais loups ? Faites-moi confiance, ce temps viendra. Que doit-il faire si vous vous mariez et avez un enfant ? Quand l'heure arrive où l'un des deux meurt, comme il se doit, comment l'autre fait-il face à ce qui reste et continue-t-il seul ? Avec le temps, vous aspirerez à fréquenter des êtres de votre espèce ; il vous faudra savoir comment les sentir et comment les trouver. À ces questions, les réponses existent, les réponses du Lignage, que je ne puis vous révéler en un jour, que vous ne comprendrez pas en une semaine. Elles vous sont nécessaires, et vous reviendrez les chercher. »

Je baissai les yeux sur la terre du sentier forestier. Je n'étais plus du tout sûr de ne plus jamais revoir Rolf le Noir.

Dans les ombres, doucement mais d'une voix claire, Fragon déclara : « Je crois en la justesse de votre entreprise. Je vous souhaite de réussir, et je vous aiderais si je le pouvais. » Son regard se posa brusquement sur Rolf, comme s'ils avaient déjà discuté du sujet sans trouver de terrain d'entente. « En cas d'urgence, lancez un appel comme vous le faites avec Œil-de-Nuit en demandant que tous ceux du Lignage qui vous entendent avertissent Fragon et Grésil de Corvecol. Les plus proches viendront peut-être à votre aide mais, même dans le cas contraire, ils me transmettront le message et je ferai ce que je pourrai. »

Rolf souffla brusquement. « Nous ferons ce que nous pourrons, reprit-il. Mais il serait plus sage que vous restiez chez nous pour apprendre à mieux vous protéger. »

J'acquiesçai tout en résolvant en moi-même de n'entraîner aucun d'entre eux dans ma vengeance contre Royal. Quand je levai les yeux, je vis le sourire mi-figue mi-raisin de Rolf ; il haussa les épaules. « Allez donc, si vous y tenez. Mais soyez prudents, tous les deux ; avant le coucher de la lune, vous quitterez Cerf et entrerez en Bauge. Si vous croyez que le roi nous tient dans sa poigne ici, attendez donc d'arriver là où les gens sont convaincus que c'est son droit. »

Je hochai la tête, lugubre ; puis Œil-de-Nuit et moi reprîmes notre route.

7

BAUGE

Dame Patience, la dame de Castelcerf, comme on en vint à l'appeler, accéda à l'autorité d'une façon très particulière. Née dans une famille noble et dame par sa naissance, elle fut élevée au statut de reine-servante par son mariage précipité avec le roi-servant Chevalerie, mais elle ne revendiqua jamais à cette époque l'influence dont elle aurait pu disposer par son lignage et son union. C'est seulement une fois seule, abandonnée à Castelcerf, que dame Patience l'excentrique s'empara des rênes du pouvoir, ce qu'elle fit, comme elle avait toujours tout fait dans sa vie, d'une façon fortuite et fantasque qui n'aurait mené à rien toute autre femme qu'elle.

Elle ne joua pas de ses liens familiaux ni des relations d'influence qu'aurait pu lui valoir la position de son défunt époux. Non, elle commença par l'étage le plus bas du pouvoir, les prétendus hommes d'armes qui sont tout aussi fréquemment des femmes. Les rares qui demeuraient des gardes personnelles du roi Subtil et de la reine Kettricken se trouvaient dans l'étrange cas de défenseurs qui n'ont plus rien à défendre ; la garde de Castelcerf s'était vue supplantée dans ses devoirs par les troupes personnelles que le seigneur Brillant avait fait venir de Bauge et reléguée à de basses corvées telles que le nettoyage et l'entretien du Château. Payés de façon irrégulière, trop souvent désœuvrés ou occupés à des tâches humiliantes, ces hommes et ces femmes avaient perdu tout respect d'eux-mêmes ; dame

Patience, sous prétexte qu'ils n'avaient rien d'autre à faire, se mit à requérir leurs services. Elle demanda une escorte lorsqu'elle décida brusquement de monter son ancien palefroi, Soyeuse ; ses sorties devinrent peu à peu des excursions qui lui prenaient toute la journée, puis des visites aux villages attaqués ou qui craignaient de l'être et où elle passait la nuit. Dans les bourgs victimes des Pirates, elle et Brodette, sa chambrière, faisaient ce qu'elles pouvaient pour les blessés, dressaient une liste des habitants tués ou forgisés, et fournissaient, en la personne des gardes, des bras solides pour aider au nettoyage des décombres dans les rues principales et à l'édification d'abris provisoires pour ceux qui n'avaient plus de toit. Bien que ne faisant pas partie du travail habituel de guerriers, ces tâches venaient vivement rappeler aux hommes et aux femmes qu'ils avaient été formés à combattre et ce qui arrivait quand les défenseurs faisaient défaut, et la reconnaissance des gens auxquels ils apportaient leur aide rendait au groupe sa fierté et sa cohésion interne. Dans les villages encore indemnes, la présence des gardes manifestait, si peu que ce fût, que la force et l'orgueil de Castelcerf existaient toujours ; dans plusieurs bourgades, des palissades improvisées furent érigées derrière lesquelles les habitants pouvaient se mettre à l'abri des Pirates et avoir ainsi une petite chance de se défendre.

Nul document ne mentionne les sentiments du seigneur Brillant envers les randonnées de dame Patience, auxquelles elle ne donna d'ailleurs jamais le moindre caractère officiel : c'étaient des sorties à but de divertissement et les gardes qui l'accompagnaient s'étaient portés volontaires pour l'escorter, ainsi que pour accomplir les tâches qu'elle leur donnait dans les villages. Certains, ayant acquis sa confiance, se voyaient investis de « commissions », comme porter des messages aux châteaux de Rippon, de Béarns et même de Hauffond pour demander des nouvelles des villes côtières et en fournir de Castelcerf. Elle remettait souvent à ses messagers une pousse du lierre dont elle avait toujours un pot dans ses appartements, en témoignage d'identité auprès des destinataires de ses messages et de ses renforts ; plusieurs ballades ont été écrites sur ces Courriers au Lierre pour raconter la bravoure et l'ingéniosité dont ils faisaient preuve et rappeler qu'avec le temps le lierre finit toujours par vaincre les murailles les plus hautes. Le plus célèbre exploit de cette période fut peut-être celui de Pensée, la plus jeune de ces courriers : à l'âge de onze ans, elle se rendit jusqu'aux Cavernes de glace, où se cachait la duchesse de Béarns, pour l'avertir du moment et du lieu où devait arriver un navire d'approvisionnement ; elle effectua une partie du trajet dissimulée dans un chariot volé par les Pirates, au milieu des sacs de grain ; après quoi, elle se faufila hors du cœur même de leur camp pour continuer sa mission, non sans avoir d'abord mis le feu à la tente où dormait le chef afin de venger ses parents forgisés. Pensée mourut avant d'avoir treize ans mais ses hauts faits demeureront longtemps dans les mémoires.

D'autres aidèrent Patience à échanger ses bijoux et ses terres familiales contre espèces sonnantes et trébuchantes qu'elle employa « comme elle l'entendait, ainsi qu'elle en avait le droit », ainsi qu'elle le déclara au seigneur Brillant. Elle achetait du grain et des moutons à l'Intérieur, et là encore ses « volontaires » veillaient au transport et à la distribution ; de petits bateaux d'approvisionnement rendaient l'espoir aux défenseurs retranchés ; Patience versait des sommes symboliques aux maçons et aux charpentiers en paiement de la reconstruction des villages détruits, et elle donnait de l'argent, peu certes mais avec ses remerciements les plus sincères, aux gardes qui s'offraient à l'aider.

Le temps que le port du signe du Lierre devînt d'usage commun chez les gardes de Castelcerf, ce n'était déjà plus que la reconnaissance d'un état de fait : ces hommes et ces femmes étaient les soldats de Patience qu'elle payait de sa propre poche quand elle en avait les moyens, mais – plus important à leurs yeux – qu'elle estimait et employait, qu'elle soignait quand ils étaient blessés et qu'elle défendait d'une langue acerbe si quelqu'un osait les dénigrer. Telles furent les fondations de son influence et la base de la force dont elle finit par disposer. « Une tour s'écroule rarement en partant du pied », répétait-elle en affirmant tenir cet adage du prince Chevalerie.

*

Nous avions dormi tout notre soûl et avions le ventre plein ; sans obligation de chasser, nous passâmes la nuit à marcher en nous tenant bien à l'écart de la route, rendus prudents par l'expérience ; mais nous ne rencontrâmes pas de forgisés. Une grande lune blanche nous traçait un sentier d'argent parmi les arbres. Nous nous déplacions comme une créature unique, pensant à peine, sauf pour analyser les odeurs et les bruits que nous captions. La résolution glacée qui s'était emparée de moi avait contaminé Œil-de-Nuit ; il n'était pas question de crier mes intentions sur tous les toits mais nous pouvions y songer sans nous concentrer exclusivement sur elles. C'était une envie de chasser, mais différente, alimentée par une autre sorte de faim. Cette nuit-là, nous dévorâmes les lieues sous l'œil scrutateur de la lune.

Mon plan était sous-tendu par une logique militaire, une stratégie que Vérité aurait approuvée. Guillot me savait vivant ; j'ignorais s'il le révélerait aux autres membres du clan ou même à Royal ; je le soupçonnais de vouloir me vider de ma force d'Art comme Justin et Sereine avaient aspiré celle du roi Subtil : un tel rapt d'énergie devait procurer une extase obscène dont il voudrait jouir seul. J'avais aussi la quasi-certitude qu'il me chercherait sans répit, décidé à me débusquer ; il savait la terreur qu'il m'inspirait et ne s'attendrait pas à ce que je fonce vers lui, tête baissée, résolu à les tuer tous, non seulement lui et ses pairs mais Royal également. Ma rapide progression en direction de Gué-de-Négoce restait peut-être ma meilleure tactique pour me dissimuler à lui.

Le pays de Bauge est réputé pour être aussi ouvert que Cerf est tourmenté et boisé. La première aube nous vit arriver dans une forêt d'un type qui ne nous était pas familier, claire et feuillue. Nous nous installâmes pour la journée dans un bosquet de bouleaux, au sommet d'une butte aux pentes douces qui dominait un grand pâturage. Pour la première fois depuis l'attaque, j'enlevai ma chemise pour examiner à la lumière du jour mon épaule meurtrie par le coup de gourdin : elle était bleu-noir et douloureuse quand j'essayais de lever le bras au-dessus de la tête, mais c'était tout. Une blessure sans gravité.

Trois ans plus tôt, je m'en serais inquiété bien davantage ; je l'aurais bassinée à l'eau froide et y aurais appliqué un cataplasme aux herbes, pour hâter la guérison ; aujourd'hui, bien que j'eusse l'épaule violacée et qu'elle m'élançât à chaque mouvement, je n'y voyais qu'une grosse ecchymose qui se guérirait toute seule. Je grimaçai un sourire en renfilant ma chemise.

Œil-de-Nuit se prêta mal à mon examen de sa blessure. Elle commençait à se fermer ; comme j'écartais les poils des lèvres de la plaie, il tourna soudain la tête et saisit mon poignet entre ses crocs, sans rudesse mais avec fermeté.

Laisse. Ça guérira.

Il y a de la terre dedans.

Il renifla l'entaille, puis y passa un coup de langue pensif. *Pas tant que ça.*

Laisse-moi y jeter un coup d'œil.

Tu ne te contentes jamais d'un coup d'œil ; tu y mets aussi les doigts.

Alors, ne bouge pas et laisse-moi y mettre les doigts.

Il accepta de mauvaise grâce. Des bouts d'herbe s'étaient pris dans la croûte en formation et j'entrepris de les retirer. À plusieurs reprises, il me mordilla le poignet ; pour finir, il émit un grondement qui me fit comprendre qu'il en avait assez ; pourtant, je n'étais pas satisfait et j'enduisis la plaie avec le baume de Burrich, ce qu'il supporta avec le plus grand mal.

Tu t'inquiètes trop de ces choses-là, me dit-il d'un ton exaspéré.

Te voir blessé à cause de moi me fait horreur. Ce n'est pas juste ; ce n'est pas ainsi qu'un loup doit vivre, seul, à errer sans cesse. Tu devrais faire partie d'une meute, protéger ton territoire et, peut-être, un jour, prendre une compagne.

Un jour, c'est un jour, et il arrivera ou il n'arrivera pas. C'est bien des humains de se soucier de choses qui peuvent aussi bien se produire que ne pas se produire. Tu ne peux pas manger ta viande avant de l'avoir tuée. Et d'ailleurs je ne suis pas seul : nous sommes ensemble.

C'est vrai. Nous sommes ensemble. Je m'allongeai à côté d'Œil-de-Nuit pour dormir.

L'image de Molly me vint mais je la chassai résolument et m'efforçai de m'assoupir, en vain. Je me tournai et me retournai jusqu'à ce qu'Œil-de-Nuit se mette à gronder, se lève et aille se recoucher un peu plus loin. Je restai un moment assis, perdu dans la contemplation de la vallée tapissée d'arbres ; je me savais proche d'une décision stupide. Refusant d'en appréhender toute la stupidité et l'imprudence, je pris une inspiration, fermai les yeux et tendis mon esprit vers Molly.

J'avais redouté de la trouver dans les bras d'un autre ; j'avais redouté de l'entendre parler de moi avec mépris. Mais je ne la trouvai pas du tout. À plusieurs reprises, je recentrai mes pensées, rassemblai mes énergies et tentai de l'atteindre ; mes efforts furent récompensés par l'image d'Art de Burrich en train de couvrir de chaume le toit d'une maisonnette. Il était torse nu ; le soleil d'été l'avait hâlé au point de lui donner la couleur du bois poli et son dos ruisselait de sueur. Il baissa les yeux vers quelqu'un en dessous de lui et une expression d'agacement passa sur ses traits. « Je sais très bien que vous pourriez le faire vous-même, ma dame. Mais j'ai assez de soucis comme ça sans craindre en plus que vous dégringoliez tous les deux de là-haut. »

Quelque part, l'effort me faisait haleter, et je repris conscience de mon corps. Je m'en écartai à nouveau et me tendis vers Burrich : qu'il sache, lui au moins, que j'étais toujours vivant. Je réussis à le retrouver mais je le distinguais comme à travers une brume. « Burrich ! criai-je. Burrich, c'est Fitz ! » Son esprit me resta clos ; je ne captais pas le moindre écho de ses pensées. Maudissant mon Art imprévisible, je me renfonçai dans les nuées tourbillonnantes.

Vérité apparut devant moi, secouant la tête, les bras croisés. Sa voix ne faisait pas plus de bruit qu'un souffle de vent, et il se tenait immobile au point que j'avais peine à le voir ; pourtant, je sentis qu'il lui fallait beaucoup d'énergie pour me contacter. « Ne fais pas ça, mon garçon, me dit-il à mi-voix. Tu n'arriveras qu'à te faire du mal. » Je me trouvai soudain en un autre lieu : il était adossé à un vaste bloc de pierre noire et l'épuisement tirait ses traits. Il se massa les tempes comme s'il avait mal à la tête. « Moi non plus, je ne devrais pas le faire ; mais parfois j'ai tellement envie de… Ah, ne fais pas attention à ce que je dis. Sache simplement ceci : il est des choses qu'il vaut mieux ignorer, et il est trop risqué d'artiser en ce moment ; si je puis sentir ta présence et te trouver, un autre le peut aussi, et il t'attaquera par tous les moyens. N'attire pas son attention sur ceux qui te sont chers ; il n'aurait aucun scrupule à les utiliser contre toi. Renonce à eux pour les protéger. » Il parut tout à coup retrouver de la vigueur ; il eut un sourire amer. « Je sais ce qu'implique d'agir ainsi, de leur dire adieu pour leur bien ; c'est ce qu'a fait ton père, et toi aussi tu en as la force. Laisse-les où ils sont, mon garçon, et rejoins-moi si tu en as toujours envie. Rejoins-moi et je te montrerai ce qu'il est possible de faire. »

Je me réveillai à midi. Le soleil qui me tombait sur le visage m'avait donné la migraine, et je me sentais vaguement tremblant. J'allumai un petit feu afin de préparer un peu de tisane à l'écorce elfique pour me calmer ; économe de mes provisions, je n'utilisai qu'un petit bout d'écorce et de l'ortie délassante : je n'avais pas prévu d'y avoir si souvent recours, et il me semblait judicieux de préserver mes réserves, car je risquais d'en avoir besoin après avoir affronté le clan de Royal. Quel optimisme ! Œil-de-Nuit entrouvrit les paupières, m'observa un moment, puis s'assoupit à nouveau. Je contemplai la contrée environnante en buvant l'âcre décoction à petites gorgées ; le rêve bizarre que j'avais fait m'avait laissé la nostalgie d'un lieu et d'un temps où des gens me manifestaient de l'affection. J'avais tourné le dos à tout cela, désormais. Enfin, pas complètement. Je m'assis près d'Œil-de-Nuit et posai ma main sur son épaule ; son pelage frissonna. *Dors*, fit-il d'un ton grognon.

Je n'ai que toi au monde, dis-je, envahi de mélancolie.

Il bâilla paresseusement. *Et tu n'as besoin de personne d'autre. Dors, maintenant. Dormir, c'est sérieux*, ajouta-t-il gravement. Je souris et m'étendis de nouveau près de mon loup, une main sur sa fourrure. Il irradiait la simple satisfaction d'avoir le ventre plein et de somnoler au soleil. Il avait raison : il ne fallait pas plaisanter avec cela. Je fermai les yeux et dormis d'un sommeil sans rêve le reste de la journée.

Au cours des jours et des nuits suivants, le pays que nous traversions se couvrit de forêts peu épaisses qu'interrompaient de vastes prairies ; les bourgs étaient entourés de vergers et de champs de céréales. J'avais déjà traversé Bauge bien des années plus tôt ; j'accompagnais à l'époque une caravane, mais nous coupions à travers la campagne au lieu de longer le fleuve, et j'étais un jeune assassin plein de confiance qui allait accomplir un meurtre important. Le voyage s'était achevé sur ma première expérience de la perfidie de Royal, et j'en avais réchappé de justesse. Aujourd'hui comme alors, je traversais Bauge et je m'apprêtais à commettre un meurtre au bout de mon chemin ; mais cette fois personne ne m'accompagnait, je suivais la route du fleuve, l'homme que j'allais tuer était mon propre oncle et son assassinat répondait à ma seule volonté. Parfois, cette idée me procurait une profonde satisfaction ; en d'autres occasions, elle me glaçait les sangs.

Fidèle à la promesse que je m'étais faite, j'évitais avec application la société des hommes ; nous ne nous écartions pas des parages de la route et du fleuve mais, à l'approche des villes, nous effectuions de larges détours, mouvement délicat dans une campagne aussi dégagée : c'était une chose de contourner un hameau de Cerf blotti au creux d'un méandre du fleuve et entouré de bois, c'en était une autre de franchir des champs de blé ou de se faufiler dans des vergers sans éveiller l'attention des chiens ni des propriétaires. Je parvenais dans une certaine mesure à tranquilliser les chiens quant à nos intentions s'ils avaient un tempérament crédule, mais la plupart de ces gardiens de ferme éprouvent une méfiance envers les loups qu'aucune parole rassurante ne pouvait apaiser ; les plus vieux, eux, avaient tendance à regarder avec suspicion un humain qui voyageait en compagnie d'un loup, et on nous poursuivit plus d'une fois. Le Vif me donnait la capacité de communiquer avec certains animaux, mais pas la garantie qu'ils m'écouteraient ni qu'ils me croiraient : les chiens ne sont pas bêtes.

La chasse non plus n'était pas la même dans ces régions découvertes : pour la majeure partie, le gibier était constitué de petits animaux fouisseurs qui vivaient en groupes, et les plus grands nous battaient à la course sur les vastes étendues plates du pays. Le temps passé à chasser était du temps où nous ne nous déplacions pas ; aussi, quand nous tombions sur des poulaillers non gardés, m'y introduisais-je discrètement pour voler des œufs aux volailles endormies ; je ne me faisais pas scrupule non plus de marauder prunes et cerises dans les vergers que nous traversions. Nous abattîmes presque par hasard un jeune haragar ignorant, un de ces porcs à demi sauvages que certains nomades élèvent pour la boucherie ; sans chercher à savoir d'où celui-ci s'était échappé, nous le tuâmes du croc et de l'épée. Ce soir-là, je laissai Œil-de-Nuit manger tout son soûl, puis, à son grand agacement, je découpai le reste de la viande en lanières de diverses largeurs que je mis à sécher au soleil, au-dessus d'un petit feu. La plus grande partie de la journée passa avant que je fusse convaincu que la viande était séchée à cœur et se conserverait bien ; mais, grâce à cela, nous pûmes voyager plus vite les jours suivants : quand du gibier se présentait, nous le chassions et le tuions, mais dans le cas contraire, nous pouvions toujours nous rabattre sur le haragar boucané.

Nous suivîmes ainsi le fleuve Cerf vers le nord-ouest. À l'approche de la vaste ville marchande de Turlac, nous la contournâmes largement et nous dirigeâmes quelque temps uniquement aux étoiles. Progresser sur des plaines, tapissées de joncs à cette époque de l'année, était davantage du goût d'Œil-de-Nuit ; nous apercevions fréquemment au loin des troupeaux de vaches, de moutons ou de chèvres, et, moins souvent, de haragars. Mes contacts avec les nomades qui gardaient ces animaux se limitaient à la vue de leurs silhouettes à cheval ou de leurs feux sur lesquels se découpaient les tentes coniques qu'ils employaient lorsqu'ils montaient le camp pour un jour ou deux.

Ces nuits que nous passâmes à trotter, nous nous retrouvâmes loups à nouveau. J'étais revenu à mon état antérieur mais j'en avais conscience et, tant que cela était vrai, je me disais que cela ne pouvait guère me nuire. À la vérité, je crois même que cela me faisait du bien : si j'avais voyagé avec un autre être humain, la vie aurait été compliquée ; nous aurions discuté itinéraire, vivres, et tactique une fois arrivés à Gué-de-Négoce ; mais le loup et moi courions simplement côte à côte, nuit après nuit, et notre existence était dépouillée à l'extrême. La camaraderie que nous partagions s'en trouvait sans cesse accrue.

Les propos de Rolf le Noir m'avaient fait grande impression et donné fort à penser. Par certains côtés, j'avais considéré Œil-de-Nuit et le lien qui nous unissait comme allant de soi ; autrefois, c'était un louveteau mais aujourd'hui c'était mon égal – et mon ami. D'aucuns parlent d'« un chien » ou d'« un cheval » comme si chacun d'entre eux était indiscernable des autres ; j'ai entendu un homme dire « le cheval » en désignant la jument qu'il possédait depuis sept ans, comme il aurait dit « la chaise » ou « la maison ». Je n'ai jamais compris cela. Il n'est pas nécessaire d'avoir le Vif pour être sensible à l'amitié d'un animal, ni pour savoir qu'elle est tout aussi riche et complexe que celle d'un homme ou d'une femme. Fouinot était un chiot chaleureux, plein d'une curiosité juvénile, tandis que Martel avait un caractère revêche et agressif qui le poussait à se montrer brutal dès qu'on lui en laissait l'occasion, et son sens de l'humour avait un côté fruste ; quant à Œil-de-Nuit, il était aussi différent d'eux qu'il l'était de Burrich ou d'Umbre, et ce n'est pas faire preuve d'irrespect envers eux qu'affirmer que c'est de lui que j'étais le plus proche.

Il ne savait pas compter, mais j'étais incapable de décrypter l'odeur d'un cerf dans la brise et de dire s'il s'agissait d'un mâle ou d'une femelle ; il ne pouvait pas se projeter plus loin que le lendemain, mais la puissante concentration dont il faisait montre quand il chassait à l'affût restait totalement hors de mes capacités. Il y avait des différences entre nous et aucun ne se prétendait supérieur à l'autre ; aucun ne donnait d'ordre à l'autre ni n'attendait de lui une obéissance aveugle. Mes mains constituaient de précieux outils pour enlever à Œil-de-Nuit piquants de porc-épic, épines et tiques, et pour gratter les zones inaccessibles de son dos qui le démangeaient particulièrement, et ma taille me donnait un certain avantage pour repérer le gibier et surveiller le terrain, si bien que, même s'il me plaignait de posséder des «dents de vache», des yeux guère sensibles dans le noir et un nez qu'il décrivait comme un paquet de chair inutile au milieu de ma figure, il ne me dédaignait nullement. Nous savions l'un et l'autre que ses compétences de chasseur rapportaient la plus grande part de la viande que nous mangions, et pourtant jamais il ne me refusait une part égale à la sienne. Qu'on me montre un homme qui ait ces qualités, si cela existe.

«Assis, cabot!» lui dis-je un jour pour plaisanter. Je dépeçais avec prudence un porc-épic que j'avais tué d'un coup de gourdin après qu'Œil-de-Nuit eut insisté pour que nous l'attrapions, et son empressement à vouloir manger risquait de nous transformer l'un et l'autre en pelote de piquants. Il recula avec un frémissement impatient de la croupe.

Pourquoi les hommes parlent-ils ainsi? me demanda-t-il alors que je tirais avec précaution sur la peau couverte d'aiguillons.

Comment ça?

En donnant des ordres. De quel droit un homme donne-t-il des ordres à un chien, s'ils ne sont pas de la même meute?

«Certains sont de la même meute, ou presque», répondis-je tout haut, en réfléchissant. Je tirai sur la peau que je tenais par une touffe de fourrure ventrale dépourvue de piquants et passai ma lame le long du tégument ainsi exposé; en se détachant de la viande grasse, la peau produisait un chuintement. «Certains hommes croient avoir ce droit», repris-je au bout d'un moment.

Pourquoi? insista Œil-de-Nuit.

À mon grand étonnement, je m'aperçus que je ne m'étais jamais posé la question. «Certains s'imaginent valoir mieux que les bêtes, fis-je lentement; ils pensent avoir le droit d'user d'elles ou de leur donner des ordres comme bon leur semble. »

Penses-tu comme eux ?

Je ne répondis pas tout de suite. Avec mon couteau, j'opérai sur la ligne de jonction entre la peau et la graisse ; je maintins une tension constante sur la peau tout en contournant l'épaule de l'animal. Je montais un cheval, n'est-ce pas, quand j'en avais un. Se pliait-il à ma volonté parce que je valais mieux que lui ? Je m'étais servi de chiens pour chasser, et de faucons à l'occasion : de quel droit me faisais-je obéir d'eux ? Assis par terre devant le porc-épic que je dépeçais, je demandai : « Valons-nous mieux que ce porc-épic que nous allons manger ? Ou bien se trouve-t-il simplement qu'aujourd'hui nous avons été plus forts que lui ? »

Œil-de-Nuit inclina la tête, les yeux fixés sur mon couteau et mes mains qui mettaient la chair à nu. *Je suis toujours plus intelligent qu'un porc-épic, je crois, mais je ne lui suis pas supérieur. Peut-être le tuons-nous et le mangeons-nous parce que nous en sommes capables. Tout comme* (il étira ses pattes avant d'un mouvement langoureux) *je dispose d'un humain bien dressé pour dépecer à ma place ces créatures piquantes afin que je les savoure encore davantage.* Il laissa pendre sa langue en me regardant ; nous le savions l'un comme l'autre, sa réponse n'éclairait qu'une partie de l'énigme. Je passai ma lame le long de l'échine de l'animal, et la peau se détacha enfin complètement.

« Je vais faire du feu et cuire une partie de la viande pour en éliminer la graisse avant de la manger, dis-je, songeur ; sinon, je vais être malade. »

Donne-moi ma part et fais ce que tu veux de la tienne, répondit Œil-de-Nuit avec largesse. Je tranchai les muscles autour des pattes postérieures, rompis les articulations et finis de les détacher au couteau : j'avais plus qu'assez de viande pour me rassasier ; je déposai mon futur repas sur la peau de la bête, et, tandis qu'Œil-de-Nuit emportait sa part un peu à l'écart et entreprenait d'en briser les os, je bâtis un petit feu au-dessus duquel je mis à cuire les pattes embrochées. « Je ne me considère pas comme supérieur à toi, fis-je à mi-voix. Je ne me considère d'ailleurs pas comme supérieur à aucune bête, même si, comme tu l'as dit, je suis plus intelligent que certaines. »

Qu'un porc-épic, peut-être, observa-t-il avec bienveillance. *Mais qu'un loup ? Je ne crois pas.*

Nous apprenions peu à peu toutes les nuances du comportement de l'autre. Parfois, chasseurs farouchement talentueux, nous trouvions notre plus vif plaisir à tuer à l'affût, nous déplaçant remplis d'une dangereuse résolution ; d'autres fois, nous jouions à nous battre comme des chiots, à nous pousser l'un l'autre dans les taillis, à nous pincer et à nous mordre tout en suivant notre chemin, et le gibier effrayé s'enfuyait sans même que nous le vissions. Certains jours, nous passions les heures de la fin du jour à somnoler avant de nous mettre en chasse, puis de reprendre notre route, le ventre ou le dos chaud de soleil, les oreilles emplies du bourdonnement des insectes qui ressemblait au sommeil lui-même ; alors il arrivait que le grand loup roule sur le dos comme un bébé chien et me demande de passer mes ongles dans la fourrure du ventre, de lui ôter tiques et puces des oreilles ou simplement de lui gratter avec soin la gorge et la nuque. Les matins frisquets et brumeux, nous nous couchions en boule l'un contre l'autre pour nous réchauffer avant de dormir ; parfois, un rude coup de truffe dans le nez m'éveillait, et, quand j'essayais de m'asseoir, je m'apercevais qu'il s'était assis exprès sur mes cheveux pour me clouer la tête au sol ; en d'autres occasions, j'émergeais seul du sommeil et découvrais Œil-de-Nuit assis un peu plus loin, en train de contempler la campagne environnante. Je me rappelle l'avoir vu un jour se découper ainsi sur le soleil couchant ; la légère brise du soir ébouriffait ses poils et je perçus en lui une solitude que rien de ce que je pouvais lui apporter ne pouvait combler. Mortifié, je le laissai tranquille, sans même chercher à le contacter. Par certains côtés, pour lui je ne valais pas mieux qu'un loup.

Une fois contournées Turlac et les bourgades voisines, nous reprîmes au nord pour rejoindre la Vin. C'était un fleuve aussi différent de la Cerf qu'un bœuf d'un étalon : gris et placide, il coulait au milieu des champs avec force méandres dans son vaste lit de gravier. Sur notre rive, une piste suivait plus ou moins le cours d'eau, empruntée surtout par des troupeaux de chèvres et de vaches que nous entendions venir longtemps à l'avance et que nous évitions donc aisément. Peu profonde et encombrée de bancs de sable sujets à déplacements, la Vin n'est pas aussi navigable que la Cerf mais quelques embarcations y circulaient néanmoins. Sur sa rive baugienne apparaissait une route fréquentée piquetée de villages et même de villes. Nous vîmes des péniches remonter le courant, tirées par des mules, sur les portions droites du fleuve, et je supposai qu'il fallait faire franchir aux cargaisons les hauts-fonds par voie de terre. De notre côté, les constructions semblaient se limiter aux débarcadères des bacs et aux rares comptoirs servant aux échanges avec les bergers nomades, et qui regroupaient parfois une taverne, quelques échoppes et une poignée d'habitations sur leur pourtour, mais guère davantage. Œil-de-Nuit et moi les contournions ; quant aux quelques villages que nous rencontrions sur notre rive, ils étaient déserts à cette époque de l'année.

En cette saison, les bergers nomades, qui vivent sous la tente durant les mois les plus chauds, faisaient paître leurs troupeaux dans les plaines centrales en les déplaçant à lente allure d'un point d'eau à l'autre dans les riches pâtures. L'herbe envahissait les rues des villages et montait à l'assaut des murs des maisons en terre ; une atmosphère de paix baignait ces hameaux abandonnés ; pourtant leur absence de vie m'évoquait les conséquences d'une attaque de Pirates, et nous ne nous attardions pas dans leurs parages.

Nous devenions l'un et l'autre plus secs et plus résistants. Je trouai mes chaussures et je dus les réparer avec du cuir brut ; mes pantalons usés perdirent leur ourlet et j'en cousis un nouveau à mi-mollet ; je me lassais de laver trop souvent ma chemise : les poignets et le devant étaient maculés de taches brunes, restes du sang des forgisés et de nos proies ; elle était aussi déchirée et rapetassée que celle d'un mendiant, et ses différences de teintes ne faisaient qu'ajouter à son aspect misérable. Je la rangeai un jour dans mon balluchon et poursuivis mon chemin torse nu ; grâce au temps clément, elle ne me manquait pas pendant la journée, et comme nous voyagions à partir de la brune, mon corps en mouvement fabriquait sa propre chaleur et supportait sans mal la fraîcheur des nuits. Le soleil m'avait donné un hâle presque aussi noir que le pelage de mon loup. Physiquement, je me sentais bien ; je n'avais plus la force que m'avaient octroyée le maniement de l'aviron et les combats, ni la même musculature ; mais j'étais en parfaite santé, souple et mince, j'étais capable de trotter toute la nuit aux côtés d'un loup sans en éprouver de fatigue. J'étais un animal vif et silencieux, et je me prouvais sans cesse à moi-même ma propre capacité à survivre ; je retrouvais une grande partie de la confiance en moi que Royal avait détruite. Mon corps n'avait pourtant pas oublié ni pardonné ce que Royal lui avait infligé, mais je m'étais fait à ses douleurs et à ses cicatrices, et j'avais presque relégué les cachots au passé. Je ne laissais pas mon sombre but jeter une ombre sur ces jours dorés ; Œil-de-Nuit et moi marchions, chassions, dormions et marchions encore ; c'était une vie si simple et si bonne que j'en oubliais de la savourer – jusqu'au jour où j'en fus dépouillé.

Alors que le crépuscule s'épaississait, nous étions descendus au bord du fleuve avec l'intention de boire tout notre soûl avant de nous mettre en route pour la nuit ; mais, comme nous approchions de l'eau, Œil-de-Nuit s'était soudain pétrifié, le ventre à ras de terre, les oreilles pointées en avant ; je m'immobilisai à mon tour, accroupi, et alors mon nez pourtant peu efficace détecta une odeur inconnue. *Qu'est-ce que c'est ? Et de quel côté ?* demandai-je au loup.

Je les vis avant qu'il eût le temps de répondre : de petits cerfs qui se dirigeaient à pas délicats vers la berge. Guère plus grands qu'Œil-de-Nuit, ils portaient en guise d'andouillers des cornes en spirale, à la façon des chèvres, noires et luisantes sous l'éclat de la lune. Je ne connaissais ces créatures que par un vieux bestiaire que possédait Umbre, et j'étais incapable de me rappeler leur nom.

À manger ? fit Œil-de-Nuit sans s'embarrasser de phrases, et je me ralliai aussitôt à son point de vue. Le chemin que les bêtes suivaient les amènerait à un bond de notre position ; Œil-de-Nuit et moi les attendîmes sans bouger. La harde d'une dizaine de cerfs accéléra l'allure, rendue imprudente par la proximité de l'eau fraîche. Nous laissâmes passer la bête de tête, prêts à sauter sur le gros de la troupe où les animaux étaient le plus serrés ; mais alors qu'Œil-de-Nuit, l'arrière-train frémissant, se ramassait, un long hurlement indécis tomba de la nuit.

Œil-de-Nuit se redressa aussitôt avec un gémissement inquiet. Dans une explosion de sabots et de cornes, les cerfs s'égaillèrent pour se mettre hors de notre portée, bien que nous fussions trop distraits pour les poursuivre, et notre repas ne fut bientôt plus qu'un tonnerre lointain. Je les regardai disparaître, atterré, mais Œil-de-Nuit ne sembla même pas s'apercevoir de leur soudaine absence.

La gueule ouverte, il émettait des sons qui tenaient le milieu entre le hurlement et la lamentation, et il remuait la mâchoire comme s'il essayait de parler. Le choc que j'avais perçu en lui lorsqu'il avait entendu le cri lointain du loup m'avait fait bondir le cœur dans la poitrine ; je n'aurais pas été plus bouleversé si ma propre mère m'avait soudain appelé dans la nuit. En réponse, des hurlements et des abois jaillirent d'une petite élévation de terrain au nord d'où nous nous trouvions, et le premier loup joignit sa voix au concert. Œil-de-Nuit tournait alternativement la tête vers l'une et l'autre source de cris tout en produisant de petits gémissements du fond de la gorge ; brusquement, il leva le museau et à son tour poussa un hurlement haché. Un profond silence accueillit sa déclaration, puis la meute qui se tenait sur la butte donna de nouveau de la voix, non pour donner le signal du combat, mais pour annoncer son identité.

Avec un bref regard d'excuse vers moi, Œil-de-Nuit s'en alla. N'en croyant pas mes yeux, je le vis se précipiter vers la colline peu élevée. Après un instant de stupéfaction, je me dressai d'un bond et me lançai à sa poursuite. Il avait une bonne avance mais, dès qu'il s'aperçut de ma présence à ses trousses, il ralentit, puis me fit face.

Je dois y aller seul, me dit-il avec gravité. *Attends-moi ici*. Et il me tourna le dos pour reprendre sa route.

L'affolement me prit. *Attends ! Tu ne peux pas y aller seul ! Ils ne sont pas de notre meute ! Nous sommes des intrus, ils vont t'attaquer ! Mieux vaut ne pas y aller du tout !*

Il le faut ! répliqua-t-il, et sa résolution ne faisait pas de doute. Il s'éloigna au trot.

Je courus derrière lui. *Œil-de-Nuit, par pitié !* J'étais soudain terrifié pour lui, terrifié de ce vers quoi il fonçait tête baissée.

Il s'arrêta et me lança ce qui constituait pour un loup un très long regard. *Tu comprends, tu le sais bien. C'est l'heure de me faire confiance comme je t'ai fait confiance. Je dois le faire, et je dois le faire seul.*

Et si tu ne revenais pas ? demandai-je, au désespoir.

Tu es revenu de ta visite à la ville ; je reviendrai. Continue à suivre le fleuve ; je te retrouverai. Va, maintenant. Retourne-t'en.

Je cessai de trotter à sa suite et il poursuivit son chemin. *Fais attention !* lançai-je comme un hurlement dans la nuit, puis je le regardai s'éloigner, ses muscles puissants roulant sous son épaisse fourrure, la queue tendue à l'horizontale en signe de détermination. Je dus faire appel à toutes mes forces pour m'empêcher de lui crier de faire demi-tour, de le supplier de ne pas m'abandonner. Je demeurai seul, pantelant d'avoir couru, et je le vis disparaître au loin. Il était si absorbé par sa recherche que je me sentais exclu, rejeté. Pour la première fois, j'éprouvais la rancœur et la jalousie qu'il ressentait durant mes séances d'Art avec Vérité, ou lorsque j'étais avec Molly et que je lui ordonnais de rester à l'écart de mes pensées.

C'était son premier contact d'adulte avec sa propre espèce, et je comprenais son besoin de rencontrer les siens pour voir ce qu'ils étaient, même s'ils l'attaquaient et le chassaient ; c'était ce qu'il fallait faire. Cependant, toutes les craintes que je nourrissais pour lui me criaient de me précipiter à sa suite, de me tenir auprès de lui en cas d'agression, au moins assez près pour l'aider en cas de nécessité.

Mais il m'avait demandé de m'en abstenir.

Non : il me l'avait enjoint, en exerçant le même privilège d'intimité dont je m'étais prévalu à son égard par le passé. Je sentis mon cœur se déchirer dans ma poitrine quand je me détournai pour regagner la berge du fleuve ; j'avais l'impression d'être soudain borgne : il n'était plus là à trotter à mes côtés ni en avant de moi pour me transmettre des informations et compléter celles que me fournissaient mes piètres sens. Je percevais sa présence au loin, le frisson du plaisir anticipé, le tremblement de la crainte et de la curiosité ; il était trop concentré sur sa propre existence en cet instant pour la partager avec moi ; soudain, je me demandai si c'était à rapprocher des sentiments qu'éprouvait Vérité lorsque je me trouvais à bord du *Rurisk* et que je harcelais les Pirates tandis qu'il devait rester dans sa tour et se contenter des maigres renseignements qu'il parvenait à lire en moi. Je lui fournissais les comptes rendus les plus complets possible et je faisais un effort pour lui envoyer sans cesse des informations, mais il devait néanmoins éprouver peu ou prou le même sentiment torturant d'exclusion qui me retournait à présent l'estomac.

Parvenu au bord du fleuve, je m'assis en attendant Œil-de-Nuit ; il avait dit qu'il reviendrait. Mon regard se perdit dans les ténèbres au-dessus de l'eau, et ma vie me semblait réduite à un petit point au fond de moi. Lentement, je me tournai vers l'amont ; toute envie de chasser s'était enfuie avec Œil-de-Nuit.

Je restai longtemps sans bouger. Pour finir, je me levai et m'enfonçai dans la nuit sans guère prêter d'attention à moi-même ni à ce qui m'entourait. Je marchai sans bruit sur la berge sableuse, accompagné par le doux bruissement de l'eau.

Quelque part, Œil-de-Nuit flaira l'odeur d'autres loups, et leurs effluves clairs et forts lui dirent leur nombre et leur sexe. Quelque part, il se montra à eux, sans les menacer, sans pénétrer dans leur groupe, en leur annonçant simplement sa présence. Ils l'observèrent un moment. Le grand mâle de la meute s'avança et urina sur une touffe d'herbe, puis il gratta la terre en y traçant de profonds sillons avec les pattes arrière ; une femelle se leva, s'étira, bâilla, puis s'assit et fixa son regard vert sur Œil-de-Nuit ; deux jeunes loups à peine sortis de l'enfance cessèrent de se mordiller le temps de l'examiner ; l'un d'eux fit mine de se diriger vers lui mais un grondement bas de sa mère lui fit faire demi-tour en hâte, et il reprit ses ébats avec son compagnon de litière. Œil-de-Nuit s'assit dans une attitude signifiant qu'il ne cherchait pas la bagarre, et se laissa examiner. Une jeune femelle efflanquée laissa échapper un gémissement hésitant qui s'acheva en éternuement.

Au bout de quelque temps, la majorité des loups se levèrent et s'en allèrent ensemble d'un pas décidé ; ils allaient chasser. La femelle étique demeura en compagnie des louveteaux pour les surveiller en l'absence des autres. Après une hésitation, Œil-de-Nuit suivit la meute à distance respectueuse ; de temps en temps, un loup lui jetait un regard par-dessus l'épaule ; le chef s'arrêtait fréquemment pour uriner puis gratter la terre des pattes arrière.

Quant à moi, je longeai le fleuve pendant que la nuit vieillissait autour de moi. La lune effectua son lent trajet dans le ciel nocturne ; je pris de la viande séchée dans mon balluchon et la mâchonnai, n'interrompant ma marche que pour boire quelques gorgées de l'eau à goût de craie du fleuve, lequel avait viré vers moi dans son lit gravillonneux : je dus quitter la rive et monter sur la berge herbeuse qui la surplombait. Comme l'aube redessinait l'horizon, je me mis à chercher un endroit où dormir ; je jetai mon dévolu sur une petite éminence de la berge et me roulai en boule parmi les joncs : j'y serais invisible, à moins qu'on ne marche carrément sur moi, et en sécurité autant qu'ailleurs.

Je me sentais très seul.

Je dormis mal. Une partie de moi-même observait d'autres loups, toujours de loin ; ils avaient conscience de ma présence autant que moi de la leur. Ils ne m'avaient pas accepté mais ils ne m'avaient pas non plus chassé, et je m'étais gardé de m'approcher d'eux au point de les obliger à prendre une décision à mon sujet. Je les avais regardés tuer un mâle d'une espèce de daim que je ne connaissais pas ; leur proie m'avait paru bien petite pour les nourrir tous ; pour ma part, j'avais faim sans toutefois ressentir l'urgence de chasser : ma curiosité envers cette meute était un appétit plus pressant. Je restai assis et les observai qui se couchaient pour dormir.

Mes rêves s'écartèrent d'Œil-de-Nuit. J'eus de nouveau la perception disjointe de me savoir en train de rêver mais incapable de me réveiller. Quelque chose m'appelait, me tiraillait avec une terrible insistance ; j'obéis à cet appel, à contrecœur mais impuissant à refuser, et je découvris une autre journée ailleurs, accompagnée de la fumée et des cris horriblement familiers qui s'élevaient ensemble dans le ciel bleu près de l'océan. Encore une ville de Béarns qui se battait et tombait sous les assauts des Pirates, et encore je dus en être témoin. Cette nuit-là et presque toutes celles qui suivirent, je fus forcé d'assister à la guerre contre les Pirates rouges.

Cette bataille et chacune de celles qui lui succédèrent sont gravées quelque part sur mon cœur en détails impitoyables ; odorat, ouïe, toucher, j'y étais entièrement immergé ; quelque chose en moi tendait l'oreille, et chaque fois que je m'endormais, je me trouvais implacablement entraîné là où les hommes et les femmes des Six-Duchés combattaient et mouraient pour leurs foyers. Je devais assister à la chute de Béarns plus qu'aucun habitant de ce duché ; jour après jour, chaque fois que je m'assoupissais, je risquais à tout moment d'être appelé à en être spectateur. Je n'y décelais aucune logique ; peut-être nombre de sujets des Six-Duchés avaient-ils à leur insu un talent pour l'Art, et, face à la mort et à la souffrance, nous interpellaient-ils, Vérité et moi, d'une voix qu'ils ignoraient posséder. À plus d'une reprise, je sentis mon roi qui, comme moi, rôdait dans les villes convulsées de cauchemars, même si jamais je ne le revis aussi clairement que la première fois. Plus tard, je devais me souvenir qu'autrefois j'avais ainsi partagé en rêve un moment avec le roi Subtil alors qu'il était appelé à assister à la chute de Vasebaie, et depuis lors je me demande s'il a souvent dû subir la torture d'être le spectateur d'attaques contre des villes qu'il était impuissant à protéger.

Une partie de moi-même savait que je dormais au bord de la Vin, bien loin de la fureur des combats, niché au creux des hauts joncs, caressé par le souffle pur de la brise, mais je n'y attachais guère d'importance : seule comptait la brutale réalité des batailles dans lesquelles les Pirates précipitaient au même moment les Six-Duchés. Ce petit village anonyme de Béarns n'avait sans doute aucun poids stratégique, mais il s'écroulait sous mes yeux, petite brique supplémentaire qui disparaissait d'une muraille. Une fois que les Pirates tiendraient la côte de Béarns, jamais plus les Six-Duchés ne se débarrasseraient d'eux ; et cette côte, ils étaient en train de s'en emparer, ville par ville, hameau par hameau, tandis que le prétendu roi se terrait à Gué-de-Négoce. La menace de notre lutte contre les Pirates rouges était imminente à l'époque où je maniais l'aviron à bord du *Rurisk*, mais, au cours des derniers mois, coupé, isolé de la guerre, je m'étais laissé aller à oublier les gens qui vivaient ce conflit au quotidien. Je m'étais montré aussi insensible que Royal.

Je m'éveillai enfin à l'heure où le crépuscule commençait à voiler les couleurs du fleuve et de la plaine. Je ne me sentais pas reposé mais j'étais soulagé néanmoins d'avoir émergé de mes visions. Je m'assis en regardant autour de moi : Œil-de-Nuit n'était pas revenu. Je me tendis brièvement vers lui. *Mon frère*, fit-il en réponse à mon contact, mais je perçus son agacement devant mon intrusion ; il observait une bagarre entre deux louveteaux. Je me retirai avec un sentiment d'accablement ; le contraste entre nos existences m'était soudain apparu trop immense. Les Pirates rouges, les forgisations, les perfidies de Royal, même mon projet de tuer le nouveau roi, tout cela n'était tout à coup que de sales petites affaires humaines que j'avais imposées au loup. De quel droit permettais-je à tant de laideur de façonner sa vie ? Il était là où il devait être.

Même si cela ne me plaisait pas, la mission que je m'étais fixée n'engageait que moi.

Je m'efforçais de renoncer à lui mais l'étincelle opiniâtre résistait. Il avait dit qu'il reviendrait ; dans ce cas, je résolus que ce devrait être de son propre chef : je ne l'appellerais pas. Je me levai et repris ma route. Si Œil-de-Nuit décidait de me rejoindre, il me rattraperait sans mal : rien ne vaut un loup au trot pour dévorer les lieues ; de plus, je ne voyagerais pas plus vite en son absence car sa nyctalopie allait me manquer. Je parvins à une zone du fleuve où la berge disparaissait pour laisser place à une sorte de marécage, et dont je ne sus tout d'abord s'il valait mieux le traverser ou essayer de le contourner, car il pouvait s'étendre sur plusieurs milles ; au bout du compte, je décidai de marcher le plus près possible de l'eau vive. S'ensuivit une nuit pénible à patauger au milieu des roseaux et des joncs, à trébucher sur leurs racines emmêlées, les pieds trempés, harcelé par des hordes de cousins enthousiastes.

Faut-il être bête, me disais-je, pour s'aventurer dans un marais inconnu en pleine nuit ! J'aurais bonne mine si je tombais dans une fondrière et m'y noyais ! Au-dessus de moi, je ne voyais que les étoiles, autour de moi, que d'immuables murailles de roseaux ; à droite, j'entr'apercevais par moments le large fleuve obscur. Je continuai ma route vers l'amont. À l'aube, je pataugeais toujours ; mes jambières et mes chaussures étaient couvertes d'une gangue de minuscules plantes aux longues racines, mon torse de piqûres d'insectes. Sans m'arrêter, car je ne voyais nulle part où me reposer, j'avalai des morceaux de viande séchée ; puis, résolvant de tirer quelque profit de ma situation, je cueillis en chemin des rhizomes de massettes. Il était midi passé quand une vraie rive commença de réapparaître, et je m'obligeai à marcher encore une heure pour m'éloigner des cousins et des moustiques. Ensuite, je débarrassai mes jambières, mes chaussures et ma personne de la vase et de la boue verdâtres du marais avant de m'affaler et de m'endormir comme une masse.

Quelque part, Œil-de-Nuit, immobile, gardait une attitude toute pacifique tandis que la femelle efflanquée se dirigeait vers lui. Comme elle s'approchait, il se coucha sur le ventre, roula sur le flanc, puis sur le dos, la gorge offerte. Elle avança vers lui à pas comptés, s'arrêta soudain, s'assit et l'examina. Tout à coup, elle rabattit les oreilles en arrière, gronda, tous crocs dehors, puis se leva, fit demi-tour et s'en alla au galop. Au bout d'un moment, Œil-de-Nuit se leva lui aussi et partit chasser la musaraigne. Il paraissait content.

Et encore une fois, alors que sa présence s'évanouissait, je fus attiré en Béarns. Un autre village brûlait.

Je m'éveillai en proie au découragement. Au lieu de reprendre ma route, je fis un petit feu avec du bois trouvé sur le bord du fleuve et mis de l'eau à chauffer dans ma bouilloire pour faire cuire les rhizomes ; après quoi, je découpai de petits bouts de viande boucanée que j'ajoutai aux racines farineuses, avec une pincée de ma précieuse réserve de sel et quelques légumes sauvages. Malheureusement, le goût de craie de l'eau prédominait dans mon ragoût. Le ventre plein, je secouai mon manteau, m'enroulai dedans pour me protéger des insectes nocturnes et m'assoupis à nouveau.

Œil-de-Nuit et le chef de la meute se tenaient debout face à face et s'observaient. La distance entre eux était suffisante pour qu'il n'y ait pas de défi dans leur attitude mais Œil-de-Nuit gardait la queue basse. Le chef était de plus grande taille que lui et son pelage était noir ; moins bien nourri, il portait néanmoins les cicatrices de multiples combats et de nombreuses chasses, et sa pose respirait l'assurance. Œil-de-Nuit ne bougeait pas. Au bout d'un moment, l'autre loup se déplaça de quelques pas, leva la patte au-dessus d'une touffe d'herbe et urina ; il gratta la terre des pattes avant, puis s'en alla sans un regard en arrière. Œil-de-Nuit s'assit, pensif.

Le lendemain matin, je poursuivis ma route. Œil-de-Nuit ne m'avait quitté que depuis deux jours, et pourtant j'avais l'impression de marcher seul depuis très longtemps. Comment Œil-de-Nuit mesurait-il notre séparation, lui ? me demandai-je. Pas en jours ni en nuits ; il était parti à la recherche de quelque chose, et lorsqu'il l'aurait trouvé, le temps d'être loin de moi serait fini et il reviendrait. Mais à la recherche de quoi était-il, en vérité ? De l'effet que cela faisait d'être un loup parmi les loups, de faire partie d'une meute ? S'il était accepté, que se passerait-il ? Courrait-il au milieu d'eux une journée, une semaine, une saison ? Combien de temps avant que je m'éloigne et disparaisse dans un des hiers sans fin de son esprit ?

Pourquoi voudrait-il retourner auprès de moi si la meute l'acceptait ?

Je finis par devoir me rendre à l'évidence : j'avais le cœur aussi meurtri que si un ami humain m'avait rejeté pour préférer la compagnie d'autres personnes. J'avais envie de hurler, de transmettre à Œil-de-Nuit la solitude dans laquelle me plongeait son absence. Je m'en retins par un effort de volonté : ce n'était pas un chien de manchon qu'on siffle et qui se précipite aussitôt aux pieds ; c'était un ami et nous avions un temps voyagé de conserve, voilà tout. Quel droit avais-je de lui demander de renoncer à la possibilité d'avoir une compagne et une vraie meute, simplement pour qu'il reste à mes côtés ? Aucun. Absolument aucun.

À midi, je tombai sur une piste qui suivait la rive, et, à la fin de l'après-midi, j'étais passé devant plusieurs fermes où prédominait la culture des melons et des céréales ; un réseau de canaux distribuait aux champs l'eau du fleuve. Les habitations de terre se dressaient très à l'écart des berges, sans doute pour éviter les risques d'inondation. Des chiens avaient aboyé à mon passage, des troupeaux de grasses oies blanches avaient cacardé, mais je n'avais vu ni homme ni femme d'assez près pour l'interpeller. La piste élargie était devenue une route marquée d'ornières de carrioles.

Le soleil dardait ses rayons sur ma tête et mon dos du haut d'un ciel limpide. Loin au-dessus de moi, j'entendis le *ki* strident d'un faucon. Levant les yeux, je le vis planer, les ailes ouvertes et immobiles. Il poussa un nouveau cri, replia les ailes et fondit sur moi : en réalité, songeai-je, il devait plonger sur quelque petit rongeur dans un champ proche. Je le regardai tomber vers moi et ne compris qu'au dernier moment que j'étais bel et bien sa cible. Je me protégeai le visage du bras à l'instant où il rouvrait les ailes, et je sentis le vent de son brusque arrêt. Pour un oiseau de sa taille, c'est avec une grande légèreté qu'il se posa sur mon avant-bras toujours levé. Néanmoins, ses serres s'enfoncèrent douloureusement dans ma chair.

Ma première idée fut qu'il s'agissait d'un faucon dressé qui était retourné à l'état sauvage mais qui, à ma vue, avait décidé de revenir à l'homme ; un lambeau de cuir encore attaché à l'une de ses pattes pouvait fort bien être un reste de rets. L'oiseau, magnifique à tous égards, clignait les yeux sans faire mine de quitter son juchoir, et je tendis le bras pour mieux l'observer. Je m'aperçus alors que le bout de cuir à sa patte était noué sur un minuscule rouleau de parchemin. « Je peux regarder ? » demandai-je à l'animal. Au son de ma voix, il tourna la tête de côté et un œil brillant m'examina. C'était Grésil.

Lignage.

Ce fut tout ce que je captai de ses pensées mais c'était suffisant.

À Castelcerf, je n'avais jamais été très doué avec les oiseaux, au point que Burrich m'avait finalement interdit de m'approcher d'eux car ma présence les énervait toujours. Cependant, quand je tendis mon Vif vers la flamme vive de son esprit, celui-ci paraissait serein. Je dégageai le petit manuscrit de son attache et, en réaction, le faucon se déplaça sur mon bras pour replanter ses serres plus loin dans ma chair. Soudain, il déploya ses ailes et s'élança, battant lourdement l'air pour gagner de l'altitude ; au sommet d'une dernière spirale, il émit encore un *ki, ki* aigu, puis se laissa glisser dans le ciel. Du sang ruisselait sur mon bras là où ses serres m'avaient entaillé la peau, et une de mes oreilles sonnait encore du battement de ses ailes. Je jetai un coup d'œil à mes blessures superficielles mais la curiosité l'emporta et je m'intéressai au petit parchemin. Ce sont les pigeons qui portent les messages, pas les faucons.

L'écriture, petite, en pattes d'araignée, avait un style vieillot, et l'éclat du soleil n'en facilitait pas la lecture. Je m'assis au bord de la route et, de la main, fis de l'ombre au rouleau pour mieux l'étudier. Les premiers mots me glacèrent le cœur : « Le Lignage salue le Lignage. »

Le reste était plus difficile à déchiffrer : le parchemin était déchiré, l'orthographe fantasque, les mots aussi peu nombreux que la clarté du texte le permettait. L'avertissement venait de Fragon mais c'était probablement Rolf qui l'avait rédigé : le roi Royal chassait désormais activement le Lignage, et, aux membres qu'il attrapait, il offrait de l'argent s'ils acceptaient de coopérer pour capturer un homme et un loup qui voyageaient de conserve. Rolf et Fragon pensaient qu'il s'agissait d'Œil-de-Nuit et moi. Royal menaçait de mort ceux qui refusaient. Il n'y avait pas grand-chose d'autre dans la missive, à part une invitation à donner mon odeur à d'autres du Lignage et à leur demander toute l'aide possible. La suite du document était trop abîmée pour être lisible ; je coinçai le rouleau dans ma ceinture. Des ténèbres semblaient ternir l'éclatante journée. Ainsi, Guillot avait révélé à Royal que j'étais vivant, et Royal me craignait assez pour avoir pris de telles mesures contre moi ; peut-être valait-il mieux qu'Œil-de-Nuit et moi fussions séparés pour un temps.

Au crépuscule, je grimpai au sommet d'une petite butte sur la rive. Plus loin, nichées dans un coude du fleuve, brillaient quelques lumières : sans doute un comptoir d'échanges ou l'appontement d'un bac qui permettait aux fermiers et aux bergers de traverser le cours d'eau à pied sec. Je me mis en marche vers les lumières sans les quitter des yeux : elles étaient promesse de repas chaud, de compagnie et d'abri pour la nuit ; je pouvais, si je le désirais, m'y arrêter et bavarder avec ce s gens. Il me restait un peu d'argent ; pas de loup à mes côtés pour susciter des questions, pas d'Œil-de-Nuit rôdant aux alentours en espérant qu'aucun chien ne détecterait son odeur, personne d'autre que moi-même à protéger. Ma foi, peut-être, pourquoi pas ? Pourquoi ne pas faire halte là-bas, boire un verre et converser un moment ? J'apprendrais peut-être à quelle distance je me trouvais de Gué-de-Négoce et ce qui s'y passait. Il était temps que je songe à imaginer un plan sérieux sur la façon dont je comptais m'y prendre avec Royal.

Il était temps que je commence à ne dépendre que de moi-même.

8

GUÉ-DE-NÉGOCE

Au déclin de l'été, les Pirates redoublèrent d'efforts pour s'emparer de la plus grande longueur de côtes de Béarns avant l'arrivée des tempêtes d'hiver : une fois les ports principaux en leur possession, ils pourraient frapper à loisir tout le long du reste des Six-Duchés ; aussi, bien qu'ils eussent lancé cet été-là des attaques jusque dans le duché de Haurfond, consacrèrent-ils toutes leurs énergies, quand les beaux jours vacillèrent, à s'approprier la côte de Béarns.

Leur tactique était singulière : ils ne cherchaient pas à prendre les villes ni à en capturer les habitants ; leur unique objectif était la destruction. Les villes saisies étaient brûlées de fond en comble, les gens tués, forgisés ou mis en fuite ; certains, gardés en vie pour servir d'ouvriers, étaient traités moins que des bêtes, forgisés quand leurs maîtres n'avaient plus besoin d'eux ou voulaient s'amuser. Les Pirates s'installaient dans des abris rudimentaires, dédaignant les maisons dont ils auraient pu s'emparer au lieu de les incendier ; ils ne fondaient pas de colonies mais postaient simplement des garnisons dans les meilleurs ports afin de s'assurer qu'ils ne fussent pas repris.

Haurfond et Rippon apportèrent à Béarns toute l'aide possible ; cependant, ils avaient eux aussi des côtes à défendre et ne disposaient que de faibles moyens. Le duché de Cerf se débrouillait comme il pouvait ; le seigneur Brillant avait compris tardivement que pour sa protection Cerf se reposait sur ses territoires frontaliers, mais il avait jugé qu'il n'était plus temps de sauver cette ligne de défense, et il employa ses hommes et son argent à la fortification de Castelcerf proprement dit. En conséquence, le reste du duché ne disposait plus comme rempart que des habitants eux-mêmes et des troupes irrégulières fidèles à dame Patience. Béarns n'attendait nul secours de ce côté mais acceptait avec reconnaissance toute aide qui se présentait sous le signe du Lierre.

Le duc Brondy de Béarns, qui depuis longtemps n'était plus dans la fleur de l'âge en tant que guerrier, affronta le défi des Pirates l'acier à la main, un acier aussi gris que ses cheveux et sa barbe. Sa résolution ne connaissait pas de bornes, et il n'eut aucun remords à dépenser sa fortune personnelle ni à risquer la vie de sa famille dans son ultime effort pour protéger son duché. Il trouva la mort en tentant de défendre son propre château, Castellonde ; mais ni sa disparition ni la chute de Castellonde n'empêchèrent ses filles de reprendre le flambeau de la résistance contre les Pirates.

*

À force de rester roulée dans mon balluchon, ma chemise avait pris une forme bizarre ; je l'enfilai néanmoins, le nez froncé à cause de l'odeur : il s'en dégageait un léger effluve de feu de bois mêlé à celui, plus fort, du moisi. L'humidité s'y était mise, et j'essayai de me convaincre que le grand air la débarrasserait de son fumet. J'arrangeai tant bien que mal ma chevelure et ma barbe, c'est-à-dire que je me brossai les cheveux et les nouai en queue de cheval, et que je me passai les doigts dans la barbe pour la peigner. Je détestais cette masse de poils sur mes joues, mais j'avais encore plus horreur de perdre mon temps à les raser chaque jour. Je quittai la rive là où j'avais fait mes brèves ablutions et pris la direction des lumières de la ville. Cette fois, je m'étais mieux préparé : j'avais décidé de m'appeler Jory, ancien soldat qui avait quelques connaissances sur les chevaux et le métier de scribe, mais qui avait tout perdu lors d'un raid des Pirates ; je me rendais à Gué-de-

Négoce pour me refaire une vie. C'était là un rôle que je pouvais jouer de façon convaincante.

Comme les derniers feux du jour s'éteignaient, de nouvelles lampes s'allumèrent dans la ville au bord de l'eau, et je vis alors que je m'étais fort trompé sur sa taille : elle s'étendait très loin en retrait de la berge. J'en ressentis quelque inquiétude mais je me persuadai que la traverser me prendrait beaucoup moins de temps qu'en faire le tour ; sans Œil-de-Nuit sur mes talons, je n'avais aucune raison d'ajouter des milles et des heures à mon chemin. Je relevai le menton et affectai une démarche assurée.

La ville était bien plus animée après la tombée de la nuit que la plupart de celles où j'étais passé. Il émanait des gens qui marchaient dans les rues une impression de fête ; la majorité se dirigeaient vers le centre, et, leur emboîtant le pas, je vis des torches, des personnes en habits aux couleurs vives, et j'entendis des éclats de rire ainsi que de la musique. Le linteau de la porte d'entrée des auberges était orné de fleurs. J'arrivai sur une place brillamment illuminée ; c'était de là que venait la musique, au son de laquelle des fêtards dansaient. Des barriques avaient été sorties et des tables dressées sur lesquelles s'entassaient du pain et des fruits ; à la vue des victuailles, l'eau me vint à la bouche et, après en avoir été si longtemps privé, je trouvai l'odeur du pain particulièrement délicieuse.

Je restai aux abords de la foule, l'oreille tendue, et j'appris ainsi que le capaman de la ville célébrait son mariage, d'où le banquet et les danses ; je supposai que « capaman » était un titre de noblesse propre à Bauge, et que celui du bourg où je me trouvais était apprécié pour sa largesse. Une femme d'âge mûr, m'ayant remarqué, s'approcha de moi et me fourra trois pièces de cuivre dans la main. « Allez aux tables et restaurez-vous, jeune homme, me dit-elle avec bonté. Le capaman Logis a décrété que le soir de ses épousailles tous devaient se réjouir avec lui ; la nourriture est pour tout le monde. Allez-y donc, servez-vous, ne soyez pas timide ! » Et, se mettant sur la pointe des pieds, elle me tapota l'épaule pour m'encourager. Je rougis d'être pris pour un mendiant mais jugeai préférable de ne pas la détromper : si elle me voyait tel, c'est que je devais en avoir l'aspect : mieux valait donc endosser le rôle. Pourtant, j'éprouvai un curieux sentiment de culpabilité en glissant les trois pièces de cuivre dans ma bourse, comme si je les lui avais extorquées. Je suivis néanmoins son conseil et allai me placer dans la queue des gens à qui l'on servait du pain, des fruits et de la viande.

Plusieurs jeunes femmes s'occupaient des tables et l'une d'elles me garnit une assiette en bois qu'elle me tendit par-dessus la table d'un geste rapide, comme si elle répugnait au moindre contact avec moi. Je la remerciai, ce qui déclencha quelques gloussements chez ses camarades ; la jeune fille eut l'air aussi vexée que si je l'avais prise pour une putain, et je m'éclipsai vivement. Je trouvai un coin de table où m'installer et notai que personne ne venait s'asseoir près de moi. Un jeune garçon qui disposait des chopes et les remplissait de bière m'en donna une, et, curieux, me demanda d'où je venais ; je répondis que je remontais le fleuve à la recherche de travail, et je voulus savoir s'il connaissait quelqu'un qui embauchait.

« Ah, il faut que tu ailles à la foire à l'embauche, à Gué-de-Négoce, plus haut sur le fleuve, me dit-il familièrement. C'est à moins d'un jour de marche. On te prendra peut-être pour les moissons, à cette saison ; sinon, il y a toujours le cirque du roi qui est en cours de construction. Ils engagent n'importe qui, du moment qu'on peut soulever une pierre ou manier la pelle.

— Le cirque du roi ? » répétai-je.

Il inclina la tête. « Pour que chacun puisse voir appliquer la justice du roi. »

À cet instant, quelqu'un agita une chope pour l'appeler et je demeurai seul à réfléchir tout en me restaurant. *Ils engagent n'importe qui* : j'avais donc à ce point l'allure d'un vagabond… Bah, je n'y pouvais rien. En attendant, je me régalais ; j'avais presque oublié la consistance et le parfum du bon pain de froment ; le mélange savoureux de la mie et du jus de viande m'évoqua soudain Sara et sa cuisine généreuse ; à l'heure qu'il était, elle devait préparer des pâtisseries à Gué-de-Négoce, ou peut-être piquer des épices dans un rôti avant de le placer dans un de ses lourds faitouts noirs et de le couvrir soigneusement pour le laisser mijoter toute la nuit sur les braises. Et dans les écuries de Royal, Pognes devait effectuer sa dernière tournée, comme Burrich autrefois à Castelcerf, pour s'assurer que chaque bête avait de l'eau claire et que chaque box était bien fermé ; une dizaine d'autres lads de Castelcerf devaient travailler à ses côtés, bien connus de moi qui avais passé des années auprès d'eux sous la férule de Burrich. Royal avait aussi emmené des serviteurs de Cerf ; maîtresse Pressée se trouvait sans doute là-bas, ainsi que Bernache, Antrebas et aussi...

Un sentiment de solitude me submergea soudain. Qu'il aurait été agréable de les revoir tous, de m'accouder à une table pour écouter les commérages sans fin de Sara, de m'allonger sur le dos dans le grenier à foin et de faire semblant de croire Pognes pendant qu'il me raconterait ses histoires invraisemblables sur les femmes avec lesquelles il aurait couché depuis que je l'avais quitté ! J'essayai d'imaginer la réaction de maîtresse Pressée devant ma tenue actuelle, et je me surpris à sourire à son air scandalisé.

Ma rêverie fut brutalement interrompue par un homme qui se mit à brailler un chapelet d'obscénités. Le marin le plus ivre n'aurait jamais osé profaner ainsi une fête de mariage, et je ne fus pas le seul à tourner la tête pour repérer le malotru ; l'espace d'un instant, toutes les conversations se turent. Je restai les yeux écarquillés.

Sur un côté de la place, à l'extrême limite de la zone éclairée par les torches, se trouvait une voiture attelée ; la grande cage qu'elle transportait renfermait trois forgisés. Ce fut tout ce dont je pus me rendre compte : qu'ils étaient trois et que mon Vif ne réagissait nullement à leur présence. La conductrice du fourgon s'approcha de la cage à grands pas, un gourdin à la main qu'elle cogna violemment contre les lattes en ordonnant aux prisonniers de se tenir tranquilles, après quoi elle se retourna brusquement vers deux jeunes hommes mollement appuyés à l'arrière de la voiture. « Et vous, vous leur fichez la paix, bande de lourdauds ! leur jeta-t-elle. Ils sont pour le cirque du roi, où ils trouveront justice ou clémence ! Mais, en attendant, vous leur fichez la paix ! C'est compris ? Lili ! Lili, va chercher ces os de gigot, là-bas, et donne-les à ces créatures ! Et vous, je vous l'ai déjà dit, écartez-vous d'eux ! Ne les énervez pas ! »

Les deux jeunes gens reculèrent devant le gourdin en riant aux éclats, les mains levées. « Je ne vois pas pourquoi on ne pourrait pas s'amuser un peu avec eux d'abord, lança le plus grand. Il paraît qu'à Gué-de-Rond, ils bâtissent leur propre cirque de justice. »

Son camarade roula des épaules. « Moi, je vais y entrer, au cirque du roi.

— Comme champion ou comme prisonnier ? » cria une voix moqueuse ; les deux jeunes hommes s'esclaffèrent, et le plus grand donna une bourrade brutale mais amicale à son compagnon.

Je demeurai figé sur place. Un atroce soupçon grandissait en moi : le cirque du roi, des forgisés et des champions… Je me rappelai l'avidité avec laquelle Royal avait regardé ses hommes me frapper de toute part. Un engourdissement mortel s'empara de moi tandis que la nommée Lili traversait la foule pour revenir auprès de la voiture et jetait aux prisonniers une assiettée d'os auxquels s'accrochait encore de la viande. Ils se jetèrent dessus voracement, en se battant à coups de poing et de dents pour s'approprier la plus grosse part de la nourriture ; une petite foule entourait la voiture, et les gens se montraient les captifs en riant aux éclats. Je les regardai, le cœur au bord des lèvres. Ne se rendaient-ils pas compte que ces hommes avaient été forgisés ? Ce n'étaient pas des criminels ; c'étaient des maris et des fils, des pêcheurs et des fermiers des Six-Duchés, dont la seule faute avait été de se faire capturer par les Pirates rouges.

J'ignorais combien de forgisés j'avais tués ; ils m'inspiraient de la répulsion, c'est vrai, mais c'était la même répulsion que je ressentais à la vue d'une jambe gangrenée ou d'un chien si couvert de gale qu'il ne subsistait aucun espoir de l'en guérir. Tuer des forgisés n'était pas pour moi affaire de haine, de punition ni de justice : la mort était la seule issue à leur condition et elle devait leur être donnée le plus promptement possible, par compassion envers les familles qui les avaient aimés. Pourtant, les jeunes gens s'exprimaient comme si les abattre pouvait être divertissant. Je regardai la cage avec une sensation de nausée au creux de l'estomac.

Je me rassis lentement ; je n'avais pas fini mon assiette mais l'appétit m'avait abandonné ; cependant, le simple bon sens me disait de me nourrir tant que j'en avais l'occasion. Je restai un long moment les yeux fixés sur la nourriture, puis je me forçai à manger.

Quand je relevai le nez, je vis deux jeunes hommes en train de me dévisager. L'espace d'un instant, je soutins leur regard, puis, me rappelant mon personnage, je baissai les yeux. Je les amusais manifestement, car ils s'approchèrent d'un air désinvolte et s'assirent à ma table, l'un en face de moi, l'autre trop près de moi. Ce dernier plissa le nez avec ostentation, puis se le couvrit de la main à la grande joie de son ami. Je leur souhaitai le bonsoir.

« Pour toi, c'est sûrement une bonne soirée, dit celui d'en face, un rustaud aux cheveux filasse avec un masque de taches de rousseur sur le visage. Il y a un moment que tu ne t'es pas rempli la panse comme ça, hein, le clochard ?

— C'est vrai, et je rends grâce à votre capaman pour sa générosité », répondis-je humblement. Je cherchais un moyen de me tirer sans mal de cette situation.

« Alors, qu'est-ce qui t'amène à Pomé ? » demanda l'autre. Il était plus grand que son nonchalant camarade, et plus musclé.

« Je cherche du travail. » Je plantai mon regard dans ses yeux pâles. « Il paraît qu'il y a une foire à l'embauche à Gué-de-Négoce.

— Et à quoi est-ce qu'on pourrait bien t'employer, le clochard ? À faire l'épouvantail ? À moins que tu n'attires les rats hors des maisons rien qu'avec ton odeur ? » Il posa le coude sur la table, trop près de moi, puis se pencha en avant comme pour bien me montrer les muscles qui se gonflaient sur son bras.

J'inspirai une fois, deux fois. Je sentais monter en moi une émotion que je n'avais plus éprouvée depuis quelque temps : il y avait un soupçon de peur, accompagné du frémissement invisible qui me prenait quand on me défiait, et dont je savais qu'il pouvait se transformer en tremblement précurseur d'une crise ; mais il y avait aussi autre chose, dont j'avais presque oublié l'effet : la colère. Non : la rage, cette rage ardente et aveugle qui me donnait la force de brandir une hache et de trancher l'épaule d'un homme ou de me jeter sur lui et de l'étrangler sans me soucier des coups dont il me bourrait.

C'est presque avec révérence que j'assistais à sa renaissance, en me demandant quelle en était la cause : était-ce le souvenir des amis qui m'avaient été enlevés à jamais ou celui des batailles que j'avais vues si souvent dans mes rêves d'Art récents ? Peu importait. J'avais une épée au côté, et mes deux lourdauds n'en savaient sans doute rien, pas plus qu'ils ne savaient comment je la maniais. Ils n'avaient probablement jamais utilisé d'autre lame que celle d'une faux, jamais vu couler d'autre sang que celui d'une poule ou d'une vache ; jamais ils ne s'étaient réveillés en pleine nuit à cause d'un chien qui aboyait, en tremblant que les Pirates n'arrivent, jamais ils n'étaient rentrés d'une journée de pêche en priant pour que, passé le promontoire, la ville soit toujours debout. C'étaient de petits bouseux qui vivaient douillettement dans une bienheureuse ignorance au milieu d'une campagne accueillante, loin de la côte ensanglantée, sans meilleur moyen de se prouver leur virilité que de taquiner un inconnu ou de tourmenter des hommes en cage.

J'aimerais que tous les enfants des Six-Duchés soient dans la même ignorance.

Je sursautai comme si Vérité venait de poser la main sur mon épaule, et je me retins juste à temps de regarder derrière moi. Je demeurai immobile et cherchai en moi pour renouer le contact, mais je ne trouvai rien. Rien.

216

Je n'aurais pu jurer que la pensée provenait de lui : peut-être étaient-ce mes propres désirs que j'avais entendus. Pourtant, elle lui ressemblait tellement que je ne pouvais douter de son origine. Ma colère était retombée aussi vite qu'elle était montée, et je regardais les jeunes gens avec une sorte de surprise, étonné de les trouver encore près de moi. Des enfants, oui ; ce n'étaient que de grands gosses qui ne tenaient pas en place et qui rêvaient de s'affirmer, ignorants et insensibles comme le sont souvent les adolescents. Eh bien, je n'avais pas l'intention de les laisser éprouver leur virilité sur moi, ni de répandre leur sang le jour de la fête de mariage de leur capaman.

« Je me suis peut-être imposé trop longtemps », dis-je gravement en me levant. J'avais assez mangé et je n'avais pas besoin de la demi-chope de bière qui restait à côté de mon assiette. Une fois debout, je vis les jeunes gens me mesurer du regard, et l'un d'eux tressaillit en apercevant l'épée pendue à ma ceinture ; l'autre se dressa comme pour me barrer le passage, mais son camarade lui adressa un signe de tête imperceptible. Se sentant en terrain moins sûr, le grand gaillard s'écarta de mon chemin avec un ricanement moqueur et fit mine d'éviter de me toucher pour ne pas se salir à mon contact. Il me fut curieusement facile de passer outre à l'insulte ; je leur tournai le dos et m'enfonçai dans l'obscurité, laissant derrière moi la fête, les danses et la musique. Nul ne me suivit.

Je me dirigeai vers le fleuve en sentant ma détermination grandir en moi : ainsi, je me trouvais non loin de Gué-de-Négoce, non loin de Royal. J'éprouvai soudain le désir de me préparer pour notre rencontre ; cette nuit, je prendrais une chambre dans une auberge qui proposerait des bains, et, là, je me laverais et me raserais, afin qu'il me regarde, qu'il voie les marques qu'il m'avait laissées, et qu'il sache qui le tuait. Et après ? S'il devait y avoir un après et que ceux qui me verraient me reconnaissent, qu'il en soit ainsi ; que tous sachent que le Fitz était revenu d'entre les morts pour appliquer la vraie justice royale à ce prétendu roi.

Ma résolution ainsi affermie, je jetai un coup d'œil aux deux premières auberges devant lesquelles je passai : de l'une sortaient des cris qui pouvaient avoir leur origine dans une rixe ou des démonstrations d'amitié excessives, et, dans l'un et l'autre cas, je risquais de ne guère m'y reposer ; le porche de l'autre faisait un ventre et la porte d'entrée pendait de guingois, signes qui ne laissaient rien présager de bon quant à la tenue de la literie ; je finis par en choisir une troisième dont l'enseigne représentait une marmite et dont une torche illuminait la façade pour guider les voyageurs jusqu'à sa porte.

Comme la majorité des grands bâtiments de Pomé, celui-ci était construit en pierre du fleuve et mortier, et pavé de même. Il y avait un grand âtre à une extrémité de la salle, mais seul un petit feu d'été y brûlait, de quoi maintenir chaude la marmite de ragoût promise. Malgré mon récent repas, l'odeur réveilla mon appétit ; les clients aux tables et au comptoir étaient rares, car la fête du capaman en avait distrait la plupart. L'aubergiste, homme a priori ordinairement accueillant, fronça les sourcils en m'apercevant ; je posai une piécette d'argent sur la table devant lui pour le rassurer. « Je voudrais une chambre pour la nuit, et aussi un bain. »

Il me toisa d'un air indécis. « Le bain d'abord », dit-il enfin d'un ton catégorique.

Je lui fis un grand sourire. « Comme il vous plaira, bon sire. Je nettoierai aussi mes vêtements à l'extérieur ; ainsi, vous n'aurez pas à craindre que j'apporte la vermine dans votre lit. »

Il hocha la tête à contrecœur et envoya un garçon chercher de l'eau chaude aux cuisines. « Comme ça, vous venez de loin ? » fit-il en manière de taquinerie en me conduisant à la maison de bains derrière l'auberge.

« De loin et même plus. Mais un travail m'attend à Gué-de-Négoce, et j'aimerais avoir bon aspect pour m'y atteler. » Je souris car c'était l'exacte vérité.

« Ah, un travail ? D'accord, je vois. Oui, mieux vaut vous présenter propre et reposé ; tenez, le pot de savon est là, dans le coin ; n'ayez pas peur de vous en servir. »

Avant son départ, je lui demandai un rasoir car il y avait un miroir dans la salle de bains, et il m'en fournit un de bon cœur ; le garçon l'apporta avec le premier seau d'eau chaude. Le temps qu'il achève de remplir le bac, j'avais taillé ma barbe de façon à pouvoir la raser commodément ; il proposa de laver mes vêtements pour une pièce de cuivre, et je ne fus que trop heureux de le laisser s'en charger. Il me les prit des bras avec un froncement du nez qui me donna la mesure du fumet que je répandais : manifestement, ma traversée du marais avait laissé plus de traces que je ne l'imaginais.

Prenant mon temps, je m'immergeai dans l'eau fumante, m'enduisis de savon mou, puis me récurai vigoureusement avant de me rincer ; je dus me laver deux fois les cheveux avant que la mousse n'en coule blanche au lieu de grisâtre. Le liquide que je laissai dans le baquet était plus épais que l'eau crayeuse du fleuve. Pour une fois, je me rasai avec lenteur, si bien que je réussis à ne me couper qu'à deux reprises ; quand je me lissai les cheveux, puis les nouai en queue de guerrier, c'est à peine si je reconnus le visage que je vis dans le miroir.

Il y avait des mois que je ne m'étais plus regardé, et ç'avait été alors dans le petit miroir de Burrich. Le visage que je voyais aujourd'hui était plus maigre que je ne m'y attendais, avec des pommettes qui m'évoquaient celles du portrait de Chevalerie. La bande de cheveux blancs qui poussait au-dessus de mes yeux me vieillissait et me rappelait les marques du pelage d'un glouton ; mon front et le haut de mes joues avaient pris un hâle foncé sous le soleil de l'été, mais ma peau était beaucoup plus pâle à l'emplacement de ma barbe, si bien que la partie inférieure de la balafre qui courait sur ma joue paraissait blême. Sur ce que je voyais de ma poitrine, les côtes saillaient plus qu'autrefois ; ce corps avait du muscle, certes, mais pas assez de graisse pour huiler une poêle, comme aurait dit Mijote : mes déplacements constants et un régime principalement à base de viande avaient laissé des traces.

Je me détournai du miroir avec un sourire mi-figue, mi-raisin : ma crainte d'être identifié par d'anciennes connaissances était complètement apaisée : je me reconnaissais à peine moi-même.

J'enfilai mes vêtements d'hiver pour rentrer dans l'auberge ; le garçon m'assura qu'il pendrait ceux qu'il allait laver devant le feu et qu'ils seraient secs le lendemain matin ; il me conduisit à ma chambre et me souhaita la bonne nuit après m'avoir remis une bougie.

La pièce, peu meublée, était propre ; elle contenait quatre lits mais, à mon grand soulagement, j'en étais le seul occupant pour la nuit. La fenêtre, volets et rideaux ouverts à cause de la douceur de l'été, laissait entrer une fraîche brise nocturne qui montait du fleuve. En amont, je distinguai les lumières de Gué-de-Négoce ; la ville semblait de belle taille ; d'autres points lumineux piquetaient la route qui la séparait de Pomé : de toute évidence, j'avais atteint une région peuplée. Mieux valait dans ce cas que je voyage seul, me dis-je en repoussant fermement l'affreux sentiment de solitude qui me saisissait chaque fois que je pensais à Œil-de-Nuit. Je glissai mon balluchon sous mon lit. Les couvertures étaient rêches mais sentaient le propre, tout comme le matelas bourré de paille. Après des mois passés à dormir à même le sol, j'avais l'impression de retrouver mon lit de plume moelleux de Castelcerf. Je soufflai la bougie et m'allongeai en pensant m'endormir comme une masse.

Mais non : au bout de quelque temps, j'observais toujours le plafond obscur. Au loin, j'entendais les échos de la fête ; plus près, c'étaient les bruits dont j'avais perdu l'habitude, les craquements de la maison, les pas des gens qui se déplaçaient dans les autres pièces de l'auberge. Ils ne m'inquiétaient pas plus que naguère, à la belle étoile, le vent dans les branches ou le gargouillis du fleuve près de ma cachette : je redoutais davantage mes semblables que toute menace du monde de la nature.

Mes pensées s'égarèrent vers Œil-de-Nuit ; que faisait-il, ce soir ? N'avait-il rien à craindre ? Je m'apprêtai à tendre mon esprit, puis me ravisai : demain, je serais à Gué-de-Négoce pour accomplir une tâche à laquelle il ne pouvait m'aider ; de plus, je me trouvais désormais dans une région où il ne pouvait me rejoindre sans risque. Si mon entreprise réussissait et que je parvienne à gagner les Montagnes pour y chercher Vérité, je pouvais espérer qu'il se souviendrait de moi et me rattraperait ; mais si je mourais demain, il était plus en sécurité là où il était, à s'efforcer de rallier sa propre espèce et de vivre sa propre vie.

En arriver à cette conclusion et juger ma décision correcte ne présentait pas de difficulté ; en rester dans le droit fil était moins facile. J'aurais mieux fait de passer la nuit à marcher plutôt que m'offrir ce lit car je m'en serais trouvé plus reposé. Jamais de toute mon existence je ne m'étais senti aussi seul ; même dans les cachots de Royal, face à la mort, j'avais eu la possibilité de contacter mon loup ; mais ce soir, dans ma solitude, je projetais un meurtre que j'étais incapable de préparer, avec au ventre la peur que Royal soit protégé par un clan d'adeptes de l'Art dont j'ignorais les compétences. Malgré la chaleur de cette nuit de fin d'été, une nausée glacée m'envahissait chaque fois que j'y pensais. Ma résolution de tuer Royal n'avait pas changé ; seule vacillait mon assurance d'y parvenir. Livré à moi-même, je n'avais guère fait d'étincelles, mais le lendemain j'avais l'intention de jouer la partie d'une façon qui ferait l'orgueil d'Umbre.

Quand je songeais au clan, j'avais la certitude qui me nouait l'estomac de m'être abusé quant à ma stratégie : me trouvais-je ici de mon propre chef ou était-ce le résultat de quelque intervention subtile que Guillot aurait opérée sur mes pensées pour me convaincre que me précipiter dans ses bras était la plus sûre conduite à tenir ? Guillot maniait l'Art avec finesse : il avait un toucher d'une douceur si insidieuse qu'il en était presque imperceptible. J'éprouvai soudain l'envie pressante d'artiser pour voir si je pouvais le surprendre en train de m'observer ; tout aussi vite, j'eus la conviction que cette impulsion provenait de son influence et qu'il me tentait afin de me pousser à lui ouvrir mon esprit. Et mes pensées continuèrent à tournoyer ainsi, à se pourchasser en cercles de plus en plus réduits, au point que j'eus presque l'impression de percevoir son amusement au spectacle que je lui offrais.

Passé minuit, je sentis enfin l'assoupissement me gagner, et, abandonnant sans un remords mes pensées tourmentées, je me jetai dans le sommeil tel le plongeur résolu à sonder l'abysse. Je ne compris que trop tard l'origine de cette urgence, et je m'y serais opposé si je m'étais rappelé comment faire ; mais je reconnus autour de moi les tapisseries et les trophées qui décoraient la grand-salle de Castellonde, le maître château du duché de Béarns.

Les vastes portes de bois pendaient de biais, victimes du bélier qui gisait entre elles, sa terrible œuvre achevée. De la fumée flottait dans la salle et tissait des entrelacs de volutes entre les bannières commémoratives de victoires passées. Quantité de cadavres s'entassaient là où les guerriers avaient tenté d'endiguer le flot des Pirates auquel les lourdes planches de chêne avaient cédé le passage ; à quelques pas de ce rempart sanglant, une ligne de combattants résistait encore, mais dans le plus grand désordre. Au cœur d'un des noyaux de combat se trouvait le duc Brondy flanqué de ses deux filles cadettes, Célérité et Félicité ; elles maniaient l'épée dans l'espoir vain de défendre leur père contre l'avance de l'ennemi, et elles se battaient avec une technique et une férocité que je n'aurais pas soupçonnées en elles. On eût dit deux faucons, avec leur visage encadré de cheveux courts d'un noir luisant et leurs yeux bleu sombre plissés par la haine. Mais Brondy refusait de se laisser protéger, refusait de lâcher pied devant la déferlante meurtrière des Pirates ; les jambes écartées, éclaboussé de sang, il brandissait une hache de combat qu'il tenait à deux mains.

À ses pieds, sous la protection de la hache tournoyante, était étendu le corps de sa fille aînée, son héritière. Une épée s'était enfoncée à l'angle de son épaule et de son cou, fracassant la clavicule avant d'ouvrir la poitrine. Elle était morte, à l'évidence, mais Brondy ne voulait pas la quitter ; des larmes mêlées de sang ruisselaient sur ses joues, son torse s'enflait comme un soufflet de forge à chacune de ses inspirations, et les vieux muscles noueux de son poitrail apparaissaient par les déchirures de sa chemise. Il tenait en respect deux Pirates armés d'épées, un jeune homme ardent acharné à vaincre le duc, et un personnage vipérin qui se tenait en retrait, prêt à user de sa longue épée à la première ouverture que lui fournirait son camarade.

Je vis tout cela en une fraction de seconde, et je compris aussitôt que Brondy ne tiendrait plus longtemps. Déjà sa poigne faiblissait sur le manche visqueux de sang de sa hache, tandis que chaque goulée d'air qu'il aspirait, la gorge sèche, était en soi une torture : c'était un vieil homme, il avait le cœur brisé, et il savait que, même s'il survivait à cette bataille, Béarns tomberait aux mains des Pirates. Mon âme cria d'angoisse devant son désespoir, et pourtant il parvint à faire un pas impossible en avant et à abattre son arme sur son jeune adversaire. À l'instant où sa hache s'enfonçait dans la poitrine du jeune Pirate, l'autre homme s'avança d'un pas lui aussi et perfora le torse de Brondy d'un rapide aller-retour de sa lame. Le vieil homme, à la suite de son adversaire agonisant, s'effondra sur le pavage ensanglanté de son château.

Célérité, occupée à batailler de son côté, eut un infime mouvement pour se retourner en entendant le cri d'horreur de sa sœur ; l'homme contre qui elle luttait saisit l'occasion : sa lourde épée enveloppa celle, plus légère, de la jeune fille et la lui arracha des mains. Elle recula devant son sourire empreint d'une joie féroce, et, détournant le visage de la mort qui venait, vit l'assassin de son père saisir Brondy par les cheveux dans l'intention de s'emparer de sa tête comme trophée.

Ce fut plus que je n'en pouvais supporter.

Je me précipitai sur la hache de Brondy et en attrapai le manche poisseux de sang comme si je serrais la main d'un vieil ami. L'arme me parut curieusement lourde, mais je la levai néanmoins, bloquai l'épée de mon assaillant, et puis, par une suite de mouvements qui auraient fait la fierté de Burrich, je la rabattis violemment sur le visage de l'homme. Avec un petit frisson, j'entendis craquer les os de son visage, mais je n'avais pas le temps de m'y arrêter ; je bondis et tranchai la main de l'homme qui voulait décapiter mon père. La hache sonna contre le pavage avec une violence qui m'ébranla les bras. Du sang m'éclaboussa soudain : Félicité venait de plonger son épée dans l'avant-bras de son adversaire qui se dressait devant moi ; j'arrondis les épaules, fis une roulade et me redressai tout en lui plantant le fer de ma hache dans le ventre. Il lâcha son épée pour s'effondrer, les mains crispées sur ses entrailles qui se déversaient de sa blessure.

Suivit un instant insensé de totale immobilité dans la petite bulle de violence que nous occupions. Félicité me dévisagea d'un air abasourdi qui se mua rapidement en expression triomphante, avant de se transformer à son tour en horreur. « Ils ne doivent pas s'emparer de leurs corps ! » s'exclama-t-elle soudain. Elle releva brusquement la tête et sa courte chevelure vola comme la crinière d'un étalon de combat. « Béarns ! À moi ! » cria-t-elle avec une évidente autorité.

L'espace d'une fraction de seconde, j'observai Félicité, puis ma vision se troubla, se dédoubla, et c'est une Célérité prise de vertige qui dit à sa sœur : « Longue vie à la duchesse de Béarns ! » Je fus témoin du regard qu'elles échangèrent, un regard qui exprimait leur peu d'espoir de vivre jusqu'au lendemain. À ce moment, un groupe de guerriers béarnais rompit le combat pour les rejoindre. « Mon père et ma sœur ; emportez leurs corps, ordonna Félicité à deux d'entre eux. Vous autres, avec moi ! » Célérité se remit sur pied, contempla la lourde hache avec étonnement, puis se baissa pour ramasser son épée familière.

« On a besoin de nous là-bas », déclara Félicité, le doigt tendu, et Célérité l'accompagna pour renforcer la ligne de bataille, le temps que leurs troupes fassent retraite.

Je vis Célérité s'éloigner, cette femme que je n'avais pas aimée mais pour laquelle j'éprouverais toujours de l'admiration ; de tout mon cœur, j'aurais voulu la suivre mais je perdais le contact avec la scène ; tout devenait ombre et fumée. Quelqu'un me saisit.

Ce que tu as fait là était stupide.

La voix parlait d'un ton ravi. Guillot! me dis-je, le cœur soudain glacé.

Non, mais ç'aurait aussi bien pu être lui. Tu négliges tes murailles, Fitz, et tu ne peux pas te le permettre. Si fort qu'ils nous appellent, tu dois rester prudent. Et Vérité me donna une poussée qui me propulsa dans ma chair.

« Mais vous le faites bien, vous ! » protestai-je ; seul me répondit le vague écho de ma propre voix défaillante dans la chambre de l'auberge. J'ouvris les yeux ; tout n'était qu'obscurité de l'autre côté de la fenêtre. S'était-il écoulé quelques instants ou plusieurs heures ? Je l'ignorais, mais j'étais heureux qu'il me reste du temps pour dormir car le terrible épuisement qui m'étreignait m'aurait interdit toute autre activité.

*

Le lendemain matin, j'émergeai du sommeil désorienté. Il y avait trop longtemps que je ne m'étais plus réveillé dans un vrai lit, en me sentant propre de surcroît. Je chassai le brouillard de mes yeux et contemplai les nœuds de la poutre au-dessus de moi ; au bout d'un moment, je me remémorai l'auberge et la présence proche de Gué-de-Négoce et de Royal. Presque au même instant, je me rappelai que le duc Brondy était mort. Mon cœur se serra ; je fermai les yeux pour chasser le souvenir de la bataille, et je sentis poindre le martèlement de la migraine sur l'enclume de mon cerveau. Dans un brusque accès d'irrationalité, j'en rendis Royal responsable : il avait orchestré exprès cette tragédie qui sapait mon courage et me laissait tremblant de faiblesse ; le matin même où j'avais espéré me lever reposé, plein d'énergie et prêt à tuer, j'avais à peine la force de descendre de mon lit.

Quelque temps après, le garçon de l'établissement se présenta avec mes vêtements. Je lui donnai à nouveau deux pièces de cuivre, et il revint un peu plus tard porteur d'un plateau ; l'odeur et l'aspect du bol de gruau me révulsèrent, et je compris tout à coup l'aversion que manifestait toujours Vérité lorsque, l'été, son Art gardait les Pirates loin de nos côtes. Les deux seuls objets du plateau qui m'intéressaient étaient la chope et la carafe d'eau bouillante ; je quittai mon lit tant bien que mal et m'accroupis pour tirer mon balluchon glissé en dessous. Des étincelles dansaient devant mes yeux. Le temps que j'ouvre mon paquetage et y trouve l'écorce elfique, je haletais comme si je venais de participer à une course, et il me fallut faire appel à toute ma concentration pour passer outre la migraine. Enhardi par la douleur qui battait dans mon crâne, j'augmentai la dose habituelle d'écorce que j'émiettai dans la chope, presque à hauteur de celle qu'Umbre donnait à Vérité. Depuis le départ du loup, je souffrais de ces rêves d'Art que toutes mes murailles mentales étaient impuissantes à refouler ; mais celui de la nuit précédente était le pire depuis longtemps, sans doute parce que j'étais intervenu dans la scène par l'intermédiaire de Célérité. Ces songes épuisaient terriblement à la fois mes forces et mes réserves d'écorce elfique. J'attendis avec impatience que l'écorce lâche son jus sombre dans l'eau fumante ; dès que je ne pus plus distinguer le fond du récipient, je m'en saisis et avalai le liquide d'un trait. Son amertume faillit me faire vomir, mais cela ne m'empêcha pas de rajouter de l'eau chaude sur l'écorce restante.

Je bus cette seconde dose, plus faible que la première, avec moins de hâte, assis au bord de mon lit, en contemplant les lointains par la fenêtre. Je jouissais d'une belle vue sur le paysage plat du bord du fleuve : à la sortie de Pomé, je distinguais des champs cultivés et des vaches à lait dans des pâtures encloses ; plus loin s'élevait la fumée de petites fermes le long de la route. Entre Royal et moi ne s'étendaient plus ni marécages ni régions sauvages : désormais, j'allais devoir me déplacer comme un homme.

Ma migraine s'était calmée. Par un effort de volonté, je mangeai le gruau sans tenir compte des menaces de mon estomac : je l'avais payé et, avant la fin du jour, je serais content d'avoir eu le ventre plein. J'enfilai les vêtements que le garçon m'avait rapportés. Ils étaient propres mais c'était à peu près tout ce qu'on pouvait en dire : la chemise, déformée, présentait tout un dégradé de bruns, et les chausses, usées jusqu'à la corde aux genoux et aux fesses, étaient trop courtes pour moi. En mettant les chaussures que je m'étais fabriquées, je pris conscience de leur état lamentable. Depuis si longtemps, je n'avais plus à songer à l'aspect que je présentais aux autres et je restai stupéfait de me voir vêtu plus pauvrement que le dernier des mendiants de Castelcerf. Pas étonnant que j'eusse excité la pitié et le dégoût le soir précédent : n'importe quel individu habillé comme je l'étais m'aurait inspiré les mêmes sentiments.

Je frémis à l'idée de descendre ainsi accoutré ; la seule autre solution, toutefois, était d'enfiler mes vêtements d'hiver, en laine bien chaude, et de suer à grosses gouttes toute la journée. Le bon sens commandait donc de sortir tel que j'étais, mais j'avais désormais tellement l'impression de prêter à rire que j'aurais voulu pouvoir m'éclipser sans être vu.

Alors que je refaisais vivement mon balluchon, j'eus un instant d'effroi en me rendant compte de la quantité d'écorce elfique que j'avais consommée en une seule fois. Pourtant, je me sentais bien éveillé, sans plus ; un an plus tôt, avec la même dose, je me serais retrouvé à faire le cochon pendu accroché aux poutres. Je me repris fermement : comme pour mes vêtements en haillons, je n'avais pas le choix ; les rêves d'Art ne cessaient de me tourmenter, et je n'avais pas le temps de me reposer pour permettre à mon corps de se remettre par ses propres moyens, et encore moins l'argent nécessaire pour m'offrir une chambre où opérer ma convalescence. Néanmoins, tout en descendant les marches, mon paquetage en bandoulière, je songeai que la journée commençait de bien piètre façon : entre la mort de Brondy, la chute du duché de Béarns aux mains des Pirates, mes affûtiaux d'épouvantail et l'écorce elfique en guise de béquille, j'avais de quoi avoir les idées noires.

Au fond, quelles étaient mes chances de franchir les murailles et la garde qui protégeaient Royal, et de l'éliminer ?

Un des effets de l'écorce elfique, m'avait dit un jour Burrich, était de rendre l'utilisateur d'humeur lugubre, ce qui expliquait les sombres pensées qui me traversaient. C'était tout.

Je dis adieu à l'aubergiste et il me souhaita bonne chance. Dehors, le soleil était déjà haut; encore une belle journée en perspective. Je me mis en route d'un pas régulier vers Gué-de-Négoce.

En atteignant la sortie de Pomé, je tombai sur un tableau inquiétant: deux gibets se dressaient au bord de la route, un cadavre pendu à chacun. Comme si le spectacle n'était pas assez effrayant, d'autres objets leur tenaient compagnie: un poteau pour les condamnés au fouet et deux billots. Le bois n'avait pas encore eu le temps de s'argenter au soleil; ils étaient de fabrication récente, et pourtant, à leur aspect, ils avaient déjà souvent servi. Je passai devant eux en pressant le pas mais je ne pus m'empêcher de me rappeler que j'avais bien failli décorer de semblables instruments; seuls m'en avaient sauvé mon appartenance, par la cuisse gauche, à la famille royale et l'antique décret qui interdisait d'en pendre les membres. Je me rappelai aussi l'évident plaisir que Royal avait pris à me voir battre.

Avec un second frisson d'angoisse, je me demandai où se trouvait Umbre. Si la soldatesque de Royal parvenait à le capturer, nul doute que le nouveau roi mettrait promptement fin à ses jours. Je m'efforçai de ne pas l'imaginer, grand, maigre et grisonnant, sur un gibet, en plein soleil.

Mais aurait-il vraiment droit à une mort si prompte?

Je secouai la tête pour chasser mes tristes pensées et laissai derrière moi les pauvres épouvantails suspendus qui tombaient en loques comme du linge oublié sur la corde. D'un recoin funèbre de mon âme monta l'idée que même eux étaient mieux vêtus que moi.

Sur la route, je dus souvent laisser la place à des charrettes et à des troupeaux: le commerce se portait bien entre les deux villes. Sorti de Pomé, je longeai quelque temps des fermes bien tenues derrière lesquelles s'étendaient les champs de céréales et les vergers attenants; plus loin, ce furent des propriétés de campagne, avec de confortables demeures en pierre à l'ombre de grands arbres, des massifs de plantes autour de solides granges, et des chevaux de chasse et de monte dans les pâtures. À plus d'une reprise, j'eus la conviction de reconnaître en eux des animaux de Castelcerf. Ensuite, ce furent de vastes champs, principalement de lin ou de chanvre, puis des propriétés plus modestes que les précédentes, et enfin je vis les abords de la ville.

Du moins crus-je d'abord qu'il s'agissait d'une simple ville ; mais, en fin d'après-midi, je me trouvai au cœur d'une véritable cité aux rues pavées, dans lesquelles les gens allaient et venaient, occupés à toutes les activités imaginables. Je me surpris à contempler ce décor avec ahurissement : je n'avais jamais rien vu de pareil. Il y avait là des boutiques, des tavernes, des auberges et des écuries en nombre incalculable et pour toutes les bourses, et l'ensemble s'étalait dans ce plat pays, bien au-delà de ce qu'il était possible pour une ville de Cerf. J'arrivai dans un quartier où abondaient les jardins, les fontaines, les temples, les salles de spectacles et les écoles ; je traversai des parcs où des sentiers gravillonnés et des allées pavées circulaient entre les massifs, les statues et les arbres ; les gens qui s'y promenaient à pied ou dans des voitures portaient des atours qui n'auraient pas détonné dans les cérémonies les plus officielles de Castelcerf ; certains arboraient la livrée or et brun de Bauge, et pourtant les habits de ces serviteurs étaient plus somptueux que tout ce que j'avais jamais possédé.

C'était donc là que Royal avait passé tous les étés de son enfance. Il n'avait toujours eu que mépris pour Bourg-de-Castelcerf, qu'il considérait comme un trou perdu ou à peu près. J'essayai d'imaginer un enfant devant quitter tant de splendeur pour retrouver un château en proie aux courants d'air, dressé sur une falaise battue par la pluie et les tempêtes, au-dessus d'un petit port malpropre : rien d'étonnant à ce qu'il se soit transporté, avec toute sa cour, à Gué-de-Négoce aussi vite que possible. Tout à coup, je ressentais comme un soupçon de compréhension à l'égard de Royal, et cela me mit en colère. Il est bon de bien connaître l'homme qu'on veut abattre mais il est néfaste de le comprendre. Je me rappelai qu'il avait tué son propre père, mon roi, et ma résolution s'en trouva raffermie.

Durant mes déambulations dans ces quartiers prospères, j'attirai plus d'un regard de pitié. Si j'avais projeté de gagner ma vie en tant que mendiant, ma carrière eût été florissante ; mais je préférais chercher des alentours et des gens plus humbles, auprès desquels j'avais des chances d'entendre parler de Royal, de son château de Gué-de-Négoce, de son organisation et des forces qui le gardaient. Je descendis donc vers le fleuve en pensant m'y trouver plus à mon aise.

Là, je découvris le vrai motif de l'existence de Gué-de-Négoce. Comme le nom de la ville l'indiquait, le fleuve à cet endroit s'élargissait sur un immense haut-fond de pierre et de gravier ; il s'étendait si loin que la rive opposée disparaissait dans la brume et que le fleuve semblait toucher l'horizon. Je vis des troupeaux entiers de bétail traverser la Vin, tandis que, en aval, des bacs profitaient d'une eau plus profonde pour transporter d'une berge à l'autre des marchandises en une incessante noria. C'était là que le commerce de Labour rencontrait celui de Bauge, là qu'affluaient fruits, grains et bétail, là qu'étaient débarquées les denrées venues de Cerf, de Béarns ou de contrées plus lointaines, et envoyées chez les nobles qui avaient les moyens de se les offrir. En des temps plus cléments, Gué-de-Négoce avait accueilli les produits du royaume des Montagnes et des territoires qui s'étendaient au-delà : ambre, fourrures somptueuses, ivoire sculpté, rares écorces odorantes des déserts des Pluies. Là encore, on apportait le lin afin d'en faire les fins tissus de Bauge, le chanvre dont on tirait la fibre des cordages et des voiles.

On me proposa du travail pour quelques heures : ma tâche consistait à transférer des sacs de grains d'un petit bac sur un chariot ; j'acceptai, plus pour les conversations que pour les pièces de cuivre, mais je n'en appris guère. Nul ne parlait des Pirates rouges ni de la guerre qui faisait rage sur les côtes, sinon pour se plaindre de la mauvaise qualité et du coût des rares articles qui en provenaient ; du roi Royal, il ne fut guère fait mention, sauf pour s'enorgueillir de son talent à séduire les femmes et à tenir l'alcool. Je ressentis un choc en l'entendant décrire comme un roi Montebien, du nom de la lignée royale de sa mère, puis je jugeai aussi bien qu'il ne se dît pas Loinvoyant : c'était un trait de moins à partager avec lui.

En revanche, j'entendis beaucoup parler du cirque du roi, et ce que j'appris me glaça les sangs.

Le duel comme moyen de défendre la vérité de ses propos est un concept ancien dans les Six-Duchés ; à Castelcerf se dressent les grands piliers des Pierres Témoins, et l'on dit que, lorsque deux hommes s'y rencontrent pour régler un différend avec leurs poings, El et Eda eux-mêmes assistent au combat et veillent à ce que la justice soit respectée ; pierres et coutume datent d'un âge reculé. L'expression «justice du roi» désignait souvent, à Castelcerf, le travail discret qu'Umbre et moi accomplissions pour le roi Subtil : certains venaient soumettre une supplique publique à Subtil lui-même et se pliaient ensuite à sa décision ; mais, parfois, d'autres injustices parvenaient aux oreilles du roi, et il envoyait Umbre ou moi-même faire secrètement sentir le poids de sa volonté au malfaisant. J'avais ainsi donné la mort, parfois avec une rapidité miséricordieuse, parfois avec une lenteur à but punitif ; j'aurais dû y être endurci.

Mais l'objet du cirque du roi Royal était plus le divertissement que la justice. Le principe était simple : ceux que le roi avait jugé mériter une punition ou la mort y étaient envoyés pour affronter soit des animaux affamés et excités jusqu'à les rendre enragés, soit un homme, le champion du roi. De temps en temps, un criminel qui donnait un excellent spectacle pouvait être l'objet de la clémence royale, voire devenir champion du roi. Les forgisés n'avaient pas droit à de telles grâces : ils étaient jetés dans l'arène pour s'y faire dévorer par les fauves ou, eux-mêmes affamés, pour se battre à mort contre d'autres contrevenants. Ces épreuves avaient récemment acquis une grande popularité, si grande que le cirque du marché de Gué-de-Négoce, où la «justice» était alors rendue, ne suffisait plus à contenir les spectateurs, et Royal en faisait bâtir un spécial : plus près de sa demeure pour la commodité des déplacements, il devait être muni de cellules et de murailles mieux à même d'éviter aux bêtes et aux prisonniers tout contact avec l'extérieur, et de sièges pour ceux qui venaient observer l'application de la justice du roi. La construction du cirque du roi apportait un regain de commerce et d'emplois àla cité de Gué-de-Négoce, et le peuple y voyait une excellente initiative après l'interruption des échanges avec le royaume des Montagnes : je n'entendis personne élever la moindre objection contre ces procédés de justice.

Une fois le chariot plein, je touchai ma paie et suivis les autres ouvriers dans une taverne proche ; là, en plus de bière, on pouvait acheter une poignée d'herbes et louer un brûloir à Fumée pour la table. L'air à l'intérieur de l'établissement était lourd de leurs vapeurs et me piqua bientôt les yeux et la gorge. Personne d'autre ne paraissait en être incommodé, ni même particulièrement affecté, mais l'usage d'herbes brûlées comme drogue ne s'était jamais répandu à Castelcerf et je n'y avais jamais acquis de résistance. L'argent que j'avais gagné me permit de m'offrir une portion de boudin au froment et au miel, avec une chope de bière très amère dont le goût m'évoqua l'eau du fleuve.

Je demandai à plusieurs personnes s'il était exact qu'on engageât des palefreniers pour les écuries personnelles du roi, et, si oui, où il fallait se présenter. Qu'un individu comme moi voulût travailler pour le roi lui-même en amusa la plupart, mais, comme je m'étais fait passer pour un peu simple d'esprit pendant que j'œuvrais à leurs côtés, je pus accueillir leurs suggestions et leur humour grossier avec un sourire vide. Un plaisantin finit par me dire d'aller voir le roi en personne et m'indiqua le chemin du château de Gué-de-Négoce ; je le remerciai, terminai ma bière et me mis en route.

J'avais imaginé un bâtiment en pierre bardé de murailles et de fortifications, et c'est ce que je cherchai en suivant la direction indiquée qui m'éloignait du fleuve. Mais j'arrivai devant une petite colline, si l'on peut ainsi désigner une aussi modeste élévation de terrain, dont la relative altitude fournissait une vue dégagée sur le fleuve, et les splendides édifices qui s'y dressaient en avaient amplement tiré profit. Figé sur la route envahie de circulation qui passait en dessous, c'est tout juste si je ne restai pas bouche bée devant ce tableau : le château que j'avais devant moi n'avait aucun des aspects martiaux et revêches de Castelcerf ; l'allée de gravillons blancs, les jardins et les arbres entouraient une demeure à la fois grandiose et accueillante. Le château de Gué-de-Négoce et ses dépendances n'avaient jamais servi de forteresse ni de citadelle ; l'ensemble avait été conçu dans l'optique d'une résidence élégante et coûteuse. Des motifs décoratifs étaient sculptés dans les murs de pierre, et les entrées étaient surmontées d'arches gracieuses ; il y avait bien des tours, mais nulle meurtrière ne perçait leurs flancs, et l'on comprenait qu'elles avaient été dressées pour offrir à leurs occupants une plus large vue sur le paysage, pour le plaisir plus que par méfiance.

Il y avait aussi une enceinte qui séparait la demeure de la route publique encombrée, mais c'était une enceinte basse, en grosses pierres, couverte de mousse et de lierre, pleine de recoins et de niches où des plantes grimpantes fleuries encadraient des statues. Une large chaussée menait droit au bâtiment principal tandis que des allées et des chemins plus étroits invitaient à jouir des bassins ornés de nénuphars, des arbres fruitiers adroitement taillés ou des promenades calmes et ombragées, car quelque jardinier visionnaire avait planté là des chênes et des saules au moins un siècle plus tôt, et aujourd'hui ils se dressaient, majestueux, dispensant leur ombre au murmure du vent dans leur feuillage. Toute cette beauté s'étendait sur une superficie supérieure à celle d'une ferme de bonne taille, et j'eus du mal à imaginer un souverain qui eût à la fois le temps et les moyens de créer un tel palais.

Était-ce ainsi que l'on pouvait vivre si l'on n'avait pas besoin de navires de guerre ni d'armées permanentes ? Patience avait-elle connu ce genre de magnificence chez ses parents ? Était-ce ce dont le fou créait l'écho dans sa chambre par ses vases de fleurs délicats et ses aquariums aux poissons d'argent ? Je me sentais soudain sale et grossier, et ce n'était pas à cause de mes vêtements ; c'est ainsi, me dis-je tout à coup, que doit vivre un roi : au milieu de l'art, de la musique et de la grâce, il élève l'existence de ses sujets en fournissant un lieu où de telles choses peuvent naître et s'épanouir. J'avais un aperçu de mon ignorance et, pire, de la laideur d'un homme formé uniquement à tuer ses semblables, et j'éprouvai une brusque colère à l'idée de tout ce qu'on ne m'avait jamais appris, de tout ce qu'on m'avait maintenu celé ; Royal et sa mère n'y avaient-ils pas eu leur part, eux aussi, en obligeant le Bâtard à rester à sa place ? On avait fait de moi un outil fonctionnel et disgracieux, tout comme on avait fait de Castelcerf, rocailleux et aride, une citadelle et non un palais.

Mais que demeurerait-il de toute cette beauté si Castelcerf ne se dressait pas comme un molosse, les crocs à nu, à l'embouchure du fleuve Cerf ?

J'eus l'impression de recevoir une douche glacée. C'était vrai. Telle était la raison pour laquelle Castelcerf avait été construit à l'origine : pour commander la circulation sur le fleuve ; si la forteresse tombait aux mains des Pirates, les grandes voies d'eau du royaume seraient autant de routes grandes ouvertes pour leurs vaisseaux à faible tirant d'eau. Ils plongeraient comme une dague dans le ventre mou des Six-Duchés ; ces nobles indolents et ces garçons de ferme effrontés se réveilleraient la nuit au milieu des cris et de la fumée, sans forteresse où se réfugier, sans gardes pour les défendre, et, avant de mourir, peut-être comprendraient-ils ce que d'autres avaient enduré pour garantir leur sécurité ; peut-être se répandraient-ils en plaintes et en injures contre un roi qui avait fui les remparts du bord de l'océan pour se cacher et s'étourdir dans les plaisirs de l'Intérieur.

Mais j'escomptais que ce roi mourrait avant eux.

Prudemment, je me mis à faire le tour du château de Gué-de-Négoce. Il fallait faire la part entre un accès facile et un accès discret, de même que je devais songer à une voie de sortie. Je voulais en apprendre autant que possible sur le château de Gué-de-Négoce avant la nuit.

9

ASSASSIN

Le dernier véritable maître d'Art qui enseigna aux élèves royaux à Castelcerf ne fut pas Galen, comme l'affirment souvent les archives, mais celle qui l'avait précédé, Sollicité. Peut-être avait-elle exagérément attendu avant de choisir un apprenti comme successeur car, quand elle se décida pour Galen, elle était déjà atteinte de la toux qui devait l'emporter. Certains prétendent qu'elle le désigna en désespoir de cause, se sachant mourante ; d'autres, qu'il lui fut imposé par la reine Désir qui souhaitait voir son favori faire son chemin à la cour. Quoi qu'il en soit, elle ne le formait à sa nouvelle fonction que depuis deux ans à peine quand elle succomba à sa toux ; étant donné que les précédents maîtres d'Art avaient suivi jusqu'à sept ans d'apprentissage avant d'accéder au statut de compagnon, il fut un peu hâtif de la part de Galen de se déclarer maître d'Art tout de suite après la mort de Sollicité : il paraît en effet inconcevable qu'elle ait pu lui transmettre, en un temps si court, l'intégralité de son savoir de l'Art et de toutes ses possibilités. Cependant, nul ne contesta ses revendications. Bien qu'il eût assisté Sollicité pour la formation des deux princes Chevalerie et Vérité, il décréta leur enseignement terminé dès son accession à sa nouvelle fonction, et, par la suite, il repoussa toute suggestion de former de nouveaux disciples jusqu'aux années de guerre contre les Pirates rouges, où il se plia finalement aux ordres du roi Subtil et créa son premier et unique clan.

Rompant avec la tradition qui voulait que les membres et le chef d'un clan fussent choisis par le groupe, Galen désigna lui-même ses étudiants et, durant toute sa vie, conserva une autorité démesurée sur eux. Auguste, le chef nominal du clan, perdit son talent lors d'un accident d'Art pendant une mission au royaume des Montagnes ; Sereine, qui prit les rênes du groupe après la mort de Galen, périt en même temps qu'un autre membre, Justin, au cours de l'émeute née de la découverte de l'assassinat du roi Subtil. C'est Guillot qui prit alors la tête de ce qu'on nomme aujourd'hui le clan de Galen. À ce moment-là, il n'en restait plus que trois membres : Guillot lui-même, Ronce et Carrod. Il est probable que Galen leur avait imposé une dévotion inébranlable envers Royal, ce qui n'empêcha pas entre eux une rivalité pour s'attirer les faveurs de ce dernier.

*

Au crépuscule, j'avais effectué une exploration relativement complète des terrains de la propriété royale, et découvert que tout un chacun pouvait se promener librement dans les allées basses et profiter des fontaines, des jardins, des haies d'ifs et des marronniers, à quoi étaient justement occupés un certain nombre de personnages en beaux habits. La plupart posaient sur moi un regard empreint d'une sévère désapprobation, quelques-uns de pitié, et le seul garde que je rencontrai m'annonça sur un ton ferme que la mendicité était interdite dans les jardins du roi. Je l'assurai que je n'étais venu que pour admirer les merveilles dont j'avais si souvent entendu parler ; il me rétorqua que les on-dit sur les jardins étaient plus que suffisants pour les gens de mon acabit, sur quoi il m'indiqua le plus court chemin vers la sortie. Je remerciai avec la plus grande humilité et m'en allai. Il ne me quitta pas des yeux tant que je n'eus pas tourné l'angle d'une haie qui me dissimula à ses regards.

Mon incursion suivante fut plus discrète. J'avais envisagé d'assommer un des jeunes nobles qui déambulaient parmi les fleurs et les bordures herbacées pour m'emparer de ses vêtements, mais je m'étais ravisé : j'avais peu de chances de trouver une victime assez maigre pour que ses habits soient à ma taille, et l'accoutrement à la mode qu'ils portaient paraissait inclure quantité de laçages avec des rubans aux couleurs gaies ; j'aurais sans doute eu des difficultés rien qu'à fermer la chemise sans l'aide d'un valet, et encore plus à la retirer à un homme inconscient ; et, de toute façon, les breloques tintantes cousues à la dentelle des poignets n'étaient pas compatibles avec la discrétion exigée par un travail d'assassin. Je préférai donc faire l'ascension de la colline en me dissimulant derrière les haies denses qui couraient le long des murailles basses.

Je finis par m'arrêter devant un mur en pierre lisse qui entourait le sommet. D'une hauteur à peine supérieure à celle qu'un homme de bonne taille peut atteindre en sautant, il n'était sans doute pas conçu pour offrir un véritable obstacle à qui voulait le franchir. Rien ne poussait à son pied mais de vieilles souches indiquaient qu'en un autre temps il avait été orné de plantes grimpantes et de buissons. Était-ce Royal qui l'avait fait dégager ? Quoi qu'il en fût, la couronne de nombreux arbres était visible de l'autre côté ; je pris le pari de pouvoir compter sur leur abri.

Il me fallut la plus grande partie de l'après-midi pour suivre le mur sur tout son périmètre sans me faire remarquer. Plusieurs portes le perçaient, dont une des plus grandes et des plus ouvragées était gardée par des hommes en livrée qui saluaient les voitures qui entraient et sortaient. D'après le nombre de ces véhicules, quelque festivité devait être prévue pour la soirée. L'un des gardes se retourna soudain en éclatant d'un rire sec, et je sentis les poils se hérisser sur ma nuque ; un moment, je demeurai figé dans ma cachette : avais-je déjà vu son visage ? Difficile à dire à cette distance, mais je sentis monter en moi un étrange mélange de peur et de rage. Royal, songeai-je, c'est Royal ma cible. Je repris mon chemin.

À plusieurs portes de moindre importance, destinées aux livraisons et aux serviteurs, des gardes étaient postés, qui compensaient l'absence de dentelle de leurs habits par l'interro-

237

gatoire diligent de chaque arrivant. Si j'avais été mieux vêtu, j'aurais pris le risque de me faire passer pour un serviteur mais, dans mes haillons de mendiant, je préférai m'en abstenir. Je trouvai un emplacement hors de la vue des gardes et me mis à demander l'aumône aux marchands qui allaient et venaient ; je ne prononçais pas une parole et me contentais de m'approcher d'eux, les mains en coupe, avec une expression implorante ; la plupart faisaient ce que fait tout le monde devant un mendiant : ils poursuivaient leur conversation comme si je n'existais pas. J'appris ainsi que ce soir se tenait le Bal rouge, qu'on avait fait venir des serviteurs, des musiciens et des illusionnistes supplémentaires pour la fête, que le gaibouton avait remplacé l'allègrefeuille pour la Fumée préférée du roi, et que le roi s'était fort emporté contre la qualité de la soie jaune qu'un certain Festro lui avait apportée, au point de menacer le marchand du fouet pour avoir osé lui présenter de si piètres articles. Le bal était aussi un adieu au roi, qui s'embarquait le lendemain matin pour aller rendre visite à sa grande amie dame Celestra de château Ambre, sur le fleuve Vin. J'en appris bien davantage mais guère en relation avec mon but. Et, pour ma peine, je me retrouvai en plus à la tête d'une poignée de pièces de cuivre.

Je regagnai Gué-de-Négoce, où je finis par trouver une rue tout entière occupée par des tailleurs ; à la porte arrière de la boutique de Festro, je tombai sur un apprenti occupé à balayer, et je lui donnai plusieurs pièces de cuivre en échange de quelques chutes de soie jaune de diverses nuances ; je cherchai ensuite l'échoppe la plus humble de la rue, où les pièces qui me restaient suffirent tout juste à m'acheter un pantalon flottant, un sarrau et un mouchoir de tête comme en portait l'apprenti. Je me changeai dans la boutique, nouai ma queue de cheval haut sur mon crâne et la dissimulai sous le mouchoir, renfilai mes bottes, et sortis dans la rue méconnaissable. Mon épée pendait le long de ma jambe à l'intérieur de mon pantalon ; c'était malcommode mais pas trop visible si j'affectais une démarche allongée. Je laissai mes vieux vêtements et mes autres affaires, sauf mes poisons et autres instruments pertinents, dans un buisson d'orties derrière des latrines à l'odeur suffocante, dans la cour d'une taverne, puis je repris le chemin du château de Gué-de-Négoce.

Sans me permettre la moindre hésitation, je me rendis à la porte des marchands et pris place dans la queue de ceux qui attendaient d'être admis. Mon cœur me martelait les côtes mais je feignis la tranquillité, et passai le temps en étudiant les parties visibles du palais à travers les arbres. Il était immense ; plus tôt dans la journée, j'avais été stupéfait de voir autant de terre arable consacrée à des parcs et à des promenades ; je m'apercevais à présent que les jardins n'étaient que le décor d'une résidence qui s'étendait et se dressait à la fois dans un style qui m'était totalement étranger. Rien n'y évoquait le château ni la forteresse ; tout n'était qu'élégance et confort. Quand mon tour vint, je montrai aux gardes mes coupons de soie en prétendant venir présenter les excuses de Festro et quelques échantillons qui seraient, du moins l'espérait-il, plus au goût du roi. Lorsqu'un garde à l'air revêche observa que Festro faisait habituellement ses visites en personne, je répondis d'un ton maussade que, du point de vue de mon maître, des cinglures orneraient plus avantageusement mon dos que le sien, si les échantillons ne plaisaient pas au roi. Les deux hommes échangèrent un sourire complice et me laissèrent entrer.

Je pressai le pas pour rejoindre un groupe de musiciens qui étaient passés avant moi, et je les suivis pendant qu'ils se rendaient à l'arrière de la résidence. Je m'agenouillai pour relacer ma botte quand ils s'arrêtèrent pour demander leur chemin, puis je me redressai juste à temps pour me faufiler sur leurs talons dans le bâtiment. Je débouchai dans un petit vestibule, frais et presque obscur au sortir de la chaleur et de l'éclat du soleil de l'après-midi. Je m'engageai dans un couloir à la suite des ménestrels qui marchaient d'un pas vif tout en bavardant et en riant, puis je ralentis et me laissai distancer ; lorsque j'avisai une porte entrebâillée sur une pièce vide, je la poussai, puis la refermai sans bruit derrière moi, après quoi je pris une profonde inspiration et observai les aîtres.

Je me trouvais dans un petit salon ; les meubles de mauvaise qualité et dépareillés me firent supposer qu'il était réservé à la domesticité ; je ne devais donc pas compter y rester longtemps seul. Plusieurs vastes buffets trônaient cependant le long des murs, et j'en choisis un qui n'était pas situé dans l'axe de la porte, si jamais elle devait s'ouvrir à l'improviste ; j'en réarrangeai rapidement le contenu, puis m'installai à l'intérieur en laissant le battant légèrement entrouvert pour faire entrer un peu de lumière, et je me mis au travail. J'inspectai mes fioles et mes papillotes de poison, les triai, puis en enduisis la lame de mon poignard et de mon épée avant de les rengainer avec soin. Je réinstallai mon épée pour qu'elle pende par-dessus mon pantalon, après quoi je cherchai une position confortable en prévision d'une longue attente.

Des jours entiers semblèrent s'écouler avant que le crépuscule laisse enfin la place à la nuit noire. Par deux fois, des gens pénétrèrent dans la pièce, mais, d'après leurs bavardages, je compris que tous les serviteurs étaient occupés à préparer la fête. Je passai mon temps à imaginer par quels moyens Royal m'éliminerait s'il m'attrapait, et, à plusieurs reprises, je faillis perdre courage ; chaque fois, je me répétais que si je sortais indemne de cette aventure je devrais apprendre à vivre pour toujours dans la crainte. Pour me changer les idées, je m'efforçai de me préparer : si Royal était dans le château, son clan ne devait pas être loin. Je pratiquai soigneusement les exercices que m'avait enseignés Vérité pour protéger mon esprit d'autres artiseurs. J'étais atrocement tenté de risquer un petit toucher d'Art pour voir si j'arrivais à percevoir leur présence, mais je me retins : je ne parviendrais sans doute qu'à me trahir. Et même si j'étais capable de les détecter sans me faire remarquer, qu'en apprendrais-je que je ne savais déjà ? Mieux valait me concentrer sur mes protections mentales. Je m'interdis même de songer à ce que j'allais faire, de peur qu'ils ne captent trace de mes pensées.

Quand enfin, dans l'encadrement de la fenêtre, le ciel fut complètement noir et constellé, je me glissai hors de ma cachette et me risquai dans le couloir. Des notes de musique flottaient dans l'air nocturne : Royal et ses hôtes festoyaient. Je prêtai un instant l'oreille à la mélodie indistincte d'une chanson familière qui racontait l'histoire de deux sœurs, dont l'une noie l'autre ; pour moi, le miracle dont parlait la chanson n'était pas qu'une harpe jouât toute seule, mais qu'un ménestrel qui découvrait le cadavre d'une femme eût l'idée de fabriquer une harpe avec son sternum. Je chassai ces réflexions pour porter toute mon attention sur la tâche qui m'attendait.

Je longeai un couloir sans fioritures, au sol en dalles de pierre et aux murs lambrissés, éclairé par des torches disposées de loin en loin. Les communs, supposai-je : la décoration manquait de raffinement pour Royal ou ses amis, ce qui ne voulait pas dire pour autant que j'étais en sécurité. Il me fallait trouver un escalier de service pour accéder au premier étage. Je suivis le couloir en rasant les murs et en tendant l'oreille devant chaque porte ; j'entendis du bruit derrière deux d'entre elles, deux femmes qui conversaient à mi-voix dans l'une, le claquement régulier d'un métier à tisser dans l'autre. Je jetai un rapide coup d'œil dans chacune des pièces dont ne s'échappait aucun son et qui n'étaient pas verrouillées : c'étaient pour la plupart des ateliers, dont plusieurs consacrés au tissage et à la couture ; dans l'un d'eux, les diverses parties d'un splendide habit en tissu bleu étaient disposées bord à bord, prêtes à être cousues. Apparemment, Royal se complaisait toujours dans son amour des beaux vêtements.

Au bout du couloir, je coulai un regard derrière l'angle : un nouveau couloir, beaucoup plus beau et plus large ; le plafond plâtré était décoré d'empreintes de fougères. Je repris ma progression discrète, écoutant aux portes, en entrouvrant certaines. J'approche, me dis-je. Je tombai sur une bibliothèque où étaient réunis plus d'ouvrages en vélin et de manuscrits que je n'imaginais qu'il en existât ; je m'arrêtai aussi un instant dans une salle où des oiseaux au plumage multicolore somnolaient dans des cages extravagantes ; des plaques de marbre blanc enserraient des bassins qui abritaient des poissons vifs et des nénuphars ; des bancs et des chaises garnis de coussins entouraient des tables de jeu ; d'autres tables, plus petites et en merisier, installées çà et là, supportaient des brûloirs à Fumée. Même dans mes rêves les plus fous, je n'avais jamais vu pareille pièce.

Je parvins enfin dans une salle de vastes proportions, ornée de portraits le long des murs et pavée de plaques d'ardoise noires et luisantes. Je reculai en remarquant le garde et me rencognai dans une alcôve en attendant que ses pas fatigués l'eussent éloigné de moi ; ensuite, je passai à pas de loup entre les nobles seigneurs à cheval et les belles dames à la mine affectée qui me regardaient du haut de leurs somptueux cadres.

Je débouchai un peu précipitamment dans une anti-chambre. Des tapisseries étaient tendues aux murs, des statuettes et des vases de fleurs décoraient de petites tables ; même les torchères étaient plus ouvragées qu'ailleurs. Des portraits de dimensions réduites dans des cadres dorés flanquaient un âtre au manteau sculpté, et les fauteuils étaient disposés de façon à favoriser les conversations intimes. La musique me parvenait plus distinctement, et j'entendais aussi des voix et des éclats de rire : malgré l'heure tardive, la fête se poursuivait. Dans le mur en face de moi s'ouvrait une haute double porte en bois gravé : elle donnait sur la salle de réception où Royal et ses nobles dansaient et s'amusaient. Je me reculai derrière un angle en voyant deux serviteurs en livrée pénétrer dans la salle par une porte loin sur ma gauche ; ils portaient des plateaux chargés de vases à encens. Je restai immobile, l'oreille tendue pour capter le bruit de leurs pas et leur conversation. Ils ouvrirent les grandes portes et le son des harpes gagna en vigueur, ainsi que le parfum narcotique de la Fumée, avant de décroître à nouveau avec la fermeture des battants. Je risquai un coup d'œil : personne devant moi, mais derrière…

« Qu'est-ce que tu fais là ? »

Mon cœur cessa soudain de battre, mais je réussis à me composer un air penaud en me tournant vers le garde qui était entré derrière moi. « Messire, je me suis perdu dans tous les couloirs de cette grande maison, répondis-je innocemment.

— Ah ouais ? Ça n'explique pas que tu portes une épée dans les murs du roi ; tout le monde sait que les armes sont interdites sauf pour la garde personnelle du roi. Je t'ai vu marauder dans le coin ; tu croyais pouvoir profiter de la fête pour t'en mettre plein les poches, voleur ? »

Pétrifié de terreur, je regardai l'homme approcher. Mon expression épouvantée avait dû le convaincre d'avoir percé à jour mes desseins, car Verde n'aurait jamais souri s'il s'était su face à un homme qu'il avait battu à mort dans un cachot. La main nonchalamment posée sur la garde de son épée, il arborait un sourire assuré ; c'était un bel homme, très grand et blond comme beaucoup de Baugiens. Son écusson représentait le chêne d'or des Montebien de Bauge, par-dessus lequel bondissait le cerf des Loinvoyant ; ainsi, Royal avait aussi modifié ses armoiries. J'aurais préféré qu'il n'y inclût pas le cerf.

Tandis qu'une partie de moi-même se faisait ces observations, une autre replongeait dans le cauchemar des cachots : je me revoyais remis sur pied par le devant de la chemise afin que cet homme pût me jeter à nouveau à terre à coups de poing. Ce n'était pas Pêne, celui qui m'avait cassé le nez ; non, Verde lui avait succédé pour me rouer de coups jusqu'à l'inconscience, après que Pêne m'avait laissé incapable de tenir sur mes deux jambes. Je le revoyais, campé au-dessus de moi, cependant que je me faisais tout petit devant lui, m'efforçant en vain de m'écarter de lui à quatre pattes, sur le sol de pierre glacée déjà éclaboussé de mon sang. Je me rappelais les jurons qu'il poussait en riant, chaque fois qu'il devait me relever pour mieux me frapper. « Par les tétons d'Eda », murmurai-je tout bas, et par ces mots toute peur mourut en moi.

« Fais voir ce que tu as dans cette besace », dit-il d'un ton sec en s'approchant encore.

Impossible de lui montrer les poisons : rien ne pouvait expliquer que j'eusse de tels produits en ma possession ; nul mensonge ne pouvait me permettre d'échapper à cet homme. J'allais devoir le tuer.

Et tout devint soudain très simple.

Nous étions beaucoup trop près de la salle de réception : je ne souhaitais alerter personne par un quelconque bruit ; aussi me mis-je à reculer devant Verde, lentement, un pas à la fois, en effectuant un large cercle qui me ramena dans la pièce que je venais de quitter. Les portraits nous regardaient de leur haut tandis que je battais en retraite d'une démarche hésitante devant le grand garde.

« Arrête-toi ! » ordonna-t-il, mais je secouai la tête éperdument en espérant feindre la terreur de façon convaincante. « Arrête-toi, j'ai dit, espèce de sale petit avorton de voleur ! » Je jetai un rapide coup d'œil par-dessus mon épaule, puis ramenai mon regard sur lui avec l'expression d'un homme aux abois, comme si je cherchais le courage de me retourner et de m'enfuir. La troisième fois que j'effectuai ce manège, il bondit sur moi.

C'était le geste que j'attendais.

Je l'évitai, puis lui enfonçai violemment le coude dans le creux des reins, le projetant à genoux. Ses rotules heurtèrent le sol avec un bruit sec, et il poussa un rugissement de douleur et de fureur, hors de lui que le petit avorton ait osé le frapper. Je le fis taire d'un coup de pied au menton qui lui referma brutalement la bouche, et remerciai le ciel d'avoir gardé mes bottes. Avant qu'il pût émettre un autre son, j'avais dégainé mon poignard et lui en avais passé la lame en travers de la gorge. Avec un gargouillis stupéfait, il porta les mains à son cou dans un vain effort pour contenir le chaud jaillissement de son sang. J'allai me placer devant lui et le regardai dans les yeux. « FitzChevalerie, lui dis-je à mi-voix. FitzChevalerie. » Une brusque compréhension mêlée de terreur lui fit écarquiller les yeux, puis la vie le quittant vida son visage de toute expression. Il ne fut soudain plus qu'immobilité et néant, aussi privé de vie qu'une pierre. Pour mon Vif, il avait disparu.

La vengeance... Comme elle était vite accomplie ! Je restai à le contempler dans l'attente d'un sentiment de triomphe, de soulagement ou de satisfaction, mais je n'éprouvai rien, rien que la sensation d'être aussi dépourvu de vie que lui. Ce n'était même pas de la viande propre à manger. Avec retard, je me demandai s'il se trouvait quelque part une femme qui avait aimé ce bel homme, de blonds enfants qui dépendaient de sa solde pour vivre. Il n'est pas bon qu'un assassin nourrisse de telles pensées ; jamais elles ne m'avaient harcelé quand j'exécutais la justice du roi Subtil. Je secouai la tête pour m'en débarrasser.

Une large flaque de sang allait s'élargissant autour de son cadavre. Je l'avais promptement réduit au silence mais c'était précisément le genre de résultat que j'avais espéré éviter. Je me creusai la cervelle pour décider s'il valait mieux perdre du temps à le dissimuler ou accepter que ses camarades s'aperçoivent rapidement de son absence et profiter de la diversion que créerait la découverte de son corps.

Pour finir, j'ôtai ma chemise et m'en servis pour éponger autant de sang que possible, après quoi, la déposant sur la poitrine du cadavre, je m'essuyai les mains sur sa propre chemise. Puis je le saisis par les aisselles et le traînai hors de la salle aux portraits ; l'obligation de maintenir tous mes sens en alerte me faisait trembler. Mes bottes dérapaient sans cesse sur le sol poli et ma respiration haletante me donnait l'impression d'un rugissement. Malgré mes efforts pour éponger le sang, nous laissions une traînée rougeâtre derrière nous. À la porte de la salle aux oiseaux, je dus user de toute ma volonté pour tendre l'oreille avant d'entrer ; je retins mon souffle en m'efforçant de ne pas entendre mon cœur qui martelait mes tympans : la salle était vide. J'ouvris la porte de l'épaule et entrai, Verde en remorque, puis je saisis le cadavre à bras-le-corps et le poussai dans un des bassins ; les poissons s'égaillèrent éperdument tandis que le sang se répandait en volutes dans l'eau limpide. Je me lavai rapidement les mains et la poitrine dans un autre bassin, puis sortis par une autre porte. J'espérais qu'on perdrait du temps à essayer de comprendre pourquoi l'assassin avait traîné sa victime jusque-là pour la jeter dans une des pièces d'eau.

Je pénétrai dans une nouvelle salle, dont j'embrassai d'un coup d'œil le plafond en voûte et les murs lambrissés.

À l'autre extrémité trônait un fauteuil majestueux sur une estrade : je devais me trouver dans une sorte de salle d'audience. J'examinai les aîtres pour me repérer, puis me figeai soudain : les portes sculptées loin sur ma droite venaient de s'ouvrir brusquement. J'entendis un éclat de rire, une question murmurée et une réponse gloussante. Je n'avais pas le temps de ressortir et je ne voyais nul meuble derrière quoi m'abriter ; je m'aplatis contre une tapisserie et gardai une complète immobilité. Le groupe entra dans une vague de rires ; l'absence d'énergie qui perçait dans les voix m'indiqua que les intrus étaient sous l'influence de l'alcool ou de la Fumée. Ils passèrent à deux pas de moi, deux hommes qui rivalisaient d'efforts pour accaparer l'attention d'une femme, laquelle minaudait avec des gloussements ridicules derrière un éventail à houppes. Tous trois étaient vêtus en camaïeux de rouge, et l'un des hommes arborait des breloques d'argent tintinnabulantes non seulement à la dentelle de ses poignets, mais tout le long de ses manches bouffantes jusqu'aux coudes. L'autre portait un petit brûloir à Fumée au bout d'une baguette ouvragée, l'ensemble évoquant presque un sceptre ; il l'agitait sans cesse devant ses compagnons et lui-même tout en marchant, si bien qu'ils étaient constamment environnés de vapeurs douceâtres. Je crois qu'ils ne m'auraient pas vu même si je m'étais mis à faire des cabrioles sous leur nez. Royal semblait avoir hérité du penchant de sa mère pour les drogues, dont il faisait à présent une mode de cour. Je ne bougeai pas tant qu'ils ne se furent pas éloignés ; ils entrèrent dans la salle aux oiseaux et je me demandai s'ils allaient remarquer le cadavre de Verde dans le bassin. Cela m'eût étonné.

Je courus sur la pointe des pieds jusqu'à la porte par où les courtisans étaient entrés, et me faufilai par l'entrebâillement. Je me trouvai soudain dans un immense vestibule entièrement pavé de marbre ; je restai confondu à l'idée de ce qu'il avait dû en coûter de faire venir à Gué-de-Négoce une telle quantité de cette pierre. Le plafond était haut, en plâtre blanc décoré de vastes moulures à motifs de fleurs et de feuilles. Entre des fenêtres voussées à vitraux, à présent obscurcies par la nuit, pendaient des tapisseries aux couleurs si somptueuses qu'on eût dit des baies ouvertes sur un autre monde et un autre temps. L'ensemble était illuminé par des lustres à pendeloques de cristal scintillant, suspendus à des chaînes dorées et garnis de centaines de bougies ; des statues se dressaient çà et là sur des piédestaux, et la plupart représentaient, d'après leur physionomie, des ancêtres Montebien de Royal, du côté maternel. Malgré le périlleux de ma situation, je demeurai un moment saisi par la majesté du lieu, et puis je levai les yeux et vis de vastes degrés qui montaient du fond de la salle : c'était le grand escalier du château, non l'escalier de service que je cherchais ; dix hommes auraient pu sans mal le gravir de front ; le bois des balustrades était sombre et sculpté d'innombrables volutes qui luisaient d'un lustre profond. Un épais tapis descendait par le milieu des marches comme une cascade bleue.

La salle était déserte, tout comme l'escalier. Sans hésiter, je traversai rapidement le dallage de marbre et m'engageai dans les degrés. J'en avais gravi la moitié quand j'entendis un grand cri : à l'évidence, et à l'encontre de ce que je pensais, les deux hommes et la femme avaient remarqué le corps de Verde. Au premier palier, des éclats de voix et des bruits de course me parvinrent de la droite ; je m'enfuis à gauche. J'arrivai devant une porte, y collai l'oreille, ne perçus aucun son et m'introduisis dans la pièce, en moins de temps qu'il ne faut pour le dire. Je restai immobile dans le noir, le cœur tonnant, et remerciai Eda, El et tous les autres dieux qui pouvaient exister que la porte n'eût pas été verrouillée.

L'oreille contre l'épais battant, je m'efforçai d'entendre autre chose que les battements de mon cœur ; des cris montaient du rez-de-chaussée et des pieds chaussés de bottes dévalaient l'escalier. Quelques instants passèrent, puis une voix pleine d'autorité lança des ordres. Je me déplaçai de façon que la porte, si elle s'ouvrait, me dissimulât au moins temporairement, et je pris patience, le souffle haché, les mains tremblantes. La peur jaillit en moi comme une noirceur soudaine et menaça de me submerger ; je sentis le sol vaciller sous mes pieds, et je m'accroupis vivement pour éviter de sombrer dans l'inconscience. Le monde se mit à tournoyer autour de moi. Je me fis le plus petit possible, les bras serrés autour des genoux, les yeux fermés, paupières plissées, comme si, par quelque miracle, j'en fusse mieux dissimulé. Une deuxième vague de peur déferla sur moi. Je m'affalai sur le côté, un gémissement au bord des lèvres ; je me roulai en boule, la poitrine écrasée par une terrible douleur : j'allais mourir. J'allais mourir, et je ne les reverrais plus jamais, ni Molly, ni Burrich, ni mon roi. J'aurais dû aller retrouver Vérité, je m'en apercevais à présent ; j'aurais dû aller retrouver Vérité. J'avais envie de hurler et de pleurer à la fois, car j'avais tout à coup la conviction que jamais je ne pourrais m'échapper, qu'on allait me découvrir et me soumettre à la torture. On allait me découvrir et me tuer à tout petit feu. J'éprouvai le désir presque irrésistible de me lever et de me ruer hors de ma cachette, de tirer l'épée contre les gardes pour les obliger à m'éliminer rapidement.

Du calme. Ils tentent de t'amener par la ruse à te trahir. Le contact d'Art de Vérité était plus léger qu'un fil d'araignée. Un hoquet m'échappa mais j'eus la présence d'esprit de me taire.

Au bout d'un laps de temps qui me parut interminable, la terreur aveugle qui m'étreignait se dissipa. Je pris une longue inspiration hachée et j'eus l'impression de redevenir moi-même. Quand j'entendis des pas et des voix derrière la porte, la peur renaquit en moi, mais, par un effort de volonté, je ne bougeai pas et tendis l'oreille.

« Je suis sûr de ce que je dis, fit une voix d'homme.

— Non : il n'est plus là depuis longtemps. Si on met la main sur lui, ce sera dans les jardins. Personne n'aurait pu tenir contre nous deux ; s'il était encore dans le château, nous l'aurions débusqué.

— Je te répète qu'il y avait quelque chose.

— Il n'y avait rien, répliqua l'autre avec quelque agacement. Je n'ai rien senti.

— Vérifie encore, demanda le premier d'un ton pressant.

— Non. C'est du temps perdu. Tu as dû te tromper. » L'énervement du second interlocuteur était évident malgré leurs voix étouffées.

« Je voudrais l'espérer, mais je crains que non. Si j'ai raison, nous aurons fourni à Guillot le prétexte qu'il cherchait. » Le ton du premier était tendu mais aussi pleurnichard.

« Lui, chercher un prétexte ? Sûrement pas ! Il nous dénigre auprès du roi dès qu'il en a l'occasion. À l'entendre, on croirait que lui seul a fait des sacrifices au service du roi Royal. Une servante m'a dit hier qu'il ne mâche plus ses mots : toi, selon lui, tu es gros, et moi, il m'accuse de toutes les faiblesses de la chair dont puisse souffrir un homme.

— Si je n'ai pas la tournure d'un soldat, c'est parce que je ne suis pas soldat. Ce ne sont pas mes jambes qui servent le roi mais ma tête. D'ailleurs, borgne comme il est, il ferait mieux de s'observer un peu mieux avant de débiner les autres. » Le ton pleurnichard était désormais très net, et je compris soudain qu'il s'agissait de Ronce. Ronce qui parlait à Carrod.

« En tout cas, ce soir au moins, je suis bien certain qu'il ne pourra rien nous reprocher : je ne perçois rien d'anormal. C'est Guillot qui te fait voir du danger partout et bondir sur des ombres ; calme-toi : c'est l'affaire des gardes, maintenant, plus la nôtre. On découvrira sans doute que c'est le fait d'un mari jaloux ou d'un autre garde ; j'ai entendu dire que Verde avait un peu trop de chance aux dés. C'est d'ailleurs peut-être pourquoi on l'a déposé dans la salle aux oiseaux. Alors, si tu veux bien m'excuser, je vais retourner auprès de la noble société à laquelle tu m'as arraché.

— Vas-y donc, s'il n'y a que ça qui t'intéresse, dit le pleurnicheur d'un ton boudeur. Mais, quand tu auras un moment de libre, je crois qu'il serait sage que nous discutions sérieusement tous les deux. » Un silence, puis : « J'ai bien envie d'aller le voir dès maintenant, histoire de lui repasser le bébé.

— Tu vas avoir l'air d'un imbécile, c'est tout ce que tu en auras. Quand tu te ronges ainsi les sangs, tu ne fais que te soumettre à son influence. Laisse-le donc débiter ses avertissements et ses sinistres prédictions, et rester sans arrêt sur ses gardes ; à l'écouter, sa vigilance est le meilleur rempart du roi. Il cherche à nous imposer ses propres craintes, et il tire sûrement une grande satisfaction d'entendre tes genoux qui claquent. Cache soigneusement ce genre d'inquiétude. »

Les pas s'éloignèrent rapidement, et le rugissement s'apaisa un peu dans mes oreilles. Peu après, l'autre homme s'en alla lui aussi, d'un pas plus lourd et en marmonnant dans sa barbe. Lorsque tout bruit se fut tu, j'eus l'impression qu'un grand poids venait de m'être ôté des épaules ; j'avalai ma salive pour humecter ma gorge et réfléchis à ma prochaine manœuvre.

De hautes fenêtres laissaient filtrer une obscure clarté dans la pièce ; je distinguai un lit, les couvertures relevées sur des draps blancs ; il était vide. La silhouette sombre d'une penderie se dressait dans un coin, et, près du lit, un guéridon sur lequel étaient posés une bassine et un broc.

Je me contraignis au calme, inspirai longuement à plusieurs reprises, puis me remis debout sans bruit. Il fallait que je trouve la chambre à coucher de Royal ; elle devait être située à l'étage où j'étais, et les communs dans les étages supérieurs. J'étais arrivé là en tapinois mais peut-être était-il temps de faire preuve de plus de témérité : je m'approchai de la penderie et l'ouvris. La chance me souriait encore une fois : j'étais dans la chambre d'un homme. Je palpai les vêtements à la recherche d'un tissu qui m'évoquât une tenue commode. Je devais me hâter car l'occupant légitime participait sûrement à la fête et risquait de rentrer chez lui à tout instant. Je mis la main sur une chemise de couleur claire, aux manches et au col beaucoup trop ornés de fanfreluches pour mon goût, mais presque à la bonne taille pour mes bras ; je l'enfilai tant bien que mal, ainsi que des chausses plus foncées et trop larges pour moi. Je me les fixai à la taille avec une ceinture en espérant qu'elles ne flotteraient pas excessivement. Je découvris aussi un pot de pommade parfumée dont je me servis pour me lisser les cheveux en arrière et les renouer en queue de cheval après m'être débarrassé de mon mouchoir de tête. La plupart des courtisans que j'avais aperçus portaient les leurs en boucles huilées, à l'exemple de Royal, mais certains des plus jeunes les nouaient comme moi en queue. Je fouillai à tâtons dans plusieurs tiroirs et trouvai un médaillon au bout d'une chaîne que je passai autour de mon cou ; il y avait aussi une bague, trop large pour mon doigt mais c'était sans importance : j'espérais ne pas attirer l'attention, et mon déguisement résisterait à un examen superficiel. Sur la foi de la chemise ensanglantée que j'avais laissée, on chercherait un homme torse nu en pantalon de toile grossière, et, avec de la chance, on le chercherait dans les jardins. Je m'arrêtai sur le seuil de la chambre, pris une profonde inspiration, puis ouvris lentement la porte. Le couloir était vide, et je sortis.

À la lumière, je m'aperçus avec contrariété que mes chausses étaient vert foncé et ma chemise jaune pâle ; ce n'était pas plus criard que ce que j'avais vu plus tôt mais j'aurais du mal à me fondre dans la masse des invités de ce Bal rouge. Résolument, je chassai ce souci de mes pensées et m'engageai dans le couloir d'un air dégagé, donnant l'impression de savoir où j'allais, à la recherche d'une porte plus grande et plus décorée que les autres.

Avec audace, je poussai la première devant laquelle je passai : elle n'était pas fermée. J'entrai et me trouvai dans une salle qui abritait une immense harpe et plusieurs autres instruments de musique disposés comme dans l'attente de ménestrels. Divers fauteuils et divans rembourrés occupaient le reste de l'espace ; aux murs étaient accrochés des tableaux d'oiseaux. Je secouai la tête, effaré des trésors incalculables que recelait ce palais, puis repris ma recherche.

Dans l'état de tension qui était le mien, le couloir paraissait s'allonger à l'infini ; je m'efforçai néanmoins d'adopter un pas confiant et nonchalant tandis que les portes défilaient et que j'en ouvrais quelques-unes au hasard. Celles de gauche étaient apparemment toutes des chambres à coucher, celles de droite des salles de plus vastes dimensions : bibliothèques, salons et autres. Au lieu de flambeaux, des chandelles sourdes éclairaient le couloir décoré de tentures murales aux couleurs somptueuses et, de loin en loin, de vases de fleurs et de statues exposées dans des niches. Je ne pus m'empêcher de faire la comparaison avec les murailles austères de Castelcerf, et je me demandai combien de navires de guerre on aurait pu armer et d'équipages recruter avec l'argent qu'avait coûté l'ornementation de ce nid douillettement raffiné. Ma colère ne fit qu'affermir ma résolution : je trouverais la chambre de Royal.

Je passai devant trois nouvelles portes sans m'arrêter, puis arrivai devant une quatrième qui paraissait correspondre à ce que je cherchais : double, en chêne doré, elle était gravée du chêne, symbole de Bauge. J'appliquai brièvement l'oreille contre le bois et n'entendis rien ; avec circonspection, je manipulai la poignée polie : la clenche était mise. Mon poignard faisait un instrument grossier pour ce genre de tâche, et ma chemise jaune était trempée de sueur dans le dos quand le loquet céda enfin. J'ouvris prudemment la porte, me faufilai à l'intérieur, et la refermai vivement derrière moi.

J'étais certainement dans les appartements de Royal ; pas dans sa chambre à coucher, non, mais chez lui. J'examinai rapidement la pièce : il ne s'y trouvait pas moins de quatre hautes penderies, groupées par deux le long de deux murs opposés, et un grand miroir au milieu de chaque groupe. Le battant en bois surabondamment sculpté de l'une d'elles était entrouvert, peut-être à cause de la masse de vêtements qui l'empêchait de se fermer complètement. D'autres habits étaient pendus à des crochets ou des portants dans la pièce, ou drapés sur des fauteuils ; les tiroirs fermés à clé d'une petite commode renfermaient probablement des bijoux ; les miroirs situés entre les penderies étaient encadrés par des chandeliers aux bougies presque entièrement consumées. Deux petits brûloirs à Fumée étaient disposés de part et d'autre d'un fauteuil qui faisait face à un troisième miroir ; sur une table à côté, un peu en retrait, des brosses, des peignes, des pots de pommade et des flacons de parfum ; une mince volute de vapeur grise s'élevait encore d'un des brûloirs ; l'odeur douceâtre me fit froncer le nez, puis je me mis au travail.

Fitz, que fais-tu ? Une question à peine perceptible de Vérité.

Je fais justice. Je n'avais mis qu'un souffle d'Art dans ma réponse. Était-ce mon appréhension ou celle de Vérité que je ressentais soudain ? Je l'ignorais. Je chassai cette préoccupation de mon esprit et m'absorbai dans ma tâche.

C'était frustrant : la pièce ne renfermait guère d'objets dont je pusse avoir la certitude qu'ils véhiculeraient efficacement mes poisons ; je pouvais certes traiter la pommade, mais j'avais plus de chances de tuer celui qui coiffait Royal que Royal lui-même ; les brûloirs, eux, contenaient surtout des cendres, et les produits que j'y mélangerais finiraient sans doute aux ordures. La cheminée d'angle avait été nettoyée pour l'été, et il n'y avait pas de réserve de bois. Patience, me dis-je : la chambre à coucher ne devait pas être loin, et les occasions y seraient meilleures. En attendant, j'enduisis les poils de la brosse à cheveux avec une de mes concoctions les plus virulentes, et je trempai dans le reste le plus de boucles d'oreilles possible ; j'ajoutai les dernières gouttes aux flacons de parfum, sans grand espoir néanmoins que Royal s'en mette assez pour se tuer. Les mouchoirs parfumés et pliés dans son tiroir m'inspirèrent de les saupoudrer de spores blanches d'ange-de-la-mort afin de le distraire par des hallucinations en attendant la mort ; je pris davantage de plaisir à poudrer de morteracine l'intérieur de quatre paires de gants : c'était le poison dont il s'était servi contre moi dans les Montagnes, à l'origine sans doute des crises dont j'étais victime de temps en temps depuis lors. J'espérais qu'il les trouverait aussi amusantes chez lui qu'il s'en était diverti chez moi. Je choisis trois chemises qui devaient, à mon avis, être parmi ses préférées pour en traiter le col et les poignets. Il n'y avait pas de bois dans l'âtre, mais je possédais un poison qui se fondait bien aux traces de cendre et de suie sur les briques ; j'en répandis généreusement dans la cheminée dans l'espoir que, quand on y ferait du feu, les vapeurs délétères arriveraient jusqu'aux narines de Royal. Je venais de ranger le produit dans ma poche quand une clé tourna dans la porte.

À pas de loup, je contournai une penderie derrière laquelle je me dissimulai ; j'avais déjà le poignard à la main. Une sérénité mortelle m'avait envahi. Je respirais sans bruit, dans l'attente, en espérant que le sort venait de jeter Royal entre mes griffes ; mais non : c'était un garde aux couleurs du roi ; il pénétra dans la pièce et y jeta un rapide coup d'œil. L'air agacé, il dit d'un ton impatient : « C'était fermé à clé. Il n'y a personne ici. » J'attendis la réponse de son camarade, mais il était seul. Il resta un instant sans bouger, puis il poussa un soupir et s'approcha de la penderie entrouverte. « C'est complètement idiot ; je perds mon temps ici alors qu'il est sûrement en train de s'échapper », marmonna-t-il, ce qui ne l'empêcha pas de dégainer l'épée pour sonder prudemment les vêtements.

Comme il se penchait pour atteindre le fond de la penderie, j'aperçus son visage dans le miroir en face de moi. Mon cœur se glaça, puis la haine se mit à flamboyer en moi. Je ne connaissais pas le nom de cet homme mais son expression moqueuse était gravée à jamais dans ma mémoire : il faisait partie de la garde personnelle de Royal, et il avait assisté à ma mort.

Il dut voir mon reflet dans la glace en même temps que moi le sien. Sans lui laisser le temps de réagir, je bondis sur lui par-derrière. La lame de son épée était encore empêtrée dans les habits de Royal quand je lui enfonçai mon poignard dans le bas du ventre ; je lui passai l'avant-bras autour du cou pour me donner un point d'appui tandis que je tirais mon poignard vers le haut pour l'éventrer comme un poisson. Il ouvrit la bouche pour hurler ; je lâchai mon arme, lui appliquai la main sur les lèvres, et le maintins immobile pendant que ses entrailles se déversaient par la blessure béante ; quand je le laissai aller, il s'écroula, son cri étouffé changé en gémissement. Il tenait toujours son épée, aussi posai-je mon pied sur sa main en lui brisant les doigts sur la garde. Il roula légèrement sur le flanc pour lever vers moi un regard empreint de souffrance et d'hébétude. Je mis un genou en terre près de lui pour rapprocher mon visage du sien.

« FitzChevalerie, fis-je à mi-voix, les yeux plantés dans les siens pour m'assurer qu'il comprenait. FitzChevalerie. » Et, pour la seconde fois de la nuit, je tranchai une gorge, bien que ce ne fût guère utile. J'essuyai la lame de mon poignard sur sa manche tandis qu'il rendait le dernier soupir. En me redressant, je ressentis deux choses : de la déception qu'il fût mort si vite, et une sensation qui m'évoqua une harpe dont on pince une corde et qui laisse échapper un son plus pressenti qu'entendu.

L'instant suivant, un raz de marée d'Art déferla sur moi ; il était chargé de terreur mais, cette fois, je savais ce que j'affrontais et j'en connaissais la source ; je demeurai ferme, mes défenses inébranlables, et j'eus presque l'impression de sentir le flot s'écouler autour de moi. Pourtant, je perçus aussi que ma résistance était lue par quelqu'un, quelque part, et je n'avais pas à me creuser la cervelle pour savoir qui : Guillot tâtait mes murailles. Je sentis l'écho de la vague de triomphe qui surgit en lui. Une fraction de seconde, je restai pétrifié, saisi d'affolement, puis je me dirigeai vers la porte en rengainant mon poignard et me glissai dans le couloir toujours désert ; je n'avais qu'un temps limité pour trouver une nouvelle cachette. Guillot, par les yeux du garde et aussi nettement que lui, avait vu la pièce et moi-même ; à présent, je le sentais qui artisait tel un sonneur de trompe les gardes pour les lancer sur moi comme des molosses sur la piste d'un renard.

Tout en fuyant, je savais avec une certitude absolue que j'étais mort ; je parviendrais peut-être à me cacher quelque temps mais Guillot m'avait repéré dans le palais : il lui suffisait de faire bloquer toutes les issues et de passer le bâtiment au peigne fin. Je traversai une salle au pas de course, tournai un coin et gravis un escalier quatre à quatre. Je maintenais mes murailles d'Art solidement érigées et m'accrochais à mon petit plan comme à une pierre précieuse : je devais trouver la chambre de Royal et y empoisonner tous les objets, après quoi j'irais chercher Royal lui-même. Si les gardes me surprenaient les premiers, eh bien, je les ferais courir ; avec la quantité de poison que je portais sur moi, ils ne pourraient pas me tuer : je me suiciderais d'abord. C'était un plan qui ne valait pas grand-chose, mais la seule autre solution était de me rendre.

Aussi poursuivis-je ma course ; les portes, les statues et les fleurs défilaient de part et d'autre de moi. Toutes les portes que j'essayai d'ouvrir étaient fermées à clé. Je tournai un nouvel angle et me retrouvai en haut de l'escalier par lequel j'étais monté. Je me sentis un instant pris de vertige et désorienté ; je voulus chasser cette impression mais la terreur monta soudain en moi comme une marée de ténèbres. On eût dit le même escalier mais je savais n'avoir pas tourné assez souvent pour y être revenu ; je repris ma fuite dans le couloir ; j'entendis des gardes crier à l'étage inférieur tandis que la compréhension se faisait jour en moi, accompagnée d'une sensation de nausée.

L'Art de Guillot se resserrait sur mon esprit.

Vertige et pression derrière les yeux. Farouchement, je consolidai mes murailles mentales. Je tournai vivement la tête et je vis double un moment. L'effet de la Fumée ? Je n'avais guère de résistance contre les vapeurs intoxicantes qu'appréciait Royal ; cependant, ce que je ressentais était plus fort que l'ivresse provoquée par la Fumée ou la douce léthargie du gaibouton.

L'Art est un outil puissant dans les mains d'un maître. J'étais auprès de Vérité quand il l'employait contre les Pirates rouges, pour embrouiller un homme de barre au point qu'il précipite son navire sur les rochers, pour convaincre un navigateur qu'il n'avait pas encore passé tel amer alors qu'il l'avait déjà laissé loin derrière lui, pour susciter craintes et doutes dans le cœur d'un capitaine avant l'attaque, ou pour exacerber le courage d'un équipage afin qu'il se jette étourdiment dans une tempête.

Depuis combien de temps Guillot me manipulait-il ? M'avait-il subtilement mené à cet affrontement en me persuadant qu'il ne s'attendait pas à ma venue ?

Par un effort de volonté, je m'arrêtai devant une porte, puis me concentrai sur la clenche pendant que je la tournais. Elle n'était pas verrouillée. J'entrai dans la pièce et refermai la porte derrière moi. Des coupes de tissu bleu étaient étendues sur une table, prêtes à être cousues ; j'étais déjà venu ici ! Un instant, j'en éprouvai du soulagement, puis je réfléchis : non, la pièce en question était au rez-de-chaussée, et je me trouvai dans les étages Ou bien ? Je m'approchai rapidement de la fenêtre et jetai un regard discret à l'extérieur : loin en contrebas s'étendaient les jardins du roi, avec la grande allée blanche qui ressortait dans la nuit. Des voitures arrivaient, et des serviteurs en livrée s'empressaient çà et là d'ouvrir les portières. Des dames et des gentilshommes en tenues extravagantes, toutes rouges, quittaient le château par bandes entières : j'en conclus que la mort de Verde avait quelque peu gâché le bal de Royal. Aux portes, des gardes en livrée triaient les personnes autorisées à s'en aller et celles qui devaient attendre. J'embrassai tous ces détails d'un seul coup d'œil, et me rendis compte que je me trouvais beaucoup plus haut que je ne le croyais.

Pourtant, j'étais sûr d'avoir vu au rez-de-chaussée la table et le tissu bleu disposé pour être cousu dans les communs.

Mais, après tout, il n'était pas du tout inconcevable que Royal se fît préparer deux tenues bleues, et, de toute façon, je n'avais pas le temps de percer ce mystère : il me fallait trouver sa chambre. Une étrange excitation me saisit alors que je sortais de la pièce et reprenais ma course dans le couloir, une exultation qui n'était pas sans évoquer celle que procure une bonne chasse. Qu'ils m'attrapent s'ils en étaient capables !

J'arrivai soudain à un embranchement en T et m'arrêtai un instant, désorienté : cette conformation ne me semblait pas cadrer avec ce que j'avais vu du bâtiment depuis l'extérieur. Je jetai un coup d'œil à gauche, puis à droite, où le couloir prenait un aspect nettement plus imposant ; la grande double porte au fond était frappée du chêne doré de Bauge. Comme pour mieux m'aiguillonner, des éclats de voix furieux me parvinrent d'une pièce à ma gauche. Je pris à droite et tirai mon poignard tout en courant ; devant les grandes portes, je posai discrètement la main sur la poignée en m'attendant à les trouver fermées à clé, mais non : le battant s'ouvrit sans résistance et sans bruit. C'était presque trop facile. Je chassai néanmoins mes appréhensions et entrai, la lame de mon poignard à nu.

La pièce dans laquelle j'avais pénétré était plongée dans l'obscurité, en dehors de l'éclairage fourni par deux bougies qui brûlaient dans des supports en argent sur le manteau de la cheminée. Je me trouvais manifestement dans le salon de Royal. Une deuxième porte entrebâillée laissait voir l'angle d'un lit aux rideaux magnifiques, et, plus loin, une cheminée avec une réserve de bois déjà préparée dans l'âtre. Je refermai doucement la porte derrière moi et m'avançai. Sur une table basse, une carafe de vin, deux verres et une assiette de douceurs attendaient le retour de Royal ; le brûloir qui accompagnait ces objets était plein de Fumée en poudre prête à être allumée. Pour un assassin, c'était un rêve, et j'avais du mal à décider par où commencer.

« Vous voyez donc comment on arrive à ce résultat. »

Je me retournai d'un bloc et une soudaine distorsion des sens me laissa étourdi : j'étais au milieu d'une pièce bien éclairée mais relativement dépouillée. Guillot était nonchalamment assis dans un fauteuil garni de coussins, un verre de vin blanc sur une table à portée de sa main ; Carrod et Ronce se tenaient de part et d'autre de lui, avec une expression à la fois déconfite et irritée. Malgré l'envie qui me tenaillait de regarder autour de moi, je n'osai pas les quitter des yeux.

« Vas-y, Bâtard, jette un coup d'œil derrière toi. Je ne t'attaquerai pas : il serait dommage de tendre un tel piège à quelqu'un comme toi, et de te tuer avant que tu puisses juger de l'étendue de ta défaite. Vas-y, regarde derrière toi. »

Je me retournai lentement afin de pouvoir reporter rapidement mon regard sur Guillot. Tout avait disparu : plus de salon imposant, plus de lit à baldaquin, plus de carafe de vin, plus rien, rien qu'une pièce toute simple, où se réunissaient sans doute des chambrières. Six gardes en livrée se trouvaient là aussi, muets mais attentifs, l'épée hors du fourreau.

« Mes compagnons considèrent, semble-t-il, qu'une tempête de terreur peut débusquer n'importe qui ; mais, naturellement, ils n'ont pas autant que moi l'expérience de ta force de volonté. Tu apprécies, j'espère, la finesse dont j'ai fait preuve en te convainquant simplement que tu voyais ce que tu désirais voir. » Il jeta un coup d'œil à Carrod, puis à Ronce. « Il possède des murailles telles que vous n'en avez jamais rencontrées ; mais une muraille qui ne cède pas devant le bélier peut s'effriter sous l'assaut délicat du lierre. » Il reporta son attention sur moi. « Tu aurais fait un adversaire de valeur si, dans ta suffisance, tu ne m'avais constamment sous-estimé. »

Je n'avais encore rien dit. Je les dévisageais pendant que la haine qui m'envahissait consolidait mes remparts d'Art. Tous trois avaient changé depuis la dernière fois que je les avais vus : la silhouette de Ronce, autrefois celle bien découplée d'un charpentier, accusait les effets d'un trop bon appétit et du manque d'exercice ; l'accoutrement de Carrod éclipsait l'homme qui le portait : rubans et breloques festonnaient ses habits comme les fleurs un pommier au printemps. Mais c'était chez Guillot, assis entre eux dans son fauteuil, qu'étaient survenus les changements les plus visibles : il était tout de bleu sombre vêtu, et la coupe précise de ses habits leur donnait un aspect plus opulent que ceux de Carrod ; une simple chaîne, un anneau à la main, des boucles d'oreilles, le tout en argent : à cela s'arrêtaient ses parures. De ses yeux sombres, autrefois si terriblement perçants, un seul demeurait ; l'autre, enfoncé dans son orbite, avait un aspect laiteux au fond de son trou, tel un poisson crevé dans un bassin d'eau sale. Il me sourit en me voyant observer son œil, puis l'indiqua du doigt.

« Un souvenir de notre dernière rencontre, bien que j'ignore toujours ce que tu m'as envoyé au visage.

— Quel dommage ! dis-je avec sincérité. J'avais préparé ces poisons pour tuer Royal, pas pour t'éborgner. »

Guillot soupira d'un air affecté. « Une nouvelle trahison que tu confesses – encore que de façon superflue. Enfin ! Nous serons plus soigneux cette fois-ci. Naturellement, nous te laisserons vivre le temps de découvrir comment tu as échappé à la mort, et tu auras un autre sursis tant que tu amuseras le roi Royal : aujourd'hui, la hâte et la discrétion ne sont plus de mise. » Il fit un imperceptible signe de tête aux gardes derrière lui.

Je souris en posant la lame enduite de poison de mon poignard sur mon bras gauche, puis, serrant les dents, j'entaillai la chair sur toute la longueur de mon avant-bras, assez profondément pour que le poison passe dans mon sang. Guillot se dressa d'un bond, stupéfait, tandis que Carrod et Ronce prenaient une expression d'horreur et de dégoût. Je pris mon poignard de la main gauche et tirai l'épée de la droite.

« Je suis déjà en train de mourir, fis-je en souriant ; la fin est sans doute très proche. Je n'ai pas de temps à gaspiller, et rien à perdre. »

Mais il avait raison quand il disait que je l'avais toujours sous-estimé : je me retrouvai non pas face aux membres du clan mais devant les six gardes armés. Me suicider était une chose, me faire hacher menu sous les yeux de ceux dont je voulais tirer vengeance en était une autre. Je me retournai brusquement, et une vague de vertige me saisit soudain, comme si c'était la pièce et non moi-même qui se déplaçait ; quand je levai les yeux, les six hommes étaient toujours devant moi. Je fis à nouveau demi-tour, puis encore, avec une sensation de tangage. La fine ligne sanglante le long de mon bras commençait à me brûler. L'occasion de faire un sort à Guillot, Ronce et Carrod s'éloignait à mesure que le poison se répandait dans mon sang.

Les gardes marchaient sur moi sans se presser, en se déployant en demi-cercle, et me repoussaient devant eux comme une brebis égarée. En reculant, je jetai un coup d'œil derrière moi et aperçus vaguement les membres du clan : Guillot se tenait un pas en avant des deux autres, l'air agacé. J'étais venu dans l'espoir de tuer Royal, et je n'étais arrivé qu'à contrarier par mon suicide son âme damnée !

Ton suicide ? Quelque part, tout au fond de moi, Vérité était frappé d'horreur.

Mieux vaut ça que la torture. J'avais mis moins qu'un souffle d'Art dans ma réponse, mais je suis prêt à jurer avoir senti Guillot essayer de la saisir.

Mon garçon, cesse cette folie ! Va-t'en ! Viens me rejoindre !

Je ne peux pas ; il est trop tard. Je suis condamné. Laissez-moi, vous n'allez réussir qu'à vous trahir à leurs yeux.

Me trahir ? L'Art de Vérité tonna soudain dans mon esprit comme un orage d'été, comme les vagues furieuses qui ébranlent une falaise de schiste. Je l'avais déjà vu agir ainsi : une fois au paroxysme de la colère, il dépensait toute sa force d'Art d'un seul coup, sans considération de ce qui pouvait lui arriver par la suite. Je sentis Guillot hésiter, puis plonger dans ce torrent d'Art pour atteindre Vérité et tenter de se coller à lui pour aspirer son énergie.

Réjouissez-vous, vipères ! Je me trahis devant vous ! Et mon roi laissa libre cours à sa fureur.

L'attaque d'Art de Vérité fut une explosion d'une puissance que je n'avais rencontrée chez nul autre. Elle n'était pas dirigée contre moi mais je fus quand même jeté à genoux. J'entendis Carrod et Ronce pousser des cris de terreur gutturaux ; l'espace d'un instant, ma tête et mes sens s'éclaircirent et je vis la pièce telle qu'elle était réellement, avec les gardes déployés entre le clan et moi ; Guillot était allongé par terre, sans connaissance. Peut-être fus-je le seul à percevoir l'immense effort qu'il en coûta à Vérité pour me sauver. Les gardes titubaient, pâlissant comme des bougies au soleil. Je me retournai : la porte derrière moi s'ouvrait et de nouveaux gardes apparaissaient. En trois enjambées, je pouvais être à la fenêtre.

REJOINS-MOI !

L'ordre ne me laissait aucun choix : imprégné de l'Art qui le véhiculait, il se grava au fer rouge dans mon cerveau et ne fit plus qu'un avec ma respiration et les battements de mon cœur. Je devais rejoindre Vérité. C'était un cri à la fois de commandement et, à présent, d'imploration : mon roi avait sacrifié ses réserves pour me sauver.

De lourdes tentures dissimulaient la fenêtre aux épaisses vitres en verre spiralé. Ni les unes ni les autres ne m'arrêtèrent quand je les traversai d'un bond en espérant que des buissons amortiraient un peu ma chute en contrebas. Mais je touchai terre une fraction de seconde plus tard, à ma grande surprise, au milieu des éclats de verre : croyant sauter d'une hauteur d'au moins un étage, je venais en réalité de sortir par une fenêtre du rez-de-chaussée. Un infime instant, je mesurai à quel point Guillot m'avait abusé, puis je me remis debout en vacillant, mon poignard et mon épée toujours à la main, et je détalai.

Les jardins étaient mal éclairés du côté des communs, et j'en remerciai le ciel tout en poursuivant ma course. Derrière moi, j'entendis des cris, puis Ronce qui braillait des ordres : ils seraient sous peu sur mes talons. Je n'arriverais jamais à m'échapper à pied ; je pris vers l'obscurité compacte des écuries.

Le départ des invités du bal les avait réveillées ; la plupart des lads de service devaient se trouver de l'autre côté du palais à tenir des chevaux par la bride, et les portes étaient grandes ouvertes sur l'air doux de la nuit ; des lanternes éclairaient l'intérieur. J'y fonçai, et, à l'entrée, je faillis renverser une palefrenière ; c'était une fillette maigre, au visage constellé de taches de rousseur, qui ne devait pas avoir plus de dix ans ; elle recula en titubant, puis se mit à pousser des cris perçants à la vue de mes armes dégainées.

« Je prends une monture, c'est tout, lui dis-je d'un ton rassurant. Je ne te ferai pas de mal. » Elle continua de reculer pendant que je remettais au fourreau mon épée, puis mon poignard. Elle fit soudain demi-tour. « Pognes ! Pognes ! » Elle se sauva en criant ce nom que je connaissais bien, mais je n'avais pas le temps de m'y arrêter. À trois boxes de moi, j'aperçus le cheval noir de Royal qui m'observait avec curiosité par-dessus sa mangeoire. Je m'approchai de lui à pas tranquilles, puis lui caressai le museau pour susciter ses souvenirs : il y avait bien huit mois qu'il n'avait pas senti mon odeur, mais je le connaissais depuis sa naissance. Il me mordilla le col et ses moustaches me chatouillèrent le cou. « Allons, Flèche, on va faire une petite sortie de nuit. Comme avant, hein, mon vieux ? » J'ouvris la porte du box, pris le cheval par la longe et le fis sortir. J'ignorais où avait disparu la fillette, mais je ne l'entendais plus.

Flèche était grand, il n'avait pas l'habitude d'être monté à cru, et il sautilla un peu sur place tandis que je me hissais tant bien que mal sur le poil lisse de son dos. Malgré le danger qui m'entourait de toute part, je ressentis un vif plaisir à me trouver à nouveau à cheval. Je m'agrippai à sa crinière et, d'une pression des genoux, le fis avancer; il fit trois pas, puis s'arrêta devant l'homme qui lui barrait le passage. Pognes me regardait, une expression incrédule sur le visage. Je ne pus m'empêcher de sourire devant son air ahuri.

« Ce n'est que moi, Pognes. Il faut que j'emprunte une monture ou on va me tuer – encore une fois. »

Je m'attendais, je crois, à ce qu'il éclate de rire et me fasse signe de passer; mais il continua de me dévisager en blêmissant de plus en plus, au point que je pensai le voir défaillir.

« C'est moi! Fitz! Je ne suis pas mort! Laisse-moi sortir, Pognes! »

Il recula. « Sainte Eda! » s'exclama-t-il; il allait sûrement s'esclaffer, maintenant. Mais non. « La magie des bêtes! » souffla-t-il, puis il fit demi-tour et s'enfuit dans la nuit en beuglant: « Gardes! Gardes! »

Je dus perdre deux secondes à le regarder se sauver, bouche bée. Je sentis en moi un déchirement tel que je n'en avais pas éprouvé depuis le départ de Molly. Toutes nos années d'amitié, la longue routine du travail accompli ensemble à l'écurie, qu'il pleuve ou qu'il vente, tout cela balayé par un instant de terreur superstitieuse! C'était injuste, mais j'étais surtout écœuré par sa trahison, et une colère froide m'envahit; cependant, je talonnai Flèche et m'enfonçai dans les ténèbres.

Lui au moins, il me faisait confiance, cet excellent cheval que Burrich avait si bien dressé. Je lui fis quitter l'allée des voitures, trop éclairée, et les sentiers déserts pour traverser au galop haies et massifs de fleurs, et enfin passer comme une trombe devant un attroupement de gardes à l'une des portes des marchands. Ils surveillaient le chemin mais Flèche et moi étions arrivés par les pelouses et nous avions franchi l'issue avant qu'ils eussent compris de quoi il retournait. Si je connaissais bien Royal, demain ils auraient des zébrures dans le dos.

Passée la porte, nous coupâmes à nouveau à travers les jardins. Derrière nous s'élevaient des cris de poursuite. Pour un cheval accoutumé au harnais, Flèche répondait parfaitement à la pression de mes genoux et à mon poids ; je le persuadai de franchir une haie pour gagner une route, puis, laissant les jardins du roi derrière nous, nous traversâmes au galop la partie raffinée de la ville, par des rues pavées où brûlaient encore des torches ; mais les belles demeures furent bientôt derrière nous elles aussi, et nous passâmes dans un bruit de tonnerre devant des auberges où brillait de la lumière pour les voyageurs tardifs et des échoppes enténébrées, les volets clos pour la nuit. Il était tard, les rues étaient quasiment désertes : nous les enfilâmes sans y trouver plus d'obstacle que le vent.

Je laissai Flèche ralentir en atteignant la partie la plus populaire de la ville ; là, les torches étaient plus largement espacées et certaines étaient déjà consumées. Néanmoins, ma monture, percevant le sentiment d'urgence qui m'étreignait, conserva une allure respectable. Une fois, le claquement des sabots d'un cheval lancé au grand galop me parvint, et je crus un instant que nos poursuivants nous avaient retrouvés, mais c'était un messager qui nous croisa sans même ralentir. Je continuai mon chemin, avec la crainte d'entendre des chevaux et le son des trompes derrière nous.

Alors que je pensais avoir échappé aux recherches, je découvris que Gué-de-Négoce me réservait encore une horrible surprise. Je venais de pénétrer dans ce qui était naguère le grand marché de la ville ; c'était autrefois le cœur de la cité, vaste place commerçante pleine de merveilles, où l'on pouvait trouver des denrées venues des quatre coins du monde connu.

Par quel mécanisme de dégénérescence on en était arrivé au cirque du roi, je n'ai jamais pu le découvrir précisément ; quoi qu'il en fût, alors que je traversais le grand cercle du marché, Flèche renifla en sentant l'odeur du sang séché sur les pavés. Les vieux gibets se dressaient toujours sur la place, ainsi que les poteaux de flagellation, érigés au profit de la foule à côté d'autres appareils dont je n'avais nulle envie de connaître l'usage ; sans doute ceux que l'on installerait dans le nouveau cirque du roi bénéficieraient-ils d'un surcroît d'invention dans la cruauté. Je pressai les flancs de Flèche et passai devant ces instruments avec un frisson glacé, en adressant à Eda une prière pour en demeurer à l'écart.

Soudain, une volute d'émotion s'enroula autour de mes pensées et les tordit. L'espace d'un instant, le cœur tonnant, je crus que Guillot m'avait rattrapé par l'Art et cherchait à me rendre fou ; mais j'avais consolidé mes murailles mentales autant qu'il m'était possible, et, de toute façon, après l'assaut destructeur de Vérité, ni lui ni aucun de ses acolytes ne seraient aptes à artiser avant longtemps. Non, c'était bien pire ; ce que je percevais venait d'une source plus profonde, plus primitive, aussi insidieuse qu'une eau limpide mais empoisonnée. Un flot de haine, de douleur, de claustrophobie asphyxiante et de faim se déversait en moi, le tout combiné en un effrayant désir de vengeance et de liberté qui réveilla en moi tout ce que j'avais éprouvé dans les cachots de Royal.

Cela venait des cages. Disposées autour du cercle, elles dégageaient une terrible puanteur, une odeur atroce de blessures infectées, d'urine et de viande pourrie. Pourtant, cet affront à mon odorat n'était rien à côté des infernales émanations de Vif que j'en captais : les grilles renfermaient des bêtes démentes, des créatures gardées prisonnières pour massacrer les criminels et les forgisés que Royal leur jetait en pâture. Il y avait un ours à qui l'on avait passé une lourde muselière malgré les barreaux derrière lesquels il allait et venait sans cesse ; il y avait aussi deux grands félins d'une espèce inconnue de moi, qui souffraient le martyre à cause des crocs qu'ils s'étaient cassés et des griffes qu'ils s'étaient arrachées sur les barres de métal, et qui persistaient néanmoins à se battre contre leur prison ; il y avait enfin un immense taureau noir aux cornes d'une envergure prodigieuse, à la chair hérissée de pointes enrubannées et piquées dans des blessures infectées d'où coulait du pus. Leur supplice hurlait en moi, demandait que j'y mette fin, mais je n'avais pas besoin de m'arrêter pour voir les lourdes chaînes et les solides cadenas qui fermaient chaque cage. Si j'avais eu un pic, j'aurais pu essayer de faire sauter les cadenas ; si j'avais disposé de viande ou de grain, j'aurais pu libérer les bêtes en les empoisonnant, mais je n'avais rien de tout cela, et encore moins de temps. Je poursuivis donc ma route jusqu'au moment où la vague de leur folie et de leurs tourments déferla sur moi.

Je tirai les rênes : je ne pouvais pas les laisser ainsi. Mais l'ordre surgit en moi, indélébile : *Rejoins-moi.* Désobéir était insupportable. Je talonnai Flèche qui tremblait comme une feuille et abandonnai les bêtes encagées à leur sort, en portant sur l'ardoise de Royal une nouvelle dette que je lui ferais régler un jour.

La lumière du jour apparut alors que nous parvenions à la sortie de la ville. Je n'avais jamais imaginé que Gué-de-Négoce fût si vaste. Nous nous arrêtâmes au bord d'un ruisseau paresseux qui se jetait dans le fleuve ; je mis pied à terre et laissai Flèche s'abreuver, après quoi je le fis marcher un moment à la longe, puis le laissai boire à nouveau. Pendant ce temps, mille pensées se bousculaient dans ma tête : des équipes de gardes lancées à ma recherche devaient suivre à présent les routes menant au sud, dans l'idée que je prendrais la direction de Cerf ; j'avais désormais une bonne avance sur elles ; tant que je ne m'arrêtais pas, j'avais des chances de leur échapper. Je me remémorai mon balluchon, si soigneusement caché, que je ne récupérerais jamais ; mes vêtements d'hiver, ma couverture, mon manteau, j'avais tout perdu. Je me demandai soudain si Royal reprocherait à Pognes le vol du cheval ; je revoyais sans cesse le regard de Pognes sur moi avant qu'il s'enfuie, et j'en venais à me réjouir de n'avoir pas cédé à la tentation de chercher Molly : il était déjà bien assez dur de voir une telle expression d'horreur et de dégoût sur les traits d'un ami ; je n'avais nulle envie de la reconnaître dans ses yeux à elle. Je me rappelai aussi la sourde souffrance des bêtes que m'avait fait percevoir mon Vif. Mais tous ces souvenirs furent bientôt chassés par la colère que j'éprouvai de ce que mon attentat contre Royal eût été contrarié, et par une question : détecterait-on les poisons dont j'avais saupoudré ses vêtements, ou bien parviendrais-je quand même à le tuer ? Et, dominant l'ensemble, il y avait l'ordre de Vérité : *Rejoins-moi,* avait-il dit, et je ne cessais jamais tout à fait d'entendre ces mots ; ils obsédaient une petite partie de mon esprit, me poussaient à ne pas perdre mon temps à réfléchir ni à boire, et à remonter sur mon cheval pour rejoindre Vérité qui avait besoin de moi, qui me l'avait ordonné.

Pourtant, je me baissai pour boire, et c'est là, agenouillé au bord de l'eau, que je remarquai que je n'étais pas mort.

Je trempai la manche de ma chemise dans le courant, puis décollai avec précaution de mon bras le tissu imprégné de sang coagulé. L'entaille que je m'étais faite était peu profonde, guère plus qu'une longue coupure ; elle était enflammée mais ne paraissait pas infectée. Je me rappelai un peu tard que je m'étais servi à deux reprises de mon poignard pour tuer cette nuit, et que j'avais essuyé la lame au moins une fois ; le poison ne devait plus s'y trouver qu'à l'état de traces infimes quand je m'étais coupé.

Tel le soleil levant, l'espoir se mit soudain à briller en moi : on allait chercher un cadavre sur le bord de la route ou un homme mourant caché dans la cité, trop affaibli désormais pour monter à cheval. Les trois membres du clan m'avaient vu m'empoisonner, et avaient dû percevoir ma certitude absolue que j'allais bientôt périr ; parviendraient-ils à convaincre Royal de ma mort prochaine ? Je n'y comptais pas trop, mais je pouvais l'espérer. Je me hissai de nouveau sur Flèche et le talonnai ; nous passâmes rapidement devant des fermes, des champs de céréales et des vergers. Je chevauchais le bras serré contre ma poitrine : sous peu, quelqu'un penserait à faire interroger ceux qui entraient dans la ville, mieux valait donc commencer tout de suite à jouer mon rôle.

Nous finîmes par rencontrer des étendues de terres incultes sur lesquelles paissaient en liberté des moutons et des haragars, et, peu après midi, je fis ce que je devais faire : je mis pied à terre près d'un ruisseau encombré de broussailles, fis boire

Flèche encore une fois, puis le fis pivoter en direction de Gué-de-Négoce. «Retourne aux écuries, mon vieux», fis-je ; comme il ne réagissait pas, je lui assenai une claque sur le flanc. «Vas-y, va retrouver Pognes. Dis-lui que je suis mort.» Je lui transmis l'image de sa mangeoire débordant d'avoine, dont je le savais friand. «Allons, Flèche, vas-y !»

Il renifla en me regardant d'un air perplexe, s'éloigna, puis s'arrêta un peu plus loin et tourna la tête vers moi en attendant que je le rejoigne. «Va-t'en !» criai-je en tapant du pied. Il tressaillit, puis se mit en route au trot, les genoux haut levés, en agitant la tête ; il était à peine fatigué. Quand il reviendrait aux écuries sans cavalier, peut-être me croirait-on mort, et perdrait-on du temps à chercher un cadavre au lieu de me poursuivre ; je ne pouvais guère faire davantage pour tromper l'adversaire, et cela valait mieux, en tout cas, que de chevaucher la monture du roi lui-même au vu et au su de tout le monde. Le bruit des sabots de Flèche allait diminuant, et je me demandais s'il m'arriverait un jour de remonter sur un animal de cette qualité sans parler d'en posséder un. C'était peu vraisemblable.

Rejoins-moi. L'ordre résonnait toujours dans ma tête.

«Je viens, je viens, marmonnai-je. D'abord, je vais chasser, manger un morceau et dormir, mais ensuite je viens.» Je quittai la route et me mis à suivre le ruisseau vers l'amont, dans des broussailles de plus en plus denses. Un chemin long et fatigant m'attendait, et je n'avais pour l'affronter guère plus que ce que j'avais sur le dos.

10

LA FOIRE À L'EMBAUCHE

L'esclavage est une tradition dans les États chalcèdes et constitue l'un des piliers majeurs de leur économie. On prétend là-bas que la principale source d'approvisionnement serait les prisonniers capturés à la guerre, pourtant, une grande partie des esclaves qui fuient aux Six-Duchés affirment avoir été pris lors de raids pirates contre leurs contrées natales. La position officielle de Chalcède est que ces attaques sont pure invention, mais Chalcède nie tout aussi officiellement fermer les yeux sur les activités des Pirates qui opèrent depuis les îles Marchandes. Les deux sont indissociables.

Dans les Six-Duchés, en revanche, l'esclavage n'a jamais été communément accepté. Beaucoup de conflits qui opposèrent jadis Haurfond aux États chalcèdes avaient leur origine dans la question des esclaves plutôt que dans des querelles de frontière : les familles de Haurfond se refusaient à tolérer que les soldats blessés ou capturés à la guerre fussent asservis pour le restant de leurs jours, et chaque fois que Haurfond perdait une bataille, une violente attaque suivait presque immédiatement contre les États chalcèdes pour récupérer les hommes perdus lors de la première. Ainsi, Haurfond finit par s'approprier un vaste territoire qui appartenait précédemment aux États chalcèdes. La paix entre ces deux régions est toujours précaire, et Chalcède ne cesse de se plaindre des habitants de Haurfond qui non seulement donnent asile aux esclaves en fuite mais

encouragent les autres à se sauver également. Aucun monarque
des Six-Duchés n'a jamais nié ce fait.

*

Mon unique but désormais était de rejoindre Vérité par-delà le royaume des Montagnes. Pour cela, il me faudrait d'abord traverser tout Bauge, ce qui n'aurait rien de facile : les régions qui bordent la Vin sont certes accueillantes, mais plus on s'éloigne du fleuve, plus la campagne devient aride. Les terres arables sont consacrées à la culture du chanvre et du lin mais au-delà s'étendent de vastes territoires découverts et inhabités. L'intérieur du duché de Bauge, sans être désertique, est une zone plate et sèche qu'utilisent seules les tribus nomades qui y déplacent leurs troupeaux en fonction des fourrages ; mais même elles la quittent après que les «temps verts» de l'année sont passés pour se rassembler en villages temporaires le long des rivières ou des points d'eau. Durant les jours qui suivirent mon évasion du château de Gué-de-Négoce, mes observations me conduisirent à me demander pourquoi le roi Manieur s'était donné la peine de soumettre Bauge, et plus encore d'en faire un des six Duchés. Je savais devoir m'éloigner de la Vin en direction du Lac Bleu, au sud-ouest, traverser le lac en question, puis longer la Froide jusqu'aux contreforts des Montagnes, mais ce n'était pas un voyage pour un homme seul – et sans Œil-de-Nuit c'est ce que j'étais.

Il n'existe pas de grande ville dans l'intérieur, bien que de vagues hameaux subsistent bon an mal an autour de certaines des sources qui piquettent çà et là cette région ; la plupart survivent grâce aux caravanes marchandes qui les traversent, car des échanges commerciaux s'effectuent, lentement certes, entre le Lac Bleu et la Vin, et c'est par cette voie que les articles des Montagnes ont accès aux Six-Duchés. À l'évidence, je devais m'intégrer par un moyen ou par un autre à l'une de ces caravanes ; cependant, ce qui est évident n'est pas toujours facile à réaliser.

À mon entrée à Gué-de-Négoce, j'avais l'air du mendiant le plus misérable qui se pût imaginer ; à mon départ, je portais des habits fins et je montais un des meilleurs chevaux qui eût été élevé à Castelcerf ; mais, après m'être séparé de Flèche, la gravité de ma situation m'apparut peu à peu Je n'avais pour tous biens que les vêtements que j'avais volés, mes bottes en cuir, ma ceinture, ma bourse, un poignard, une épée, plus une bague et un médaillon au bout d'une chaîne ; ma bourse, vide de tout argent, ne contenait plus que mon matériel pour faire du feu, une pierre à aiguiser pour mon poignard, et un bon choix de poisons.

Les loups ne sont pas faits pour chasser seuls : c'est ce qu'Œil-de-Nuit m'avait déclaré un jour, et, avant même le crépuscule, j'adhérais pleinement à cette affirmation ; mon repas de la journée avait consisté en racines de lis de riz et quelques noisettes qu'un écureuil avait rassemblées dans une cachette trop visible. J'aurais volontiers dévoré l'animal qui m'invectivait du haut d'un arbre pendant que je pillais sa réserve, mais je n'avais pas les moyens de réaliser ce souhait ; et, pendant que je cassais les noisettes à l'aide d'une pierre, je songeai que mes illusions sur moi-même étaient tombées l'une après l'autre.

Je m'étais cru autonome, capable de me débrouiller seul, je m'enorgueillissais de mes talents d'assassin, j'avais même la conviction, tout au fond de moi-même, que, malgré mon inaptitude à maîtriser mes capacités d'artiseur, ma puissance me faisait l'égal de n'importe quel membre du clan de Galen ; mais une fois disparus la générosité du roi Subtil et les compétences cynégétiques de mon compagnon loup, les renseignements discrets et les talents de tacticien d'Umbre, et l'encadrement de Vérité sur l'Art, il ne restait plus qu'un homme affamé qui portait des vêtements volés, à mi-chemin entre Castelcerf et les Montagnes, sans guère de moyens de se rapprocher ni de l'un ni des autres.

Si délectables que fussent ces réflexions dans leur morosité, elles n'apaisaient en rien le tiraillement constant de l'ordre d'Art de Vérité : *Rejoins-moi.* Avait-il fait exprès de graver ces mots en moi ? J'en doutais. Il ne cherchait sans doute qu'à m'empêcher de tuer Royal et de me tuer moi-même ; n'empêche que la compulsion était bien là et s'envenimait comme une pointe de flèche plantée dans ma chair. Elle teintait même mon sommeil d'impatience, si bien que je me voyais souvent en rêve en train de me mettre à la recherche de Vérité. Je n'avais certes pas renoncé à mon ambition d'assassiner Royal : dix fois par jour, j'échafaudais des plans, j'inventais des moyens pour retourner à Gué-de-Négoce et l'attaquer par surprise ; mais la même réserve présidait à tous ces calculs : « Après que j'aurai rejoint Vérité. » Il était devenu absolument inconcevable d'accorder une plus haute priorité à autre chose.

À plusieurs jours de marche en amont de Gué-de-Négoce se trouve une ville du nom d'Appontement. Sans avoir les proportions de sa consœur, et de loin, ce n'en est pas moins une agglomération de belle taille. On y produit du cuir de bonne qualité, non seulement de vache mais aussi de la peau coriace des haragars ; une fine faïence créée à partir de l'argile blanche dont les veines bordent le fleuve constituait apparemment l'autre grande industrie de la ville : nombre d'objets que l'on fabrique en bois, en verre ou en métal partout ailleurs sont confectionnés en cuir ou en céramique en Appontement ; non seulement les chaussures et les gants sont taillés dans le cuir, mais aussi les chapeaux et d'autres articles d'habillement, ainsi que les fonds de chaise et jusqu'aux toits et aux parois des étals des marchés. Dans les vitrines, je vis exposés des tranchoirs, des chandeliers et même des seaux en faïence finement émaillée, gravés ou peints dans cent styles et couleurs différents.

Je finis également par dénicher un petit bazar où l'on pouvait vendre n'importe quoi sans que trop de questions fussent posées ; j'échangeai mes beaux habits contre la tunique et le pantalon flottants des ouvriers, plus une paire de chausses. J'aurais pu faire une meilleure affaire mais l'homme me signala plusieurs taches brunâtres aux poignets de la chemise dont il affirma qu'elles ne partiraient pas ; quant à mes jambières, trop petites pour moi, elles s'étaient distendues; l'homme pouvait les laver, mais il n'était pas sûr de pouvoir leur rendre leur taille d'origine… Je baissai les bras et me contentai de ce que j'avais obtenu. Au moins, mes nouveaux vêtements n'avaient pas été portés par un assassin évadé du palais du roi.

Dans une boutique plus loin dans la même rue, je me séparai de la bague, du médaillon et de la chaîne contre sept piécettes d'argent et sept pièces de cuivre. On était loin du prix d'une place dans une caravane à destination des Montagnes, mais c'était la meilleure offre sur les six qu'on m'avait faites. La petite femme dodue qui m'avait acheté les objets me toucha timidement le bras alors que je m'apprêtais à sortir.

« Je ne vous demanderais pas ça, messire, si je ne vous voyais pas dans une bien mauvaise passe, fit-elle d'un ton hésitant. Alors, je vous en prie, ne prenez pas mal mon offre.

— Laquelle ? » demandai-je. Je m'attendais qu'elle me propose d'acheter l'épée, mais j'avais déjà décidé de ne pas m'en défaire : je n'en tirerais pas assez pour prendre le risque d'aller désarmé.

Elle désigna mon oreille d'un geste hésitant. « Votre boucle d'homme libre. J'ai un client qui collectionne ce genre de rareté. Je crois que celle-ci vient du clan Butran ; est-ce que je me trompe ? » Elle avait posé la question d'un ton incertain, comme si elle pensait me voir d'un instant à l'autre me mettre dans une rage noire.

« Je n'en sais rien, répondis-je franchement. C'est un ami qui me l'a donnée ; je ne m'en séparerais pas pour toutes les pièces d'argent du monde. »

Elle eut soudain un sourire entendu, soudain plus assurée. « Oh, pour un pareil objet, on parle de pièces d'or, je le sais bien ; je ne vous ferais pas l'insulte de vous offrir de l'argent.

— D'or ? » répétai-je, abasourdi. Je portai la main à mon oreille pour toucher le petit bijou. « Pour ceci ?

— Bien sûr, acquiesça-t-elle tranquillement, pensant que je cherchais l'enchère. Elle est visiblement d'une facture supérieure, c'est d'ailleurs ce qui fait la réputation du clan Butran ;

et puis il y a la rareté de ce genre d'objet : le clan Butran n'accorde pas fréquemment la liberté à un esclave. Même si loin de Chalcède, c'est un fait connu : une fois qu'un homme ou une femme porte les tatouages butrans, ma foi… »

Je n'eus guère à la pousser pour la lancer dans une conférence érudite sur le commerce des esclaves en Chalcède, les tatouages d'asservissement et les bagues d'affranchissement. Il devint vite évident qu'elle désirait la boucle d'oreille de Burich, non pour un quelconque client, mais pour elle-même : un de ses ancêtres avait réussi à gagner sa liberté, et elle possédait encore la bague d'affranchissement que ses propriétaires lui avaient remise comme preuve tangible qu'il n'était plus esclave : la détention d'une telle boucle si elle correspondait au dernier symbole clanique tatoué sur la joue de l'esclave, constituait le seul moyen par lequel l'esclave en question pouvait se déplacer librement en Chalcède, sans même parler de quitter le pays. Un esclave fauteur de troubles se repérait aisément au nombre de tatouages sur son visage, qui décrivaient l'historique de ses changements de propriétaire, si bien que l'expression « face de carte » désignait un esclave qui avait été vendu dans tout Chalcède, un trublion propre à rien sinon aux galères ou aux mines. Mon interlocuteur me pria d'ôter mon clou d'oreille et de l'examiner attentivement, d'observer la finesse des maillons d'argent dont était constituée la résille qui enserrait le saphir – car c'était bel et bien un saphir. « Voyez-vous, expliqua-t-elle, l'esclave doit non seulement gagner sa liberté mais ensuite continuer de travailler pour son maître afin de rembourser le prix d'un tel bijou : sans lui, sa liberté ne vaut guère mieux qu'une laisse rallongée ; il ne peut aller nulle part sans se faire arrêter aux points de contrôle, il ne peut accepter aucune tâche d'homme libre sans le consentement écrit de son ancien propriétaire. L'ancien maître n'est plus responsable ni de son logement ni de sa nourriture, mais l'ancien esclave n'en a pas pour autant obtenu sa liberté. »

Elle me proposa trois pièces d'or sans l'ombre d'une hésitation. C'était plus que le prix d'une place dans une caravane ;

j'aurais pu m'acheter un cheval, un bon, et non seulement m'inscrire à une caravane mais en plus voyager confortablement. Pourtant, je sortis de l'échoppe avant que la femme pût me faire changer d'avis en augmentant son offre. Une pièce de cuivre me paya un morceau de pain grossier que je mangeai assis près des quais, l'esprit traversé de mille réflexions. Cette boucle avait sans doute appartenu à la grand-mère de Burrich : je l'avais entendu dire qu'elle avait été esclave mais qu'elle avait gagné sa liberté ; quelle importance attachait-il à ce bijou pour l'avoir donné à mon père ? Et quelle importance mon père y attachait-il pour l'avoir gardé ? Patience était-elle au courant de son histoire quand elle me l'avait remis ?

Je suis humain : les pièces d'or me tentaient. Je songeai que, si Burrich connaissait ma situation, il m'aviserait de vendre la boucle sans tergiverser, car ma vie et ma sécurité lui tenaient plus à cœur qu'un clou d'oreille en argent et saphir ; ainsi, je pourrais m'offrir un cheval, me rendre dans les Montagnes pour y rejoindre Vérité et mettre un terme au tiraillement constant de son ordre d'Art, qui m'était comme une démangeaison que je ne pouvais gratter.

Le regard perdu de l'autre côté du fleuve, je considérai finalement l'énormité du voyage qui m'attendait : je devais d'abord traverser une région quasi désertique pour rallier le Lac Bleu ; là, il me faudrait franchir le lac par un moyen dont je n'avais pas la moindre idée ; sur l'autre rive, des pistes forestières gravissaient les piémonts jusqu'aux terres chaotiques du royaume des Montagnes. Je devais parvenir à Jhaampe, la capitale, et y obtenir, Eda savait comment, une copie de la carte dont Vérité s'était servi ; elle s'appuyait sur de vieux écrits tirés de la bibliothèque de Jhaampe, où se trouvait peut-être encore l'original, qui seul pourrait me conduire à Vérité, quelque part dans les territoires inconnus par-delà le royaume des Montagnes. Pour cela, j'aurais besoin de tout l'argent, de toutes les ressources disponibles.

Pourtant, je décidai de garder le clou d'oreille, non à cause de ce qu'il signifiait pour Burrich, mais à cause de ce qu'il signifiait pour moi : c'était le dernier lien physique qui me rattachait à mon passé, à celui que j'avais été, à l'homme qui m'avait élevé, et même au père qui l'avait autrefois porté. Aussi me fut-il curieusement difficile de faire un geste que je savais avisé ; je parvins néanmoins à dégrafer la petite attache de la boucle. J'avais conservé les chutes de soie que j'avais utilisées pour ma comédie à Gué-de-Négoce, et je choisis la plus petite pour en envelopper soigneusement le bijou avant de le ranger dans ma bourse. La marchande s'y était intéressée de trop près et en avait trop bien noté les caractéristiques ; si Royal me faisait malgré tout rechercher, cette boucle serait un des détails par lesquels on me décrirait.

Je déambulai ensuite par la ville en prêtant l'oreille aux bavardages dans l'espoir d'apprendre ce dont j'avais besoin sans poser de questions. Je flânai sur la place du marché, passai d'un étal à l'autre d'un air désœuvré, puis m'allouai la somme princière de quatre pièces de cuivre pour acheter ce qui me paraissait à présent des articles d'un luxe exotique : un petit sac d'herbes à tisane, des fruits secs, un bout de miroir, une petite casserole et une timbale. À plusieurs éventaires où l'on proposait des simples, je demandai de l'écorce elfique, mais soit les vendeurs ne connaissaient pas ce produit, soit il portait un autre nom en Bauge. Ce n'était pas grave, me dis-je, car je ne pensais pas avoir besoin de ses vertus reconstituantes – du moins l'espérais-je. Aussi me rabattis-je sur des graines d'une plante dite « jupe du soleil », qui, m'assura-t-on, réveillait la vigilance, si fatigué fût-on.

Contre deux pièces de cuivre, une chiffonnière me laissa fouiller dans sa carriole, où je dénichai un manteau malodorant mais pratique, et des jambières qui promettaient de me fournir autant de démangeaisons que de chaleur. Je lui échangeai mes derniers coupons de soie jaune contre un mouchoir de tête qu'avec force remarques paillardes elle me montra comment nouer sur mon crâne. Enfin, comme je l'avais fait pour mon balluchon perdu, j'empaquetai mes affaires dans mon manteau, puis me rendis aux abattoirs à l'est de la ville.

Jamais je n'avais senti pareille puanteur. C'était un mélange de l'odeur d'innombrables rangées d'enclos bourrés d'animaux, de véritables montagnes de fumier, du sang et des déchets des hangars d'abattage, et des vapeurs âcres des fosses de tannerie. Comme si l'affront à mon odorat ne suffisait pas, l'air était plein du beuglement du bétail, du couinement des haragars, du bourdonnement des mouches à viande, et des cris des hommes qui déplaçaient les bêtes d'un enclos à l'autre ou les menaient se faire abattre. J'avais beau me raidir, j'étais incapable de rester sourd à la détresse aveugle et à l'affolement des animaux ; ils n'avaient pas une claire conscience de ce qui les attendait, mais l'odeur du sang frais et les hurlements des autres bêtes suscitaient en eux une terreur équivalant à celle que je ressentais lorsque je rampais sur le pavage des cachots. Pourtant, il me fallait rester car c'était là que les caravanes arrivaient et que certaines se formaient : les éleveurs venus vendre leur bétail repartaient ensuite chez eux, naturellement, et la plupart devaient acheter des denrées commercialisables à rapporter, afin de rentabiliser leur retour. J'avais l'espoir de trouver du travail auprès de l'un d'eux et de gagner ainsi une place dans une caravane qui me mènerait au moins jusqu'au Lac Bleu.

Je ne tardai pas à me rendre compte que je n'étais pas le seul à nourrir de tels espoirs. Une foire à l'embauche se tenait dans le plus grand désordre entre deux tavernes qui faisaient face aux enclos. Certains des hommes présents étaient des bergers venus du Lac Bleu avec un troupeau, qui étaient restés en Appontement pour dépenser leurs gains, et qui, les poches vides et loin de chez eux, cherchaient à repartir ; pour quelques-uns, conducteurs de bestiaux, c'était le cours normal de leur vie. Je vis quelques jeunes gens, manifestement à la recherche d'aventures, de voyages, et d'une occasion de voler de leurs propres ailes ; et, enfin, il y avait ceux qui étaient à l'évidence la lie de la ville, individus incapables de trouver un travail stable ou de demeurer longtemps au même endroit. Je n'entrais véritablement dans aucune de ces catégories, mais je finis par me retrouver au milieu des conducteurs de bétail.

Selon l'histoire que je m'étais inventée, ma mère était morte récemment et avait légué ses biens à ma sœur aînée, pour qui j'étais une bouche inutile à nourrir ; j'avais donc décidé de me rendre chez mon oncle qui habitait au-delà du Lac Bleu, mais j'étais tombé à court d'argent avant d'arriver chez lui. Non, je n'avais jamais conduit de troupeau mais, grâce à notre fortune, nous possédions des chevaux, du bétail et des moutons, et je connaissais les rudiments des soins à leur apporter ; en outre, j'avais, disait-on, « la manière » avec les animaux.

Je ne trouvai pas d'embauche ce jour-là, comme la grande majorité de mes compagnons, et nous finîmes par nous installer pour la nuit là où nous avions passé le plus clair de la journée. Un apprenti boulanger passa parmi nous avec un plateau d'invendus, et je me fendis d'une nouvelle pièce de cuivre pour un long pain à la mie noire et piquetée de graines, que je partageai avec un solide gaillard aux cheveux filasse qui s'échappaient en mèches de son mouchoir de tête ; en retour, Crice m'offrit de la viande séchée, une timbale du vin le plus épouvantable que j'eusse jamais goûté, et des commérages à foison. C'était un disputailleur, un de ces hommes qui prennent les positions les plus extrémistes sur n'importe quel sujet, et qui ont, non des conversations, mais des querelles d'opinion avec leurs semblables. Comme je ne répondais guère, il engagea bientôt nos voisins dans une discussion chicanière sur la politique actuelle de Bauge. Quelqu'un alluma un petit feu, plus par envie de lumière que de chaleur, et plusieurs bouteilles circulèrent ; pour ma part, je m'allongeai, la tête appuyée sur mon balluchon, et je fis semblant de somnoler pour mieux écouter.

Nul ne parla des Pirates rouges ni de la guerre qui faisait rage sur les côtes, et je compris soudain le mécontentement de ces gens à l'idée de payer des impôts pour protéger des côtes qu'ils n'avaient jamais vues, pour construire des navires de guerre destinés à un océan qu'ils n'imaginaient même pas. Leur océan, c'étaient les plaines arides qui séparaient Appontement du Lac Bleu, et ces conducteurs de bestiaux, les marins qui les sillonnaient. Les Six-Duchés n'étaient pas six régions naturellement regroupées en une seule, mais un royaume qui tenait uniquement parce qu'une puissante lignée de souverains avait enfermé ses diverses parties derrière une frontière commune et les avait décrétées unies. Si tous les duchés côtiers devaient tomber aux mains des Pirates, cela n'aurait guère d'importance pour les gens de l'Intérieur : il y aurait toujours des troupeaux à mener et du vin abominable à boire ; il y aurait toujours l'herbe, le fleuve et les rues poussiéreuses. Je ne pus, dès lors, m'empêcher de me demander de quel droit nous obligions ces gens à payer pour une guerre qui se déroulait si loin de chez eux ; Labour et Bauge avaient été annexés et agrégés aux autres duchés par la force ; ils n'étaient pas venus implorer protection militaire ni échanges commerciaux. Certes, ils en avaient profité, une fois affranchis de leurs petits seigneurs nomades et nantis d'un marché qui ne demandait pas mieux qu'acheter leur viande, leur cuir et leurs cordes. Combien de toile à voile, combien de rouleaux de bons cordages de chanvre vendaient-ils avant de faire partie des Six-Duchés ? Néanmoins, pour eux, l'avantage restait apparemment bien mince.

Je me lassai de ces réflexions ; la conversation retombait constamment sur des récriminations contre l'embargo imposé au royaume des Montagnes, et je commençais à m'assoupir quand la mention du Grêlé raviva mon attention. J'ouvris les yeux et redressai la tête.

Celui qui en avait parlé l'avait fait dans l'optique traditionnelle, celle du personnage annonceur de désastres, en disant d'un ton moqueur que les moutons de Hencil avaient dû tous le voir, car ils mouraient les uns après les autres dans leur enclos avant que le pauvre homme eût le temps de les vendre. L'idée de bêtes malades dans des quartiers aussi confinés me fit froncer les sourcils, mais un autre homme s'esclaffa et déclara que, par décret du roi, apercevoir le Grêlé n'était plus signe de malchance mais du plus grand bonheur qui pouvait advenir. « Si je voyais ce vieux clochard, au lieu de me sauver en tremblant de peur, je te l'empoignerais et je le conduirais auprès du roi lui-même ! Il a offert cent pièces d'or à qui pourra lui amener le Grêlé de Cerf !

— Cinquante, pas cent », le coupa Crice, railleur. Il avala une nouvelle rasade à la bouteille. « Cent pièces d'or pour un vieux rabougri, tu parles !

— Si, cent, pour lui tout seul, et cent autres pour l'homme-loup qui le suit partout. Le crieur de ville l'a annoncé cet après-midi. Ils sont entrés en douce dans le château du roi, à Gué-de-Négoce, et ils ont tué des gardes grâce à leur magie des Bêtes ; ils leur ont arraché la gorge pour que le loup puisse boire leur sang. C'est après lui qu'ils en ont, maintenant ; il paraît qu'il est habillé comme un gentilhomme, avec une bague, un collier et une pendouille en argent à l'oreille, et puis qu'il a une mèche blanche dans les cheveux qui lui vient d'un ancien combat avec notre roi, où il a aussi attrapé une balafre sur la figure et un nez cassé. Ouais, et en plus, cette fois-ci, le roi lui a fait une belle entaille le long du bras. »

Un murmure admiratif monta d'une partie du groupe. Moi-même, je dus saluer le toupet de Royal, tout en enfonçant mon visage dans mon balluchon comme si je m'apprêtais à dormir. Les bavardages continuèrent.

« Il paraît qu'il a le Vif et qu'il est capable de se transformer en loup à la lumière de la lune. Le vieux et lui, ils dorment de jour et ils se baladent la nuit ; on dit que c'est un mauvais sort que la reine étrangère a jeté au roi quand il l'a chassée de Cerf parce qu'elle avait essayé de piquer la couronne. Le Grêlé, à ce qu'on raconte, c'est une moitié d'âme, volée au corps du vieux roi Subtil par la magie des Montagnes de la reine, et qui erre sur les routes et dans les rues de tous les Six-Duchés en apportant le malheur partout où elle passe, et elle a la tête du vieux roi lui-même.

— Des couillonnades, oui », fit Crice avec mépris, et il reprit une gorgée de vin. Mais certains des autres, passionnés, se rapprochèrent de l'orateur et le pressèrent de poursuivre.

« En tout cas, c'est ce qu'on m'a dit, reprit-il d'un ton guindé : que le Grêlé, c'est la moitié d'âme de Subtil, et qu'il ne pourra se reposer que quand la reine des Montagnes qui l'a empoisonné sera aussi dans sa tombe.

— Alors, si c'est le fantôme de Subtil, pourquoi le roi Royal offre une récompense de cent pièces d'or pour lui ? demanda Crice d'un ton mordant.

— C'est pas son fantôme : c'est sa moitié d'âme. Il a volé une partie de l'âme du roi pendant qu'il mourait, et Subtil ne pourra se reposer que quand le Grêlé sera mort et que l'âme du roi aura retrouvé la moitié qui lui manque. Et on dit aussi (il baissa la voix) qu'on n'avait pas bien tué le Bâtard, qu'il est ressuscité sous la forme d'un homme-loup. Avec le Grêlé, il veut se venger du roi Royal, pour détruire le trône qu'il n'a pas pu lui voler, parce qu'il était de mèche avec la mégère des Montagnes pour devenir roi une fois qu'ils se seraient débarrassés de Subtil. »

La nuit était parfaite pour ce genre de fable : la lune pleine et orange flottait bas dans le ciel tandis que le vent nous apportait les meuglements accablés et les raclements de sabots des bêtes dans leurs enclos, mêlés à la puanteur de la viande en décomposition et des peaux tannées ; des nuages en lambeaux passaient de temps en temps devant la face de la lune. Les propos de l'homme m'avaient déclenché un frisson d'angoisse, mais pas pour les raisons qu'il aurait pu supposer : je m'attendais à tout instant à me faire réveiller du bout d'une botte ou à entendre crier à la cantonade : « Hé, si on le regardait de plus près, celui-là ! » Pourtant, j'en fus pour mes craintes : le ton de l'histoire incitait les auditeurs à guetter des yeux de loup dans le noir, pas à se méfier d'un ouvrier fatigué qui dormait au milieu d'eux. Néanmoins, c'est le cœur battant que je passais en revue les gens qui avaient croisé mon chemin : le tailleur chez qui j'avais changé de vêtements reconnaîtrait la description, la femme qui s'était intéressée à ma boucle d'oreille aussi, peut-être, voire également la vieille chiffonnière qui m'avait aidé à nouer mon mouchoir sur la tête. Certains répugneraient à franchir le pas, d'autres préféreraient ne pas avoir affaire aux gardes royaux, mais quelques-uns n'auraient pas ces scrupules, et je devais agir comme si c'était le cas de tous.

L'orateur, poursuivant son récit, l'enrichissait de détails sur les ambitions démoniaques de Kettricken, qui avait couché avec moi afin de concevoir un enfant dont nous pourrions nous servir pour nous emparer du trône. Sa voix s'était chargée de mépris, et nul ne tenta de tourner ses assertions en dérision ; même Crice, à côté de moi, paraissait d'accord, comme si ces complots contournés étaient de notoriété publique. Il prit la parole et confirma mes pires craintes.

« À t'écouter, on dirait qu'on vient de l'apprendre, pourtant tout le monde savait que le gros ventre, ce n'était pas Vérité qui le lui avait fait, mais le Bâtard-au-Vif. Si Royal n'avait pas chassé cette putain des Montagnes, on se serait retrouvés avec un prétendant au trône pareil que le prince Pie. »

Un murmure d'acquiescement accueillit cette déclaration. Prenant l'attitude d'un homme qui s'ennuie, je fermai les yeux et me rallongeai, en espérant que mon immobilité et mes paupières baissées dissimuleraient la rage qui menaçait de me consumer ; je tirai mon mouchoir plus bas sur mes cheveux. Quel but Royal – car je savais que ce poison était issu de lui – poursuivait-il en faisant répandre des potins aussi révulsants ? Cependant, je n'osai poser aucune question, craignant que ma voix ne trahisse mon trouble et ne souhaitant pas paraître ignorer ce qui était manifestement de savoir commun ; aussi, sans bouger, continuai-je à écouter avec une attention farouche. Chacun savait apparemment que Kettricken avait regagné les Montagnes, mais la virulence du mépris à son égard laissait penser que la nouvelle était récente ; on grommelait aussi que c'était la faute de la sorcière des Montagnes si les cols étaient fermés aux honnêtes marchands de Labour et de Bauge ; un homme affirma même que, les liens d'échange coupés avec la côte, les Montagnes voyaient dans la situation l'occasion d'acculer les deux duchés à se plier à leur volonté sous peine de perdre toutes leurs routes commerciales ; un autre raconta qu'une simple caravane escortée par des soldats des Six-Duchés aux couleurs de Royal avait été refoulée à la frontière des Montagnes.

Pour moi, ce n'étaient évidemment que des calembredaines : le royaume des Montagnes avait besoin du commerce avec Bauge et Labour ; les livraisons de grain étaient plus vitales pour lui que le bois et les fourrures pour les gens des plaines ; d'ailleurs, Jhaampe ne l'avait pas caché à l'époque, cette liberté d'échange était à la base du mariage de Kettricken avec Vérité. Même si la reine avait regagné les Mon-

tagnes, je la connaissais assez bien pour savoir qu'elle ne donnerait jamais son accord à une rupture des liens commerciaux entre son peuple et les Six-Duchés ; elle avait trop
d'attaches dans les deux communautés et se voulait trop
l'Oblat de tous. S'il existait un embargo, comme je l'avais
entendu dire, c'était Royal qui l'avait imposé, j'en étais
convaincu ; mais cela n'empêchait pas les hommes qui m'entouraient de maugréer contre la sorcière des Montagnes et sa
vendetta contre le roi.

Royal fomentait-il une guerre contre les Montagnes ? Avait-il
tenté d'y faire pénétrer des troupes armées sous couvert d'une
escorte pour des marchands ? Non, c'était ridicule : longtemps
auparavant, mon père y avait été envoyé pour formaliser frontières et accords commerciaux avec les Montagnards, mettant
ainsi un terme à de longues années d'escarmouches et de
pillages frontaliers ; ces années de combat larvé avaient enseigné au roi Subtil qu'il était impossible de prendre et de tenir
par la force les cols et les pistes de ce pays. Malgré moi, je
poursuivis mon raisonnement : c'était Royal qui avait suggéré
Kettricken comme épouse pour Vérité, puis qui lui avait fait la
cour au nom de son frère ; ensuite, alors que le mariage approchait, il avait essayé de tuer Vérité dans l'espoir d'épouser lui-
même Kettricken. Il avait échoué et tous ses calculs avaient
été dévoilés à quelques rares personnes ; ainsi, il avait vu
s'échapper l'occasion de faire main basse sur Kettricken et ce
qu'elle représentait, à savoir l'accession, tôt ou tard, au trône
des Montagnes. Une conversation me revint que j'avais surprise entre Royal et Galen le traître : ils paraissaient considérer
que la sécurité de Labour et de Bauge serait mieux assurée si
ces duchés commandaient les cols des montagnes auxquelles
ils étaient adossés. Royal songeait-il aujourd'hui à s'arroger de
force ce qu'il avait autrefois espéré obtenir par le mariage ?
S'imaginait-il pouvoir monter suffisamment le peuple contre
Kettricken pour faire croire à ses partisans qu'ils menaient
une guerre juste, une guerre de vengeance contre une sorcière montagnarde, une guerre destinée à maintenir ouvertes
des routes commerciales vitales ?

Royal, me dis-je, était capable de se convaincre de tout ce qu'il avait envie de croire. Enivré d'alcool, la tête couronnée de Fumée, il était sans doute déjà persuadé de la véracité de ses fables échevelées. Cent pièces d'or pour Umbre, et autant pour moi… Je savais pertinemment ce que j'avais fait dernièrement pour mériter une telle récompense, mais Umbre ? J'aurais beaucoup aimé le savoir. J'avais travaillé des années à ses côtés, et il avait toujours agi de manière anonyme et discrète ; il n'avait toujours pas de nom, mais son visage grêlé et sa ressemblance avec son demi-frère étaient désormais connus ; cela signifiait que quelqu'un, quelque part, l'avait vu. J'espérais qu'il était en bonne santé et en sécurité, où qu'il pût être. Une partie de moi-même aspirait à faire demi-tour, à retourner en Cerf pour le chercher – comme si je pouvais, Eda sait comment, le protéger.

Rejoins-moi.

Quelles que fussent mes aspirations, quels que fussent mes sentiments, j'irais d'abord retrouver Vérité, je le savais. Je me répétai cette promesse et finis par sombrer dans une somnolence inquiète ; je rêvai, mais c'étaient des songes sans substance, à peine teintés d'Art, qui vacillaient et tournaient comme agités par les vents d'automne. Mon esprit sembla faire un méli-mélo des images de toutes les personnes qui me manquaient, et je vis Umbre qui prenait le thé avec Patience et Brodette ; vêtu d'une robe de soie rouge piquetée d'étoiles, à la coupe très démodée, il adressait des sourires gracieux aux deux femmes et faisait naître le rire même dans les yeux de Patience, bien qu'il parût étrangement épuisé. Je rêvai ensuite de Molly qui jetait un coup d'œil à l'extérieur par la porte d'une chaumière tandis que Burrich, dehors, resserrait son manteau autour de lui pour se protéger du vent et lui disait de ne pas s'inquiéter, qu'il ne serait pas absent longtemps, que les tâches trop dures pouvaient attendre son retour, qu'elle devait rester enfermée et ne s'inquiéter que d'elle-même. J'eus même une vision de Célérité ; elle s'était réfugiée dans les légendaires Cavernes de glace du glacier Dévoreux, en Béarns, où elle se cachait en compagnie des quelques troupes qu'elle avait pu rallier et de nombreux Béarnais privés de logis par la guerre contre les Pirates ; je la vis soigner Félicité qui souffrait de fièvre et d'une blessure infectée au ventre occasionnée par une flèche. Enfin, je rêvai du fou, assis devant un âtre, le regard perdu dans les flammes ; son visage blanc était devenu ivoire, et l'on n'y lisait plus le moindre espoir ; j'avais l'impression de me trouver dans le feu et de plonger mes yeux profondément dans les siens. Non loin, et pourtant pas si près que cela, Kettricken pleurait inconsolablement. Mes songes se fanèrent soudain, et je vis des loups qui chassaient, lancés à la poursuite d'un cerf, mais c'étaient des loups sauvages, et si le mien se trouvait parmi eux, c'est à eux qu'il appartenait et non plus à moi.

Je m'éveillai avec la migraine et une douleur dans le dos due à un caillou sur lequel j'avais dormi. Le soleil commençait à peine à fendre le ciel, mais je me levai tout de même pour me rendre à un puits, tirer de l'eau et boire autant que mon estomac le permettait ; Burrich m'avait dit un jour que se remplir d'eau était un bon moyen de tromper la faim : j'allais devoir mettre aujourd'hui cette théorie en pratique. J'aiguisai mon poignard, me demandai si j'allais me raser, puis décidai de n'en rien faire : mieux valait laisser ma barbe couvrir ma balafre le plus vite possible ; c'est néanmoins avec contrariété que je passai la main sur le chaume qui me démangeait déjà. Je retournai auprès de mes compagnons toujours endormis.

Ils commençaient à peine à s'agiter quand un petit homme corpulent fit son apparition et annonça d'une voix stridente qu'il engageait quelqu'un pour déplacer ses moutons d'un enclos à un autre. C'était l'affaire d'à peine une matinée de travail, et la plupart des ouvriers refusèrent, préférant demeurer là où ils avaient une chance de se faire engager dans une caravane à destination du Lac Bleu. L'homme prit un ton presque implorant pour expliquer qu'il devait faire traverser la ville à ses bêtes, et que l'opération devait donc s'effectuer avant que la circulation ne batte son plein dans les rues ; pour finir, il offrit le petit déjeuner en plus de la paye, et c'est, je crois, ce qui me décida à l'accompagner. Il s'appelait Damon, et il ne cessa de parler tout le long du chemin, les mains toujours en mouvement, pour m'exposer – bien inutilement – la façon dont il voulait que je traite ses moutons ; ils étaient de bonne race, de très bonne race, et il ne tenait pas à ce qu'ils se blessent ni même qu'ils s'énervent ; avec calme et lenteur, telle était la meilleure manière de déplacer des moutons. Je hochai la tête sans mot dire et le suivis jusqu'à un enclos tout au bout de la rue des abattoirs.

Je compris bientôt pourquoi il était si pressé d'emmener son troupeau ailleurs : l'enclos voisin devait avoir appartenu à l'infortuné Hencil car, si quelques moutons s'y trouvaient encore debout, la plupart étaient à terre, morts ou mourant de dysenterie. La puanteur de leur mal ajoutait une nouvelle note pestilentielle aux autres odeurs qui flottaient dans l'air. Trois ou quatre hommes étaient occupés à dépecer les bêtes crevées pour sauver ce qui pouvait l'être de ce désastre ; ils travaillaient à la va-vite, en mettant du sang partout, et abandonnaient les carcasses écorchées au milieu des animaux agonisants ; ce spectacle macabre m'évoqua un champ de bataille sur lequel des détrousseurs faisaient le tour des cadavres. J'en détournai les yeux et allai aider Damon à rassembler son troupeau.

Employer le Vif sur des moutons est pratiquement inutile, tant ils sont écervelés ; même ceux qui paraissent sereins le sont uniquement parce qu'ils ont oublié à quoi ils pensaient, et les pires d'entre eux sont capables d'une méfiance extraordinaire, au point que le geste le plus anodin les terrifie. Aussi, la seule façon de les aborder est celle des chiens de berger, en les persuadant que c'est eux qui ont songé à l'endroit où l'on veut les mener, puis en les encourageant à y aller. Je me divertis brièvement en songeant à la manière dont Œil-de-Nuit aurait réuni et déplacé ces crétins laineux, mais le seul fait que je pense à un loup en conduisit certains à piler net en jetant des regards affolés autour d'eux ; je leur suggérai qu'ils avaient intérêt à suivre les autres avant de s'égarer, et ils tressaillirent, comme étonnés de cette idée, puis ils réintégrèrent le reste du troupeau.

Damon m'avait donné, outre un long bâton, l'indication générale de notre destination. Responsable de l'arrière et des flancs de la troupe, je ne cessais de faire des allers et retours en courant et je haletai bientôt comme un chien, tandis qu'en tête il veillait à ce que les bêtes ne s'égaillent pas à chaque carrefour. Arrivés à la sortie de la ville, nous les installâmes dans un des enclos délabrés qui subsistaient là ; dans un autre était parqué un beau taureau roux, et six chevaux dans un troisième. Quand nous eûmes repris notre souffle, mon employeur m'expliqua qu'une caravane se formerait à cet endroit avant de partir pour le Lac Bleu ; il avait acheté les moutons la veille et comptait les ramener chez lui pour grossir ses troupeaux. Quand je lui demandai s'il avait besoin d'aide pour les conduire, il me considéra d'un air songeur mais garda le silence.

Il tint parole quant au petit déjeuner : nous eûmes droit à du gruau et du lait, chère simple à laquelle je trouvai un goût merveilleux. Le repas nous fut servi par une femme qui habitait près des enclos et gagnait sa vie en surveillant les animaux parqués, et en fournissant repas et parfois couchage à ceux qui en avaient la charge. Après que nous nous fûmes restaurés, Damon m'expliqua avec moult hésitations qu'en effet il avait besoin d'un aide en plus, voire deux, pour le voyage, mais qu'à la coupe de mes vêtements il me jugeait peu averti du genre de travail qu'il désirait ; il m'avait engagé ce matin parce que j'étais le seul apparemment bien réveillé et prêt à mettre la main à la pâte. Je lui narrai l'histoire de ma sœur sans cœur, et lui assurai que j'étais familier des soins à donner aux moutons, aux chevaux ou au bétail ; à l'issue de longues tergiversations, il m'embaucha aux conditions qu'il assurerait ma subsistance pendant le voyage et qu'au terme il me paierait dix piécettes d'argent. Il me conseilla d'aller chercher mes affaires, de faire mes adieux, et d'être de retour le soir sans faute, sans quoi il engagerait quelqu'un à ma place.

« Je n'ai rien à récupérer et personne à qui dire au revoir », répondis-je. Il n'aurait surtout pas été prudent de retourner en ville après ce que j'avais entendu la veille au soir. J'aurais souhaité que la caravane partît sur l'instant.

L'espace d'un instant, il parut stupéfait, puis il prit l'air réjoui : « Eh bien, moi, j'ai les deux à faire, alors je vais te laisser ici t'occuper des moutons. Il faudra leur apporter de l'eau ;

c'est pour ça, entre autres, que je les avais placés dans les enclos de la ville : il y a une pompe là-bas. Mais ça ne me plaisait pas de les voir aussi près de moutons malades. Donc, tu leur apportes de l'eau, et j'enverrai quelqu'un avec une charrette de foin ; tu leur en donneras une bonne ration. Attention, c'est à tes débuts que je jugerai comment nous allons nous entendre ensuite... » Et il continua ainsi sans se lasser à me décrire par le détail la façon dont il voulait que j'abreuve ses bêtes, et le nombre de tas de fourrage que je devais faire pour que chaque animal ait sa part. C'était prévisible : je n'avais pas l'air d'un berger ; je songeai néanmoins avec nostalgie à Burrich et sa manière tranquille de présumer que je connaissais la tâche à effectuer et que je l'accomplirais efficacement. Comme il s'en allait, il se retourna brusquement : « Et ton nom, mon garçon ? me cria-t-il.

— Tom ! » répondis-je après une brève hésitation. C'était le prénom qu'avait voulu me donner Patience avant que j'eusse accepté celui de FitzChevalerie ; ce souvenir me rappela une pique que m'avait un jour lancée Royal : « Il te suffit de te gratter un peu pour trouver Personne, le garçon de chenil. » Aurait-il jugé supérieur Tom le berger ? J'en doutais.

Le puits se trouvait assez loin des enclos, et il était muni d'un seau à l'extrémité d'une très longue corde. En travaillant d'arrache-pied, je réussis à remplir l'abreuvoir – à dire le vrai, je le remplis plusieurs fois avant que les moutons cessent de le vider ; une charrette de foin arriva sur ces entrefaites, et je déposai scrupuleusement un tas de fourrage à chacun des quatre coins de l'enclos, exercice exaspérant s'il en fut car les moutons se précipitaient en bloc sur chaque tas nouvellement créé et le dévoraient ; c'est seulement une fois qu'ils furent tous rassasiés sauf les plus faibles que je pus enfin établir un tas dans chaque angle.

Pour passer le reste de l'après-midi, j'allai à nouveau chercher de l'eau. La femme m'autorisa à me servir d'une grande casserole pour la faire chauffer, et d'un endroit discret pour me débarrasser du plus gros de la crasse que j'avais gagnée sur la route. Mon bras se remettait bien. Pas mal pour une blessure mortelle, me dis-je en espérant qu'Umbre n'aurait jamais vent de mon erreur : je l'entendais s'esclaffer d'ici ! Ma toilette achevée, j'allai de nouveau chercher de l'eau et la mis à chauffer pour laver les vêtements que j'avais achetés à la chiffonnière ; je découvris à cette occasion que le manteau était d'un gris beaucoup plus clair que je ne l'avais cru ; je ne parvins pas à en éliminer tout à fait l'odeur mais, quand je le mis à sécher, il sentait moins son ancien propriétaire et davantage la laine mouillée.

Damon ne m'avait rien laissé à manger mais la femme proposa de m'offrir un repas si j'acceptais de tirer de l'eau pour le taureau et les chevaux, car, au bout de quatre jours, elle était lasse de cette corvée. Je m'exécutai, et gagnai ainsi une assiette de ragoût accompagnée de biscuits et d'une chope de bière pour faire descendre le tout. J'allai ensuite jeter un coup d'œil sur les moutons, que je trouvai parfaitement calmes ; par habitude, j'en fis autant avec le taureau et les chevaux, puis, accoudé à la barrière, je regardai les animaux en me demandant ce que j'éprouverais si toute ma vie s'arrêtait à cela, et je pris conscience que cela ne m'aurait pas déplu pour peu qu'une femme comme Molly m'attendît le soir à la maison. Une grande jument blanche vint frotter son museau contre ma chemise pour que je la gratte ; je la caressai et découvris qu'elle avait la nostalgie d'une fille de ferme au visage couvert de taches de rousseur qui lui apportait des carottes et l'appelait Princesse.

Y avait-il quelqu'un dans le monde qui eût réussi à vivre l'existence qu'il désirait ? Œil-de-Nuit, peut-être ; je le lui souhaitais de tout cœur, tout en espérant égoïstement lui manquer parfois. Pris d'une humeur lugubre, je songeai que cela expliquait peut-être que Vérité ne revînt pas : excédé des histoires de couronne et de trône, il avait peut-être pris la clé des champs, tout simplement. Mais, alors même que me venait cette réflexion, je savais qu'il n'en était rien. Non, pas lui ; il s'était rendu dans les Montagnes pour demander secours aux Anciens ; et, s'il avait échoué, il trouverait un autre moyen. Quoi qu'il en fût, il m'avait appelé pour que je l'aide.

11

BERGER

Umbre Tombétoile, conseiller du roi Subtil, était un serviteur fidèle du trône Loinvoyant. Seules de rares personnes étaient au courant de ses activités pendant les années où il servit le roi Subtil, ce qui n'était pas pour lui déplaire car il n'était pas homme à rechercher la gloire ; sa loyauté au règne des Loinvoyant dépassait celle qu'il se portait à lui-même, bien au-delà des considérations habituelles des hommes. Le serment qui le liait à la famille royale n'était pas pour lui matière à plaisanterie et, à la mort du roi Subtil, fidèle à sa parole, il s'employa à faire en sorte que la couronne suive l'authentique ligne de succession. C'est pour cette raison seule qu'il fut ensuite recherché comme hors-la-loi, car il se dressa ouvertement contre la prétention de Royal à devenir roi des Six-Duchés. Dans des missives qu'il envoya aux six ducs ainsi qu'à Royal lui-même, il arracha son masque après des années de dissimulation, et se proclama loyal partisan du roi Vérité qu'il ne renoncerait à soutenir que le jour où on lui apporterait la preuve de son décès. Le prince Royal le déclara rebelle et félon, et offrit une récompense pour sa capture mort ou vif, mais Umbre Tombétoile éluda les recherches grâce à toute sorte d'artifices ingénieux et continua de rallier les ducs côtiers à sa conviction que le roi était toujours vivant et reviendrait les mener à la victoire sur les Pirates rouges. Désespérant de recevoir aucune aide du « roi » Royal, nombre de nobles mineurs se raccrochaient à ces rumeurs ; des chansons naquirent, et même le peuple se berçait de l'espoir que son roi artiseur réapparaîtrait pour le sauver, appuyé par les Anciens légendaires.

*

En fin d'après-midi, les gens commencèrent à arriver en attendant la caravane. Le taureau et les chevaux appartenaient à une femme qui se présenta en compagnie de son mari sur un chariot tiré par deux bœufs ; ils allumèrent un feu à part sur lequel ils préparèrent leur propre repas ; bref, ils paraissaient se satisfaire de leur propre compagnie. Mon nouveau maître revint plus tard, un peu gris, et il examina ses moutons d'un œil vague pour s'assurer que je les avais nourris et abreuvés correctement ; il conduisait une carriole menée par une solide ponette qu'il me confia aussitôt en m'annonçant qu'il avait embauché un homme de plus, un certain Crice ; je devais guetter son arrivée pour lui montrer où se trouvaient les moutons ; là-dessus, il demanda une chambre à la femme qui m'avait donné à manger et alla se coucher. Je poussai un discret soupir en songeant au long voyage qui m'attendait aux côtés de Crice avec ses bavardages hargneux mais, sans me plaindre, je m'occupai de la ponette, petite bête pleine de bonne volonté nommée Tambour.

Survinrent alors des personnages plus réjouissants : des marionnettistes à bord d'un chariot gaiement décoré, tiré par un attelage de chevaux pommelés ; sur un des côtés du véhicule s'ouvrait une fenêtre qui servait de cadre aux spectacles, et un auvent pouvait être déroulé pour abriter les représentations où apparaissaient des pantins de plus grandes dimensions. Le maître marionnettiste s'appelait Dell, et il était accompagné de trois apprentis et d'un compagnon, ainsi que d'une ménestrelle qui s'était jointe à eux pour le voyage ; ils ne firent pas de feu à part, mais se rendirent chez la loueuse dont ils égayèrent la maison, plusieurs chopes de bière aidant, de leurs chansons et du claquement des marionnettes.

Deux charretiers vinrent ensuite avec deux chariots pleins d'objets de faïence soigneusement emballés, et enfin la maîtresse de caravane et ses quatre aides, qui nous serviraient de guides et bien plus encore. L'aspect même de leur chef inspirait confiance : Madge était une femme solidement bâtie, aux cheveux gris ardoise retenus par un bandeau de cuir incrusté de perles au front ; deux de ses aides devaient être, à leur air de famille, sa fille et son fils. Ils connaissaient les points d'eau potable ou non, nous défendraient contre les bandits, emportaient des provisions d'eau et de nourriture supplémentaires, et avaient des accords avec les nomades dont nous allions traverser le territoire de pâture ; ce dernier point n'était pas le moins important, car les nomades voyaient d'un très mauvais œil ceux qui passaient chez eux accompagnés d'animaux susceptibles d'écorner le fourrage dont avaient besoin leurs propres troupeaux. Madge nous réunit ce soir-là pour nous exposer tout cela et nous rappeler qu'elle était également chargée de maintenir l'ordre parmi nous : ni vol ni inconduite ne seraient tolérés, l'allure imposée serait soutenable par tous, la maîtresse de caravane s'occuperait des négociations aux points d'eau et avec les nomades, et tous devaient obéir aveuglément à ses décisions. Un murmure général d'assentiment accueillit ces propos, auquel je me joignis. Madge et ses aides inspectèrent alors les chariots pour s'assurer qu'ils étaient aptes à faire le voyage et que chacun emportait des vivres en cas de nécessité. Nous devions nous déplacer en zigzag d'un point d'eau à l'autre ; le chariot de Madge transportait de l'eau dans plusieurs fûts de chêne, mais elle exigea que chaque véhicule en fût pourvu d'une certaine quantité pour les besoins personnels des propriétaires.

Crice arriva au soleil couchant, après que Damon eut déjà regagné son lit. Obéissant aux instructions de mon employeur, je lui indiquai où se trouvaient les moutons, puis l'écoutait patiemment maugréer contre Damon qui ne nous avait pas pris de chambre ; comme la nuit était claire et tiède et que le vent soufflait à peine, je ne voyais pas de quoi me plaindre ; je gardai néanmoins mes réflexions pour moi et le laissai pester et grommeler jusqu'à ce qu'il se lasse. Je m'installai contre l'enclos des moutons afin de veiller à ce qu'aucune bête de proie ne s'approche, mais Crice s'en alla raser les marionnettistes avec son caractère aigri et l'interminable exposé de ses opinions.

J'ignore combien de temps je dormis vraiment ; toujours est-il que mes rêves s'ouvrirent soudain tels des rideaux écartés par le vent, et j'entendis une voix qui murmurait mon nom. Elle semblait venir de très loin, mais je me sentais irrésistiblement attiré vers elle comme par un sortilège ; papillon errant, j'aperçus des flammes de bougies et m'élançai vers elles sans pouvoir rien y faire. Quatre bougies à la flamme vive brûlaient sur une table en bois grossier, et leurs parfums mêlés donnaient à l'air une note sucrée : de deux grands cierges se dégageaient l'odeur de la baie de laurier, et de deux plus petits, placés devant eux, une douce fragrance printanière, composée de violette, me sembla-t-il, et d'autre chose. Une femme était penchée vers eux et inhalait profondément le parfum qui s'en élevait. Elle avait les yeux clos, le visage perlé de transpiration. C'était Molly. Elle répéta mon nom.

« Fitz, Fitz ! Pourquoi es-tu mort ? Pourquoi m'as-tu abandonnée ? Ce n'est pas ainsi que ça devait se passer ! Tu devais te mettre à ma recherche, tu devais me retrouver pour que je puisse te pardonner. C'est toi qui aurais dû allumer ces bougies, pas moi ; je ne devrais pas être seule pour ce qui m'attend. »

Un grand hoquet l'interrompit, comme provoqué par une douleur torturante accompagné d'une vague de terreur qu'elle combattit éperdument. « Ça va aller, chuchota Molly pour elle-même. Ça va aller. Tout se déroule normalement – je crois. »

Le cœur glacé, j'examinai la silhouette de Molly près de l'âtre d'une chaumière. Dehors, un orage d'automne faisait rage. Agrippée au bord de la table, elle était à demi accroupie ; elle ne portait qu'une chemise de nuit et sa chevelure luisait de sueur. Sous mon regard épouvanté, elle prit une nouvelle inspiration hoquetante, puis poussa un cri, non pas un hurlement mais un faible croassement, comme si elle était à bout de forces. Une minute s'écoula ; enfin, elle se redressa légèrement, puis posa doucement ses mains sur son ventre. Sa taille me sidéra : il était si distendu qu'on l'eût dite enceinte.

Elle était enceinte.

Si cela était possible quand on dort, je crois que je me serais évanoui sur-le-champ. Au lieu de cela, mon esprit pris d'un soudain vertige se remémora les propos qu'elle m'avait tenus lors de notre séparation, le jour où elle m'avait demandé ce que je ferais si elle portait mon enfant. C'était de lui qu'elle parlait, lui pour qui elle m'avait quitté, lui qu'elle voulait faire passer avant quiconque dans sa vie, lui et non un autre homme. Notre enfant ! Elle était partie afin de protéger notre enfant ! Et elle ne m'avait rien dit de crainte que je refuse de la suivre. Mieux valait ne rien demander qu'essuyer un refus.

Et elle avait raison : je ne l'aurais pas suivie. Trop d'événements se déroulaient à Castelcerf, et mes devoirs envers mon roi étaient trop urgents. Elle avait eu raison de m'abandonner. C'était bien d'elle de décider seule de me quitter et d'affronter l'arrivée de cet enfant ; c'était stupide mais si typique d'elle que j'avais envie à la fois de la serrer contre moi et de la gifler.

Elle se raccrocha brusquement à la table, les yeux écarquillés, privée de voix par la force qui bougeait en elle.

Elle était seule, elle me croyait mort, et elle allait avoir l'enfant dans cette petite masure battue par le vent, sans personne pour l'aider.

Je me tendis vers elle en criant *Molly ! Molly !* mais elle était entièrement tournée vers l'intérieur d'elle-même, elle n'écoutait que son corps ; je compris alors la frustration que ressentait Vérité quand il ne pouvait pas se faire entendre de moi alors qu'il en avait le plus grand besoin.

La porte s'ouvrit tout à coup sur une rafale de vent d'orage accompagnée d'une pluie battante et glacée. Molly leva les yeux, haletante, pour la regarder. « Burrich ? » fit-elle, à bout de souffle mais d'un ton plein d'espoir.

La stupéfaction déferla encore une fois en moi mais elle fut balayée par le soulagement qu'éprouva Molly en voyant son visage sombre dans l'encadrement de la porte. « Ce n'est que moi, trempé jusqu'aux os. Je n'ai pas réussi à vous trouver de pommes séchées, à aucun prix : les étagères des boutiques de la ville sont vides. J'espère que la farine n'a pas pris l'humidité. Je serais volontiers rentré plus tôt mais avec l'orage… » Il était entré tout en parlant, comme l'homme de la maison qui revient de la ville, un sac sur l'épaule. Il avait le visage ruisselant et son manteau gouttait par terre.

« Ça vient, c'est maintenant ! » fit Molly d'un ton affolé.

Burrich avait lâché son sac et verrouillait la porte. « Comment ? demanda-t-il en s'essuyant les yeux et en repoussant les mèches mouillées qui lui pendaient sur le visage.

— Le bébé arrive. » Elle parlait maintenant d'une voix étrangement calme.

L'espace d'un instant, il la dévisagea d'un œil inexpressif, puis, d'un ton ferme : « Non. Nous avons fait le compte, vous l'avez fait vous-même : il ne peut pas naître maintenant. » Brusquement, il parut presque en colère, comme s'il voulait à tout prix avoir raison. « Il reste encore quinze jours, peut-être davantage. J'ai parlé à la sage-femme, j'ai tout arrangé avec elle, elle a dit qu'elle viendrait vous voir dans quelques jours… »

Les mots moururent sur ses lèvres lorsque Molly agrippa de nouveau le bord de la table, les lèvres retroussées par l'effort qu'elle faisait pour résister à la douleur. Burrich resta comme cloué au sol et devint plus pâle que je ne l'avais jamais vu. « Voulez-vous que j'aille la chercher au village ? » fit-il d'une petite voix.

Il y eut un bruit d'eau tombant en cascade sur le plancher mal dégrossi. Après un silence interminable, Molly prit une inspiration. « Je ne crois pas que nous ayons le temps. »

Burrich demeurait pétrifié dans son manteau qui dégoulinait par terre. Il ne faisait pas un geste vers elle, immobile comme s'il se trouvait face à une bête aux réactions imprévisibles. « Est-ce qu'il ne faudrait pas vous allonger ?

— J'ai essayé, mais ça fait mal quand je me couche et ensuite une douleur me vient. Ça m'a fait crier. »

Il hochait la tête comme un pantin. «Alors il faut rester debout, sans doute. Bien sûr.» Il ne bougeait toujours pas.

Elle lui adressa un regard suppliant. «Ce n'est sûrement pas très différent... dit-elle, haletante... d'un poulain ou d'un veau...»

Burrich écarquilla tant les yeux que je vis le blanc tout autour de ses iris. Il secoua violemment la tête sans mot dire.

«Mais, Burrich... il n'y a personne d'autre pour m'aider. Et je suis...» Une espèce de cri emporta le reste de ses paroles. Elle se pencha vers la table et ses genoux fléchirent, si bien qu'elle se retrouva le front contre le plateau. Elle poussa un gémissement sourd, empreint de peur autant que de souffrance.

Sa peur traversa la carapace de stupeur de Burrich. Il secoua brièvement la tête comme un homme qui s'éveille. «Non, vous avez raison, ce n'est sûrement pas si différent. Sûrement pas. J'ai fait ça des centaines de fois. C'est pareil, j'en suis certain. Bon, alors voyons. Tout ira bien, il faut juste que je... euh...» Il se dépouilla de son manteau qui tomba par terre, repoussa vivement les cheveux de son visage, puis s'agenouilla auprès de Molly. «Je vais vous toucher», la prévint-il, et, la tête penchée, elle lui fit un petit signe d'assentiment.

Il plaça les mains sur son ventre et se mit à le masser doucement mais fermement du haut vers le bas, comme je l'avais vu faire quand une jument avait un accouchement difficile et qu'il souhaitait accélérer la naissance. «Il n'y en a plus pour longtemps, lui dit-il. Il est déjà bien descendu.» Il avait retrouvé son assurance, et je sentis qu'à l'entendre Molly reprenait courage. Une nouvelle contraction la prit et il garda les mains sur son ventre. «C'est ça, c'est bien.» Je l'avais entendu prononcer cent fois ces mots rassurants dans les boxes de Castelcerf. Entre les vagues de douleur, il l'apaisait de ses mains sans cesser de lui parler doucement en l'appelant sa brave fille, en lui disant qu'elle était solide et belle, et qu'elle allait mettre bas un beau bébé; je ne pense pas que ni l'un ni l'autre fissent attention au sens de ses paroles: tout était dans le ton. Un moment, il alla chercher une couverture qu'il posa pliée près de lui. Sans s'embarrasser de propos maladroits, il retira sa chemise de nuit à Molly, et l'encouragea à mots doux tandis qu'elle s'accrochait à la table. Je vis la houle des muscles, puis elle se mit soudain à crier, et Burrich dit : « Encore, encore, on y est, on y est, c'est très bien, et qui est-ce qui nous arrive là, qui est là enfin ? »

Il tenait l'enfant, une de ses mains calleuses en coupe pour soutenir la tête, l'autre le petit corps recroquevillé ; il s'assit brusquement par terre, l'air aussi ahuri que s'il n'avait jamais assisté à une naissance. Je m'étais attendu, par les bavardages des femmes que j'avais pu surprendre, à des heures de hurlements et à des flots de sang, mais il y en avait à peine quelques traces sur le bébé qui regardait Burrich avec des yeux bleus et calmes ; le cordon grisâtre qui partait de son ventre paraissait énorme par rapport à ses pieds et ses mains minuscules. En dehors des halètements de Molly, le silence régnait dans la chaumière.

Puis : « Est-ce qu'il va bien ? demanda Molly d'une voix tremblante. Quelque chose ne va pas ? Pourquoi ne crie-t-il pas ?

— Elle va bien, répondit Burrich à mi-voix. Elle va bien. Et, belle comme elle est, pourquoi pleurerait-elle ? » Il se tut un long moment, hypnotisé, puis, à contrecœur, il déposa le nouveau-né sur la couverture dont il rabattit un coin pour le couvrir. « Vous avez encore à faire, jeune fille, avant que nous en ayons terminé », dit-il à Molly d'un ton bourru.

Peu de temps après, Molly était installée dans un fauteuil près du feu, emmitouflée dans une couverture pour l'empêcher de prendre froid. Burrich eut une brève hésitation, puis coupa le cordon à l'aide de son couteau avant d'envelopper l'enfant dans un linge propre et de le donner à Molly, qui défit aussitôt le linge. Pendant que Burrich rangeait la pièce, elle examina chaque pouce du bébé en s'exclamant sur ses cheveux noirs et luisants, sur les minuscules doigts des mains et des pieds aux ongles parfaits, sur la délicatesse de ses oreilles ; Burrich l'imita ensuite, le dos tourné en attendant que Molly enfile une chemise de nuit sèche. Il étudia l'enfant avec une attention que je ne lui avais jamais vu porter à aucun poulain ni aucun chiot. « Tu vas avoir le front de Chevalerie », lui murmura-t-il, puis il lui sourit et lui toucha la joue du bout du doigt ; la petite tourna la tête en direction de la caresse.

Quand Molly se rassit près du feu, il lui rendit l'enfant et s'accroupit à côté du fauteuil pendant que Molly approchait la petite bouche de son sein. Le bébé dut s'y reprendre à plusieurs fois avant de trouver le mamelon, mais quand enfin il se mit à téter, Burrich poussa un grand soupir ; je compris : il avait retenu son souffle dans la crainte qu'il refuse de se nourrir. Molly n'avait d'yeux que pour l'enfant, mais je vis Burrich se passer les mains sur le visage et se frotter les yeux, et ces mains tremblaient. Il avait un sourire que je ne lui connaissais pas.

Molly le regarda, les traits illuminés. « Vous voulez bien me préparer une tasse de tisane, s'il vous plaît ? » lui demanda-t-elle à mi-voix, et Burrich hocha la tête avec un grand sourire de benêt.

J'émergeai du sommeil plusieurs heures avant l'aube, incapable tout d'abord de savoir quand j'étais passé de la rêverie à l'état de veille : à un moment donné, je m'aperçus que j'avais les yeux ouverts et que je contemplais la lune. Il me serait impossible de décrire les sentiments qui m'agitaient, mais, peu à peu, mes pensées reprirent forme et je compris alors les précédents songes d'Art que j'avais eus de Burrich : je le voyais par les yeux de Molly. C'était auprès d'elle qu'il était depuis qu'il m'avait quitté ; c'était elle dont il s'occupait, elle, l'amie qu'il était allé aider, la femme qui avait besoin de la force d'un homme. Il était avec elle pendant que je restais seul… Je sentis une soudaine bouffée de colère m'envahir à l'idée qu'il ne fût pas venu me dire qu'elle attendait mon enfant, mais elle se résorba quand je pris conscience tout à coup qu'il avait peut-être essayé de le faire : quand il était revenu à notre masure, ce n'était pas pour rien ; encore une fois, je me demandai ce qu'il avait pensé en la trouvant abandonnée. Que toutes les pires craintes que je lui inspirais s'étaient réalisées ? Que j'étais retourné à l'état sauvage sans espoir de retour ?

Mais je comptais bien revenir. Comme une porte brusquement ouverte, cette possibilité existait de nouveau ; aucun obstacle ne se dressait vraiment entre Molly et moi ; il n'y avait pas d'autre homme dans sa vie, rien que notre enfant. Je sentis un grand sourire étirer soudain mes lèvres : je ne permettrais pas à une broutille comme ma mort de s'interposer entre nous. Qu'était la mort à côté de la vie d'un enfant partagée à deux ? J'irais la retrouver, je lui expliquerais tout, cette fois, et cette fois elle comprendrait et me pardonnerait parce que plus jamais il n'y aurait de secrets entre nous.

Je n'hésitai pas. Je me redressai dans le noir, saisis le balluchon qui me servait d'oreiller, et me mis en route. Descendre le fleuve était beaucoup plus facile que le remonter : j'avais quelques pièces, je prendrais place à bord d'une péniche, et quand l'argent viendrait à manquer, je travaillerais pour payer mon voyage. La Vin coulait paresseusement mais, une fois passé Turlac, la Cerf m'emporterait rapidement sur son flot puissant. Je rentrais chez moi, auprès de Molly et de notre fille.

Rejoins-moi.

Je m'arrêtai. Ce n'était pas Vérité qui m'artisait, je le savais ; cela venait d'au-dedans de moi, de la marque laissée par le brusque et puissant contact d'Art. Si mon roi connaissait les raisons qui me poussaient à revenir sur mes pas, il me dirait de me dépêcher, de ne pas m'inquiéter pour lui, qu'il se débrouillerait, j'en étais certain. J'allais y arriver, il me suffisait de continuer à marcher.

Un pas après l'autre sur une route éclairée de lune. Chaque fois que mon pied touchait le sol, à chacun de mes battements de cœur, j'entendais ces mots : *Rejoins-moi. Rejoins-moi.* Je ne peux pas, répondais-je d'un ton suppliant. Je ne veux pas, répondais-je d'un ton de défi. Je ne cessais pas de marcher. J'essayais de ne penser qu'à Molly, à ma toute petite fille. Il lui faudrait un nom ; Molly lui en aurait-elle donné un avant mon arrivée ?

Rejoins-moi.

Il fallait que nous nous mariions le plus tôt possible ; nous trouverions un quelconque Témoin de village, Burrich attesterait de mon état d'enfant trouvé, sans parenté dont le Témoin aurait à mémoriser le patronyme. Je dirais que je m'appelais le

Nouveau, un nom curieux mais j'en avais entendu de plus sin-
guliers, et qui ne m'empêcherait pas de vivre. Les noms,
naguère si importants à mes yeux, étaient désormais insigni-
fiants, et on pouvait bien m'appeler Bouse-de-Vache du
moment qu'on me laissait vivre avec Molly et ma fille.

Rejoins-moi.

Il faudrait aussi que je me trouve un métier, n'importe
lequel. J'estimai soudain les pièces d'argent que je transpor-
tais dans ma bourse trop indispensables pour les gaspiller :
j'allais devoir travailler pour payer ma descente du fleuve. Et,
une fois arrivé, que faire pour gagner ma vie ? Que savais-je
faire ? Je chassai ces pensées avec irritation : je trouverais un
moyen, je trouverais toujours quelque chose. Je serais un bon
mari et un bon père ; les miens ne manqueraient de rien.

Rejoins-moi.

Mon pas s'était progressivement ralenti, et je me tenais à
présent immobile sur une petite éminence, avec la route en
contrebas. Des lumières brillaient encore dans la ville au bord
du fleuve, un peu plus loin. Il fallait que je m'y rende pour
trouver une péniche qui accepte d'embaucher un matelot
inconnu sur sa bonne mine ; ce n'était pas plus compliqué : il
suffisait que je continue de marcher.

Je ne compris pas pourquoi j'en fus incapable. Je fis un pas,
trébuchai, le monde se mit à tournoyer vertigineusement
autour de moi, et je tombai à genoux. Je ne pouvais pas rentrer chez moi. Je devais continuer vers les Montagnes pour
retrouver Vérité. Aujourd'hui encore, je ne comprends pas ce
qui m'est arrivé, je ne puis donc l'expliquer. Agenouillé sur la
butte, les yeux fixés sur la ville, je savais pertinemment ce que
je désirais faire, et je ne le pouvais pas. Rien ne me retenait,
nul ne me menaçait du poing ou de l'épée pour m'obliger à
faire demi-tour ; il n'y avait que la petite voix insistante qui
cognait dans ma tête comme un bélier. *Rejoins-moi, rejoins-
moi, rejoins-moi.*

Et désobéir était impossible.

On ne peut ordonner à son cœur de cesser de battre, on
ne peut se suicider en s'interdisant de respirer ; de même, je ne

pouvais passer outre cet appel. Seul dans la nuit, je suffoquais, englué dans la volonté d'un autre. Une partie de moi-même, imperturbable, observait : Là, tu vois, c'est ce qu'ils vivent eux aussi, Guillot et le reste du clan, marqués par l'Art de Galen d'une indéfectible fidélité à Royal. Ils n'en oubliaient pas pour autant qu'ils avaient eu un autre roi, ils n'en croyaient pas pour autant que leurs actions fussent justes : ils n'avaient plus le choix, tout simplement. Et, une génération plus tôt, il en avait été de même pour Galen, obligé d'éprouver une loyauté fanatique envers mon père : Vérité m'avait révélé que sa dévotion était une imprégnation d'Art effectuée sous le coup de la colère par Chevalerie, alors qu'ils n'étaient guère plus que des enfants, à cause de quelque cruauté de Galen à l'égard de Vérité. Ç'avait été le geste d'un grand frère qui venge son petit frère d'une méchanceté qu'on lui a faite. L'acte avait été commis dans la colère et dans l'ignorance, sans même savoir vraiment qu'il était possible ; Vérité m'avait dit que Chevalerie l'avait regretté, qu'il aurait réparé sa faute s'il avait su comment s'y prendre Galen avait-il un jour eu soudain conscience de ce qui lui avait été infligé ? Cela expliquait-il la haine frénétique qu'il me vouait. Avait-il reporté sur le fils la rancœur qu'il n'avait pas le droit de ressentir pour Chevalerie, mon père ?

J'essayai de me redresser et j'échouai. Je me rassis lentement au milieu de la piste blanche de lune, et demeurai prostré. C'était sans importance ; rien n'avait d'importance, sinon qu'au bout de la route se trouvaient ma dame et mon enfant, et que je ne pouvais pas les rejoindre, pas plus que je ne pouvais escalader le ciel nocturne pour en décrocher la lune. Je portai mon regard sur les lointains du fleuve qui, plissés comme de l'ardoise noire, luisaient d'un lustre obscur sous l'astre pâle, le fleuve qui pouvait m'emporter chez moi mais ne le voulait pas. Ma volonté n'était pas assez puissante pour négliger l'ordre gravé dans mon esprit ; aussi levai-je les yeux vers la lune. « Burrich, dis-je tout haut d'un ton suppliant, comme s'il pouvait m'entendre, prends bien soin d'elles, veille à ce qu'il ne leur arrive pas de mal, protège-les comme si c'était ta propre famille, jusqu'à ce que je puisse rentrer auprès d'elles. »

Je n'ai aucun souvenir d'être revenu aux enclos ni de m'être recouché mais, au matin, quand j'ouvris les yeux, c'est là et dans cette position que je me découvris. Je restai allongé à contempler la voûte bleue du ciel en maudissant ma vie. Crice vint s'interposer entre l'azur et moi.

« Tu ferais bien de te lever, me dit-il ; puis, m'examinant de plus près : Tu as les yeux rouges. Tu avais une bouteille que tu n'as pas partagée ?

— Je n'ai rien à partager avec qui que ce soit », répondis-je laconiquement. Je me mis debout, les tempes martelées par la migraine.

Comment Molly allait-elle appeler la petite ? D'un nom de fleur, sans doute ; Lilas, ou quelque chose comme ça ; Rose, Œillet. Et moi, comment l'aurais-je baptisée ? C'était sans importance.

Dès lors, je cessai de penser. Les jours suivants, je ne fis que ce qu'on me disait de faire, bien et à fond, sans réflexions pour venir me distraire. Quelque part en moi, un enragé jetait feu et flamme dans sa prison, mais je préférais ne pas le savoir. Je conduisais les moutons. Je mangeais le matin, je mangeais le soir, je me couchais à la nuit, je me levais au jour, et je conduisais les moutons. Je les suivais dans la poussière soulevée par les chariots, les chevaux et les moutons eux-mêmes, dans la poussière qui m'encroûtait les cils et la peau, la poussière qui me desséchait la gorge, et je ne pensais à rien. Je n'en avais pas besoin pour savoir que chaque pas me rapprochait de Vérité. Je parlais si peu que même Crice finit par se lasser de ma compagnie car il n'arrivait pas à me pousser à la dispute. Je conduisais les moutons, tout entier à ma tâche comme le meilleur chien de berger du monde. Quand je m'endormais le soir, je ne rêvais même pas.

La vie continuait pour mes compagnons de voyage. La maîtresse de caravane nous guidait bien et les journées se passaient heureusement sans histoires ; nos ennuis se limitaient à la poussière, au manque d'eau, à la rareté des pâturages, et nous les acceptions comme faisant partie de la route. Le soir, après que les moutons s'étaient couchés et que nous avions mangé, les marionnettistes répétaient ; ils avaient trois pièces à leur répertoire et paraissaient décidés à les savoir sur le bout des doigts avant l'arrivée au Lac Bleu ; certaines fois, nous n'avions droit qu'aux mouvements des pantins accompagnés de leurs dialogues mais, en d'autres occasions, ils montaient tout le décor, torches, scène et arrière-plan ; les marionnettistes revêtaient leurs vêtements drapés d'un blanc pur, symbole de leur invisibilité, et ils jouaient toutes leurs pièces. Le maître était strict, prompt à jouer du martinet, et il n'épargnait même pas à son compagnon une ou deux cinglures s'il le jugeait les mériter : un vers mal déclamé, un geste de la main d'une marionnette qui n'était pas celui dicté par maître Dell, et les coups de martinet pleuvaient. Même si j'avais été d'humeur à jouir des distractions, son attitude me les aurait gâchées ; aussi, le plus souvent, j'allais m'asseoir auprès des moutons pour les surveiller pendant que tout le monde assistait aux représentations.

La ménestrelle, une très belle femme nommée Astérie, me tenait fréquemment compagnie ; je ne pense pas qu'elle fût particulièrement assoiffée de ma société : nous nous trouvions assez loin du camp pour qu'elle pût étudier ses chansons et son jeu de harpe sans être gênée par les sempiternelles répétitions des marionnettistes et les pleurs des apprentis victimes de corrections, voilà tout ; peut-être aussi sentait-elle qu'originaire de Cerf, j'étais à même de comprendre sa nostalgie quand elle évoquait à mi-voix les mouettes qui criaient et le ciel bleu au-dessus de la mer après une tempête. C'était la Cervienne typique, le cheveu et l'œil sombres, et qui ne dépassait pas mon épaule en taille, vêtue avec simplicité de jambières et d'une tunique bleues ; elle avait les oreilles percées mais ne portait pas de boucles, non plus que de bagues aux doigts. Elle s'installait non loin de moi, passait les doigts sur les cordes de sa harpe et se mettait à chanter. Qu'il était agréable d'entendre à nouveau l'accent cervien et les mélodies familières des duchés côtiers ! Parfois, elle me parlait ; ce n'était pas vraiment une conversation, plutôt un monologue de sa part dans la nuit, alors que je me trouvais là, tel le chien auquel son maître fait part de ses réflexions ; c'est ainsi que j'appris son passé de ménestrelle d'un petit château de Cerf où je ne m'étais jamais rendu, tenu par un seigneur mineur dont j'ignorais jusqu'au nom. Il était désormais trop tard pour combler ces lacunes : château et noble n'étaient plus, tous deux morts dans les flammes lors d'une attaque des Pirates rouges. Astérie avait survécu, mais sans plus de foyer ni maître ; elle avait alors pris la route, résolue à s'enfoncer si loin dans les terres qu'elle ne verrait plus jamais aucun navire d'aucune couleur. Je comprenais cette réaction ; en quittant Cerf, elle préservait le souvenir de ce qu'avait été son duché autrefois.

La mort l'avait effleurée de son aile, et elle n'avait pas l'intention de finir ses jours telle qu'elle était, petite ménestrelle d'un petit château ; non, elle se ferait un nom, elle serait témoin d'un grand événement, et elle en ferait une chanson qu'on chanterait longtemps ; alors, survivant dans les mémoires tant que des gorges entonneraient son œuvre, elle serait devenue immortelle. J'estimais qu'elle aurait eu de meilleures chances d'assister à l'événement voulu en demeurant sur la côte, là où la guerre faisait rage, mais, comme en réponse à ma réflexion inexprimée, Astérie déclara qu'elle tenait à être témoin d'un fait dont les spectateurs réchapperaient ; d'ailleurs, ajouta-t-elle, quand on a vu une bataille, on les a toutes vues, et elle ne voyait rien de très poétique dans les gerbes de sang ; j'acquiesçai en silence.

« Ah ! Il me semblait bien que vous aviez davantage l'air d'un homme d'armes que d'un berger. On n'attrape pas un nez cassé ni une balafre comme la vôtre avec des moutons.

— Si, pour peu qu'on dégringole d'une falaise en cherchant les égarés dans le brouillard », répondis-je d'un ton froid en détournant le visage.

Pendant longtemps, cet échange demeura le seul semblant de conversation que j'eus avec quiconque.

Notre voyage se poursuivit, aussi vite que des chariots pleins et un troupeau de moutons le permettaient. Les jours se suivaient et se ressemblaient de façon étonnante, tout comme le pays que nous traversions. De temps en temps, un événement nouveau venait rompre la monotonie : parfois, nous rencontrions des gens aux trous d'eau, et nous vîmes même près de l'un d'eux une espèce de taverne à laquelle la maîtresse de caravane livra quelques tonnelets d'eau-de-vie ; une fois, des hommes à cheval qui étaient peut-être des bandits nous suivirent pendant une demi-journée, mais ils quittèrent notre piste dans l'après-midi, soit qu'ils eussent une autre destination, soit qu'ils eussent jugé nos possessions trop modiques pour mériter une attaque. Quelquefois, nous nous faisions dépasser par des messagers ou des voyageurs à cheval, sans moutons ni chariots pour les ralentir ; en une occasion, ce fut une troupe de gardes aux couleurs de Bauge qui menaient leurs montures à un train d'enfer ; je ressentis un malaise en les voyant passer, l'impression qu'une bête grattait un instant aux murs qui protégeaient mon esprit. Un artiseur les accompagnait-il, Ronce, Carrod, ou même Guillot ? Je m'efforçai de me convaincre que mon inquiétude provenait simplement de la vue des livrées or et brun.

Un autre jour, nous fûmes arrêtés par trois personnes du peuple nomade sur les pâtures duquel nous cheminions ; elles se présentèrent sur de solides petits poneys sans harnais ni bride. Les deux femmes et l'adolescent avaient les cheveux blonds et le visage cuit par le soleil, celui du garçon tatoué de rayures qui lui donnaient l'air d'un chat. La caravane fit halte, Madge dressa une table, la recouvrit d'une nappe et prépara une tisane particulière qu'elle servit à ses hôtes accompagnée de fruits confits et de gâteaux au sucre d'orge. Je ne vis pas d'argent changer de main : la rencontre se limita à ce rituel d'hospitalité. Aux manières des convives, j'eus l'impression qu'ils connaissaient Madge de longue date, et qu'elle formait son fils à prendre sa suite.

Mais la plupart des journées se déroulaient selon la même routine : se lever, manger, marcher ; s'arrêter, manger, dormir. Je me surpris une fois à me demander si Molly apprendrait à notre enfant à fabriquer des bougies et à élever des abeilles ; et moi, que pourrais-je lui transmettre ? La science des poisons et les techniques d'étranglement, songeai-je avec amertume. Non ; je lui enseignerais ses lettres et ses chiffres : elle serait encore assez jeune à mon retour pour cela ; et puis tout ce que Burrich m'avait appris sur les chevaux et les chiens. Je me rendis compte soudain que je recommençais à m'intéresser à l'avenir, à faire des projets pour me recréer une existence une fois que j'aurais rejoint Vérité et que je l'aurais, Eda sait comment, ramené sain et sauf en Cerf. Mon enfant n'était pour l'instant qu'un nourrisson, me dis-je, qui tétait le sein de Molly et découvrait encore le monde, les yeux écarquillés. Il était trop jeune pour savoir qu'il y manquait quelque chose, trop jeune pour savoir que son père n'était pas là. Je les retrouverais bientôt, avant que la petite ait appris à dire « papa ». Je serais là pour voir ses premiers pas.

Cette résolution opéra un changement en moi. Je n'avais jamais rien espéré avec tant de plaisir anticipé. Il ne s'agissait pas d'un attentat qui s'achèverait par la mort de quelqu'un ; non, c'était une nouvelle vie qui se dessinait devant moi, et je m'imaginais en train d'apprendre à mon enfant ce que je savais, je la voyais grandir, intelligente, belle, aimant son père sans jamais avoir connaissance d'une autre existence qu'il aurait vécue. Elle n'aurait aucun souvenir de mon visage lisse, de mon nez droit ; elle m'aurait toujours vu tel que j'étais désormais, et, bizarrement, j'y attachais de l'importance. J'irais donc rejoindre Vérité parce que je n'avais pas le choix, parce que c'était mon roi et que je l'aimais, et parce qu'il avait besoin de moi ; cependant, cela ne marquait plus la fin de mon voyage mais le début : une fois que j'aurais retrouvé Vérité, je pourrais faire demi-tour et m'en retourner auprès des miens. J'en oubliais jusqu'à l'existence de Royal.

Ainsi réfléchissais-je parfois, et alors, tandis que je cheminais derrière les moutons, dans leur sillage de poussière et d'âcre odeur de suint, un mince sourire étirait mes lèvres derrière le mouchoir qui me cachait le bas du visage ; en d'autres moments, allongé seul le soir, je ne songeais qu'à ma femme, ma maison et mon enfant, et j'avais chaud au cœur. Je ressentais douloureusement chaque mille qui me séparait d'elles, et j'étais rongé de solitude ; j'aurais voulu ne rien ignorer de leur vie, et chaque soirée, chaque instant d'oisiveté, était une tentation de tendre mon Art vers elles ; mais je comprenais à présent le sens de l'admonestation de Vérité : si je les artisais, le clan de Royal n'aurait pas plus de mal à les trouver que moi, et Royal n'hésiterait pas une seconde à les utiliser contre moi ; je me consumais donc de l'envie de les voir mais je n'osais pas essayer de satisfaire cette envie.

Nous arrivâmes un jour dans un groupe de maisons qui méritait presque le nom de village ; surgi tel un anneau des fées autour d'une source profonde, il comptait une auberge, une taverne, plusieurs entrepôts d'approvisionnement pour les voyageurs, le tout entouré de quelques habitations. Il était midi quand nous y parvînmes ; Madge déclara que nous allions nous y arrêter et que nous ne repartirions que le lendemain matin. Comme on pouvait s'y attendre, nul n'éleva d'objection. Une fois nos animaux abreuvés, nous les installâmes avec les chariots à l'extérieur du village ; le marionnettiste, décidant de profiter de la situation, annonça à la taverne et à l'auberge que sa troupe donnerait une représentation ouverte à tous, et qu'on acceptait de bon cœur les pourboires. Astérie, elle, s'était déjà approprié un angle de la taverne et initiait le hameau de Bauge aux ballades de Cerf.

Pour ma part, je préférai demeurer avec les moutons à l'écart des maisons, et je me retrouvai bientôt seul au camp. Cela ne me dérangeait pas particulièrement ; le propriétaire des chevaux m'avait offert une pièce de cuivre pour garder l'œil sur eux, bien que ce ne fût guère nécessaire car ils étaient entravés, et, de toute manière, tous les animaux étaient satisfaits de cette halte et cherchaient seulement quelque herbe à brouter. Le taureau, attaché à un pieu, paissait lui aussi. Je ressentais une sorte de sérénité à me trouver tout seul, assis dans mon coin ; j'apprenais à cultiver le vide de l'esprit, et j'étais maintenant capable de rester de longues périodes sans penser à rien en particulier ; mon interminable attente en était moins pénible. Assis à l'arrière de la carriole de Damon, je contemplais les bêtes et les douces ondulations de la plaine piquetée de buissons derrière elles.

Ma tranquillité ne dura guère : en fin d'après-midi, le chariot des marionnettistes revint au camp à grand bruit de ferraille ; seuls maître Dell et la plus jeune des apprenties s'y trouvaient ; les autres étaient restés au village pour boire, bavarder, bref, s'amuser. Aux cris du maître, je compris bien vite que son apprentie s'était couverte de honte par des répliques oubliées et des mouvements incorrects, et qu'en guise de punition elle devait rester seule au camp avec le chariot, à quoi il ajouta plusieurs coups secs de son martinet. Les claquements du cuir et les glapissements de la jeune fille s'entendaient de l'autre bout du campement ; au second, je fronçai les sourcils, et j'étais debout au troisième. Comme je ne savais pas précisément ce que je voulais faire, c'est avec soulagement que je vis le maître s'éloigner à grands pas du chariot en direction du hameau.

À pleurs bruyants, la jeune fille détela les chevaux et les lia par la bride à des piquets. Je l'avais déjà remarquée mais sans y attacher d'attention : c'était la plus jeune de la troupe – elle ne devait pas avoir plus de seize ans –, et on avait l'impression qu'elle était sans cesse en butte au martinet de son maître ; cela n'avait d'ailleurs rien d'extraordinaire : nombre de maîtres se servaient de ce genre d'instrument pour tenir leurs apprentis à leurs corvées. Ni Burrich ni Umbre ne l'avaient jamais employé contre moi, mais j'avais eu ma part de taloches et, de temps en temps, Burrich m'avait fait accélérer le mouvement d'un coup de pied bien placé. Le marionnettiste n'était donc pas pire que bien des maîtres que j'avais connus, et il se montrait plus clément que certains : ses élèves étaient correctement nourris et habillés. Mais ce qui m'irritait chez lui, je pense, était qu'il ne se contentait jamais d'un coup de martinet : il en donnait toujours trois, quatre, cinq, voire davantage s'il était réellement en colère.

La sérénité de la nuit n'était plus. Longtemps après que l'apprentie eut fini d'attacher les chevaux, ses grands sanglots continuèrent de trancher dans le calme nocturne, et c'en fut bientôt plus que je n'en pouvais supporter. Je me rendis au chariot de voyage des marionnettistes et frappai à la petite porte. Les pleurs s'interrompirent sur un reniflement. « Qui est-ce ? demanda-t-elle d'une voix enrouée.

— Tom le berger. Ça va ? »

J'espérai qu'elle répondrait par l'affirmative et me dirait de m'en aller ; mais la porte s'ouvrit après un instant de silence et elle me dévisagea dans l'encadrement. Du sang coulait sur sa mâchoire ; je compris aussitôt ce qui s'était passé : une des lanières avait tourné sur son épaule et l'extrémité lui avait méchamment cinglé la joue. L'entaille était sûrement douloureuse mais, à mon avis, c'était surtout la vue du sang qui effrayait l'adolescente. J'aperçus un miroir dressé sur une table derrière elle, un tissu rougi posé à côté. Nous restâmes un moment à nous regarder sans rien dire. Puis : « Il m'a défigurée ! » s'exclama-t-elle en éclatant en sanglots.

Ne sachant que dire, je pénétrai dans le chariot, la pris par les épaules et la fis asseoir. Elle s'était servie d'un linge sec pour tapoter sa blessure : était-elle folle ? « Ne bougez pas, ordonnai-je sévèrement, et essayez de vous calmer. Je reviens. »

Je pris le tissu et allai le tremper dans de l'eau, puis je retournai auprès de la jeune fille et nettoyai le sang de son visage. Comme je m'en doutais, la coupure était sans gravité mais elle saignait abondamment, comme souvent les blessures au visage ou à la tête. Je pliai le tissu en quatre et le lui plaçai sur la joue. « Tenez ça ; appuyez un peu mais ne le déplacez pas. Je reviens. » Je la regardai et vis ses yeux pleins de larmes fixés sur la balafre qui barrait mon visage. « Une peau claire comme la vôtre cicatrise mieux que la mienne ; même s'il reste une marque, ce ne sera pas grand-chose. »

À ses yeux soudain agrandis, je compris que j'avais dit exactement ce qu'il ne fallait pas. Je sortis du chariot en me maudissant de me mêler de ce qui ne me regardait pas.

J'avais perdu toutes mes réserves d'herbes médicinales et le pot de pommade de Burrich quand j'avais abandonné mes affaires à Gué-de-Négoce ; j'avais néanmoins remarqué dans la zone où paissaient les moutons une plante qui évoquait une verge d'or rabougrie, et d'autres, succulentes, qui rappelaient la sanguinaire. J'arrachai une de ces dernières mais elle n'avait pas la bonne odeur, et la sève des feuilles était plus collante que gélatineuse ; je me lavai alors les mains, puis m'intéressai à la petite verge d'or : le parfum était bien celui que je cherchais. Avec un haussement d'épaules, je commençai par en cueillir une poignée de feuilles, puis je décidai, tant que j'y étais, de refaire un peu mes stocks disparus. C'était apparemment bien de la verge d'or, mais plus chétive et plus éparse dans ce sol sec et caillouteux que celle que je connaissais. J'étalai ma récolte à l'arrière de la carriole et fis un tri : je gardai les feuilles les plus épaisses pour les mettre à sécher, puis broyai les plus petites entre deux pierres propres, et me rendis avec la pâte résultante au chariot des marionnettistes. L'adolescente observa le produit d'un air dubitatif, mais, après une hésitation, elle hocha la tête quand je lui dis : « Ça va arrêter le saignement. Plus vite la blessure se referme, plus petite est la cicatrice. »

Lorsqu'elle ôta le linge de sa joue, je vis que le sang avait presque cessé de couler ; j'étalai néanmoins sur la coupure une grosse goutte de pâte. La jeune fille ne dit rien à mon contact, et j'éprouvai un choc soudain en me rendant compte que je n'avais pas touché le visage d'une femme depuis le départ de Molly. Ma patiente avait les yeux bleus, et elle me dévisageait ; je détournai le regard de son expression ardente. « Là ; maintenant, n'y touchez plus, ne vous essuyez pas la joue, n'y passez pas les doigts, ne la lavez pas. Laissez la croûte se former et essayez de vous en occuper le moins possible.

— Merci, fit-elle d'une toute petite voix.

— De rien. » Je m'apprêtai à m'en aller.

« Je m'appelle Tassin, dit-elle derrière moi.

— Je sais. J'ai entendu votre maître hurler votre nom. » Je commençai à descendre les marches.

« C'est un affreux bonhomme. Je le déteste ! Je me sauverais si je pouvais ! »

Difficile de la planter là sans répondre : arrivé au bas des marches, je m'arrêtai. « Je sais que c'est dur de se faire punir

310

alors qu'on fait des efforts. Mais… c'est comme ça ; si vous vous sauviez, vous vous retrouveriez sans rien à manger, sans toit au-dessus de votre tête, les vêtements de plus en plus dépenaillés, et ce serait bien pire. Essayez de vous améliorer, ainsi il ne touchera plus à son martinet. » Je croyais si peu à mes propres conseils que j'avais du mal à former les mots ; pourtant, mieux valait cela que lui dire de s'enfuir : elle ne survivrait pas une journée dans cette prairie nue.

« Je n'ai pas envie de m'améliorer. » Elle avait repris un peu du poil de la bête et parlait d'un ton de défi. « Je ne veux pas devenir marionnettiste, et maître Dell le savait quand il a acheté mes années. »

J'avais commencé à m'éloigner en crabe en direction de mes moutons, mais elle descendit à son tour du chariot et me suivit.

« Dans notre village, il y avait un homme que j'aimais bien ; il avait fait une offre pour me prendre pour épouse, mais il n'avait pas d'argent disponible ; il était fermier, et c'était le printemps : un fermier n'a pas d'argent au printemps. Il a dit à ma mère qu'il paierait le prix de la mariée à la récolte, mais ma mère a dit : « S'il est pauvre aujourd'hui avec une seule bouche à nourrir, il sera encore plus pauvre demain avec deux et plus. » Et du coup elle m'a vendu au marionnettiste, pour moitié moins que ce qu'il aurait payé normalement pour un apprenti, parce que je ne voulais pas le suivre.

— Ça se passe différemment là d'où je viens », fis-je, gêné. J'avais du mal à comprendre ce qu'elle me racontait. « Chez moi, les parents donnent de l'argent à un maître pour qu'il prenne leur enfant en apprentissage, dans l'espoir qu'il se fera une existence meilleure que la leur. »

Elle repoussa ses cheveux de son visage ; ils étaient châtain clair et très bouclés. « Oui, j'en ai entendu parler. Il y en a qui font comme ça, mais la plupart, non. Ils achètent un apprenti, en général volontaire, et s'ils n'en sont pas satisfaits, ils peuvent le revendre comme homme de peine ; alors on ne vaut pas beaucoup mieux qu'un esclave pendant six ans. » Elle renifla. « On prétend que ça oblige l'apprenti à travailler plus dur, de savoir qu'il risque de se retrouver à faire les plus sales corvées dans une cuisine ou à actionner un soufflet de forge pendant six ans si son maître n'est pas content de lui.

— Eh bien, j'ai l'impression qu'il ne vous reste qu'à apprendre à aimer les marionnettes», répondis-je faute de mieux. Je m'assis à l'arrière de la carriole et regardai mon troupeau ; elle s'installa près de moi.

«Ou à espérer que quelqu'un me rachètera à mon maître, dit-elle d'un ton accablé.

— À vous entendre, on vous croirait esclave, fis-je, bien que je n'eusse nulle envie de relancer la conversation. Ce n'est quand même pas si terrible, si ?

— Faire tous les jours un travail qu'on trouve stupide ? Et se faire fouetter parce qu'on ne le fait pas à la perfection ? Ce n'est pas être esclave, ça ?

— Tout de même, vous êtes nourrie, logée, blanchie, et votre maître vous donne la possibilité d'apprendre quelque chose, un métier qui pourrait vous permettre de sillonner les Six-Duchés si vous êtes douée ; vous pourriez même finir par donner des représentations à Castelcerf, à la cour du roi. »

Elle me jeta un regard curieux. « À Gué-de-Négoce, vous voulez dire. » Elle soupira, puis se rapprocha de moi. « Je me sens bien seule. Tous les autres rêvent de devenir marionnettistes, ils se mettent en colère contre moi quand je fais des erreurs, ils me traitent tout le temps de paresseuse, et ils ne m'adressent plus la parole quand ils croient que j'ai gâché une pièce. Il n'y en a pas un seul de gentil ; ils se seraient tous fichu que je reste défigurée ; ils ne sont pas comme vous. »

Je ne voyais rien à répondre : je ne connaissais pas assez ceux dont elle parlait pour prendre position, aussi me tus-je, et nous restâmes à regarder les moutons. Le silence dura et la nuit s'assombrit. Je songeai qu'il me faudrait bientôt faire du feu.

«Et vous ? fit-elle, voyant que je restais muet. Comment êtes-vous devenu berger ?

— Mes parents sont morts, ma sœur a hérité ; comme elle ne m'aimait pas particulièrement, vous voyez où je me retrouve.

« — Quelle garce ! » jeta-t-elle avec violence.

Je m'apprêtais à défendre ma prétendue sœur quand je me rendis compte que je n'allais faire que relancer la conversation. Je me creusai la cervelle pour m'inventer une tâche urgente qui me permettrait d'abandonner Tassin, mais les moutons et les autres animaux étaient sous nos yeux, paisiblement occupés à brouter ; quant à nos compagnons, il était inutile d'espérer les voir rentrer avant longtemps, attablés après des jours de route dans une taverne avec de nouveaux interlocuteurs.

Pour finir, prenant la faim comme prétexte, j'allai ramasser des pierres, des bouses sèches et des brindilles pour faire du feu. Tassin insista pour faire la cuisine ; je n'étais pas vraiment affamé, mais elle mangea en revanche de bon appétit et j'avoue que j'appréciai le repas qu'elle avait préparé avec les provisions de voyage des marionnettistes ; elle prépara aussi une tisane qu'elle servit dans de lourdes chopes de porcelaine rouge, et nous la bûmes à petites gorgées près du feu.

De gêné, le silence qui régnait entre nous était devenu amical : j'avais pris plaisir à rester les bras croisés pendant que quelqu'un d'autre s'occupait du repas. Au début, elle avait babillé à n'en plus finir, me demandant si j'aimais telle ou telle épice, si je prenais ma tisane forte, mais sans vraiment attendre de réponse ; et puis, comme si mon silence lui était une incitation, elle s'était mise à parler plus intimement d'elle-même. Avec une sorte de désespoir, elle avait évoqué les journées passées à apprendre et à pratiquer un métier qu'elle n'avait envie ni d'apprendre ni de pratiquer, et elle décrivit avec une admiration teintée de mauvaise grâce l'attachement des autres marionnettistes à leur art et leur enthousiasme qu'elle était incapable de partager. Sa voix mourut et elle leva vers moi des yeux pleins de détresse ; la solitude qu'elle ressentait y était clairement inscrite. Elle détourna la conversation sur des sujets moins graves, les petites contrariétés auxquelles elle était en butte, les plats qu'elle n'aimait pas mais qu'elle était forcée de manger, l'éternelle odeur de vieille sueur d'un des autres marionnettistes, la femme qui lui rappelait de dire ses répliques en la pinçant.

Même ses jérémiades avaient pour moi un côté curieusement plaisant, car elles m'emplissaient la tête de futilités qui m'empêchaient de penser à des problèmes d'une autre envergure. Me trouver auprès d'elle m'évoquait par certains aspects mon existence auprès du loup.

Tassin ne s'intéressait qu'à l'instant, ce repas, cette soirée, sans guère penser à autre chose. De là, mes réflexions dérivèrent sur Œil-de-Nuit, et je tendis délicatement mon esprit vers lui : je sentis qu'il était quelque part en vie, mais ne pus pas en apprendre davantage. Nous étions peut-être trop loin l'un de l'autre, à moins que sa nouvelle vie ne l'accaparât trop ; quoi qu'il en fût, son esprit ne m'était plus aussi ouvert que naguère. Peut-être s'accordait-il progressivement à la façon de penser de la meute. J'essayai de me réjouir qu'il se soit trouvé une existence personnelle, avec de nombreux compagnons et, qui sait ? une compagne.

« À quoi pensez-vous ? » me demanda Tassin.

Elle s'était exprimée si bas que je répondis sans réfléchir, le regard toujours plongé dans les flammes : « À la solitude qui pèse parfois d'autant plus qu'on sait sa famille et ses amis heureux au loin. »

Elle haussa les épaules. « Moi, j'évite de penser à eux. Mon fermier a dû prendre une autre femme, dont les parents ont accepté d'attendre le prix de la mariée. Quant à ma mère, l'avenir pour elle était sans doute moins bouché sans moi ; elle était encore assez jeune pour accrocher un autre homme. » Elle s'étira en un geste étrangement félin, puis me dévisagea. « Ça ne sert à rien de rêver à ce qu'on n'a pas ; on n'arrive qu'à se rendre malheureux. Mieux vaut se satisfaire de ce qu'on a sous la main. »

Nos regards étaient rivés l'un à l'autre. Elle s'était exprimée sans équivoque, et, l'espace d'un instant, je restai interdit ; puis elle se pencha vers moi et plaça ses mains de part et d'autre de mon visage. Ses paumes étaient douces. Elle ôta mon mouchoir de tête, puis, des deux mains, repoussa les mèches de cheveux retombées sur mon front. Les yeux dans les miens, elle s'humecta les lèvres du bout de la langue ; ses mains descendirent le long de mes joues, sur mon cou, jusqu'à mes épaules. J'étais hypnotisé autant qu'une souris devant un serpent. Elle avança le visage et m'embrassa, la bouche ouverte. Son haleine avait un parfum sucré d'encens.

J'eus soudain envie d'elle avec une violence qui me fit tourner la tête ; envie non pas de Tassin, mais d'une femme, de douceur, d'intimité. J'étais consumé d'une soif charnelle qui était pourtant tout autre chose ; c'était comme la faim de l'Art qui ronge l'artiseur, qui exige une totale communion avec le monde. J'étais inconcevablement las d'être seul. Je serrai Tassin contre moi si vivement que je l'entendis pousser un petit cri de surprise ; je l'embrassai comme si je voulais la dévorer et ainsi atténuer ma solitude, puis nous nous retrouvâmes couchés par terre et elle se mit à pousser des gémissements de plaisir qui se turent alors qu'elle me repoussait. « Arrête une minute, soufflat-elle. Attends, s'il te plaît. J'ai un caillou dans le dos, et puis je ne veux pas abîmer mes vêtements. Donne-moi ton manteau… »

Sous mon regard enflammé, elle étendit mon manteau près du feu, s'assit dessus et le tapota pour m'inviter à la rejoindre. « Alors ? Tu ne viens pas ? » demanda-t-elle, charmeuse ; plus lascive, elle ajouta : « Je vais te montrer tout ce que je sais faire. » Et, d'un geste caressant, elle se passa les mains sur la poitrine pour m'inciter à imaginer les miennes faisant de même.

Si elle n'avait rien dit, si nous ne nous étions pas interrompus, si elle m'avait simplement regardé, assise sur le manteau… mais sa question et ses manières me parurent soudain déplacées ; toute illusion de douceur et d'intimité avait disparu, remplacée par une impression de provocation, comme un défi qu'on m'aurait lancé sur un terrain d'exercice. Je ne vaux pas mieux que quiconque : je n'avais surtout pas envie de réfléchir, j'aurais voulu être capable de me jeter sur elle et de m'épancher en elle, mais je m'entendis demander : « Et si je te fais un enfant ? »

— Ah ! fit-elle en s'esclaffant comme si elle n'avait jamais envisagé une telle éventualité. Dans ce cas, tu n'auras qu'à m'épouser et racheter mes années d'apprentissage à maître

Dell. Sinon, ajouta-t-elle en voyant mon expression changer, un bébé, ce n'est pas aussi difficile de s'en débarrasser que les hommes le croient. Quelques pièces d'argent pour les herbes qu'il faut… Mais inutile de nous casser la tête avec ça ; pourquoi s'inquiéter de ce qui n'arrivera peut-être jamais ? »

Pourquoi, en effet ? Je la regardai avec toute la convoitise accumulée durant mes mois de solitude, sans contact physique avec aucun être humain ; mais je savais en même temps que je ne trouverais pas en elle davantage de soulagement à mon profond besoin de compagnie et de compréhension que ma main ne pourrait m'en fournir. Je secouai lentement la tête, plus en réponse à mes pensées qu'à sa question. Elle m'adressa un sourire espiègle et me tendit la main.

« Non. » J'avais parlé à mi-voix. Elle écarquilla les yeux, l'air si abasourdie que je faillis éclater de rire. « Il ne vaut mieux pas », dis-je, et, à entendre ces mots énoncés tout haut, je sus que c'était la vérité. Ils ne recouvraient aucun esprit de supériorité, nulle obligation de fidélité éternelle due à Molly, nulle honte d'avoir déjà laissé à une femme la responsabilité de porter seule un enfant. Ces sentiments m'étaient familiers, mais ce n'étaient pas eux qui étaient présents en moi en cet instant ; ce que j'éprouvais était une sensation de vide au fond de moi qui ne pourrait que s'aggraver si je m'allongeais auprès d'une inconnue. « Ce n'est pas ta faute, dis-je en voyant ses joues s'empourprer soudain et le sourire s'effacer de ses lèvres. C'est la mienne ; c'est ma faute. » J'avais essayé de prendre un ton réconfortant ; peine perdue.

Elle se leva brusquement. « Je le sais bien, pauvre crétin ! cracha-t-elle avec mépris. Je voulais seulement être gentille avec toi, qu'est-ce que tu croyais ! » Et elle s'éloigna du feu à pas furieux ; les ombres l'engloutirent rapidement, puis j'entendis claquer la porte du chariot.

Lentement, je ramassai mon manteau et le secouai pour en faire tomber la poussière ; puis, comme le vent s'était levé et que la nuit se rafraîchissait, je le mis sur mes épaules et me rassis pour contempler le feu.

12

SOUPÇONS

L'Art est une drogue ; tous ceux qui apprennent cette magie en sont prévenus dès le début de leurs études. Ce pouvoir exerce une fascination qui pousse à l'employer toujours davantage, et qui croît en proportion du savoir-faire et de la puissance de l'usager. Cette attirance éclipse tout autre sujet d'intérêt ou de relation ; pourtant elle est difficile à décrire à qui n'a pas fait personnellement l'expérience de l'Art : cela s'apparente à voir l'essor d'un vol de faisans par un petit matin frisquet d'automne, à prendre parfaitement le vent dans les voiles d'un navire, à sentir la première bouchée d'un ragoût chaud et savoureux à la fin d'une journée froide sans rien à manger ; mais ce sont là des sensations qui ne durent qu'un instant : l'Art, lui, les prolonge aussi longtemps que dure l'énergie de l'usager.

*

Il était très tard quand nos compagnons regagnèrent notre camp. Damon, mon maître, était soûl et s'appuyait avec affection sur Crice, lui-même ivre, de méchante humeur et environné d'une odeur de Fumée. Ils tirèrent à gestes embarrassés leurs couvertures de la carriole et s'y enroulèrent ; ni l'un ni l'autre ne proposa de me relever de ma garde. Je soupirai : je n'avais guère de chance de dormir d'ici la nuit suivante.

L'aube se leva tôt, comme toujours, et la maîtresse de caravane exigea que nous nous levions et nous préparions à reprendre la route. Elle se montra intraitable et c'était sans doute avisé : si elle avait laissé chacun libre de dormir tout son soûl, les lève-tôt seraient retournés au village et elle aurait dû passer la journée à réunir tout son monde. Cependant, l'humeur générale n'était pas au beau fixe ; seuls les conducteurs d'attelage et Astérie, la ménestrelle, paraissaient avoir su s'arrêter de boire à temps, et nous préparâmes un gruau commun que nous partageâmes tandis que les autres comparaient leurs migraines respectives et autres sujets de doléance.

J'ai remarqué que boire à plusieurs, surtout de façon excessive, crée un lien entre les gens ; c'est ainsi que, quand mon maître estima avoir trop mal à la tête pour conduire la carriole, il confia cette tâche à Crice et s'endormit malgré les cahots, tandis que Crice somnolait sur les rênes et que la ponette suivait les autres chariots. Ils avaient attaché le sonnailler à l'arrière de la voiture et le troupeau marchait à sa suite –, plus ou moins : j'étais tout de même obligé de trotter derrière, au milieu de la poussière, pour maintenir les bêtes aussi groupées que possible. Le ciel était pur mais l'air demeurait froid, agité de rafales de vent qui faisaient tournoyer les nuages de poussière que nous soulevions. J'avais passé une nuit blanche et la migraine me martela bientôt les tempes.

Madge ordonna une brève halte à midi. La plupart des membres de la caravane étaient alors assez remis pour avoir envie de manger ; je puisai de l'eau dans un des barils du chariot de Madge, bus, puis mouillai mon mouchoir de tête pour me débarbouiller succinctement. J'essayais d'enlever des saletés qui me piquaient les yeux quand Astérie apparut près de moi ; je m'écartai, pensant qu'elle désirait de l'eau, mais elle me chuchota :

« À votre place, je garderais mon mouchoir. »

J'essorai le morceau de tissu et le renouai sur ma tête. « Oh, je le garde, mais ça ne m'empêche pas d'avoir de la poussière dans les yeux. »

Astérie me regarda en face. « Ce n'est pas de vos yeux que vous devriez vous soucier, mais de cette mèche blanche. Vous devriez la teindre en noir avec de la graisse et de la cendre ce soir, si vous avez un moment à vous ; on la remarquera peut-être moins. »

Je m'efforçai de prendre une expression purement interrogatrice.

Elle sourit d'un air malicieux. « Les gardes de Royal sont passés dans le village quelques jours avant nous ; ils ont dit aux habitants que le roi soupçonnait le Grêlé de traverser Bauge – et vous avec lui. » Elle se tut et attendit une réaction de ma part. Comme je continuais à la regarder sans répondre, son sourire s'élargit. « Mais il s'agit peut-être d'un autre individu qui a lui aussi le nez cassé, une balafre sur le visage, une mèche blanche dans les cheveux, et… (elle désigna mon bras) une entaille récente faite par une épée à l'avant-bras. »

Je retrouvai l'usage de la parole et une partie de mes esprits. Je remontai ma manche. « Une entaille faite par une épée ? Je me suis égratigné sur un clou, en sortant, à la porte d'une taverne, et sans le faire exprès. Voyez vous-même ; d'ailleurs, c'est presque guéri. »

Elle se pencha obligeamment sur mon bras. « Ah, je vois, en effet. Eh bien, je me suis trompée. Néanmoins – et elle me regarda encore une fois dans les yeux –, je garderais quand même mon mouchoir sur la tête, si j'étais vous, pour éviter à d'autres de commettre la même erreur. » Elle se tut et inclina la tête vers moi. « Je suis ménestrelle : je préfère assister à l'histoire que la faire ou la changer. Mais ça m'étonnerait que tout le monde pense comme moi dans la caravane. »

Je ne répondis pas et elle s'éloigna en sifflotant. Je bus à nouveau en prenant garde de ne pas exagérer, puis je retournai m'occuper de mes moutons.

Crice, un peu remis, put m'aider plus ou moins le reste de l'après-midi ; la journée me parut néanmoins encore plus longue et plus fatigante que d'habitude, et cela n'était pas dû à la complexité du travail à effectuer ; non, le problème, après réflexion, tenait à ce que je m'étais remis à penser. Je commençais à désespérer de jamais revoir Molly et notre enfant : j'avais baissé ma garde, je ne m'étais pas assez inquiété de mon propre sort, et si les gardes de Royal réussissaient à mettre la main sur moi, ils me tueraient sur-le-champ ; alors je ne reverrais jamais ni Molly ni notre fille. Dans un sens, c'était pire que la menace qui pesait sur ma vie.

Au repas du soir, je m'installai plus loin du feu que d'ordinaire, bien que cela m'obligeât à m'emmitoufler dans mon manteau pour me protéger du froid, et je gardai le silence, ce qui n'avait rien d'inhabituel pour mes compagnons qui bavardaient, eux, et beaucoup plus qu'à l'accoutumée, de la soirée au village. J'appris ainsi que la bière était bonne, le vin mauvais, tandis que le ménestrel local s'était fait tirer l'oreille pour permettre à Astérie de jouer devant son public. Les membres de la caravane semblaient regarder comme une victoire personnelle que les chansons d'Astérie eussent été bien reçues par les villageois. « Tu as bien chanté, même si tu ne connais que des ballades de Cerf », concéda Crice, magnanime ; Astérie accepta ce compliment mitigé d'un hochement de tête.

Comme toujours après le repas, elle déballa sa harpe. Une fois n'est pas coutume, maître Dell avait accordé une soirée libre à sa troupe, ce dont je déduisis qu'il était content de ses marionnettistes, sauf de Tassin ; celle-ci, dédaignant de m'adresser le moindre coup d'œil, était installée près d'un des conducteurs d'attelage et souriait à tous ses propos. J'observai que sa blessure n'était plus guère qu'une égratignure auréolée d'une légère ecchymose : la cicatrisation s'annonçait bien.

Crice quitta l'assemblée pour aller monter la garde auprès de notre troupeau. Je m'étendis sur mon manteau au-delà du cercle de lumière que projetait le feu, pensant sombrer aussitôt dans le sommeil tandis que les autres ne tarderaient pas à gagner leur couche eux aussi. Je me laissai bercer par le murmure de leurs conversations et les notes légères qu'Astérie tirait distraitement de son instrument ; peu à peu, l'effleurement des cordes se mua en pincement rythmique, et elle se mit à chanter.

Je flottais aux frontières du sommeil quand les mots « la tour de l'île de l'Andouiller » me réveillèrent brutalement. J'ouvris les yeux en comprenant que sa chanson parlait de la bataille qui s'y était déroulée l'été précédent, premier engagement du *Rurisk* avec les Pirates rouges. J'en conservais à la fois trop et peu de souvenirs ; comme Vérité me l'avait fait remarquer bien des fois, malgré tout l'entraînement aux armes que j'avais suivi auprès de Hod, j'avais toujours tendance à revenir à un style de combat digne d'une taverne. J'avais donc emporté une hache et je m'en étais servi avec une sauvagerie dont je ne me serais jamais cru capable. On a dit par la suite que j'avais abattu le chef du groupe de Pirates acculés ; je n'ai jamais su si c'était vrai ou non.

Ça l'était dans la chanson d'Astérie, en tout cas. Je crus que mon cœur allait cesser de battre quand elle célébra « le fils de Chevalerie aux yeux de feu, héritier du sang sinon du nom de son père ». La chanson se poursuivit par une dizaine d'embellissements invraisemblables sur des coups que j'aurais portés et des guerriers que j'aurais tués. J'éprouvais un étrange sentiment d'humiliation à entendre mes actes d'alors décrits comme pleins de noblesse et désormais quasi légendaires ; bien des combattants rêvent de voir leurs hauts faits chantés dans des ballades mais, pour ma part, je trouvais l'expérience déplaisante. Je ne me rappelle pas que le soleil eût fait jaillir des flammes du fer de ma hache ni que je me fusse battu avec une bravoure digne du cerf de mon blason ; en revanche, je me souviens de l'odeur tenace du sang et des entrailles que j'avais piétinées, celles d'un homme qui se tordait encore à terre en geignant. Ce soir-là, toute la bière de Castelcerf n'avait pas suffi à m'apporter la moindre paix de l'esprit.

Quand la chanson s'acheva enfin, un des conducteurs d'attelage eut un ricanement méprisant. « Alors, c'est celle-là que tu n'as pas osé chanter hier soir à la taverne, hein, Astérie ? »

Avec un petit rire désapprobateur, la ménestrelle répondit : « À mon avis, elle n'aurait pas plu : les ballades sur le Bâtard de Chevalerie ne doivent pas être assez populaires par ici pour me rapporter un sou.

— Curieuse chanson, tout de même, observa Dell : d'un côté, le roi promet de l'or pour sa tête et les gardes vont disant : "Attention, le Bâtard a le Vif et il s'en est servi pour tromper la mort", et de l'autre, à vous écouter, c'est une espèce de héros.

— C'est une chanson cervienne, vous savez, et on aimait bien le Bâtard en Cerf, à une époque, répondit Astérie.

— Mais plus maintenant, je parie. Ou plutôt si : n'importe qui l'aimerait bien à condition de pouvoir le livrer aux soldats du roi et toucher les cent pièces d'or, fit un des conducteurs d'attelage.

— Sûrement, acquiesça Astérie paisiblement. Quoiqu'il reste des gens en Cerf qui vous diront qu'on n'a pas raconté toute la vérité sur lui, et que le Bâtard n'était pas aussi noir qu'on le dépeint aujourd'hui.

— Je ne comprends toujours pas, fit Madge : je croyais qu'on l'avait exécuté pour avoir assassiné le roi Subtil à l'aide du Vif.

— C'est ce que soutiennent d'aucuns, dit Astérie ; mais la vérité, c'est qu'il est mort dans sa cellule avant qu'on puisse l'exécuter et qu'on l'a enterré au lieu de le brûler. On raconte aussi (la voix d'Astérie se réduisit à un quasi-murmure) que, le printemps venu, pas le moindre brin d'herbe n'a poussé sur sa tombe ; apprenant cela, une vieille sorcière comprit que la magie du Vif dormait encore dans ses ossements et que pourrait se l'approprier celui qui aurait le courage de lui arracher une dent. Elle s'y rendit donc, par une nuit de pleine lune, avec un serviteur armé d'une pelle à qui elle ordonna de creuser à l'emplacement de la tombe ; mais il n'avait pas retourné une pelletée de terre qu'il découvrit des éclats de bois provenant du cercueil du Bâtard. »

Astérie fit une pause théâtrale ; on n'entendait pas le moindre bruit en dehors du crépitement du feu.

« Le cercueil était vide, naturellement ; et ceux qui l'ont vu ont dit qu'on l'avait défoncé de l'intérieur, pas de l'extérieur. Un homme m'a même confié qu'on avait remarqué des poils gris de loup accrochés aux morceaux de bois. »

Il y eut un nouveau silence, puis : « C'est vrai ? » demanda Madge.

Astérie fit doucement courir ses doigts sur les cordes de sa harpe. « C'est ce qu'on m'a raconté en Cerf ; mais j'ai aussi entendu dame Patience, celle qui l'a inhumé, affirmer que c'étaient des bêtises, que le corps était froid et raide quand elle l'a lavé avant de l'envelopper dans un linceul. Quant au Grêlé, que redoute tant le roi Royal, elle a déclaré que ce n'était rien d'autre qu'un ancien conseiller du roi Subtil, un vieux reclus au visage marqué par la petite vérole qui est sorti de sa retraite pour annoncer partout sa conviction que Vérité est toujours vivant et rendre courage à ceux qui doivent continuer à se battre contre les Pirates rouges. Voilà ; à vous de choisir ce que vous préférez croire. »

Mélodie, une des marionnettistes, feignit un frisson d'angoisse. « Brrr ! Tiens, chante-nous donc quelque chose de gai avant que nous allions dormir ; je n'ai plus envie d'histoires de fantômes ce soir. »

Sans se faire prier, Astérie se lança dans une ballade d'amour au refrain entraînant que Madge et Mélodie reprirent en chœur. Pour ma part, allongé dans le noir, je ruminai ce que je venais d'entendre, bien conscient, sans m'en sentir tranquillisé pour autant, qu'Astérie avait mis le sujet sur le tapis à mon intention. Pensait-elle me rendre service, ou bien cherchait-elle simplement à savoir si l'un des membres de notre caravane avait des soupçons sur moi ? Cent pièces d'or pour ma tête… Cela aurait suffi à exciter la convoitise d'un duc, alors une ménestrelle itinérante… Malgré ma fatigue, je mis longtemps à m'endormir ce soir-là.

Le trajet du lendemain fut presque rassurant par sa monotonie. Je marchai derrière mes moutons en m'efforçant d'éviter de cogiter, mais cela m'était moins facile qu'auparavant : chaque fois que j'arrivais à chasser mes inquiétudes, il me semblait entendre le *Rejoins-moi* de Vérité résonner dans ma tête. Quand nous montâmes le camp le soir venu, ce fut dans une gigantesque doline dont le fond abritait un trou d'eau. Après le repas, les conversations autour du feu furent émaillées de longs silences car chacun, je pense, était las de ce voyage qui n'en finissait pas et avait hâte d'apercevoir les rives du Lac Bleu. J'aurais aimé aller me coucher, mais j'étais du premier tour de garde.

Je montai légèrement le long du versant afin de pouvoir surveiller d'un coup d'œil mes tas de laine ambulants en contrebas. La caravane tout entière tenait dans la vaste cuvette, et le petit feu près de l'eau semblait une étoile au fond d'un puits. Si le vent soufflait, nous ne le sentions pas, et dans cet air immobile j'avais presque une impression de paix.

Tassin se croyait sans doute discrète. Je l'observai qui se dirigeait vers moi, sa capuche rabattue sur le visage ; elle effectua un large cercle comme pour me contourner, cependant je la suivais, non pas des yeux, mais à l'ouïe, et je l'entendis monter au-dessus de moi, puis redescendre vers moi dans mon dos. Je perçus même son parfum dans l'air calme et ressentis une bouffée involontaire de désir ; aurais-je la force de la repousser une seconde fois ? Mon corps, en tout cas, n'en avait nulle envie, même si je devais ce faisant commettre une erreur. Quand je jugeai qu'elle ne se trouvait plus qu'à une dizaine de pas, je me tournai vers elle. Elle tressaillit de surprise.

« Tassin », fis-je en guise de salutation, avant de reporter mon regard sur mes moutons. Au bout d'un moment, elle vint se placer non loin de moi ; je levai les yeux vers elle sans mot dire. Elle rabattit sa capuche en arrière ; ses traits et toute son attitude exprimaient le défi.

« C'est toi, n'est-ce pas ? » demanda-t-elle, le souffle court. Je perçus une légère trace de peur dans sa voix.

Je ne m'attendais pas à cette question et je n'eus pas à feindre l'étonnement. « C'est moi, quoi ? Si c'est de Tom le berger que tu parles, oui, c'est bien moi.

— Non, c'est toi le Bâtard au Vif que les soldats du roi recherchent. Après l'histoire qu'a racontée Astérie hier au soir, Drou, le conducteur, m'a dit ce qu'ils ont annoncé au village.

— Drou t'a dit que j'étais le Bâtard au Vif ? » Je parlais avec circonspection comme si ses propos hachés me plongeaient dans la perplexité. Une peur atrocement glacée sourdait en moi.

« Non ! » Sa peur se mêlait à présent de colère « Il m'a répété la description qu'ont donnée les gardes royaux : le nez cassé, une cicatrice sur la joue et une mèche blanche dans les cheveux ; et tes cheveux, je les ai vus l'autre soir : tu as une mèche blanche.

— N'importe qui peut avoir une mèche blanche : il suffit d'avoir reçu un coup sur la tête. C'est une vieille blessure. » Je penchai la tête de côté pour l'examiner « On dirait que ta coupure guérit bien.

— C'est toi, oui ou non ? » Elle semblait furieuse que j'aie voulu changer de conversation.

« Bien sûr que non. Voyons, il a bien une blessure au bras, faite par une épée, d'accord ? Eh bien, regarde. » Et je lui présentai mon bras droit dénudé. Je m'étais entaillé le bras gauche, et elle devait savoir – du moins c'est là-dessus que je misais – que c'est au bras qui tient l'épée qu'on a le plus de chance de se faire toucher en défense.

Elle y accorda à peine un coup d'œil. « Tu as de l'argent ? demanda-t-elle à brûle-pourpoint.

— Si j'en avais, crois-tu que je serais resté au camp alors que tout le monde allait au village ? D'ailleurs, qu'est-ce que ça peut te faire ?

— À moi, rien. Mais, à toi, beaucoup. Tu pourrais t'en servir pour acheter mon silence ; sinon, je pourrais bien confier mes soupçons à Madge, ou aux conducteurs. » Et elle releva le menton d'un air de défi.

« Dans ce cas, ils pourront examiner mon bras aussi facilement que toi, répondis-je d'un ton las avant de me retourner vers mes moutons. Tu t'es monté la tête sur les histoires de fantômes d'Astérie et maintenant tu fais la bécasse. Retourne donc plutôt te coucher, ajoutai-je d'un ton le plus dédaigneux possible.

— Tu as une estafilade sur l'autre bras, je l'ai vue. Il y en a qui pourraient prendre ça pour un coup d'épée.

— Sans doute les mêmes qui te prendraient pour quelqu'un d'intelligent, rétorquai-je, railleur.

— Ne te moque pas de moi, dit-elle d'une voix que la fureur rendait atone. Je t'interdis de te moquer de moi !

— Alors cesse de raconter des idioties. Et puis qu'est-ce qui te prend ? Tu cherches à te venger ? Tu es en colère parce que je n'ai pas voulu coucher avec toi ? Je te l'ai dit, ça n'a rien à voir avec toi : tu es jolie et il doit être très agréable de te caresser. Mais pas pour moi. »

Elle cracha par terre. « Parce que tu crois que je t'aurais laissé faire ? Je m'amusais, berger, c'est tout ! » Elle émit un bruit ironique du fond de la gorge. « Ces hommes ! Non mais, tu t'es regardé ? Tu t'imagines vraiment qu'on puisse avoir envie de toi ? Tu pues le mouton, tu es maigre comme un clou, et à voir ta tête, on a l'impression que tu n'as pas gagné un seul combat de toute ta vie ! » Elle tourna les talons puis parut se rappeler soudain le but de sa visite. « Je ne dirai rien à personne – pour l'instant ; mais, à Lac-Bleu, ton maître te donnera ta paie ; veille à bien me l'apporter ou je lancerai toute la ville à tes trousses. »

Je poussai un soupir. « De toute manière, si ça t'amuse, tu le feras. Vas-y, brasse autant d'air que tu veux ; quand on s'apercevra qu'il n'en sort rien, tu seras la risée générale, et ça fournira un motif à Dell pour te fouetter encore une fois. »

Elle fit demi-tour et descendit à grands pas vers le fond de la cuvette ; elle trébucha sur la pente maigrement éclairée par la lune et faillit tomber, mais elle reprit son équilibre et me jeta un coup d'œil furieux comme si elle me mettait au défi de m'esclaffer. Je n'en avais nulle envie : j'avais eu beau la narguer, j'avais un nœud au creux de l'estomac. Cent pièces d'or ! Une fois la nouvelle connue, la somme était suffisante pour déclencher une émeute ; après ma mort, mes assassins estimeraient sans doute s'être trompés de victime.

Étais-je capable de franchir seul les plaines de Bauge ? Je pourrais revenir au camp juste après que Crice m'aurait relevé, prendre discrètement mes affaires dans la carriole et m'esquiver dans le noir. Nous ne devions plus être très loin de Lac-Bleu.

Tout en réfléchissant ainsi, je surveillais une nouvelle silhouette qui venait de quitter le camp et se dirigeait vers moi. Astérie marchait sans bruit mais sans chercher non plus à se cacher ; elle me salua de la main avant de s'asseoir auprès de moi. « J'espère que vous ne lui avez pas donné d'argent, me dit-elle avec affabilité.

— Hmm, répondis-je, en lui laissant le libre choix de l'interprétation.

— Parce que vous êtes au moins le troisième homme qui l'a soi-disant mise enceinte depuis le début du voyage. C'est votre maître qui a eu l'honneur d'être le premier accusé, et le fils de Madge a été le second, enfin je crois : j'ignore combien de pères elle a désignés pour ce prétendu enfant.

— Comme je n'ai pas couché avec elle, elle aurait du mal à me l'imputer, fis-je, sur la défensive.

— Ah bon ? Alors vous êtes sans doute le seul homme de la caravane dans ce cas. »

Je restai un instant interloqué, puis je réfléchis et enfin me demandai si un temps viendrait où je cesserais de me surprendre par ma propre naïveté. « Ainsi, vous pensez qu'elle attend un enfant et qu'elle cherche un homme pour racheter ses années d'apprentissage ? »

Astérie eut un geste méprisant. « Ça m'étonnerait qu'elle soit enceinte ; elle ne demande pas le mariage mais seulement de l'argent pour acheter des herbes abortives. Je crains que le fils de Madge ne lui en ait remis. Non, j'en suis sûre, c'est de l'argent qu'elle veut, pas un mari ; alors, elle cherche toutes les occasions de se faire culbuter et un homme à qui elle puisse ensuite soutirer quelques espèces sonnantes et trébuchantes. » Elle se déplaça de côté et jeta au loin un caillou qui la gênait. « Eh bien, si vous ne l'avez pas engrossée, que lui avez-vous fait ?

— Je vous l'ai dit : rien.

— Ah ! Ça explique tout le mal qu'elle raconte sur vous ; mais comme ça ne date que d'hier ou à peu près, j'ai supposé que vous ne lui aviez "rien fait" le soir de notre sortie au village.

— Astérie… fis-je d'un ton menaçant, et elle leva la main dans un geste apaisant.

— Je ne dirai plus un mot sur ce que vous ne lui avez pas fait ; plus un seul, c'est promis. D'ailleurs, ce n'est pas de ça que je venais vous parler. »

Elle se tut, puis, voyant que je ne mordais pas à l'hameçon, elle demanda : « Quels sont vos projets une fois que nous serons à Lac-Bleu ? »

Je lui jetai un coup d'œil. « J'ai l'intention de toucher ma paie, de boire une bière, de prendre un repas digne de ce nom, puis un bain chaud, et enfin de dormir dans un lit propre au moins une nuit. Pourquoi ? Quels sont vos projets à vous ?

— J'envisageais de poursuivre jusqu'aux Montagnes. » Elle me regarda de biais.

« Pour y chercher votre épopée ? » Je m'efforçais de conserver un ton détaché.

« Les épopées naissent plus souvent des hommes que des lieux. Je songeais que vous comptiez peut-être vous rendre aussi dans les Montagnes ; nous aurions pu voyager de conserve.

— Vous vous accrochez toujours à cette idée idiote que je suis le Bâtard », dis-je sans ambages.

Elle me fit un sourire complice. « Le Bâtard au Vif, oui.

— Vous vous trompez, affirmai-je d'un ton catégorique. Et, même si vous aviez raison, pourquoi le suivre jusque dans les Montagnes ? À votre place, je sauterais sur l'occasion d'un bon profit en le livrant tout de suite aux gardes royaux : avec cent pièces d'or en poche, on n'a plus besoin d'écrire des chansons. »

Astérie eut une petite exclamation méprisante. « Ha ! Vous êtes sûrement plus familier de la garde du roi que moi mais, même moi, je la connais suffisamment pour savoir que, si une ménestrelle cherchait à empocher la récompense, on retrouverait sans doute son corps flottant sur le fleuve quelques jours plus tard, tandis que certains gardes deviendraient subitement très riches. Non, je vous le répète, je ne cherche pas d'argent, Bâtard ; je cherche une chanson.

— Ne m'appelez pas ainsi ! » dis-je d'un ton tranchant. Elle haussa les épaules et se détourna ; au bout d'un moment, elle tressaillit comme si je lui avais enfoncé mon doigt dans les côtes et me regarda avec un sourire qui allait s'élargissant.

« Ça y est, je crois que j'ai compris ! C'est ça, le moyen de pression qu'a Tassin sur vous : elle vous demande de l'argent pour se taire ? »

Je ne répondis pas.

« Vous avez été avisé de l'envoyer sur les roses : si vous cédez tant soit peu, elle pensera qu'elle a vu juste. Si elle était réellement convaincue que vous êtes le Bâtard, elle aurait gardé le secret pour le livrer aux gardes royaux, parce qu'elle n'a aucune expérience d'eux et qu'elle s'imaginerait pouvoir conserver l'or. » Astérie se leva et s'étira posément. « Bon, eh bien, je retourne dormir tant que j'en ai le temps ; mais réfléchissez à ma proposition : ça m'étonnerait que vous en trouviez une meilleure. » D'un mouvement théâtral, elle fit tournoyer son manteau qui vint se placer sur ses épaules, puis elle s'inclina devant moi comme si j'étais le roi en personne. Je la regardai redescendre vers le camp, le pied aussi sûr qu'une chèvre malgré la maigre lumière lunaire, et un instant elle m'évoqua Molly.

J'aurais pu prendre la poudre d'escampette et rallier Lac-Bleu tout seul mais alors ce serait pour Tassin et Astérie la preuve que leurs suppositions étaient exactes ; la ménestrelle serait capable d'essayer de me suivre, et Tassin chercherait un moyen de toucher la récompense, tous résultats dont je ne voulais pas. Mieux valait m'accrocher à mon personnage de Tom le berger.

Je levai les yeux vers le ciel nocturne qui étendait au-dessus de moi sa voûte limpide et glacée. Depuis quelques jours, au plus noir de la nuit il commençait à faire un froid mordant ; le temps d'arriver aux Montagnes, l'hiver serait bien plus qu'une menace. Si seulement je n'avais pas perdu les premiers mois d'été à faire le loup, je m'y trouverais déjà. Mais c'était là encore une réflexion vaine. Ce soir, les étoiles semblaient si proches et brillantes que le monde en paraissait rapetissé, et j'eus soudain l'impression que si je m'ouvrais et tendais mon Art vers Vérité je le découvrirais là, juste au bout de mes doigts; un sentiment de solitude jaillit alors en moi avec une telle violence que je crus éclater : Molly et Burrich étaient tout proches, il me suffisait de fermer les yeux et je pouvais être auprès d'eux, échanger la soif de savoir contre la douleur d'être incapable de toucher. Mes murailles d'Art, auxquelles je me raccrochais si fermement depuis que j'avais quitté Gué-de-Négoce, me semblaient à présent suffocantes plutôt que protectrices. Je posai le front sur mes genoux relevés, les bras autour des jambes, et me recroquevillai contre le néant glacé de la nuit.

Au bout de quelque temps, ma faim dévorante s'apaisa. Je relevai le visage et regardai les moutons paisibles, la carriole, les chariots, le camp où rien ne bougeait; un coup d'œil à la lune m'apprit que mon tour de veille était fini depuis longtemps : Crice ne faisait jamais beaucoup d'efforts quand il s'agissait de se réveiller pour prendre sa garde. Je me redressai, m'étirai, puis descendis le tirer de ses couvertures douillettes.

Les deux jours suivants se passèrent sans incidents, en dehors du fait que le temps se refroidit et se mit au vent. Le troisième soir, alors que nous venions de nous installer pour la nuit et que j'entamais mon premier tour de garde, j'aperçus un nuage de poussière à l'horizon. Sur le moment, je n'y attachai guère d'importance : nous suivions une piste caravanière fréquentée et avions fait halte à un point d'eau, auprès duquel bivouaquait déjà une famille de rémouleurs ; aussi supposai-je que les nouveaux arrivants cherchaient eux aussi une source où s'arrêter. Sans bouger, je regardai donc le nuage s'approcher dans le soir qui s'assombrissait ; peu à peu, des silhouettes à cheval émergèrent de la poussière, en formation ordonnée. Plus elles grandissaient, plus ma conviction s'ancrait : c'étaient des gardes royaux. La lumière était trop faible pour me permettre de distinguer l'or et le brun des couleurs de Royal, mais c'était inutile.

Par un effort surhumain, je me retins de prendre mes jambes à mon cou. La froide logique me disait que s'ils étaient à ma recherche, il ne leur faudrait que quelques minutes pour me rattraper à cheval : immense, la plaine n'offrait aucune cachette proche ; et s'ils n'en avaient pas après moi, ma fuite ne ferait qu'attirer leur attention, tout en confortant Tassin et Astérie dans leurs soupçons. Je serrai donc les dents et restai où j'étais, mon bâton entre les genoux, à surveiller les moutons. Les cavaliers passèrent devant moi et se rendirent tout droit au bord de l'eau. Ils étaient six, dont des femmes. Je reconnus un des chevaux, un poulain bai doré auquel Burrich prédisait un bel avenir de coursier, et sa vue me rappela cruellement la façon dont Royal avait dépouillé Castelcerf de tout ce qui avait de la valeur avant de laisser la forteresse se défendre seule. Une petite étincelle de colère jaillit en moi, qui, curieusement, m'aida à prendre patience.

Le temps s'écoula ; j'avais fini par juger qu'ils ne faisaient que passer, comme nous, et ne s'étaient arrêtés que pour prendre de l'eau et se reposer quand Crice arriva de sa démarche lourde. « On te demande au camp », m'annonça-t-il, de très mauvaise humeur : il aimait se coucher dès qu'il avait terminé de manger. Comme il s'asseyait à ma place, je lui demandai ce qui chamboulait nos tours de veille.

« Les gardes royaux, répondit-il d'un ton irrité, le souffle court. Ils bousculent tout le monde et ils exigent de voir tous ceux qui accompagnent la caravane ; en plus, ils ont fouillé les chariots.

— Que cherchent-ils ? m'enquis-je d'un air dégagé.

— Je n'en sais fichtre rien, et je n'allais pas risquer un coup de poing dans le nez pour le savoir. Mais si ça t'intéresse, vas-y, ne te gêne pas pour moi. »

Je pris la direction du camp, le bâton à la main, l'épée toujours au côté. J'avais songé à la dissimuler, puis je m'étais ravisé : porter une épée n'était pas interdit et, si je devais la dégainer, je n'avais pas envie de devoir batailler avec mon pantalon.

Le bivouac évoquait un nid d'abeilles renversé : Madge et ses hommes avaient l'air à la fois inquiets et furieux ; les soldats harcelaient le rémouleur, et, d'un coup de pied, une des gardes fit s'écrouler un empilement de récipients en étain dans un vacarme épouvantable, puis elle cria qu'elle fouillait ce qu'elle voulait comme elle voulait. Le rémouleur se tenait près de son chariot, les bras croisés ; à en juger par son aspect, il avait été frappé et jeté à terre. Deux gardes tenaient sa femme et ses enfants en respect, dos à l'arrière du chariot ; du sang coulait du nez de la femme, mais elle paraissait encore prête à se battre. Je pénétrai dans le camp aussi discrètement qu'une volute de fumée et pris place aux côtés de Damon, l'air de n'avoir jamais été ailleurs. Nous n'échangeâmes pas une parole.

Le chef des gardes se désintéressa du rémouleur et se retourna. Un frisson glacé me parcourut ; je le connaissais : c'était Pêne, si apprécié de Royal pour son savoir-faire avec ses poings. La dernière fois que je l'avais vu, c'était dans les cachots, et c'est lui qui m'avait cassé le nez. Je sentis les battements de mon cœur accélérer et le sang se mit à tonner dans mes oreilles ; l'obscurité envahit les bords de ma vision. Par un effort de volonté, je m'obligeai à respirer sans bruit. L'homme alla se placer au centre du campement et promena sur nous un regard dédaigneux. « Tout le monde est là ? » fit-il d'un ton cassant.

Nous hochâmes tous la tête. Ses yeux firent à nouveau le tour de notre groupe, et je détournai les miens pour éviter de croiser son regard. Je devais me tenir à quatre pour empêcher mes mains de s'approcher de mon poignard ou de mon épée, tout en m'efforçant d'empêcher la tension qui m'habitait de transparaître dans mon attitude.

« Rarement vu un tas de pouilleux pareil ! » Nous ne présentions manifestement plus d'intérêt pour lui. « Maîtresse de caravane ! Nous chevauchons depuis ce matin ! Dis à ton fils de s'occuper de nos chevaux ; il nous faut à manger et du bois pour le feu. Qu'on mette aussi de l'eau à chauffer pour que nous puissions nous laver. » Son regard nous balaya encore une fois. « Je ne veux pas de raffut : ceux que nous cherchons ne sont pas là et c'est tout ce que nous voulions savoir. Faites ce qu'on vous dit et il n'y aura pas de problèmes. Vous pouvez retourner à vos occupations. »

À ces mots, il y eut quelques murmures d'assentiment, mais la plupart de mes compagnons gardèrent le silence. Avec un reniflement méprisant, Pêne se dirigea vers ses cavaliers pour s'entretenir avec eux à mi-voix ; les ordres qu'il leur donna ne parurent pas les ravir, mais les deux gardes qui tenaient toujours la femme du rémouleur en respect se précipitèrent pour y obéir. Ils délogèrent les membres de la caravane du feu qu'avait allumé Madge, qui envoya deux de ses aides soigner les chevaux des gardes et un autre chercher de l'eau pour la mettre à chauffer ; elle-même passa d'un pas lourd devant notre carriole pour gagner son chariot où se trouvaient des réserves de vivres.

Dans une atmosphère inquiète, le camp retrouva un semblant d'ordre. Astérie fit un deuxième feu, plus petit que le premier, et la troupe du marionnettiste, la ménestrelle ainsi que les conducteurs d'attelage s'assirent autour, tandis que la propriétaire des chevaux et son mari allaient se coucher. « Eh bien, on dirait que ça s'est calmé, me dit Damon, mais je remarquai qu'il se tordait encore nerveusement les mains. Bon, je vais dormir ; partagez-vous les veilles, Crice et toi. »

Je commençai à me diriger vers l'endroit où paissaient les moutons, puis je m'arrêtai pour observer le camp : les gardes n'étaient plus que des silhouettes qui se découpaient sur le feu ; allongés par terre, ils bavardaient entre eux, sauf un, debout, à l'écart, qui montait la garde. Il était tourné vers l'autre feu, et je suivis son regard : Tassin le lui rendait-elle, ou bien ses yeux s'étaient-ils posés par hasard sur le groupe de soldats ? Quoi qu'il en fût, je croyais savoir à quoi elle pensait.

Changeant de direction, je me rendis à l'arrière du chariot de Madge. À l'aide d'une casserole, elle mesurait des haricots et des pois qu'elle prenait dans des sacs. Je lui effleurai le bras et elle sursauta.

« Pardon. Vous avez besoin d'aide ? »

Elle leva les sourcils. « Pourquoi ça ? »

Je regardai le bout de mes bottes et choisis soigneusement mon mensonge. « Je n'ai pas aimé leur façon de regarder la femme du rémouleur, madame.

— Je sais me débrouiller avec les brutes, berger ; sans ça, je ne serais pas maîtresse de caravane. » Elle dosa du sel dans sa casserole, puis ajouta une poignée d'épices.

Je hochai la tête sans répondre : c'était parfaitement évident, sans objection possible ; je n'en demeurai pas moins auprès d'elle, et, au bout d'un moment, elle me tendit un seau qu'elle me demanda d'aller remplir d'eau fraîche. Je m'empressai d'obéir et, quand je le rapportai, je le gardai à la main jusqu'à ce qu'elle m'en débarrasse ; puis je restai à la regarder préparer la soupe, si bien qu'elle finit par m'ordonner sèchement de ne pas traîner dans ses jambes. Je m'écartai en m'excusant et renversai le seau ; je retournai donc chercher de l'eau.

Après cela, j'allai prendre une couverture dans la carriole de Damon, m'y enroulai et m'allongeai sous le véhicule ; puis, faisant semblant de dormir, j'observai, non les gardes, mais Astérie et Tassin. Je notai que la ménestrelle n'avait pas sorti sa harpe ce soir, comme si elle préférait éviter d'attirer l'attention sur elle, ce qui me rassura un peu sur son compte : il lui aurait été facile de se rendre auprès des soldats avec son instrument, de capter leur confiance à l'aide de quelques chansons, et enfin de leur proposer de me livrer à eux ; mais, bien au contraire, elle paraissait vouloir surveiller Tassin aussi étroitement que moi. Une fois, celle-ci se leva et donna un prétexte quelconque pour s'éloigner ; je n'entendis pas ce qu'Astérie lui murmura, mais Tassin lui répondit par un regard furieux et maître Dell ordonna d'un ton irrité à son apprentie de revenir auprès du feu ; manifestement, Dell ne souhaitait en aucune façon avoir affaire aux gardes. Pourtant, même après que tout le monde se fut couché, je ne parvins pas à me détendre, et, quand l'heure vint de relever Crice, je quittai ma place à contrecœur, car rien ne disait que Tassin ne profiterait pas de la nuit pour me dénoncer.

Je trouvai Crice dormant à poings fermés et je dus le réveiller pour le renvoyer à la carriole. Je m'assis, ma couverture sur les épaules, et je songeai aux six soldats au fond de la cuvette, à présent profondément endormis près de leur feu. Un seul d'entre eux méritait ma haine. J'évoquai Pêne tel que je l'avais vu, souriant d'un air gourmand tandis qu'il enfilait ses gants de cuir pour me frapper, bouduer lorsque Royal l'avait réprimandé parce qu'il m'avait cassé le nez et que je risquais d'être moins présentable si les ducs demandaient à me voir ; je me rappelai le mépris avec lequel il avait accompli la besogne ordonnée par Royal, la facilité avec laquelle il avait contré la défense toute symbolique que je lui opposais tout en m'efforçant d'empêcher Guillot d'investir mon esprit.

Il ne m'avait pas identifié ; un bref coup d'œil et il m'avait chassé de ses pensées, sans même reconnaître le résultat de son ouvrage. Cela m'entraîna sur une nouvelle voie de réflexion : j'avais dû beaucoup changer, et cela ne tenait pas seulement aux balafres qu'il m'avait laissées, à ma barbe, à mes vêtements d'ouvrier, à la crasse du voyage ni à ma maigreur. FitzChevalerie n'aurait pas baissé les yeux devant son regard, ne serait pas resté sans réagir pendant que les rémouleurs se faisaient maltraiter ; FitzChevalerie n'aurait peut-être pas non plus empoisonné six gardes pour en tuer un. Avais-je gagné en sagesse ou bien en méfiance ? Les deux, qui sait ? En tout cas, je n'en tirais aucune fierté.

Le Vif me donne la perception de toutes les créatures vivantes qui m'entourent, si bien qu'il est difficile de me prendre par surprise, et les gardes n'y firent pas exception. L'aube commençait à éclaircir le ciel obscur quand ils vinrent me chercher. Je demeurai assis et suivis, d'abord par le Vif puis par l'ouïe, leur progression discrète. Pêne avait envoyé ses cinq soldats à la tâche.

Accablé, je me demandai pourquoi mon poison n'avait pas fait effet. Avait-il perdu son efficacité avec le temps ? Ou à la cuisson, mélangé à la soupe ? Si stupéfiant que cela parût, l'espace d'un instant, la pensée qui prit le pas sur toute autre fut qu'Umbre n'aurait jamais commis une telle erreur. Mais je n'avais pas le temps de me perdre en spéculations. J'examinai la plaine aux douces ondulations où presque rien n'accrochait l'œil à part quelques cailloux et broussailles : pas la moindre rigole ni la plus petite butte pour me dissimuler.

J'aurais pu m'enfuir et perdre quelque temps mes poursuivants dans le noir, mais ils avaient tous les atouts en main : la soif finirait tôt ou tard par m'obliger à revenir ; s'ils ne me pourchassaient pas à cheval le jour venu, il leur suffirait de m'attendre auprès du trou d'eau. Par ailleurs, me sauver reviendrait à avouer que j'étais bien FitzChevalerie ; Tom le berger n'avait aucune raison de prendre la fuite.

Je levai donc un regard surpris et inquiet vers eux quand ils parvinrent près de moi, sans toutefois, du moins l'espérais-je, trahir la peur qui me faisait tonner le cœur. Je me mis debout et, quand l'un d'eux me saisit par le bras, au lieu de me débattre, je posai sur lui un regard d'incompréhension. Une garde s'approcha de l'autre côté pour me retirer mon poignard et mon épée. « Viens avec nous, me dit-elle d'un ton bourru. Le capitaine veut te regarder de plus près. »

Je les suivis sans protester, les épaules voûtées, et, quand, au feu de camp, ils m'amenèrent devant Pêne, je regardai chacun tour à tour d'un air effrayé en prenant bien soin de ne pas m'arrêter particulièrement sur lui : j'ignorais si, de si près, je parviendrais à cacher mes sentiments. Il se dressa, donna un coup de pied dans les braises pour attiser le feu et s'approcha pour m'examiner. J'aperçus brièvement le visage blême et les cheveux de Tassin qui m'observait derrière le chariot des marionnettistes. Pêne scruta mes traits un long moment, puis il fit la moue, adressa un coup d'œil excédé à ses soldats, puis, d'un petit mouvement de la tête, il leur fit signe que je n'étais pas celui qu'il cherchait. J'osai respirer.

« Comment tu t'appelles ? » me demanda-t-il à brûle-pourpoint.

Je le regardai par-dessus le feu. « Tom, messire. Tom le berger. Je n'ai rien fait de mal.

— Ah oui? Alors tu es bien le seul dans ce bas monde. Tu as l'accent de Cerf, Tom. Enlève ton mouchoir.

— C'est vrai, messire, je suis de Cerf, messire. Mais les temps sont durs là-bas. » J'ôtai vivement mon mouchoir de ma tête et le tordis entre mes doigts crispés. Je n'avais pas suivi le conseil d'Astérie concernant mes cheveux : les teindre n'aurait servi à rien contre un examen soigneux ; mais, en m'aidant de mon miroir, j'avais arraché une bonne partie de ma mèche blanche, et ce qui en restait apparaissait comme un saupoudrage poivre et sel au-dessus de mon front. Pêne fit le tour du feu pour mieux l'inspecter. Je tressaillis quand il me saisit par les cheveux et me tira la tête en arrière pour me regarder dans les yeux. Il était aussi grand et musclé que je me le rappelais, et brutalement tous les atroces souvenirs que je gardais de lui remontèrent à ma mémoire ; même son odeur me revint. La nausée débilitante de la terreur m'envahit.

Je n'opposai pas la moindre résistance et, loin de soutenir son regard méchant, je lui jetai de furtifs coups d'œil effrayés ainsi qu'à ses acolytes, comme si j'implorais de l'aide. Je remarquai que Madge s'était approchée et contemplait la scène, les bras croisés.

« Tu as une cicatrice sur la joue, mon gars, dit Pêne.

— Oui, messire, c'est vrai. Je l'ai attrapée quand j'étais petit ; je suis tombé d'un arbre et je me suis éraflé sur une branche…

— Et c'est ce jour-là que tu t'es cassé le nez ?

— Non, messire, non, ça, c'était pendant une bagarre dans une taverne, il y a un an…

— Enlève ta chemise ! » ordonna-t-il.

Je dégrafai mon col, puis fis passer le vêtement par-dessus ma tête. Je pensais qu'il voulait regarder mes bras et mon histoire de clou était prête, mais il se pencha sur moi pour m'examiner à la jonction du cou et de l'épaule, là où un forgisé m'avait arraché un morceau de chair lors d'un combat, bien des années plus tôt. Mes entrailles se glacèrent. Il observa la cicatrice noueuse, puis rejeta soudain la tête en arrière et partit d'un grand éclat de rire.

«Foutre! Je ne croyais pas que c'était toi, Bâtard! J'en étais même sûr! Mais c'est bien la marque que j'ai vue la première fois que je t'ai flanqué par terre!» Il regarda les soldats qui nous entouraient, l'air à la fois surpris et ravi. «C'est lui! On le tient! Le roi fait cavaler ses sorciers d'Art aux quatre coins du royaume et voilà qu'il nous tombe tout rôti dans le bec!» Il se passa la langue sur les lèvres en me toisant d'un air de jubilation mauvaise, et je sentis en lui une faim étrange, dont lui-même avait d'ailleurs presque peur. Il me saisit soudain à la gorge et me souleva sur la pointe des pieds, puis il approcha son visage du mien et siffla: «Écoute-moi bien: Verde, c'était un copain. C'est pas les cent pièces d'or si on te prend vivant qui m'empêchent de te tuer tout de suite; c'est que je suis sûr que mon roi est capable d'inventer des moyens de te faire mourir beaucoup plus intéressants que ce que je pourrais improviser ici. Tu seras de nouveau à moi, Bâtard, et au cirque cette fois, ou du moins ce que mon roi voudra bien laisser de toi. »

Et il me repoussa violemment. Déséquilibré, je traversai le feu à reculons, et deux hommes m'attrapèrent aussitôt de l'autre côté. Je leur jetai des regards éperdus. «C'est une erreur! m'écriai-je. Une terrible erreur!

— Passez-lui les fers », ordonna Pêne d'une voix rauque.

Tout à coup, Madge s'avança. «Vous êtes certain que c'est lui?» demanda-t-elle à Pêne.

Il soutint son regard, un chef face à un autre chef. «Oui. C'est le Bâtard au Vif. »

Une expression d'absolue révulsion passa sur les traits de Madge. «Alors emmenez-le et bon vent à lui. » Elle tourna les talons et s'en fut.

Mes gardes avaient suivi l'échange entre Madge et leur capitaine et ne faisaient guère attention à l'homme qui tremblait entre eux. Risquant le tout pour le tout, je m'arrachai à leur poigne et bondis vers le feu, écartai d'un coup d'épaule un Pêne pris au dépourvu et détalai comme un lapin. Je traversai le camp ventre à terre, longeai le chariot du rémouleur et la plaine s'ouvrit devant moi. Dans la lumière grisâtre de l'aube, on eût dit une couverture vaguement froissée ; ni abri ni destination. Je m'y précipitai.

Je m'attendais à une poursuite à pied ou à cheval, mais pas à un homme armé d'une fronde. Le premier caillou frappa mon omoplate gauche et m'insensibilisa le bras. Je continuai à courir, croyant avoir été touché par une flèche. Puis la foudre tomba sur moi.

Quand je repris connaissance, j'avais les poignets enchaînés. Mon épaule gauche m'élançait affreusement, mais pas autant que la bosse sur mon crâne. En me tortillant, je réussis à me redresser en position assise. Nul ne me prêta guère d'attention. Des fers à mes chevilles partait une chaîne qui passait à travers un anneau fixé à celle qui reliait mes poignets, et une autre beaucoup plus courte joignait mes chevilles, même pas assez longue pour me permettre de faire un pas normal – cela dans le cas où j'eusse été capable de me mettre debout.

Je ne dis pas un mot, ne fis pas un geste. Enchaîné, je n'avais aucune chance contre six soldats armés, et je ne tenais pas à leur donner le moindre prétexte pour me brutaliser ; pourtant, il me fallut faire appel à toute ma volonté pour rester sans bouger et réfléchir à ma situation. Rien que le poids de la chaîne était décourageant, tout comme le fer glacé qui mordait ma chair dans l'air froid de la nuit. Pêne remarqua que j'avais repris conscience et vint se planter devant moi ; je gardai les yeux fixés sur mes pieds.

« Dis quelque chose, maudit sois-tu ! s'exclama-t-il soudain.

— Je ne suis pas celui que vous cherchez, messire », dis-je d'un ton craintif. Je n'arriverais pas à l'en convaincre, je le savais bien, mais je parviendrais peut-être à ébranler ses soldats.

Il s'esclaffa, puis retourna s'asseoir auprès du feu, et enfin s'allongea sur le dos, appuyé sur les coudes. « Si c'est vrai, c'est bien dommage pour toi. Mais ce n'est pas vrai, j'en suis certain. Regarde-moi, Bâtard. Comment tu as fait pour ne pas mourir ? »

Je lui lançai un regard apeuré. « Je ne comprends pas, messire. »

Ma réponse ne lui convint pas. Vif comme un tigre, il se redressa et bondit sur moi par-dessus le feu ; je voulus me lever moi aussi mais je n'avais aucune chance de lui échapper. Il saisit ma chaîne, me mit debout et me gifla violemment. «Regarde-moi!» répéta-t-il.

Je tournai les yeux vers lui.

«Comment ça se fait que tu n'es pas mort, Bâtard?

— Ce n'est pas moi. Vous vous trompez.»

Cette fois, j'eus droit au revers de sa main.

Umbre m'avait dit un jour que, sous la torture, il est plus aisé de résister si l'on se concentre sur ce que l'on est prêt à confesser plutôt que sur ce qu'on refuse d'avouer. Je savais stupide et inutile de prétendre n'être pas FitzChevalerie devant Pêne puisqu'il était convaincu du contraire ; mais j'avais adopté cette ligne de conduite et je devais m'y tenir. La cinquième fois qu'il me frappa, un de ses hommes intervint.

«Sauf votre respect, chef…»

Pêne lui lança un regard furieux. «Quoi? Qu'est-ce qu'il y a?»

L'homme se passa la langue sur les lèvres. «Il faut que le prisonnier soit vivant, chef, si on veut toucher la récompense.»

Les yeux de Pêne revinrent sur moi. L'effroi me saisit en y lisant un désir inextinguible, semblable à celui de Vérité pour l'Art : cet homme aimait faire souffrir, il aimait tuer lentement, et il me haïssait d'autant plus que cela lui était interdit. «Je sais», répondit-il d'un ton brusque. Je vis venir son poing mais je fus incapable de l'éviter.

*

Quand je me réveillai, la matinée était déjà bien entamée. J'avais mal ; pendant quelque temps, je n'eus conscience de rien d'autre. J'avais mal, très mal, à une épaule, ainsi que tout le long du flanc du même côté. Il avait dû me bourrer de coups de pied. Je n'osais pas bouger un seul muscle de mon visage. Pourquoi, me demandai-je, la douleur est-elle toujours pire quand on a froid ? Ma situation me laissait curieusement détaché. Je restai un moment à écouter les bruits ambiants sans désir d'ouvrir les yeux ; la caravane s'apprêtait à repartir. J'entendis maître Dell hurler après Tassin, qui criait qu'elle avait droit à son argent, que s'il l'aidait à l'obtenir, elle lui rembourserait le prix de son apprentissage et qu'il pourrait lui dire adieu ; il lui ordonna de grimper dans le chariot mais j'entendis les pas crissants de Tassin sur la terre sèche se diriger vers moi. Cependant, c'est à Pêne qu'elle s'adressa d'un ton pleurnichard. « Je ne m'étais pas trompée ! Vous ne vouliez pas me croire mais j'avais raison ! C'est moi qui l'ai découvert ! Sans moi, vous auriez continué votre route alors qu'il était sous votre nez ! Cet argent me revient ! Mais je veux bien me contenter de la moitié ; je vous laisse l'autre moitié, et c'est plus qu'équitable !

— À ta place, je grimperais dans mon chariot, répondit Pêne d'un ton glacé. Sinon, quand tout le monde sera parti, tu auras une longue promenade devant toi. »

Elle eut le bon sens de ne pas chercher à discuter, mais elle ne cessa de jurer tout bas en revenant au chariot des marionnettistes. J'entendis Dell lui dire qu'elle n'apportait que des ennuis et qu'il serait content de se débarrasser d'elle à Lac-Bleu.

« Mets-le debout, Joff », ordonna Pêne.

On me jeta de l'eau au visage et j'ouvris un œil. Je vis une garde saisir ma chaîne et tirer brutalement dessus, ce qui réveilla en moi toutes sortes de douleurs jusque-là muettes. « Debout ! » fit-elle sèchement, et je parvins à hocher la tête. Une de mes dents branlait et je n'y voyais que d'un œil. Je voulus lever les mains pour me palper la figure, mais une saccade de la chaîne m'en empêcha. « Il voyage à pied ou à cheval ? demanda la femme à Pêne tandis que je me redressais tant bien que mal.

— Rien ne me ferait plus plaisir que de le traîner derrière nous, mais ça nous ralentirait trop. Il ira à cheval. Tu monteras en croupe avec Arno et tu lui passeras ton cheval. Ligote-le à la selle et tiens bien la guide de ta monture. Il joue les abrutis, mais il est ficelle et il est dangereux ; je ne sais pas si son Vif est capable de tout ce qu'on raconte, mais je n'ai pas envie de prendre de risques, alors tu ne lâches pas ta guide. Où est Arno, à propos ?

— Dans les broussailles, chef. Il a mal aux tripes ; il n'a pas arrêté de se lever toute la nuit pour se les vider.

— Va le chercher. » Manifestement, les soucis de l'homme n'intéressaient pas Pêne. Ma garde partit au pas de course et je restai sur place, vacillant. Je portai mes mains à mon visage : j'avais vu arriver le premier coup de poing mais, à l'évidence, d'autres avaient plu. Accroche-toi, me dis-je farouchement. Vis et guette les occasions. Quand je baissai les mains, je m'aperçus que Pêne m'observait.

« De l'eau ? » demandai-je d'une voix chuintante.

J'avais posé la question sans grand espoir, mais il se tourna vers un de ses soldats et lui fit un petit signe. Quelques instants plus tard, l'homme m'apporta un seau d'eau et deux biscuits secs ; je bus, puis m'aspergeai le visage. Les biscuits étaient durs et ma bouche me faisait très mal mais je m'efforçai de manger le plus possible : je n'aurais sans doute rien d'autre de la journée. À cet instant, je remarquai que ma bourse avait disparu. Pêne avait dû s'en emparer pendant que j'étais inconscient ; mon cœur se serra à la pensée que je ne reverrais plus la boucle d'oreille de Burrich. Tout en mâchant avec précaution mes biscuits, je me demandais ce que Pêne avait pensé de ma collection de poudres.

Il nous donna le signal du départ bien avant que la caravane se fût ébranlée. J'aperçus Astérie mais ne parvins pas à déchiffrer son expression ; quant à Crice et à mon maître, ils évitèrent soigneusement de me regarder de crainte d'être infectés par ma souillure ; on eût dit qu'ils ne m'avaient jamais connu.

On m'avait placé sur une solide jument, et mes poignets étroitement attachés par des sangles au pommeau de la selle rendaient impossible de voyager confortablement, quand bien même n'eussé-je pas eu l'impression d'avoir tous les os rompus. J'avais toujours mes fers ; on m'avait seulement enlevé la courte chaîne qui reliait mes chevilles, et celle qui les joignait à mes poignets reposait sur la selle. Il n'y avait pas moyen d'empêcher le frottement des maillons de m'irriter la peau. J'ignorais ce qu'était devenue ma chemise, mais elle me manquait cruellement : le contact du cheval et les cahots du voyage ne m'apporteraient qu'une chaleur inconfortable. Une fois que le dénommé Arno, pâle comme un linge, eut pris place derrière la garde, nous nous mîmes en route vers Gué-de-Négoce. Je songeai lugubrement que mon poison n'avait eu pour effet que de donner la diarrhée à un seul soldat : bel assassin, en vérité !

Rejoins-moi.

J'aimerais en être capable, me dis-je avec lassitude alors que je me trouvais entraîné dans la mauvaise direction, j'aimerais en être capable. À chaque pas de la jument, mes souffrances s'entrechoquaient. J'aurais aussi aimé savoir si mon épaule était fracturée ou luxée ; j'aurais aimé savoir d'où me venait l'étrange détachement que j'éprouvais envers tout ; et enfin j'aurais aimé savoir si je devais espérer arriver à Gué-de-Négoce vivant ou s'il valait mieux pousser mes gardiens à me tuer avant. Je ne voyais aucun moyen de les persuader de me libérer, encore moins de m'enfuir dans cette région plate comme la main. Je courbai ma tête que martelait la migraine et restai les yeux fixés sur mes poignets ; le vent et le froid me faisaient frissonner. À tâtons, je tendis mon esprit vers la jument mais ne réussis qu'à la rendre consciente de mes douleurs ; elle n'avait nulle envie d'arracher sa guide à la poigne de la garde ni de m'emporter au galop ; d'ailleurs, elle n'appréciait pas trop mon odeur de mouton.

À la deuxième halte que nous fîmes pour permettre à Arno de se vider les entrailles, Pêne fit faire demi-tour à sa monture et vint s'arrêter près de moi. « Bâtard ! »

Je levai lentement les yeux vers lui.

« Comment tu as fait ? J'ai vu ton corps et tu étais mort : je sais reconnaître un cadavre. Alors comment ça se fait que tu sois vivant ? »

Même si je l'avais voulu, je n'aurais pas pu articuler la moindre réponse. Au bout d'un moment, il eut un reniflement de mépris. « En tout cas, ne compte pas que ça se reproduise : cette fois, c'est moi qui m'occuperai personnellement de te découper en morceaux. J'ai un chien chez moi qui bouffe n'importe quoi ; à mon avis, il ne demanderait qu'à me débarrasser de ton cœur et de ton foie. Qu'est-ce que tu en dis, Bâtard ? »

J'étais navré pour le chien, mais je me tus. Quand Arno reparut, la démarche titubante, Joff l'aida à remonter en selle, et Pêne regagna la tête de la colonne. Nous repartîmes.

La moitié de la matinée ne s'était pas écoulée qu'Arno demandait à sa camarade de s'arrêter une troisième fois. Il se laissa glisser à bas du cheval, fit quelques pas hésitants et se mit à vomir, plié en deux, les mains crispées sur son ventre douloureux ; soudain il s'écroula en avant, le visage dans la terre. Un des gardes éclata de rire mais Arno roula sur le dos en gémissant, et Pêne ordonna à Joff d'aller voir ce qu'il avait. La femme mit pied à terre et apporta de l'eau à l'homme, qui fut incapable de saisir la gourde. Quand Joff lui plaça le goulot aux lèvres, l'eau coula sur son menton. Il détourna lentement la tête et ferma les yeux. Au bout d'un moment, Joff nous regarda, l'air abasourdie.

« Il est mort, chef. » Sa voix était un peu trop aiguë.

Une fosse peu profonde fut creusée et de gros cailloux entassés sur le cadavre. Avant la fin de l'inhumation, deux autres gardes avaient été à leur tour pris de vomissements ; de l'avis général, la cause en était sûrement une eau souillée, bien que je surprisse Pêne en train de m'observer, les yeux étrécis. On n'avait pas pris la peine de me faire descendre de cheval, aussi me courbai-je en avant sur ma selle comme si je souffrais moi aussi, les yeux baissés, jouant le malade sans difficulté aucune.

Pêne fit remonter ses soldats à cheval et nous reprîmes notre route. À midi, il était évident que tous étaient atteints ; un des plus jeunes gardes oscillait dans sa selle au rythme de sa monture. Pêne ordonna un bref repos qui s'avéra plus long que prévu : à peine un homme avait-il achevé de vomir qu'un autre était pris de haut-le-cœur, et Pêne finit par leur intimer de remonter à cheval malgré leurs geignements et leurs plaintes. Nous poursuivîmes notre chemin mais à moindre allure. Je sentais l'aigre odeur de sueur et de vomi que dégageait la femme qui conduisait ma monture.

Alors que nous gravissions une pente douce, Joff tomba de sa selle et s'écroula dans la poussière. Je talonnai vivement ma jument, mais elle se contenta de faire quelques pas de côté, les oreilles en arrière, trop bien dressée pour prendre le galop avec les rênes pendant du mors. Pêne fit faire halte à sa troupe et chacun mit aussitôt pied à terre, certains pour rendre gorge, d'autres simplement pour tomber à genoux, pliés de douleur, près de leurs chevaux. « Montez le camp », ordonna Pêne bien qu'il fût encore tôt, après quoi il s'éloigna un peu et fit quelque temps des efforts vains pour vomir. Joff ne se releva pas.

C'est Pêne qui revint auprès de moi et détacha d'un coup de couteau mes poignets de la selle ; il tira sur ma chaîne et je faillis tomber sur lui ; je fis alors quelques pas en titubant, puis me laissai tomber sur les genoux, les mains crispées sur l'estomac. Il vint s'accroupir près de moi et me saisit fermement par la nuque, mais je sentais bien que sa vigueur n'était plus ce qu'elle avait été. « Qu'est-ce que tu en dis, Bâtard ? » demanda-t-il dans un grondement rauque. Il était tout près de moi et son haleine et sa sueur empestaient la maladie. « Ça vient de l'eau ou d'autre chose ? »

Je fis semblant d'être pris de haut-le-cœur et me tournai vers lui comme pour vomir ; il s'écarta prudemment de moi. Deux de ses gardes avaient réussi à desseller leurs montures, les autres étaient étalés par terre dans un état pitoyable. Pêne passa de l'un à l'autre en les abreuvant d'injures, sans résultat mais avec conviction. L'un des hommes les plus vigoureux parvint finalement à réunir ce qu'il fallait pour faire du feu, tandis qu'un autre allait en crabe d'un cheval à l'autre, ne faisant guère plus que déboucler les selles et les laisser tomber au sol. Pêne lui-même vint rattacher la chaîne qui me liait les chevilles.

Deux nouveaux gardes moururent dans la soirée ; Pêne traîna leurs cadavres à l'écart mais n'eut pas la force d'en faire davantage. Le feu ne tarda pas à s'éteindre par manque de combustible ; la nuit de la plaine me parut plus noire que jamais et le froid sec semblait ne faire qu'un avec les ténèbres. J'entendais les hommes gémir, et l'un d'eux répétait sans cesse : « Mon ventre, mon ventre ! » Les chevaux s'agitaient, mécontents parce qu'ils n'avaient pas eu à boire. Je rêvais d'eau et de chaleur. Des douleurs m'assaillaient un peu partout : celle de mes poignets mis à vif par les fers était moins pénible que celle de mon épaule, mais elle était ininterrompue et ne se laissait pas oublier. Quant à mon omoplate, elle était au moins fracturée.

À l'aube, Pêne s'approcha de moi en chancelant. Il avait les yeux enfoncés dans leurs orbites et le visage hâve. Il se laissa tomber à genoux et me saisit par les cheveux ; j'émis un geignement. « Tu es en train de crever, Bâtard ? » me demanda-t-il d'une voix enrouée. Je gémis à nouveau et fis un faible effort pour me libérer ; cela parut le convaincre. « Tant mieux. Tant mieux. Il y en a qui disaient que tu nous avais lancé un sort avec ton Vif, Bâtard. Mais de l'eau souillée, ça tue n'importe qui, qu'on ait le Vif ou qu'on soit honorable. Je vais quand même m'assurer que ce soit pour de bon cette fois. »

C'était mon propre poignard qu'il dégaina. Comme il me tirait par les cheveux pour exposer ma gorge, je relevai violemment les mains et lui envoyai mes deux poings, avec les fers et la chaîne, en pleine figure ; simultanément, je le *repoussai* avec toute la force de Vif que j'avais pu rassembler. Il s'écroula sur le dos, se retourna, rampa de quelques pas et s'écroula sur le flanc dans le sable. J'entendis sa respiration lourde, qui cessa au bout d'un moment. Je fermai les yeux pour mieux écouter le silence ; l'absence soudaine de ma perception de son existence était comme un rayon de soleil sur mon visage.

Quelque temps plus tard, alors que le jour était levé, je fis un effort pour ouvrir mon œil valide ; j'eus plus de mal à m'approcher de Pêne sur le ventre : toutes mes douleurs s'étaient combinées en une seule qui hurlait à chacun de mes mouvements. Je fouillai soigneusement le cadavre et mis la main sur la boucle d'oreille de Burrich dans sa besace ; aussi étonnant que cela paraisse, je m'interrompis pour la fixer à mon lobe afin de ne plus la perdre. Mes poisons étaient là aussi ; en revanche, je ne trouvai pas les clés de mes fers. Je commençai à faire le tri entre mes affaires et celles de Pêne, mais le soleil me plantait des piques dans la nuque, et je finis par accrocher la besace à ma ceinture, tout simplement : ce qui était à lui était désormais à moi. Une fois qu'on a empoisonné quelqu'un, me dis-je, autant le détrousser ; l'honneur ne jouait apparemment plus un très grand rôle dans mon existence.

La clé devait se trouver sur celui qui m'avait passé les fers ; je m'approchai du corps suivant en rampant, mais sa besace ne contenait qu'un peu d'herbe à Fumée. Je m'assis, et j'entendis alors des pas hésitants qui se dirigeaient vers moi. Je levai les yeux et le soleil me fit loucher. Le jeune soldat s'approchait à pas lents et titubants ; dans une main il tenait une outre, dans l'autre la clé, brandie afin que je la voie bien.

Il fit halte à une dizaine de pas. « Ta vie contre la mienne », croassa-t-il. Il vacillait. Comme je ne réagissais pas, il fit une nouvelle tentative. « De l'eau et la clé de tes chaînes… Le cheval que tu veux… Je ne te retiendrai pas, mais lève ta malédiction de moi. »

Qu'il était jeune et pitoyable !

« S'il te plaît », fit-il brusquement, implorant.

Sans l'avoir voulu, je secouai lentement la tête. « C'était du poison, dis-je. Je ne peux rien pour toi. »

Il me dévisagea d'un air à la fois incrédule et furieux. « Alors je dois mourir ? Aujourd'hui ? » Sa voix n'était qu'un murmure rauque ; ses yeux se vrillèrent aux miens et je hochai la tête.

« Maudit sois-tu ! s'écria-t-il, jetant ses dernières forces dans l'exclamation. Alors tu mourras aussi ! Tu mourras ici même ! » Et il lança la clé le plus loin qu'il put, puis se dirigea vers les chevaux en une course faible et chancelante, en criant et en agitant les bras.

Bien dressées, les bêtes avaient passé la nuit sans attaches et avaient même attendu toute la matinée qu'on leur donne à manger et à boire ; mais l'odeur de la maladie et de la mort et la conduite incompréhensible du jeune homme firent déborder la coupe. Il poussa soudain un grand cri et s'écroula le visage dans la poussière parmi elles ; alors un grand hongre gris releva la tête et s'ébroua. Je lui transmis des pensées apaisantes mais il ne les écouta pas : il se mit à caracoler, puis prit sa décision et se lança au petit galop ; les autres le suivirent. Le bruit de leurs sabots ne m'évoqua pas le tonnerre sur la plaine, mais plutôt les gouttes de pluie faiblissantes d'un orage qui s'éloigne en emportant avec lui tout espoir de vie.

Le jeune homme avait cessé de bouger mais il mit du temps à mourir et je dus écouter ses pleurs étouffés pendant que je cherchais la clé. Je n'avais qu'une envie : aller récupérer les outres d'eau, mais je craignais qu'en me détournant de la zone où il l'avait jetée, je ne fusse plus capable de déterminer, parmi ces étendues de sable toutes semblables, laquelle recelait mon salut. Je la passai donc au peigne fin à quatre pattes, les poignets et les chevilles irrités et coupés par les fers tandis que je scrutais le sol de mon œil unique. Même après que les pleurs du jeune soldat furent devenus inaudibles, même après qu'il fut mort, je continuai à les entendre dans ma tête. Aujourd'hui même, je les entends parfois. Encore une jeune existence absurdement abrégée, pour rien, résultat de la vindicte de Royal contre moi. À moins que ce ne fût à cause de ma vindicte contre Royal.

Je finis par découvrir la clé, à l'instant où je pensais que le coucher du soleil allait me la dissimuler à jamais. De facture grossière, elle tournait difficilement dans les serrures, mais fonctionnait néanmoins. Je libérai des fers mes chairs enflées ; celui de ma cheville gauche était si serré que mon pied était glacé et presque insensible, mais, au bout de quelques minutes, la vie y reflua douloureusement. Je n'y prêtai guère d'attention, trop occupé à chercher les outres.

La plupart des gardes avaient vidé les leurs, tout comme mon poison avait vidé leurs entrailles de leurs fluides, et celle que le jeune homme m'avait montrée ne contenait que quelques gorgées d'eau. Je les bus très lentement, en faisant tourner le liquide longtemps dans ma bouche avant de l'avaler. Dans les fontes de Pêne, je découvris un flacon d'eau-de-vie dont je m'autorisai une petite gorgée avant de le reboucher et de le mettre de côté. Le trou d'eau n'était guère à plus d'une journée de marche ; j'y arriverais. Il le fallait.

Je dépouillai les cadavres de tout ce qui pouvait me servir, je fouillai les fontes et les paquetages des selles, et, quand j'en eus terminé, je portais une chemise bleue qui me tombait bien aux épaules encore qu'elle me descendît presque jusqu'aux genoux ; je m'étais aussi approprié de la viande séchée, de l'avoine, des lentilles, des pois secs, ma vieille épée que j'avais finalement préférée à une autre, le poignard de Pêne, un miroir, une petite casserole, une chope et une cuiller. Je déroulai une couverture solide et y déposai mes trouvailles, auxquelles j'ajoutai une tenue de rechange, trop grande mais qui valait mieux que rien ; le manteau de Pêne serait trop long pour moi, mais il était de la meilleure qualité et je m'en emparai donc ; un des soldats transportait de la toile pour bandage et quelques onguents que je pris également, ainsi qu'une outre vide et le flacon d'eau-de-vie.

J'aurais pu délester les cadavres de l'argent et des bijoux qu'ils portaient, j'aurais pu me charger de dix autres articles dans l'éventualité où ils pourraient me servir, mais, sans même y réfléchir consciemment, je ne cherchai qu'à remplacer ce que j'avais possédé, avant de m'éloigner le plus vite possible de la puanteur des corps déjà en train de gonfler. Je me fis un paquetage aussi serré et peu encombrant que possible et le fermai à l'aide de sangles tirées des harnais ; pourtant, quand je le hissai sur mon épaule valide, il me parut encore beaucoup trop lourd.

Mon frère ?

Le contact était incertain, comme s'il n'était pas affaibli par la seule distance. Par le manque d'habitude ? On eût dit un homme s'exprimant dans une langue qu'il n'a pas employée depuis plusieurs années.

Je suis vivant, Œil-de-Nuit. Reste avec ta meute et vis toi aussi.

As-tu besoin de moi ? Je perçus son conflit intérieur alors qu'il me posait la question.

J'ai toujours besoin de toi. J'ai besoin de te savoir vivant et libre.

Je sentis son acquiescement, mais guère davantage. Au bout d'un moment, je me demandai si je n'avais pas imaginé son contact ; pourtant, c'est d'un pas curieusement ragaillardi que je quittai les cadavres et m'enfonçai dans la nuit qui s'épaississait.

TABLE

6268

Achevé d'imprimer en France (La Flèche)
par Brodard et Taupin
le 17 mars 2006. 34665
Dépôt légal mars 2006. ISBN 2-290-31845-0
1er dépôt légal dans la collection : juin 2002

Éditions J'ai lu
87, quai Panhard-et-Levassor, 75013 Paris
Diffusion France et étranger : Flammarion